教育部人文社会科学研究青年基金项目"宋诗宋注考论"
（13YJC751024）最终成果

宋诗宋注考论

李晓黎 ◎ 著

中国社会科学出版社

图书在版编目（CIP）数据

宋诗宋注考论/李晓黎著.—北京：中国社会科学
出版社，2018.7
　ISBN 978 - 7 - 5203 - 2484 - 7

Ⅰ.①宋…　Ⅱ.①李…　Ⅲ.①宋诗—诗歌研究
Ⅳ.①I207.22

中国版本图书馆 CIP 数据核字（2018）第 097150 号

出 版 人	赵剑英
责任编辑	郭晓鸿
特约编辑	席建海
责任校对	韩海超
责任印制	戴　宽

出　　版	中国社会科学出版社
社　　址	北京鼓楼西大街甲 158 号
邮　　编	100720
网　　址	http://www.csspw.cn
发 行 部	010 - 84083685
门 市 部	010 - 84029450
经　　销	新华书店及其他书店

印　　刷	北京明恒达印务有限公司
装　　订	廊坊市广阳区广增装订厂
版　　次	2018 年 7 月第 1 版
印　　次	2018 年 7 月第 1 次印刷

开　　本	710×1000　1/16
印　　张	21.75
插　　页	2
字　　数	273 千字
定　　价	89.00 元

凡购买中国社会科学出版社图书，如有质量问题请与本社营销中心联系调换
电话：010 - 84083683

序

    南宋严羽论诗推崇盛唐，不满意本朝之诗。谓："近代诸公乃作奇特解会，遂以文字为诗，以才学为诗，以议论为诗。夫岂不工，终非古人之诗也。"（《沧浪诗话·诗辨》）这话虽含贬义，却道出了宋诗的特色所在。宋人以文为诗、以才学为诗，宋诗宋注也因而发达。用典密集，用意深曲，给以诗为学的宋代注家们提供了广阔的施展空间。在今天所知的六十余家宋诗宋注中（这里还不包括宋词宋注、宋文宋注等），王安石、苏轼、黄庭坚和陈师道诗的注本占了大半，便足以说明宋诗宋注繁盛的原因所在了。

    门人晓黎博士好学深思，又酷爱宋诗，则以宋诗宋注为"学"，潜心数载，网罗爬梳，辨伪正误，分析考论，撰为此书，成就了她心目中的宋诗宋注之学，也为学界提供了一部宋诗宋注和宋诗学研究的力作。

    对于宋诗宋注的研究，此前学术界已有不少积累。像张三夕教授早年的《宋诗宋注纂例》（南京大学硕士论文，1982年）、姜庆姬的《宋诗宋注研究》（南京大学博士论文，2006年）以及王水照、黄启方等先生关于苏诗施、顾注、王十朋注、王安石诗李壁注、黄、陈诗任渊注等宋诗宋注本的专题研究，都取得了可喜的成果。然晓黎博士此书，较之前人，详他人之所略，略他人之所详，材料更为丰富，视野更为开阔，识见也更为阔通。她对宋诗宋注相关文献的搜罗，几乎是竭泽而渔式的；她对前人所讨论的每一个问题，都重新作过思考，因而研究的收获也就丰硕。

多年来，谈到宋诗宋注，人们习惯讨论的其实都未超出"他注"的范围。"他注"当然是宋诗宋注的主要方面，然实际上"他注"却并非宋诗宋注的全部。故晓黎博士认为，这个"注"是应该包括"他注"和"自注"两方面在内的。宋诗宋注的重新定义，扩大了她的研究视野。张三夕曾考出宋诗宋注36种，晓黎博士逐书辨证，得29种。姜庆姬补出宋注8种，晓黎考实6种。除此之外，晓黎又考得27种，将宋诗宋注的总数增加到62种。其所得不可谓不多。

宋诗宋注所以至南宋而大盛，既有宋诗创作发展繁荣的原因，也有注释之学本身发展的因素。前人论宋诗宋注，时代多局限于宋，注则局限于宋诗，并未能把宋诗宋注置于注释学发展的历史和宋诗学的大背景下加以讨论。晓黎博士不然。她既注意到了宋诗宋注的渊源，即唐诗唐注，又关注到《文选》注在宋代的传播与宋诗宋注的关系，以及宋诗宋注在宋代诗学中的地位。她对现存四种唐诗唐注，即张庭芳《李峤杂咏诗注》、郑嵎自注《津阳门诗》、陈盖注、米崇吉评注胡曾《咏史诗》和周昙自注《咏史诗》的兼重出典和释义、以史证诗的注释方法、体例等，进行了探讨；对《文选》李善注和五臣注在南宋的合流及其对宋诗宋注的影响等，作了合乎逻辑的分析；对宋诗宋注与宋诗选本和宋代诗话的关系，作了全面的考察。所论皆视野阔阔，卓有见地。

在数十种宋诗宋注中，苏诗施、顾注和王十朋注、王安石诗李壁注、黄、陈诗任渊注，无疑最为重要。所以，历来的研究，也一向以这些诗注为中心。然晓黎博士除了关注这些注本之外，更将视野扩大到朱熹和魏了翁等理学家的十余种诗注上。诸儒对朱熹《感兴诗》的注释，固然主要是义理阐释，但王德文的魏了翁《渠阳诗注》，却综合了传统诗注和理学诗注的方法。于是晓黎博士又指出，魏了翁是南宋后期的理学名家，他大力提倡程朱理学并折中朱陆两派，对理学发展有重要的贡献。如刘宰所云："天下学者自张、朱、吕三先生之亡，怅怅然无所归。近时叶水心之博、杨慈湖之淳，宜为学者所仰。而水心之论，既未免误学者于有，慈湖之论，又未免诱学者于无。非有大力量如侍郎（魏了翁）者，孰能是正之。"（《漫塘集》卷十《通鹤山魏侍郎了翁》）自南宋吕祖谦以来，理学之文与文学之文实有趋于合流之势，魏了翁正顺应了这一潮流。晓黎博士能从宋诗宋注研究的角度，揭出此点，眼光是很敏锐的。

晓黎博士的研究风格既闳阔又十分细致。比如以往研究苏诗王十朋注，学者多从外部加以论证，而少有从注释本身进行研究者，晓黎则在对全书总体把握的基础上，从纷繁的注文中细心梳理出数十条王氏注，一一加以分析。例如，她在书中拈出王十朋注 11 条，谓："王十朋的这十一条注释，都是立足于某一点，对诗集另一首诗中内容相同、可以互见互注的注文，进行指认：或者明确定位，如'见某卷某诗某句'；或给出具有定位性质的指示，如'见前（上）诗注'；或直接给出另一首诗的诗题，如'见某诗'，充分说明了王十朋对《百家注》立足全局的把握，尤其是第 2、3、4、5、7、9 这六条注释，或指明卷数，或指出位置，是只有编者才能做到的事情。"论证有力，说服力很强。其他像指出今所见朱熹《武夷棹歌》的句中注既非陈普所为，也不是元刘概所摘引，而是出于朝鲜文人之手；施元之、顾禧注苏诗的句中注，对施宿的题下注有直接影响，不可轻视；刘辰翁评点《简斋诗集》增注引"中斋"，未必是邓剡，还有待考证；等等，都是非细心寻绎而不能察觉的。

颇有意味的是，自现代以来，学界最早的宋诗宋注研究的成果，便是在先师程千帆先生指导下、由硕士生张三夕学兄（现为华中师范大学文学院教授）完成的《宋诗宋注纂例》（1982 年）。其文从大量的文献入手，对宋诗宋注的存佚和注释体例等，做了较全面的探讨，筚路蓝缕，难能可贵。其后，另一部对宋诗宋注进行全面考察的学位论文，也出自南京大学。这就是 2006 年由博士研究生姜庆姬完成的《宋诗宋注研究》。此文在张三夕研究的基础上，从注例与特色两方面，对宋诗宋注兼重作品编年和探寻本事、注释出典以及诗歌批评的特点，作了较深入的讨论，亦多创获。如今，上距三夕兄完成论文 36 年，距姜庆姬完成论文 12 年，晓黎的书稿《宋诗宋注考论》又将要出版了。薪火相传，学术的传承和发展正未有穷期。有理由相信，以宋诗宋注的研究为起点，她对宋诗学的研究，会不断扩展；她以后的学术道路，也会越走越宽广。

晓黎勉旃！

巩本栋

戊戌暮春于钟山东麓有容斋

目　　录

绪　　论

所谓宋诗宋注，指的是宋人对本朝诗集所作的注释，即宋人注宋诗。宋人颇热衷于此事。宋诗宋注不仅数量多，而且质量高，所以在宋代学者那里就已经获得了较高的评价，如陆游在《施司谏注东坡诗序》中就指出，"近世有蜀人任渊者，尝注宋子京、黄鲁直、陈无己三家诗，颇称详赡"①；陈振孙《直斋书录解题》同样对任渊的诗注给予直接的肯定："大抵不独注事而兼注意，用功为深。"②清人则将辗转流传下来的注本视为珍宝，"宋人注宋人集，如李壁注《荆公集》，王、施之注《苏集》，任、史之注《黄集》《陈后山集》，皆风行海内，后世奉为圭臬，传本极多"③。足见宋诗宋注在古人心中的地位和价值。

在宋诗研究领域，将宋诗宋注作为一个课题进行开掘，则起步相对较晚。学界对于这一课题的系统研究，始于张三夕教授的硕士学位论文《宋诗宋注纂例》（南京大学，1982 年）。文章从文献学的角度出发，对宋诗宋注的体例进行了总分式的研究。全文分为解题篇、注释篇、校勘

---

① （宋）陆游：《渭南文集》卷 15，中国书店 1992 年版，第 83—84 页。
② （宋）陈振孙：《直斋书录解题》卷 20，上海古籍出版社 1987 年版，第 593 页。
③ （清）徐康：《断肠诗集跋》，（宋）郑元佐《新注朱淑真断肠诗集》，冀勤辑校《朱淑真集注·附录》，中华书局 2008 年版，第 279 页。

篇、评论篇、集注篇、缺误篇六个部分，并在此基础上细分为七十类注例，通过纂例，全面总结了宋人在诗歌注释工作中的成绩和问题。同时，第一次对宋诗宋注的存佚情况做了全面的统计，指出宋人注宋诗，凡35种，涵盖了宋祁、欧阳修、王安石、陈师道、陈与义、朱淑真、陆游、朱熹及魏了翁等人的诗集。论文的前言后以"宋诗宋注管窥"为题，单独发表于《古籍整理研究学刊》1989年第4期。20世纪80年代，对宋代文献的整理还没有起步，各种别集只能在各大图书馆古籍部觅得踪迹，所以张三夕教授此文写作难度之大，超乎想象，而文章能够对宋诗宋注的注释体例和存佚情况做出全面的梳理，筚路蓝缕，实开风气之先，也为后来的研究打下了坚实的基础。遗憾的是，也许是因为查阅古籍的困难，在此之后很长一段时间内，宋诗宋注的研究并没有为学界所重视，而是基本停滞了。

几乎与此同时，学界开始对宋代诗文别集进行大规模的整理，随着《全宋诗》以及各种宋人诗文别集的陆续出版，尤其是众多的点校排印本的相继推出，一方面，学界对宋诗留存情况在文献上的把握越来越清晰和全面，涌现出不少成果，如许肇鼎《宋代蜀人著作佚存录》（巴蜀书社1986年版）、刘尚荣《苏轼著作版本论丛》（巴蜀书社1988年版）、四川大学古籍研究所编《现存宋人别集版本目录》（巴蜀书社1990年版）、祝尚书《宋人别集叙录》（中华书局1999年版）、王岚《宋人文集编刻流传丛考》（江苏古籍出版社2003年版）等；另一方面，文献障碍的日渐清除，自然使得宋诗宋注重新回到学者的研究视域中。

大致从2000年开始，宋诗宋注逐渐成为学界关注的焦点，涌现出不少单篇论文，包括两篇博士学位论文，即吴晓蔓《〈黄陈诗集注〉研究》和姜庆姬《宋诗宋注研究》，前者立足个案，后者通观全局，角度不同，特色各异。但总的来看，学界的关注，基本上都是围绕保存比较完整的几种重要注本，以个案研究的形式展开。

宋人的两个苏诗注本，即旧题王十朋《王状元集百家注分类东坡先生诗》和施元之、施宿、顾禧《注东坡先生诗》是学界关注的第一个焦点。湖南科技大学的王友胜教授和华南农业大学的何泽棠博士对此都做了专门的研究。王友胜在其专著《苏诗研究史稿》第二章中，对两种注本的注者、成书时间、注释方法、学术价值、流传影响等方面分别进行了考察，认为《注东坡先生诗》的句中注为施元之、顾禧所作，题下注为施宿补作，全书为三人合作的成果，施顾注的价值体现在系年、题下注、句中注三个部分，并对其在后世声名不彰的原因进行了讨论。《王状元集百家注分类东坡先生诗》的编者究竟是谁，又是谁为苏诗分类？这是长期以来一直争论不休、众说纷纭的两个问题，傅增湘、刘尚荣两位学者先后对此书下过一番功夫，尤其是刘尚荣先生，通过比勘分类注各本，解决了不少问题，但此书的面目依然不够清晰。王友胜指出，在没有确切证据证伪的情况下，还是应该将分类注的编纂者定为王十朋，并认为探求苏诗典故与词语出处是该书最大的特色，然其整体价值却远低于施顾注。何泽棠对这两种宋人注本，同样进行了深入讨论，并于最近几年，集中发表了一系列论文，如《论〈集注东坡先生诗前集〉的文献价值》（《图书馆论坛》2006 年第 3 期）、《〈王状元集百家注分类东坡先生诗〉考论》（《中国典籍与文化》2009 年第 4 期）、《施宿〈注东坡诗〉题注的诠释方法与历史地位》（《中国韵文学刊》2010 年第 2 期）、《施宿与"以史证诗"》（《华南农业大学学报》2010 年第 2 期）等，对以《王状元集百家注分类东坡先生诗》为最终形态的苏诗分类注的版本演进以及注家进行了考辨，对注释的特点及得失做了分析和述评；同时，对施元之、施宿、顾禧的编年体《注东坡先生诗》"以史证诗"的注释方法也给予了充分的肯定。二人之外，四川大学的卿三祥教授《〈东坡诗集注》

著者为王十朋考》一文（《宋代文化研究》2003 年第 12 辑），则致力于对王十朋是否为《百家注》著者这一学术公案的考证。他通过对王十朋《梅溪集》和《百家注》两书的细致比对，指出王氏确为《百家注》的注者，颇有参考价值。

任渊《黄陈诗集注》是学界关注的第二个焦点。张承凤《论任渊及其〈山谷诗集注〉》（《文学遗产》2005 年第 4 期）和慈波《任渊宋诗校释平议》（《重庆社会科学》2005 年第 11 期）是两篇较早出现的力作，对任渊的生平思想、注释的特点、手法、价值等方面分别作了细致的讨论，为之后的研究打下了良好的基础。广东工业大学的吴晓蔓博士以任渊的《黄陈诗集注》为研究对象，完成了博士论文，并陆续发表了《任渊〈山谷诗集注〉考论》（《中国典籍与文化》2010 年第 5 期）、《南宋杜诗、韩文及柳文集注中的任渊注考》（《江汉大学学报》2010 年第 5 期）、《论任渊〈山谷诗集注〉的释义》（《青海民族大学学报》2010 年第 6 期）等一系列文章，主要站在文献学的立场，全面地考察了任渊《黄陈诗集注》的注释时间、注释背景、注释方法、典故注释、价值影响等不同的方面，为我们了解这一注本提供了极大的便利。

李壁《王荆文公诗笺注》是学界关注的第三个焦点。对此注本的研究，先后有以下几篇重要的论文：王水照《记日本蓬左文库所藏〈王荆文公诗李壁注〉》（《文献》1992 年第 1 期）、周焕卿《试论李壁对诗歌笺释学的贡献》（《南京师范大学学报》2004 年第 5 期）、汤江浩《李壁注荆公诗考论》（《中华文化论坛》2006 年第 2 期）、王友胜《论〈王荆公诗笺注〉的学术价值与局限》（《中国文学研究》2008 年第 2 期）、巩本栋师《论〈王荆文公诗李壁注〉》（《文学遗产》2009 年第 1 期），从注释时间、学术价值、注释特点以及版本的考证与研究等不同的角度，对李壁注进行了细致深入的研究，得出了不少重要的结论，为进一步的研究提供了坚实的平台。

其他一些注本，也陆续有学者予以留意，如王友胜《宋诗宋注名著四种叙录》（《古典文学知识》2010 年第 5 期）、何泽棠《论胡穉〈增广笺注简斋诗集〉》（《中国石油大学学报》2011 年第 5 期）等，显示了这一领域的持续升温，但较之前文所论三个焦点，关注度要低得多。

不难发现，学界已有的研究成果几乎都将注意力放在了宋人对王、苏、黄、陈（后山）几家诗歌所作的注释上，不仅如此，这些文章的思路也具有明显的趋同性，常常是针对某一具体注本，通过对诗注的大量排比、举例，总结注本的特点、体例和主要的手法，如对赵次公、任渊、李壁各家注中的诗学批评进行归类，对任渊、施宿、李壁注中"以史证诗"的手法进行举例和说明等。这些文章的反复出现，固然可以帮助我们迅速了解某一注本，甚至是某个注本中的某一注家的注释特点和价值，但同样的思路，一次又一次的自我重复，对研究的继续与深入似乎并没有太大帮助。

台湾学者在宋诗宋注这一领域也有突出的表现。首先，在文献整理方面，台湾艺文印书馆在 1980 年推出了由郑骞、严一萍两位先生编校的《增补足本施顾注苏诗》，基本再现了宋刊施、顾《注东坡先生诗》的原貌，是嘉惠学林的盛事。其次，专书研读方面，台湾清华大学李贞慧教授《〈百家注分类东坡诗〉评价之再商榷——以王文诰注家分类说为中心的讨论》一文（《台大文史哲学报》第 63 期，2005 年 11 月），从百家姓氏的分类出发，探讨其与王十朋、江西诗人及南北宋间重要学术、政治人物之关系，以重新衡定《百家注》的价值，视角新颖，启人颇多；原台湾大学黄启方教授《王十朋与〈百家注东坡诗〉》一文（《东华汉学》2009 年第 10 期），则在厘清了清人对《百家注》评论疏失的基础上，重新考订王十朋与《百家注》注者之关系，考察《江西诗社宗派图》诗人集团在其中的角色，检视王十朋《梅溪集》及《百家注》中的王十朋注，最终明确肯定了《百家注》为王十朋所编，颇有总结此说的意味。此外，王甦《朱子的〈武夷棹歌〉——兼及对陈注的商榷》一文（《古典文学》第 3 辑，台湾学生书局 1980 年版），虽非专论，但涉及对《武夷棹歌注》的评价，相比大陆学界对宋人理学家诗注研究的一片空白，亦应附记一笔。

与个案研究的硕果累累形成鲜明对照的，是宋诗宋注在整体研究上的单薄。这方面的成果屈指可数。周裕锴教授《试论宋代诗歌阐释学的主要倾向及其中心的演变》一文（收入 2003 年《第二届国际宋代文学研讨会论文集》，也可参其专著《中国古代阐释学研究》第五、六两章），从以意逆志（从正义到本义）、本末立意（从编年到本事）、抉隐发藏（从解密到对话）、醉翁呓语（从笺注到评点）四个方面，以宋代的诗歌注本为主要材料，对宋代的诗歌阐释进行了宏观的把握和梳理，提出其从尚意阐释学到尚味阐释学的发展轨迹和由笺注到评点的形态变迁，高屋建瓴，极其精彩。姜庆姬博士的毕业论文《宋诗宋注研究》（南京大学，2006 年），则在对全部宋诗宋注进行文献考察的基础上，从体例与内容、注释特色两大方面，对宋人的宋诗注本进行了整体考察，明确指出其重视编年、附录年谱的体例上的特点以及探寻本事、典故注释、文学批评三类注释上的特色。何泽棠与吴晓蔓在一系列专书研读的基础上，也开始留意对宋诗宋注的整体把握，发表了《宋人注宋诗的文献价值》（《图书馆理论与实践》2011 年第 5 期）、《宋代诗歌注释的"以史证诗"方法》（《中国典籍与文化》2011 年第 2 期）、《宋人注宋诗的诗学批评》（《大连理工大学学报》2013 年第 1 期）三篇论文，试图对宋诗宋注的文献价值和注释手法进行总结与评价。

通过以上梳理，我们可以发现，十几年间，学界对宋诗宋注的研究取得了长足的进展，但是从整体格局上看，似乎并无太大的突破。

首先，从文献考察上看，宋诗宋注在源起之时究竟有多少种、今天的存佚情况如何，在张三夕和姜庆姬之后，学界再无人讨论，基本上都直接沿用了张三夕《宋诗宋注管窥》一文的结论，这是不应该的。因为凭借当下宋代文献整理的日益完善和电子检索技术的普及发达，我们完全可以对这一问题做出更加全面和准确的考察。同样，针对具体注本，虽然学界重点关注的宋人的王、苏、黄、陈四家诗注在编者、体例、版本等问题上已经日渐清晰，但这也并不意味着所有的结论都已成定谳，在个别极富争议的问题上，仍有讨论的余地和必要。而除此之外，学界不甚关注的那些注本，讨论的空间就更大了。

从定义上看，宋诗宋注指的是宋人对本朝的诗集所作的注释，也就是说，诗歌的作者是宋人，诗歌的注释者也是宋人。从研究的一开始，我们就默认作者与注者是不同的人。但仔细观察中国诗歌的传统，我们会发现另外一种可能，即诗人有时会很自觉地对自己的诗集逐首进行注释。这就意味着，宋诗宋注的内涵，远比我们认为的要大，它应该包括他注和自注两个部分。前者是诗注的主流，后者是诗注的支流。长久以来，我们把主流当成了全部而忽视了支流，这也是不应该的。所以，对宋诗宋注内涵的重新定义，可以帮助我们开拓研究的空间，提升研究的价值。

从研究的重心上看，学界把过多的精力都放在了王、苏、黄、陈四家诗的诗注上，近三十年来的文章，基本都是围绕这几种注本展开，这当然取得了很丰厚的成果，但也留下了明显的空白，比如多达12种的南宋理学家所作的诗注，学界就鲜有人讨论。

从研究方法上看，无论是专书研读还是整体讨论，已有的成果都比较明确地倾向于类型化的静态描述，较少从动态的思路去把握。但是，如果我们尽量贴近文学发展的原生状态，我们会意识到，一方面，宋诗宋注不是空穴来风，其出现和发展，与上一个历史时期的诗学发展，尤其是诗歌注释方面的尝试之间，有着不易察觉的内部联系；另一方面，宋人的宋诗注本在刻印、流传之后，也就变成了宋代诗学的一个组成部分，其自然与宋代诗学的其他组成部分发生各种各样的联系，形成一种互动关系，最终，在宋代文学的版图上赢得了位置，也就是我们常说的存在感。而这些，恰恰都是目前的静态研究所未能涉及的。

所以，本书采用文献学与文艺学相结合的方法，力图在对宋诗宋注进行更为全面的文献调查的基础上，结合学界已有的研究成果，把宋诗宋注还原成一种相对独立且处于运动状态的文学现象，对其进行整体研究，考察它与前代诗歌注释成果之间的内在联系以及其与宋代诗学其他层面之间的互动，并对宋代特有的理学家的诗注进行探讨，力求为这一领域的研究提供新的角度和新鲜的结论。

第一章　宋诗宋注的文献考察（上）

第一节　研究现状及检讨

　　1982 年，张三夕教授完成了他的硕士学位论文《宋诗宋注纂例》（南京大学），第一次对宋诗宋注的存佚情况进行了全面的考察，指出宋人注宋诗，凡 35 种，涵盖了宋祁、欧阳修、王安石、陈师道、陈与义、朱淑真、陆游、朱熹及魏了翁等人的诗集。这一结论为学界普遍接受并沿用至今。[①] 为叙述方便，现将张先生所作的《宋诗宋注总目》转录如下表[②]：

---

　　① 学者在论及宋诗宋注的时候，多加以引用。如冯国栋《宋代文人与〈景德传灯录〉》云"据张三夕《宋诗宋注管窥》一文的统计，宋人注宋诗有 35 种之多"，载《九州学林》2007 年春季卷，第 15 页；王友胜《宋诗宋注名著四种叙录》云"据初步统计，宋人注宋诗凡35 种，其中注苏诗 17 种，注黄诗 6 种，已占去强半"，载《古典文学知识》2010 年第 5 期，第127 页。

　　② 张三夕：《宋诗宋注管窥》，《古籍整理研究学刊》1989 年第 4 期，第 66—68 页。

书名	注者	存佚	著录或称引
《注宋子京诗》	任渊	佚	陆游《渭南文集》卷十五《施司谏注东坡诗序》
《欧阳公诗集注》	裴及卿	佚	魏了翁《鹤山先生大全集》卷五十四《裴梦得注欧阳公诗集序》
《王荆公诗笺注》	李壁	存	赵希弁《郡斋读书志附志》卷五下；陈振孙《直斋书录解题》卷二十
《王荆公诗庚寅补注》	未详	存	吴骞《拜经楼诗话》卷二；张宗松刊《王荆公诗笺注》卷首略例第五条
《苏诗旧注》	未详	佚	《集注分类东坡先生诗》赵次公注称引
《苏诗五家注》	赵次公、李厚、程缜、宋援、林子仁	残	冯应榴《苏文忠公诗合注》称引
《苏诗八注》	未详	佚	《集注分类东坡先生诗》旧题王十朋注称引
《苏诗十注》	未详	佚	同上
《集注东坡先生诗前集》	赵夔、师尹等	残	《北京图书馆善本书目》卷六
《注东坡诗》	赵次公	佚	胡穉《增广笺注简斋诗集》卷首楼钥序
《苏诗注》	赵夔	佚	陈岩肖《庚溪诗话》卷上；潜说友《咸淳临安志》卷七十一"水仙王庙"条

续　表

书名	注者	存佚	著录或称引
《苏诗注》①	未详	佚	洪迈《容斋续笔》卷十五"注书难"条
《集注分类东坡先生诗》	旧题王十朋集百家注	存	《四库全书总目提要》卷一百五十四
《集注坡诗》	赵次公等	佚	王楙《野客丛书》卷二十三"集注坡诗"条②
《王状元注东坡七言律诗》	王十朋	未见	《图书馆学季刊》卷七第一期《玄赏斋书目》下
《注东坡诗》	施元之、施宿、顾禧	残	陆游《渭南文集》卷十五《施司谏注东坡诗序》；陈振孙《直斋书录解题》卷二十
《注东坡诗》③	吴兴沈氏	佚	陈思《海棠谱》卷上；董斯张《吴兴备志》卷二十二经籍志称引
《补注东坡诗》	黄学皋	佚	王应山《闽大记》卷十二"书籍考"

---

　　① 按：此集之注者，《容斋续笔》在"注书难"一条中，曾言及其为蕲春人于政和初年杜门注苏诗。若从注释时间与注家籍贯两个方面看，"政和初"与"蕲春"两条线索指向的很有可能是苏诗五家注中的林子仁，然洪迈最后云蕲春士人尽焚其稿，又与事实不合。未知此条笔记所言，究竟是实录其事还是虚构加工，或者合而有之？然后人援引此条，常作实事解，不加怀疑，如清俞樾《茶香室续钞》卷十四"注东坡诗蕲春士人"条，便信以为真，对其"姓名之不传"颇感惋惜。在没有其他证据的前提下，为稳妥起见，本书亦沿前人旧例，视其为宋诗宋注之一种。

　　② 张三夕教授在此条下加脚注云："王楙在此条中引了赵次公注、程注、新添注，未知其与旧题王十朋集注是否同一系统。"

　　③ 张三夕教授在此条下加脚注云："查慎行《补注苏诗》卷首《例略》第四条有云：'绍兴中有吴兴沈氏，见《吴兴备志·经籍类》中……今皆不传。'冯应榴注本卷首凡例第一条沿其说。案：陈思《海棠谱》卷上所引吴兴沈氏注，全同施顾注本卷二十《海棠》诗施顾注。疑陈思把吴兴施氏误作沈氏；或别有一沈氏注。查氏、冯氏未检出处，仅转引《吴兴备志》。"

书名	注者	存佚	著录或称引
《东坡和陶诗注释》	陈知柔	佚	同上
《东坡锦绣段》	未详	佚	查慎行《补注东坡编年诗》卷首例略
《注东坡诗事》	李歜	佚	张邦基《墨庄漫录》卷二
《山谷内集诗注》	任渊	存	陆游《渭南文集》卷十五《施司谏注东坡诗序》
《山谷诗注》	陈逢寅	佚	脱脱等《宋史》卷二百八《艺文》七
《山谷外集诗注》	史容	存	倪璨《宋史艺文志补》
《豫章外集诗注》	任骥	佚	洪咨夔《平斋文集》卷十《豫章外集诗注序》
《注黄诗外集》	邓公立	佚	魏了翁《鹤山先生大全集》卷五十五《注黄诗外集序》
《山谷别集诗注》	史季温	存	倪璨《宋史艺文志补》
《后山诗注》	任渊	存	陆游《渭南文集》卷十五《施司谏注东坡诗序》；陈振孙《直斋书录解题》卷二十
《后山外集诗注》	史容	佚	方回《桐江集》卷四《跋许万松诗》

书名	注者	存佚	著录或称引
《增广笺注简斋诗》	胡穉	存	楼钥《简斋诗笺叙》；刘辰翁《简斋诗笺序》
《放翁诗选注》	史温	未见	邵懿辰《增订四库简明目录标注》卷十六"放翁诗选前集十卷，后集八卷，附别集一卷"条
《文公朱先生感兴诗注》	蔡模	存	陆心源《皕宋楼藏书志》卷八十五；丁丙《善本书室藏书志》卷三十
《文公朱先生武夷棹歌注》	陈普	存	同上
《注鹤山先生渠阳诗》	王德文	残	黄丕烈《士礼居藏书题跋记》卷五；瞿镛《铁琴铜剑楼藏书目录》卷二十
《注朱淑真断肠诗集》	郑元佐	存	丁丙《善本书室藏书志》卷三十；瞿镛《铁琴铜剑楼藏书目录》卷二十一

张先生认为，在三十五种注本中，赵次公等《集注坡诗》与吴兴沈氏《注东坡诗》是否确实存在，尚有比较大的商榷余地，其余三十三种则似无可疑。其中，今存可见者共十四种，分别是李壁《王荆公诗笺注》（"庚寅补注"包括在内。按：此条著录有误，详见下文辨正）；旧题王十朋《分类集注东坡先生诗》；施元之、施宿、顾禧《注东坡先生诗》；赵次公、李厚、程縯、宋援、林子仁等《苏诗注》残本；赵夔、师尹等《集注东坡先生诗前集》残本；任渊《山谷内集诗注》《后山诗注》；史容《山谷外集诗注》；史季温《山谷别集诗注》；胡穉《增广笺注简斋诗》；蔡模《文公朱先生感

兴诗注》；陈普《文公朱先生武夷棹歌注》；王德文《注鹤山先生渠阳诗》；郑元佑《注朱淑真断肠诗集》。其中，除了苏诗的三个残注本和王德文《注鹤山先生渠阳诗》残本，其余十种今皆存全帙。

以今天学界的积累来看，张三夕先生辑录的《宋诗宋注总目》（下文简称《总目》），正如其在文中自谦所言，"本系初编，粗疏失误，在所难免"。其中确实存在一些疏失和错误，现逐条辨正如下：

1. 《王荆公诗笺注》在李壁注之外，另有"补注"与"庚寅增注"两种注释形态，而《总目》作者当时尚未能得见有关文献，故不免混淆。①

2. 《集注分类东坡先生诗》中，赵次公注文中所云之"旧注"，指的是产生时间略早于自己的程縯、宋援、李厚三家之注，非四家注之外的新注。② 张先生据此著录《苏诗旧注》一种，乃失于详察。

3. 吴兴沈氏《注东坡诗》，实即施、顾《注东坡先生诗》。事实上，张先生在脚注中已对此条表示了充分的怀疑，但并未明确取舍。宋人陈思《海棠谱》卷上云："东风袅袅泛崇光，香雾霏霏月转廊。只恐夜深花睡去，更烧银烛照红妆。"先生常作大字如掌，书此诗，似是晚年笔札，与集本不同者，'袅袅'作'渺渺'，'霏霏'作'空蒙'，故墨迹旧藏秦

---

① 关于"补注"与"庚寅增注"的具体情况，今天学者普遍认为"补注"的著作权当归属李壁本人，这一点应无疑问，如王水照《王荆文公诗李壁注前言》、王友胜《论〈王荆公诗笺注〉的学术价值与局限》（《中国文学研究》2008年第2期，第55页）等文皆持此说。而"庚寅增注"的作者，清人多怀疑其为宋人曾极，如翁方纲、傅增湘皆持此说（参见翁方纲《复初斋文集》卷一八《跋李雁湖注王半山诗二首》、傅增湘《藏园群书经眼录》卷13集部二），王水照先生则认为非曾极所作（参见《王荆公诗李壁注前言》），究竟何人依然待考。巩本栋师通过对现存台北故宫博物院的李壁注《王荆文公诗》宋刻残本等文献资料的综合考察，结合台湾学者的研究成果，对这一公案提出一个颇具说服力的新说，即认为李壁不但是"补注"的作者，也是"庚寅增注"的作者，论证过程参见巩师《论〈王荆文公诗李壁注〉》一文（《文学遗产》2009年第1期，第69—71页）。稍后，这一结论得到王水照先生的认可。（参见高克勤点校《王荆文公诗笺注》卷首所附王水照先生之"补记"，上海古籍出版社2010年版，第16—17页）
② 最近几年，随着对苏诗宋注本专题研究的日渐深入，宋人苏诗注本的情况得到了较好的梳理，版本、作者、演变、特点等各方面的问题都已日渐清晰和明朗，相关的讨论可参考刘尚荣、王友胜、何泽棠三人的系列论文。

少师伯阳，后归林右司子长。今从墨迹。"句末附小字注，云："吴兴沈氏《注东坡诗》。"将此条与施、顾《注东坡先生诗》进行比对，文字完全吻合。而且，此条在施顾注中被系于题下。题下注出自施宿之手，施宿乃湖州长兴人，而吴兴即湖州之古称，故《海棠谱》中所记"沈氏"当为"施氏"之误。

4. 据托名董其昌的伪书《玄赏斋书目》著录的《王状元注东坡七言律诗》①，非宋人王十朋所作，而是明人赵克用将系有刘辰翁评语的《王十朋集百家注分类东坡先生诗》中的七律抄录、摘编而成，共二卷，卷首有弘治十六年（1503）马廷用序。

5. 据王楙《野客丛书》卷二十三"集注坡诗"条著录的赵次公等《集注坡诗》，张先生于此加尾注云："王楙在此条引了赵次公注、程注、新添注，未知其与旧题王十朋集注是否同一系统。"今将此条所引及的《八月十五日看潮五绝》《次韵王定国南迁回见寄》《次韵定慧钦长老见寄八首》三诗句下注文与王十朋集注本进行比对，可以发现，在注文内容上，二者基本吻合，只是《百家注》稍有删减，而且，"新添"即是"林子仁"；在称呼上，二者风格迥异，王楙引文称"程""赵""新添"，《百家注》则云"缜""次公""子仁"，故知王楙所引当为《百家注》之前的五注、八注、十注或《集注东坡诗前集》中的一种，其与《百家注》确属同一系统，故不需重复著录。

6. 张先生据王应山《闽大记》卷十二《书籍考》著录陈知柔《东坡和陶诗注释》一条，然今查《闽大记》卷十二《书籍考》"泉州府"部分，"《易本旨》《春秋义例》《诗话》《古赋杂著》《论语后传》"条下，

---

① 《玄赏斋书目》乃伪书中的伪书，关于这一点，可参见李丹、武秀成《一部伪中之伪的明代私家书目——董其昌〈玄赏斋书目〉辨伪探》，《中国典籍与文化论丛》（第九辑），北京大学出版社 2007 年版，第 184—200 页。

附小字云"俱陈知柔著"①，并未提及《东坡和陶诗注释》，故此条应为援引之误。检宋代文献，无论是王象之《舆地纪胜》、章定《名贤氏族言行类稿》，还是谢维新《事类备要》，皆云陈知柔"罢贺州，归留惠阳三年，暇日泛丰湖，登白鹤峰，追和东坡诗，陶写罗浮风物殆尽"，无一言及和陶诗注；之后的明清地志、史传、杂著等亦对其人多有述及，如（弘治）《八闽通志》《东越文苑》《大清一统志》等，但同样未言及其有《东坡和陶诗注释》。

7. 张先生据佚存丛书本《文公朱先生武夷棹歌注》，著录其注者为宋元间的理学家陈普。《武夷棹歌注》由句中注和诗后注两个部分组成。诗后注出自陈普之手，而句中注则成分复杂，非陈普所为：其主要来自蔡正孙《唐宋千家联珠诗格》对所选录的七首《武夷棹歌》所作的评注，且将其编入《武夷棹歌注》的并非元人刘概，而是15—19 世纪不知名的朝鲜文人。详细的考证过程见本书第二章第二节。

在存佚情况方面，张先生也有判断失误之处，如王德文《注鹤山先生渠阳诗》今存有影宋刊本全帙，非如其所云只有残本。② 黄学皋《补注东坡诗》虽已无传本，然其借魏仲举《五百家注韩昌黎文集》的摘引，尚保留了 7 条注文。另在魏刻《增广百家补注唐柳先生文集》中，亦保留 1 条注文。

在失收、漏收方面，《总目》留下了一定的补充的空间，举其尤显

---

① 王应山纂修、福建省地方志编纂委员会整理：《闽大记》，中国社会科学出版社 2005 年版，第 201 页。

② 王德文《注鹤山先生渠阳诗》一卷，今存光绪二十八年贵池刘世珩玉海堂影宋刊本和民国十四年铁琴铜剑楼影宋刊本。后者即黄丕烈跋本，黄氏判断有误，其并非宋刻本，实乃明人翻刻。《北京图书馆古籍善本书目·集部·宋别集类》和《中国古籍善本书目·集部·别集类》均已注意到了这一点，明确著录其为明刻本。关于这一问题，详细论证可参见彭东焕《〈注鹤山先生渠阳诗〉成书与流传中的几个问题》一文。（《蜀学》第五辑，巴蜀书社 2010 年版，第 168—169 页）

者，如其收罗宋人苏诗注共 17 种，几乎占据了半壁江山，可谓巨细无遗，然却漏掉了苏诗最早的集注本，即程缜、李厚、宋援、赵次公的"四注本"。其他可以补充的注本尚有多种，具体内容见本章第二节。

综上所述，用今天的学术储备重新审视张三夕先生统计的《总目》，除去上文指出的误收、重收的注本，可确定无误的宋诗宋注实 29 种（若将李壁《王荆文公诗笺注》之"补注"与"庚寅增注"单独视为一种，则为 30 种）。但是，必须强调的是，张先生三十年前即着手此工作，没有电脑检索工具和大型工具书如《全宋文》《全宋诗》《宋诗话全编》等为后盾，其穿梭于各大图书馆古籍部，遍览翻阅，检寻搜罗，为宋诗宋注的研究划定疆界，打下基础，后来者只能在此基础上进行补充，无法对其进行整体上的超越，其筚路蓝缕之艰辛是绝不可忽视的。

2006 年，南京大学姜庆姬以"宋诗宋注研究"为博士论文选题，在张三夕教授所拟《总目》的基础上，对今天可以考知的宋人的本朝诗、词、文、赋注进行了一次更加全面的考察，就宋诗宋注而言，补出了以下数种。

1. 傅共注《和陶集》。今佚。陈振孙《直斋书录解题》卷十五云："《和陶集》十卷。苏氏兄弟追和，傅共注。"① 马端临《文献通考》卷二四八亦有著录。

2. 唐庚《苏诗注》。今佚。清人查慎行《补注东坡先生编年诗例略》云："兹集旧有八注、十注，同时稍后者有唐子西、赵夔等注。"② 唐子西即唐庚，卒于徽宗宣和二年（1120），故知此为北宋注本。

3. 史会更《山谷内集诗注》。今佚。钱文子《芍室史氏注山谷外集诗序》云："山谷之诗与苏同律，而语尤雅健，所援引者乃多于苏。其诗

---

① （宋）陈振孙：《直斋书录解题》，上海古籍出版社 1987 年版，第 446 页。
② （清）查慎行：《苏诗补注》，《文渊阁四库全书》，上海古籍出版社 1987 年影印本，第 1111 册，第 8 页。

集已有任渊、史会更注之矣。"①

4. 潘柄《感兴诗笺注》。姜氏据蔡模《文公朱先生感兴诗注》中所云"……寄示瓜山潘丈笺本，积日吟诵，犹或恨其笺注之间若有未尽者"②，补入潘柄笺注本。

5《感兴诗》四家注。姜氏引丁丙《善本书室藏书志》卷三十"《文公朱先生感兴诗注》一卷、《武夷棹歌注》一卷"条："初有四家注，元胡炳文广之为十家，更参以己说别之为通，与《四书通例》同。十家者，长乐潘氏柄、杨氏庸成、建安蔡氏模、真氏德秀、詹氏景辰、徐氏几、黄氏伯旸、番禺余氏伯符、新安胡氏升、胡氏次焱也。"③ 据此补出《感兴诗》之四家注本，但因为文献之不足征，今于此四注本之编者与注者皆一无所知。丁丙在此条中，又提及了元代胡炳文《感兴诗通》所汇集的十家《感兴诗注》，除潘柄、蔡模二家外，另增杨庸成、真德秀、詹景辰、徐几、黄伯旸、余伯符、胡升、胡次焱八家，然姜氏仅引及，以之为宋诗宋注之遗珠，并未作进一步的考察。④

6. 金履祥注《感兴诗》。金履祥《濂洛风雅》收录朱熹《感兴诗》并为之作注。今有《丛书集成初编》本。

7. 何基《感兴诗解》。今佚。《浙江通志》卷二五二："《感兴诗解》。

---

① （宋）任渊、史容、史季温注：《黄庭坚诗集注》，刘尚荣校点，中华书局 2007 年版，第 715 页。

② （宋）蔡模：《文公朱先生感兴诗注》，《佚存丛书》第 2 册，江苏广陵古籍刻印社 1992 年版，第 29 页。

③ （清）丁丙：《善本书室藏书志》，《续修四库全书》第 927 册，上海古籍出版社 2002 年影印本，第 509 页。

④ 胡炳文《感兴诗通》今存两种版本，皆为明本，一为叶氏本，一为詹氏本。前者保存在北京大学图书馆和国家图书馆，后者保存在台北国家图书馆善本书室。卞东波《朱子〈斋居感兴二十首〉在东亚社会的流传与影响》（《域外汉籍研究集刊》第 10 辑）和史甄陶《从〈感兴诗通〉论胡炳文对朱学的继承与发展》（《汉学研究》第 26 卷第 3 期）分别对两种版本进行了介绍和讨论，可参。大致来说，从时间上看，叶氏本晚出；而就内容上看，叶氏本选十家注，詹氏本则列入十一家，多出了 4 条程时登的注释，并在诗后附录了刘履的看法，除此之外，其他内容在叶氏本中都可以见到，但是叶氏本中注释的内容更多。

何基撰。（《金华县新志》）"①

8. 陈纪《朱子感兴诗考订》。今佚。《浙江通志》卷二五二："《朱子感兴诗考订》。陈纪著。（《台州府志》）"②

姜庆姬在张氏《总目》的基础上，利用新的检索工具，吸收后来学者相关个案研究的成果，寻检挖掘，辩证补充，很是下了一番功夫，所补出的诗注虽多已亡佚，然对于宋诗宋注的整体认识和深入探讨，其价值自不可小视。然而，姜氏的考察虽然细致，但同样难免疏失，多有判断失误之处，现亦分疏如下：

1. 关于"傅共注《和陶诗》"，据南宋李俊甫《莆阳比事》卷三"傅共注释东坡和陶诗解"条，知注本全称当为《注释东坡和陶诗解》。此条下附小字，云其为"仙游人，绍兴壬子（1131）奏名"③。姜氏云此书已佚，此言无误，然为其所不察的是，保存于韩国高丽大学的南宋遗民蔡正孙编《精刊补注东坡和陶诗话》一书中，保留了傅共注文 37 则，可使我们略窥其面貌。④

---

① （雍正）《浙江通志》，《文渊阁四库全书》，第 525 册，第 732 页。
② 同上。
③ （宋）李俊甫：《莆阳比事》，《宛委别藏》第 50 册，江苏古籍出版社 1988 年版，第 151 页。
④ 据金程宇《高丽大学所藏〈精刊补注东坡和陶诗话〉及其价值》一文（《文学遗产》2008 年第 5 期，第 118—129 页），知此注本在韩国高丽大学所藏《精刊补注东坡和陶诗话》中，因为蔡正孙的征引而得以保留其中的一部分，注本面貌可由此略窥一二。现将金程宇考察的结论转录如下：该书引傅注三十七则，对陶诗及苏轼、苏辙和诗皆有注释。大体而言，傅注有梳理文义者，如《和停云》："仙溪畸人傅共云：此诗自'念彼海康'而下，谓梦见子由也。"子由《和停云》："傅仙溪云：是时风雨无虚日，而有拔木之恐，故此诗所谓其如予何者，言不为风雨而内变也。"《和答庞参军》"妙妙侍侧，两髦丫分"句："傅仙溪注云：此言周彦质使稚子歌舞以乐东坡也。"（卷一）有据见闻作注者，如《和时运》"乔木干霄"句："傅仙溪云：予尝游白鹤峰，公之故居，旧基依然，峰颠乔木数本参天，其北下瞰长江之潭，岸傍巨石，可容数人布坐。"《子由和劝农》"计无百年，谋止信宿"句："傅仙溪云：海康之俗，既不耕稼，而闽人多以舟载田器寓居广南，耕田不为长久之谋，但为二三岁之计。《左传》云：再宿为信。"有校勘异文者，如《始作镇军参军经曲阿》"时来苟冥会，婉娈憩通衢"句："傅仙溪注：'冥会'作'宜会'，'婉娈'作'疏礓'。"（卷五）由此知傅共的注本，是陶诗与苏氏和诗共注。在具体注释内容方面，或梳理文义，或补充见闻，或校勘异文，其价值自不须多言。另，关于此注本，亦可参见杨焄《傅共〈东坡和陶诗解〉探微》，《中山大学学报》2013 年第 6 期。

2. 金履祥注《感兴诗》一条，与文献不符。事实上，金履祥《濂洛风雅》收录朱熹《感兴诗二十首》①，诗后所附注释皆出自何基之手，金履祥本人并未有注。何基之注后又被单独辑出，编入《何北山先生遗集》中，独立一卷（第三卷），题作《解释朱子斋居感兴诗二十首》。②

3. 由上一条，知其云何基《感兴诗解》今已亡佚，亦误。③

4. 陈纪《朱子感兴诗考订》一条，亦与文献不符。此条据《浙江通志》卷二五二"文史"著录，其云："《朱子感兴诗考订》，陈纪著。（《台州府志》）。"④ 然《浙江通志》此一部分颠舛杂乱，并未按时代先后依次排列；而且，查《台州府志》，共著录两个陈纪，分别入《孝友传》《文苑传》，一为明人，一为清人，皆非宋人。故此条非宋诗宋注，不当贸然录入。

另外，姜氏在补入《感兴诗》四家注的同时，借丁丙《善本书室藏书志》中所提到的胡炳文《感兴诗通》，增入了杨庸成、真德秀、詹景辰、徐几、黄伯旸、余伯符、胡升、胡次焱八家《感兴诗注》，然仅一带而过，并未进行具体的考察，故本书于此处略作补充。⑤ 十人中，杨庸成与黄伯旸目前找不到任何资料。真德秀为南宋后期理学大家，与魏了翁齐名天下，亦无须赘论。余五家，基本情况如下：余伯符，字子节，号思斋，江西人，戴表元《剡溪文集》卷一《银峰义塾记》云："思斋及游新安朱晦翁之门，居家注《感兴诗》及蔡氏《三问解》与夫《性理》

---

① （宋）金履祥：《濂洛风雅》卷 3，清光绪退补斋本，第 5—15 页。
② 第二首诗后，何基注中径直引用"黄勉斋曰"，黄勉斋即黄幹，何基为其徒，由此，可以确知何基的注释直接吸收了其老师的部分观点。
③ （宋）何基：《何北山先生遗集》，清光绪退补斋本，第 1—10 页。
④ （雍正）《浙江通志》，第 732 页。
⑤ 关于胡炳文《感兴诗通》所录十种《感兴诗注》的注家，卞东波、史甄陶二人已分别做了讨论，此处多有参考，特此指出。

诸书，悉行于世。"① 胡升（1198—1281），字潜夫，号愚斋，婺源清华人，据（弘治）《徽州府志》卷八"宦迹"所载："……所著有《四书增释》，又《注朱子感兴诗》及《丁巳杂稿》。"② 胡次焱（1229—1306），字济鼎，号梅岩，晚号余学，婺源考川人。据（弘治）《徽州府志》卷八"宦迹"所载，"……或以宦进招之，作《媒蘖问答诗》以见志。所著有《四书注》《唐诗绝句附注》《文公感兴诗注》行于世"③。徐几，生卒年不详，字子舆，福建建安人。（嘉靖）《建宁府志》卷十八云其："通诸经，尤精于《易》。自朱、真后，理学之传，惟几颇臻其奥。景定间，臣僚交荐，与何基同以布衣召，诏补迪功，添差建宁府教授兼建安书院山长，有经义行世。"④ 詹景辰，生卒年不详，名枢，字景辰，真德秀有《詹景辰字说》一文。⑤ 五人之中，现有文献中明确言及其著有《感兴诗注》的只有余伯符、胡升、胡次焱三家。真德秀《西山先生真文忠公文集》卷三十四有《跋晦翁感兴诗》，然未见《感兴诗注》。⑥ 结合宋代诗歌集注的特点，所谓集数家之注者，大多自壮其数，真正意义上的注本很少，相当一部分所谓的"注家"，其实都是对其个人文集、笔记杂著中相关讨论的零星摘录，并无注本之实，《感兴诗通》亦是如此。为稳妥起

---

① （宋）戴表元：《剡溪文集》，《文渊阁四库全书》，第1194册，第13页。
② （弘治）《徽州府志》，《天一阁藏明代方志选刊》，上海古籍出版社1981年版，第29册，第28页。
③ 同上书，第32页。
④ （明）夏玉麟、汪佃修纂，福建省地方志编纂委员会整理：（嘉靖）《建宁府志》（下册），厦门大学出版社2009年版，第30页。
⑤ （宋）真德秀：《西山先生真文忠公文集》卷33，《万有文库》本，商务印书馆1937年版，第589—590页。
⑥ 《感兴诗通》所录十家注释，只有蔡模注辗转流传了下来，其他九种，皆已散佚，只是借由《感兴诗通》的摘引，保留了零星的注释，略存面目，可窥一斑。据卞东波《朱子〈斋居感兴二十首〉在东亚社会的流传与影响》一文的统计，其保存情况大致如下：潘柄注33条，余伯符注14条，胡升注5条，胡次焱注十余条。另外，蔡模《感兴诗注》摘引潘柄注文2条（见其十四、其十五）；元人刘履《风雅翼》（《选诗补注》）卷十四所录朱文公《感兴诗》中，引潘柄注5条（见其三、其五、其九、其十四、其十九），引余伯符注3条（见其一、其六、其二十），引徐几注1条（见其二十）。

见，我们只取今有证据能够证明当时曾有注本问世的余伯符、胡升、胡次焱三家。

所以，姜氏补出的八种宋诗宋注，只有六种确实成立，即使是可以成立的这六种，也或多或少地存在文献上的疏漏。再加上《感兴诗通》中潘柄、蔡模之外的三家《感兴诗注》，姜氏所补，共计九种。①

综上所述，在整体的文献考察方面，目前学界对宋诗宋注存佚情况的掌握，即在此节所述范围之内，剔除各种文献上的疏误，张氏与姜氏所录之确可成立者，共计 38 种。

毫无疑问，二人的搜集整理为学界对这一领域的深入研究提供了极大的方便，学术价值不必再予强调；但不能回避的是，二人的文献考察，无论是主观意识，还是实际操作，都存在模糊、缺漏之处，并未能还原完整的宋诗宋注的世界，所以还有较大的补充、挖掘的空间。

第二节　宋诗宋注研究的重新定义与补录

宋诗宋注的内涵相当明确，即宋人对宋诗的注释。但学界对这一领域的讨论，从一开始就陷入了先入为主的泥潭。

众所周知，中国古代的诗歌注释有两种类型：一种是他注，即一人为另一人的诗歌所作的注释；另一种是自注，即诗人对自己的诗歌进行的注释。他注是诗歌注释的主流，其流行的程度及在文学史上的影响都远大于自注，然而，自注终究是作为一种诗歌注释的类型而存在，并与

---

① 这九种分别是：傅共《注释东坡和陶诗解》、唐庚《苏诗注》、史会更《山谷诗内集注》、潘柄《感兴诗注》、佚名《感兴诗四家注》、何基《解释朱子斋居感兴诗二十首》、余伯符《感兴诗注》、胡升《注朱子感兴诗》、胡次焱《感兴诗注》。

古典诗歌的发展历程如影随形，有其自身发展的轨迹和不可忽视的价值。

诗歌自注最早出现于南北朝时期，在唐代得以持续发展。中唐是诗歌自注勃兴与变革的重要时期，诗歌自注现象的普泛化、自注重点由背景说明向诗句解释的转移、自注与诗歌关系由意义层面向情韵层面的深化与推进、自注纪实性增强等一些深刻变化都始自或发展于中唐。① 到了晚唐，始有了诗人对完整诗集的逐首注解，如周昙自注《咏史诗》。② 进入两宋，这一特点渐成规模，诗人对自己所作的相对独立的组诗或单独刊行的诗集逐首进行注释，已成为一种较为普遍的选择。其中的不少作品，当时已有单独印行的记录，还有一些作品，虽今天不见于宋人的记载或著录，但在后世的书目中，一直以单行本的面貌出现。毫无疑问，它们也应该是宋诗宋注的组成部分。

所以，我们认为，宋诗宋注的研究领域应当包括他注和自注两个方面。本节即拟在这一认识的基础上，从他注与自注两个方面，对宋诗宋注进行补录。

一　他注

1. 苏诗“四注”。此为苏诗最早的集注本，所谓“四注”，即程縯、李厚、宋援、赵次公四家之注。元代李冶在其《敬斋古今黈》卷七中明确提到了苏诗有一个四注本，但没有指出四家注分别是哪四家。清代冯应榴、王文诰均认为四注的作者是程縯、李厚、宋援、赵次公。中国国

---

① 魏娜：《论中唐诗歌自注的纪实性及文献价值》，《文献》2010 年第 2 期，第 39 页。

② 此集皆为七言绝句，共计 195 首。首二篇为叙录，之后的诗歌皆以历史人物为题，始于《唐尧》，终于《贺若弼》。每诗或单吟一人，或合吟二三人。诗题之下，用几个字抽绎出中心思想，诗后注出史事，注后为评论。注文与评语，详略不一。注评之间，虽多以“臣昙曰”标示，但也不时出现灵活多样、不拘一格者。评注之间，没有明显界限；亦注亦评，注中夹评；先评后注，评中夹注。自注文字，除少数几条是照抄《左传》原文外，绝大多数是节录、隐括史传，且不标明处。具体情况，参见赵望秦《宋本周昙〈咏史诗〉研究》（中国社会科学出版社 2005 年版，第 15 页）。

家图书馆藏宋刊《集注东坡诗前集》残本可以证明这一点。《集注东坡诗前集》今仅存四卷，其中，第四卷是一个五注本，五位注家分别是程、李、宋、赵与新添，由此可见原四注本确实是程、李、宋、赵四家注之集合。四注本的编写、刊刻很有可能是在北宋末年，可惜未能流传下来。①

2. 蔡梦弼《东坡和陶集注》。蔡梦弼，字傅卿，建安（今福建建瓯）人。嘉泰中（1201—1204），撰《杜工部草堂诗笺》，为世所重。俞成《校正〈草堂诗笺〉跋》云其"潜心大学，识见超拔。尝注韩退之、柳子厚之文，了无留隐；至于少陵之诗，尤极精妙"②。史铸《百菊集谱》卷四在所收晋人袁崧《菊》诗后，附《陶渊明九日闲居诗并序》，并于陶序后缀双行小字注，曰：

> 愚斋云：近年蔡梦弼有《注和陶诗》。其中，不注"九华"为菊名，惜其有阙。③

"愚斋"即史铸。史铸生卒年不详，其尝在嘉定十年（1217）为王十朋《会稽三赋》作注，于诗文注释并不陌生，此言自当可信。"近年蔡梦弼有《注和陶诗》"一句，明确表示蔡梦弼《注和陶诗》的存在与流通。"九华"二字出于陶诗原序中"余闲居，爱重九之名，秋菊盈园，而持醪靡由，空服九华，寄怀于言"一句，故"不注'九华'为菊名"一句，则说明此注本乃苏轼和诗、陶诗并注。俞成《校正〈草堂诗笺〉跋》作于开禧元年（1205），未提及此注，则其成书当在1205年之后。《百菊集

---

① 关于四注本的详细讨论，可参见何泽棠《〈王状元集百家注分类东坡先生诗〉考论》，《中国典籍与文化》2009年第4期，第76—77页。

② （宋）俞成：《校正〈草堂诗笺〉跋》，《杜工部草堂诗笺》，《古逸丛书》第23种，光绪十年遵义黎氏校刊本书后附录。

③ （宋）史铸：《百菊集谱》，《文渊阁四库全书》第845册，第79页。

谱》外，此本历代书目、著述均无著录或称引。今已佚。然其在今留存
于韩国的蔡正孙《精刊补注东坡和陶诗话》中保留了若干注文，可据此
略窥其面目。①

3. 李洤《笺注吴元用咏史诗》。李洤，字子召，庐陵人（今江西
省）。《宋史》不载此人，宋人的诗话、笔记中亦鲜有论及。今仅据《历
代诗余》卷一百六所云"李洪，字子大，庐陵人，与弟漳、咏、洤、浙
并举进士。著《李氏花萼集》五卷……李洤，字子召"②，知其为李洪之
弟。南宋郑魏挺有《吴元用〈咏史诗〉序》，其云：

> 云梯隐君吴元用一日来仆书云："……顷游江淮，遇往事陈迹可
> 喜可愕者，辄诗之以识其事，抖擞破箧，得三十篇，友人李洤不以
> 芜拙为笺注，子与我故，其为我序之。"余剥书，读而笑曰："……"
> 嘉定辛巳中秋后五日。③

嘉定辛巳即嘉定十四年（1221）。郑魏挺与吴元用有书信往来，而李
洤又为吴元用之"友人"，据此可以大致推测李洤当生活在南宋中后期。
今已佚。

4. 蔡正孙《精刊补注东坡和陶诗话》。蔡正孙（1239—?）④，字粹
然，自号蒙斋野逸，人称蒙斋先生，谢枋得门人，南宋遗民。宋亡后，
隐居于乡。

关于《精刊补注东坡和陶诗话》，据蔡氏《唐宋千家联珠诗格序》所

---

① 详细情况，见杨焄《蔡梦弼〈东坡和陶集注〉考述》，《学术界》2014 年第 3 期。
② （清）沈辰垣编：《历代诗余》，上海书店 1985 年版，第 1298—1299 页。
③ 四川大学古籍所编：《全宋文》，安徽教育出版社、上海辞书出版社 2006 年版，第 304
册，第 239 页。
④ 据张健《蔡正孙考论——以〈唐宋千家联珠诗格〉为中心》一文（《北京大学学报》
2004 年第 2 期，第 61—62 页）的考证，蔡正孙《唐宋千家联珠诗格》完成于大德四年（1300），
并由其子弥高刊行，这一年蔡正孙 62 岁，其生平可考者也就到此年为止。

云"正孙自《诗林广记》《陶苏诗话》二编杀青之后,湖海吟社诸公辱不鄙而下问者盖众。不虞之誉,吾方惧焉"①,知所谓《陶苏诗话》,即《精刊补注东坡和陶诗话》。从时间上看,《诗林广记》完成于1289年,《唐宋千家联珠诗格》完成于1300年,故《精刊补注东坡和陶诗话》当出现于1289—1300年。此书久佚于中土,罕有人知。据金程宇《高丽大学所藏〈精刊补注东坡和陶诗话〉及其价值》一文,该书今仅存两部元刊残本,皆藏于韩国高丽大学中央图书馆。② 具体情况如下:

该书一本为华山文库藏本,存卷一至卷五,共两册。上下单边,左右双边,五针眼装订,书号为"贵181—1(2)"。书体22.2×14.2厘米,半框16.3×10.5厘米,有界,八行十六字,小注双行,版心有"旬"字及卷、叶数,上下黑口,内向黑鱼尾。卷一末有墨书"主尚志堂殿山后人申氏家藏"。第二册卷末有缺叶,即卷首《始作镇军参军经曲阿》诗至"谁谓形迹拘",下缺一叶。卷五《乙巳为建威参军使都经钱溪》诗至"伊余何为者,勉励从",下缺陶诗四首及苏轼和诗五首。封面左侧墨笔题"东坡和陶诗话精刊补注乾(坤)",每卷首钤"小蓬莱学人"椭圆朱印、"秋史珍藏"朱方印,知为李朝著名文人阮堂金正喜(1786—1856)旧藏。此本前有目录,可知全书为十三卷。据版心,目录凡十叶,知前缺为一叶半。按照此书行数,原缺当为二十四行。由于笔者复原的"总目",前面所缺文字为二十一行,故目前尚无法肯定前面是否有蔡正孙自序(除非其自序另行编叶)。一本为晚松文库藏本,封面左侧有贴签,墨书

① 卞东波:《唐宋千家联珠诗格校证》,凤凰出版社2007年版,第50页。
② 《华山文库汉籍目录》(高丽大学中央图书馆1976年版,第151页)和《晚松文库汉籍目录》(高丽大学中央图书馆1978年版)以及全寅初《韩国所藏中国汉籍总目》(学古房2005年版)皆有著录。

"和陶集"，存卷一一至一三，一册，上下单边，左右双边，四针眼装订。此本未经改装，犹存原貌，古朴可观。书号为"贵181A—4"。书体大小为24.2×14厘米，半框15.5×10.6厘米，亦八行十六字，小注双行。版心有"匋"（或"匋寺"）字及卷、叶数，上下黑口，内向黑鱼尾。钤"四养斋藏"朱方印，当为原藏者印鉴。下部另有"晚松金完燮文库"椭圆印。卷一三末残，缺"联句"诗。卷一二第十七叶，卷一三第十八、十九叶为补抄。二本从开本、字体等方面来看，并非同版。二本凡存八卷，为原书十三卷之六成左右，虽属残帙，然亦极为珍贵。该书缺卷为第六卷至第十卷，当为两册。由此言之，《诗话》之全书当为五册。①

蔡氏长于广征博引。《精刊补注东坡和陶诗话》一方面沿袭了其杂集诗话及相关资料于"各篇之次"的传统，如征引傅共、蔡真逸的注文以及中土久佚的三种陶渊明年谱②；另一方面，题中"补注"二字说明其保存了大量蔡氏对陶、苏诗歌的注释及按语。"除了注本常见的词语训释之外，蔡注以梳理文义为主，常引用他书以相互映发。诗后按语多为蔡氏对陶苏诗作的赏析评论，多以'愚谓'、'愚按'表示。"③详情参金程宇文，此不赘引。

5. 佚名《简斋诗增注》。胡穉的《简斋诗笺》是宋诗宋注的代表作品之一，无须赘论。然此注本之外，同样流传至今的《须溪先生评点简

---

① 金程宇：《高丽大学所藏〈精刊补注东坡和陶诗话〉及其价值》，《文学遗产》2008年第5期，第118—119页。

② 蔡真逸即蔡梦弼，相关考证见杨焄《蔡梦弼〈东坡和陶诗集注〉考述》，《学术界》2014年第3期。

③ 金程宇：《高丽大学所藏〈精刊补注东坡和陶诗话〉及其价值》，第125页。关于此注本，亦可参见卞东波《〈精刊补注和陶诗话〉与苏轼和陶诗的宋代注本》，《复旦大学学报》2015年第3期。

斋诗集》十五卷本，不仅保留了刘辰翁的一百多条评语，删节了胡穉的部分注文，还引入了不少的新注，它们都以"增注"的形式出现。对此"增注"的作者，郑骞先生在其《陈简斋诗集合校汇注》一书中，有初步的猜测：

> 增注作者不知是谁，但其精当详实不下胡注，作注者一定是一个有渊博学识的人。也许是刘辰翁自己，也许是他的门生儿子（刘辰翁之子将孙学问也很好，颇有父风）。①

白敦仁先生在《陈与义集校笺·前言》中，结合"增注"中透露的信息，做了更进一步的判断：

> 这个增注未知出于何人之手。据《夜赋寄友》诗增注有"须溪先生诗中用米嘉，亦此例"云云，可以肯定不是刘辰翁本人手笔，很有可能是他的门人弟子所为。②

从内容上来看，"增注"主要是在胡笺的基础上，对诗中的典故、人物生平、历史背景、地理名物等方面进行补充与修订，间或对诗文进行艺术上的评鉴，"或补充胡注，或订其讹误，或评品诗词，颇有一定的见地"③。

6. 中斋《简斋诗注》。《须溪先生评点简斋诗集》所引"增注"中，又频频摘引"中斋"之语。以中华书局版《陈与义集》为底本④，仔细

---

① 郑骞：《陈简斋诗集合校汇注》，（台湾）联经出版事业公司 1975 年版，第 376 页。
② 白敦仁：《陈与义集校笺》，上海古籍出版社 1990 年版，第 11 页。
③ 同上。
④ 吴书荫、金德厚校点：《陈与义集》，中华书局 1982 年版。此书将"胡笺"注文加上注码，移于正文之后，又将《须溪先生评点简斋诗集》中的"增注"置于"胡笺"之后，兼有胡笺本与刘评本二者之优长，故本书以此为底本进行统计。

检寻，其征引"中斋云"共计 34 条。① 郑骞、白敦仁二先生皆认为"中斋"为邓剡。邓剡号中斋，声名显著，为学界熟知，然现有文献尚不足以证明其曾经为简斋诗作过注释。我们认为，中斋或为唐从龙。详细考证见本书第二章第三节。

7. 闻仲和《注陆放翁剑南句图》。闻仲和，字号、籍贯、生平行事均不详。陈著《本堂集》卷四六有《跋闻仲和注陆放翁剑南句图》一文，其云：

> 昔范石翁欲放翁注东坡诗，翁难之曰："坡诗用事多，犹可注；其用意处则有不能尽知。"辞焉。今仲和于放翁诗，注其事甚悉，岂徒为事偶设耶？要亦知有意在而无从追诘，非子之有遗余力也。然所以注，世有宝之者矣。余观子精神，加于人数等，学之大于此者，又有望焉。彼日思迈，尚勉而身其任哉！旃蒙协洽人日，嵩溪遗氓陈某书。②

据此跋文，知闻注以"注事甚悉"为显著特色。查"旃蒙协洽"为干支"乙未"之古称。陈著（1214—1297）晚年号嵩溪遗老，"遗老"当意味着由宋入元，而陈著一生中，共经历了三个乙未年，分别为宋端平二年（1235）、宋开庆元年（1259）和元元贞元年（1295），故此跋应作于元贞元年。从跋尾几句来看，陈著对闻仲和颇有期许，知闻仲和当与其同时或稍后，同样是易代之人，生活在宋元之间。③ 此书采用"句图"的体制，知其为选注本，选择的对象很有可能只是陆诗中的律句。④ 今已佚。

---

① 此外，另有一条是对《无住词》的注释。《清平乐》（木犀）后，引"中斋云：此词疑用山谷《晦堂问答》"。由此知中斋之注，与胡笺、增注一样，皆包括诗注与词注。

② （宋）陈著：《本堂集》，《文渊阁四库全书》，第 1185 册，第 222 页。

③ 钱仲联先生在《剑南诗稿校注》（上海古籍出版社 1985 年版）序中称闻仲和为宋末人，固然未错，然在时间定位上稍显宽泛。

④ 钱仲联《剑南诗稿校注》序亦云"其书大概只是注一些律句，且早已湮没不传"。

8. 黄季清《注朱文公训蒙诗》五卷。① 黄季清，名惟寅，字季清，江西丰城沇江人。徐经孙《矩山存稿》卷三有《黄季清注朱文公训蒙诗跋》，其云：

> 右《训蒙绝句》五卷，晦庵先生朱文公之所作也，其注则沇江黄君季清之所述也。谨按先生自序，谓"病中默诵《四书》，随所思，记以绝句，后以代训蒙者五言七言之读"。然自今观之，上至天命心性之原，下至洒扫步趋之末，帝王传心之妙，圣贤讲学之方，体用兼该，显微无间。其目虽不出于《四书》之间，而先生之性与天道可得而闻者，具于此矣。其曰《训蒙》，乃先生谦抑，不敢自谓尽道之辞云耳。季清研精是编有年矣。一日心会理融，句析字解，因先生之言，探先生之学。或取诸章句集注，或取诸文集语录，又参以周、程、横渠、五峰、南轩、勉斋、西山诸书，如纲以黄钟而四声迭和，原于岷山而百川会同。其例则先训诂，后文义，一如先生注书之体。自非潜心之久，味道之深，何以及此？其释《命诗》云："新者如源，来无穷也；旧者如流，往不返也。"其释《戒谨恐惧诗》云："寇未至则高其垣墉，欲未动则敬以直内。"此皆得先生言外之意。余与季清交四十年，中间辱授馆者非一载，见其读书专静，反复沉潜，弗得弗已，知其他日所进，有非不肖所能及。其后数岁一见，每见必进于昔。今于所注书，益信。虽然先生之诗，章句云乎哉，皆其得于心、见于躬行日用之际，俛焉孳孳，有不容以自已。绝句凡九十八首，始于天而以事天终焉。其辞有曰："存养上

---

① 朱熹《训蒙绝句》的来历有真伪之争，很长一段时间内，绝大多数学者都将其视为伪书，且与托名朱熹的《性理吟》纠缠不清。事实上，据此跋文，《训蒙绝句》确为朱熹所作，一目了然，殆无可疑。束景南《朱熹作〈训蒙绝句考〉》、王利民《〈朱熹集·训蒙绝句〉辨正》都是利用此跋文，力证《训蒙绝句》之真，可参。前者见束景南《朱熹佚文辑考》，江苏古籍出版社1991年版；后者见《江海学刊》1999年第6期。

还天所赋，终身履薄以临深。"余与季清今老矣，尚皆懋敬哉。季清名惟寅，氏伯新从加斋学，师友渊源有自云。①

跋云"余与季清交四十年……其后数岁一见，每见必进于昔。今于所注书，益信"，知二人年岁相当，应大致同时。又查徐经孙生于1192年，卒于1273年，假设二人弱冠订交，四十余年后，亦已步入老年，故此注本作于黄氏晚年，当无可疑。据上文推断，或在1250年前后。②

关于此注本的特点，跋文中亦有描述："或取诸章句集注，或取诸文集语录，又参以周、程、横渠、五峰、南轩、勉斋、西山诸书……其例则先训诂，后文义，一如先生注书之体。"③《训蒙绝句》今存完本，然黄季清注已不见，恐已佚。

9. 佚名《注朱子感兴诗》。朱熹《答詹帅书二》云：

> 去岁建昌学官偶为刻旧作《感兴诗》，遂为诸生注释，以为谤讟而纳之台谏，此教官者，几与林子方俱被论列，此尤近事之明镜。④

---

① （宋）徐经孙：《矩山存稿》，《文渊阁四库全书》，第1181册，第31—32页。

② 束景南《朱熹作〈训蒙绝句考〉》一文云："徐经孙，《宋史》卷四百一十有传。宝庆二年（1226）进士，距朱熹卒不过二十余年。黄季清为《训蒙诗》作注当更早。按《朱子语类》卷一百三十八有包扬录一条，云：'季清言："有一乡人卖文字，遇虎。其人无走处了，曾闻人言，虎识字，遂铺开文字与虎看，自去。"……'可见黄季清乃朱熹弟子。"（束景南《朱熹佚文稽考》，第687页）此段考辨忽略了跋文后半段所提供的时间上的坐标，下语过于鲁莽。跋中有"二人相交四十余年"的字样，则知二人大致同时，且注本应作于晚年。束氏仅由徐经孙1226年中进士，便导出黄季清作注在此之前，推断过于简单。同样，其仅根据《朱子语类》中出现的一条含有"季清言"的材料，便断定黄季清为朱熹弟子。查《晦庵集》，知与朱熹相往来的季清另有"愈季清"，故很难仅据此一条材料，便断定其为黄季清；而且，从时间上看，徐经孙生于1192年，而朱熹卒于1200年，黄季清与徐经孙大致生活在同一时期，则其从朱子相问学的可能性几乎为零；而且跋末又明言其"从加斋学，师友渊源有自"，由此可知《朱子语类》中之"季清"，非黄季清。

③ 关于注本的特点，束景南云："徐经孙称其注为述，似黄季清之注多转述耳闻于朱熹之说者。"与跋文后半部分所总结的广征博引、杂取诸家的特点迥异，知束氏所言过于武断。

④ （宋）朱熹著，朱人杰等编：《朱子全书》，上海古籍出版社、安徽教育出版社2002年版，第21册，第1201页。

知朱熹生前，已有人对《感兴诗》进行了注释，此当是《感兴诗》最早的注本。然朱熹未云何人所为，故今于注者一无所知。已佚。

10. 蔡汝揆《感兴诗注》。蔡汝揆，字君审，新昌（今属浙江省）人。（正德）《瑞州府志》卷十云：

> 蔡汝揆，字君审，用之七世孙，师饶双峰，得道学之传，门人号为愚泉先生。著有《希贤录》《贯道集》《感兴诗注》《友义杂书》。①

饶双峰即饶鲁（1193—1264），为南宋后期理学大儒，由"师饶双峰"一句，知蔡汝逵为南宋后期人。今已佚。

11. 程时登《感兴诗讲义》。程时登（1249—1329），字登庸，号述翁，乐平（今属江西省）人。事见《新安文献志·先贤事略》。《新元史·列传第一三三》云："时德兴董铢得朱子学，传其乡里，有程正则者，私淑之。时登从之游，深彻性命奥义。"② 可见其为朱熹之三传弟子。程时登有著作二十余种，其中包括《感兴诗讲义》，今已佚，仅在元胡文炳《感兴诗通》中保留了四条注文。

12. 徐少章《和注〈后村百梅诗〉》。徐用虎，字少章，东陇（今属广东省）人。徐少章不仅和刘克庄《百梅诗》，亦为之笺注。林希逸《竹溪鬳斋十一稿续集》卷十三有《题徐少章和注〈后村百梅诗〉》，其云：

> 在昔闻人，有注前人诗者，有和前人诗者，未有且注且和者，

---

① 正德《瑞州府志》，《天一阁藏明代方志选刊续编》，上海古籍出版社 1990 年版，第 42 册，第 3 页。按：卞东波在《朱子〈斋居感兴二十首〉在东亚社会的流传与影响》一文中指出，《宋元学案》卷 83 "双峰学案"对蔡汝揆的介绍，与此段文字基本相同，只是没有提及《感兴诗注》一书。查《江西通志》卷七十一"蔡汝揆"条的记载，亦是如此，文字基本相同，唯独漏掉了《感兴诗注》。

② 柯劭忞：《新元史》，中国书店 1988 年版，第 3415 页。

独赵次公于坡老为然，数十卷之诗，和尽而注又特详，此人所难能也。今徐君少章以后村翁《百梅绝句》注之、和之，援引博而用韵工，胜于人远矣。然翁诗六七千首，《百梅》特集中一卷尔。兄若了场屋之事，能尽为翁注之，岂非朋友所望？唐诗家李义山其用事最精密，世所喜读者而苦于无注，开卷茫然，良以为病，况翁诗比义山数倍而句句用事，融化独妙，他年若无注本，尤病于义山前辈。任渊、史会注陈、黄二诗，多得于同时及门之友，故其间略无差舛。今翁游咏午桥，乐接引后进，有疑可以面质，将有胜于任、史矣。吾友其勉之。①

林氏对徐少章之和注，评价颇高，并希望其能抓住大好时机，当面请教后村，遍注其诗，为学诗者提供方便。不知是否因为徐少章接受了林希逸的建议，今《后村集》卷一百十一有《跋徐贡士用虎〈百梅诗注〉》一文：

乡友徐贡士用虎和余百梅诗，又篇篇下注脚，发药余甚多。尝问余其间三首，如"环子丽华皆已矣，谪仙狎客两堪悲。悬知千载难湔洗，留下沉香结绮诗。"又"唐朝才子总能诗，张佑轻狂李益痴。管甚三姨偷玉笛，诳他小玉写乌丝。"又"浮休嗟柳斫为薪，子美怜梅傍战尘。只愿玉关烽燧息，老身长作看花人。"疑与梅不相关，非通论也。太白、江总皆未免为二妃所累，抑二妃所以重梅也？三姨、贵妃之姊，小玉、诸王之女。玉笛乌丝事甚秘，因张、李两生而播传，抑两生所以掩二女子之谤，然二女子非《列女传》中人

---

①　（宋）林希逸：《竹溪鬳斋十一稿续集》，《文渊阁四库全书》，第1185册，第686页。按：文中"任渊、史会注陈、黄二诗"一句在"史会"后漏一"更"字，比对钱文子《艻室史氏注山谷外集诗序》"其（黄庭坚）诗集已有任渊、史会更注之矣"可知。（《黄庭坚诗集注》，中华书局2007年版，第715页）

矣，亦所以重梅也，轻薄子岂能点污梅哉！又疑"子美怜梅傍战尘"之句，时禄山陷两京，遂有"柳条弄色不忍见，梅花满枝空断肠"之感。徐必因杜五言有"遥怜故园菊，因傍战场开"，遂有此疑。菊傍战场，梅、柳岂能免耶？余意如此。①

由后村此文，知徐少章确实曾就个别诗歌在内容选择、典故使用、语意沿袭等几个方面，请教过刘克庄，并得到刘克庄的正面回答。今已佚。

13. 江咨龙《注〈梅百咏〉》。据叶寘《爱日斋丛抄》卷三所云，其为漳浦（今属福建省）人②，字号、生平均不详。刘克庄有《跋江咨龙注〈梅百咏〉》：

> 昔为《梅百咏》，和者十余人，如袁湘子、赵克勤、方蒙仲、王景长皆已故物，存者各离群索居，忽得漳浦江君咨龙所注《梅百咏》。余读书有限，闻见不广，今日所作，明日览之，已如隔世。君相去千里，未尝欵绪言，乃能逐字逐句笺注其本。凡余意所欲言而辞不能发者，往往中其微隐，若笔研素交者，不独记问精博不可及也。忆使江东时作五言咏史绝句二百首，游丞相爱之，置书笈中，虽入省以自随。书谓余曰："每篇虽二十言，实一篇好论，宜令子弟注出处板行。"然余子弟竟未暇为。君与余风马牛不相及，顾屑为余笺诗，有前辈服善之风，无近人争名之意，其贤尤可尚也。③

---

① （宋）刘克庄：《后村先生大全集》卷111，《四部丛刊初编》，商务印书馆1922年版，第1315册，第18—19页。

② （宋）叶寘：《爱日斋丛抄》，中华书局2010年版，第57—58页。叶寘在此部分用了很大的篇幅，对南宋后期福建地区以刘克庄《梅百咏》为中心的声势颇为壮大的诗歌唱和现象，做了比较细致的归纳，并一一摘录了后村对各家和作的点评，颇为可观。

③ 《后村先生大全集》卷110，《四部丛刊初编》，第1315册，第15页。

刘克庄对江咨龙的注本，评价极高，认为其不仅能注其本末，亦能"中其微隐"，挖掘出诗歌的言外之意。惜已佚。

二　自注

1. 杨备《姑苏百题诗》。杨备，生卒年不详，建平人（今属安徽省），字修之，主要生活在仁宗朝。据范成大（绍定）《吴郡志》卷五十所载，"杨备郎中，天圣中为长溪令。忽梦作诗云：'月俸蚨钱数甚微，不知从宦几时归。东吴一片轻波在，欲问何人买钓矶'，意甚异之。明道初，为华亭令，丁内艰，遂家吴中，乐其土风，安之。因悟梦中语，尝效白乐天作《我爱姑苏好》十章，又作《姑苏百题诗》行于世"①。宋人龚明之《中吴纪闻》卷五云"（《姑苏百题诗》）每题笺释其事，至今行于世"②，知此集于题下皆有自注，当时已单行，南宋时尚得见。然宋人记载皆未云其卷帙。《宋史·艺文志》著录"杨备《姑苏百题诗》三卷"③，未知何据，后人著录，皆沿此说，如《宋史新编》（同治）《苏州府志》等，姑且记此。今已佚。然其诗在（绍定）《吴郡志》《吴都文萃》（正德）《苏州志》等书中保留三十余首，但题下注已被抹去。

2. 杨备《金陵览古诗》三卷。陈振孙《直斋书录解题》卷二十著录："《金陵览古诗》三卷。虞部员外郎杨备撰。杨亿之弟也。"④ 知此集至迟在南宋时就已单行流传。周应合（景定）《建康志》卷四十九云："庆历中为尚书虞部员外郎，分司南京，上轻车都尉，往复道出江上，赋百篇二韵，命曰《金陵览古百题诗》。各注其事于题之下，与南唐朱存诗

① （宋）范成大：（绍定）《吴郡志》，江苏古籍出版社 1999 年版，第 669 页。
② （宋）龚明之：《中吴纪闻》，上海古籍出版社 1986 年版，第 104 页。
③ 《宋史》，中华书局 1977 年版，第 5363 页。
④ 《直斋书录解题》，第 590 页。按：杨亿为福建浦城人，与杨备籍贯不合，待考。

并传于时。"① 此条所记书名与《直斋书录解题》小异，然据此知此集共绝句百首，题下皆有诗人自注（此点又可支持《直斋书录解题》"三卷"之描述），南宋末年尚存于世。今已佚，只在《六朝事迹》（景定）《建康志》中保留十余首诗，然题下注已被抹去。

3. 华镇《会稽览古诗集》。华镇，字安仁，会稽人（今属浙江省），生卒年不详，元丰二年（1079）进士。（宝庆）《会稽续志》卷五云："登元丰二年进士第，官至朝奉大夫。镇好学博古，工于诗文，一时名人宗师多称道之。尝为《会稽览古诗》凡百余篇，山川人物，上自虞夏，至于五季，爰暨国朝，苟可传者，皆序而咏歌之。历按史策，旁考传记，以及稗官琐语之所载，咸见采摭。"② 《四库全书总目》云："……有《会稽览古诗》一百三篇……近钱塘厉鹗编《宋诗纪事》仅从地志之中钞得《会稽览古诗》九首，知自明以来是集无传本也。"③ 查《宋诗纪事》卷二十七所载之九首诗，每于题下作注，各叙方位得名、本事传说。如：

> **铁门限** 王中令裔孙智永善隶草，为世所重，求者弗违，户外之人如市所居限，频为之毁，以铁固之，时号铁门限。真草千字文，十九年成一千通。柳成悬称其书得家法。世传右军兰亭真迹，弟子辨才尤加宝秘。贞观中，求之不得，至使萧翼设奇而取之，山中父老尚能道其事。
>
> 铁限僧坊迹未移，千通真草了无迹。
> 兰亭墨迹何由见，只说萧郎奉使时。

---

① （宋）周应合纂修：（景定）《建康志》，《宋元方志丛刊》，中华书局 2006 年版，第 2 册，第 2165 页。
② （宋）张淏纂修：（宝庆）《会稽续志》，《宋元方志丛刊》，中华书局 2006 年版，第 7 册，第 7147 页。
③ 《钦定四库全书总目》（整理本），中华书局 1997 年版，第 2077—2078 页。

城山 其山中卑四高，宛如城堞。吴伐越，次查浦。勾践保此拒吴，又名越王城。有佛眼泉、洗马池，泉中产嘉鱼。越拒吴时，吴意越之乏水，以盐鱼为馈，越取双鱼答之，遂解围去。

> 兵家胜制旧多门，赠答雍容亦解纷。
>
> 缓报一双文锦鲤，坐归十万水犀军。

双笋石 在上虞县钓台山。高百余丈，若人冕而对峙者。其颠有异花，每杜鹃啼时开，若霞锦。神宗崩三年不荣。高宗崩，花忽变白。孝宗崩，三年若枯，既而复茂。

> 千尺相高卓翠珉，雨余云外露嶙峋。
>
> 鼎湖龙去苍髯断，三载丛花不记春。①

由以上三诗之面貌，知《会稽续志》云"序而咏歌之"一句中，"序"当为"注"之淆误。② 另（宝庆）《会稽续志》、（万历）《会稽县志》《会稽府志》、（雍正）《浙江通志》亦保留了少许诗作或诗注。

4. 许尚《华亭百咏》一卷，今存。许尚，生卒年不详（大致生活在宁宗朝），华亭（今属上海市）人，自号和光老人，生平事迹不可考。《华亭百咏》作于淳熙年间（1174—1189），取华亭古迹，一事一绝，共五绝百首，每于题下自注始末。

此集《宋史·艺文志》未著录。元至元中，徐硕撰《嘉禾志》，全载其诗。清代始广为流传，不仅《续通志》《续文献通考》皆有著录，《宋诗纪事》《御选四朝诗》亦选录其诗。《四库全书》予以收录，并为之撰写《提要》：

---

① （清）厉鹗：《宋诗纪事》卷27，上海古籍出版社1983年版，第694页。
② 关于题注与题序的区分，本节的第三部分有专门的讨论辨正，可参。

　　《华亭百咏》一卷，宋许尚撰。尚自号和光老人，华亭人。其始末无考。是编作于淳熙间，取华亭古迹，每一事为一绝句，题下各为注。然百篇之中，无注者凡二十九，而其中多有非注不明者。以例推之，当日不容不注，殆传写佚脱欤？吊古之诗，大抵不出今昔之感，自唐许浑诸人已不能拔出窠臼。至于一地之景，衍成百首，则数首以后，语意略同，亦固其所。厉鹗作《宋诗纪事》，仅录其《陆机茸》《三女冈》《征北将军墓》《顾亭林》《白龙洞》《俞塘》《普照寺》《陆瑁养鱼池》《唤鹤滩》《湖光亭》十首，亦以其罕逢新警故也。然格意虽多复衍，而措词修洁，尚不失为雅音。所注虽简略，而其时在今五六百年之前，旧迹犹未全湮。方隅之所在，名目之所由，亦尚足备志乘之参考。在诗家，则无异于众人。在舆记之中，则视后来支离附会者胜之多矣。①

　　《提要》对自注的数量、意义、价值等方面皆作了讨论和评价，可见四库馆臣对其的重视。清末民初，李之鼎《宜秋馆汇刻宋人集》亦收录此集。

　　《华亭百咏》以咏地方风物、存一地名胜为创作目的，题下注主要用来介绍空间方位、得名缘由、相关历史传说，对诗歌内容进行多方面的补充，但所言都比较简略，如《安公像》题下自注云"昔有僧，沉海而死，肉身尚存"；《华亭谷》题下自注云"府南三里，入松陵"；《前京城》题下自注云"府南八十五里。《舆地志》云：'本海盐县，以地近京，故以为名。'"至于二十九篇无注者，四库馆臣推测其原因为"殆传写佚脱"，李之鼎亦承此说。《宋集珍本丛刊》所作"提要"则用徐硕《嘉禾志》中所摘录之《华亭百咏》题下注与四库本进行比对，对"传

——————————

① 《钦定四库全书总目》（整理本），第2153页。

写佚脱"之说提出了质疑：

> 今考之《至元嘉禾志》所录，诗篇与此完全相同，其无注之篇亦复一致。其注文之阙损亦多与此相当，唯《三姑庙》题注，《嘉禾志》所引"在"下阙"府南柘湖之侧"六字、"为"下阙"誉沸独"三字；《姚将军庙》题下注，《嘉禾志》"本"下阙"在邑"二字、"北"下阙"不利"二字，皆彼阙而此全。唯《东堂》题注"以上三咏"之"上"，《嘉禾志》引作"下"，盖指以下《思齐堂》《月榭》《濯缨堂》三诗，为有补于此也。又《余山》"余"字，《嘉禾志》诗题与注皆作"余"，而此并作"余"，不敢遽断其是非。由此可知，《百咏》之无注，或早已如此，或本来即无，不可据此本所无，遽断其必为"传写佚脱"也。①

认为其或原本即无注，四库馆臣之推测未可断然坐实。然"提要"所出示的几条证据并无实质性的突破，皆可作后人传写之误来理解，且二者无注之篇又完全一致，故此质疑有隔靴搔痒之嫌，似难成立。

5. 方信孺《南海百咏》一卷，今存。方信孺（1177—1222），字孚若，福建莆田人，南宋著名藏书家、校书家方崧卿之子。《宋史》卷三九五有传。生平事迹见刘克庄《后村先生大全集》卷一六六《宝谟寺丞诗境方公行状》。有《观我轩集》一卷②、《南海百咏》一卷传世。《宋史·艺文志》未著录此书，《直斋书录解题》仅录其词集《好庵游戏》和《好庵游戏诗境集》。《四库全书》亦未收录。

刘克庄《宝谟寺丞诗境方公行状》云："（其）有《南海百咏》《南

---

① 四川大学古籍所编：《宋集珍本丛刊书目提要》，《宋集珍本丛刊》，线装书局 2004 年版，第 108 册，第 187 页。

② 此集收入《两宋名贤小集》中。

冠萃藁》《南辕拾藁》《曲江啸咏》《九疑漫编》《桂林丙三集》《击缶编》《好庵游戏集》，皆板行。"① 知此集南宋时已刻板单行于世。宋本不传。"大德间镂版行世"②，然元刻本今亦不存。"吴任臣作《十国春秋》、厉鹗作《宋诗纪事》，皆不及见，则明季以来，流传已尠。"③ 今传唯有元钞本。后阮元得金氏钞校本，为之撰写提要，并将其编入《宛委别藏》中。除此之外，此集另有多种版本，如《岭南丛书》本，《琳琅秘室丛书》本，广东学海堂刻本等。《丛书集成初编》据《琳琅秘室丛书》本排印出版。

此集共七绝百首，以南海古迹为题咏对象。《四库未收书提要》云：

> 是编乃其官番禺漫尉时所作，取南海古迹，每一事为七言绝句一首。每题之下各注其颠末，注中多记五代南汉刘氏事。所引沈怀远《南越志》、郑熊《番禺集志》近多不传。厉鹗《宋诗纪事》载刘后村序信孺诗文云"宫羽协谐，经纬丽密"，于此亦足见其一斑矣。④

由《行状》知方信孺为官番禺，是在开禧三年（1207）完成了使金的任务之后，故是编应作于嘉定年间（1208—1222）。诗人于每题之下，自注始末，援引材料，交代背景。如：

> **铁柱** 野史云：张铸铁柱十二，筑乾和殿。今府之治事，尚植其四，柯公述所致也。二者犹见于相安亭壕水中，余不知所在。
>
> 崔嵬十二峙乾和，五柱何如马伏波。

① 《后村先生大全集》卷166，《四部丛刊初编》，第1329册，第15页。
② 金桌《南海百咏跋》，《南海百咏》，《丛书集成初编》，商务印书馆1935年版，第3123册，书后附录第1页。
③ （清）吴兰修：《南海百咏跋》，《南海百咏》，《丛书集成初编》，商务印书馆1935年版，书后附录第2页。
④ （清）阮元：《南海百咏提要》，《揅经室集·外集》卷3，中华书局1993年版，第1242页。

败埭颓垣今日见，想曾荆棘汉铜驼。

药洲　在子城之西，趾漕台之北界。旧居水中，积石如林；今西偏壅，塞水尚潆。其东几百余丈，冗城而导于海缘，净如染。《图经》云：伪刘聚方士习丹鼎之地。《南征录》亦谓是时有方士，投丸药于其中，所以水色立变。《药洲图序》乃以为葛稚川尝炼丹于此，非也。

沙邱遗臭茂陵空，何物能成九转功。

地下刘郎犹有愧，驾言聊作葛仙翁。

石门　在州西南二十里，或谓十五里。《郡国志》及《图经》云：吕嘉拒汉，积石江心为门。《岭表异录》云：汉将军韩千秋征南越，全军覆没之地也。按：《汉书》云：韩千秋兵之入也，未至番禺四十里，越以兵击千秋等灭之。又元鼎六年冬，楼船将军将精卒，先陷寻狭，破石门。以此考之，则石门非千秋覆军之处，乃楼船破越之地也。而两山盖自宇宙以来之物，积石之说，其谬可知。

吕嘉积石浪相传，双阙天开尚宛然。

成败古来俱一梦，千秋何事老楼船。

观此三诗，确如清人吴兰修在《南海百咏跋》中所云，"每题各疏缘始，时有考证，如辨任嚣城非子城，卢循故居非刘王廪，石门非韩千秋覆军处，皆足以正《岭表异录》《番禺杂志》诸书之失，不仅以韵藻称也"[1]，在达到较高艺术水平的同时，亦具有不可忽视的文献、史料价值。明清以来关于广东的地志之书，如（道光）《广东通志》、（光绪）《广州府志》对此集之自注多有援引，其影响之大，由此可见一斑。

---

[1]　（清）吴兰修：《南海百咏跋》，《南海百咏》书后附录第1页。

6. 曾极《金陵百咏》一卷，今存。曾极，字景建，临川（今江西东乡）人。宝庆元年（1225），因江湖诗案，谪道州卒。此集《宋史·艺文志》未著录，然据与其同时代人诗文所云，《金陵百咏》在当时已经结集单行：

濂溪书院吊曾景建①

苍野骚魂惟我吊，乌台诗案倩谁刊。

伤心空有金陵集，留与江湖洒泪看。

诗中之《金陵集》，或当即《金陵百咏》。刘克庄与曾极交往颇多，《后村诗话》对其评价亦高："亡友临川曾景建，博学强记，无所不通，工诗，有《金陵百咏》。"② 明代王圻《续文献通考》始加以著录，至清代则频见于载籍，《千顷堂书目》《续通志》《宋史艺文志补》《文选楼藏书记》《善本书室藏书志》等官、私书目皆予以著录，《四库全书》据鲍士恭家藏本予以收录并撰写"提要"：

> 《金陵百咏》一卷，宋曾极撰。极，字景建，临川布衣，晚以《江湖集》事得罪，谪道州卒。所著有《舂陵小雅》，今已不传。此乃其咏建康古迹之作，皆七言绝句，凡一百首。词旨悲壮，有磊落不羁之气。……今观其诗，如《天门山》云："高屋建瓴无计取，二梁刚把当崤函。"《新亭》云："江右于今成乐土，新亭垂泪亦无人。"大抵皆以南渡君臣画江自守无志中原而作，其寓意颇为深切。③

---

① （宋）乐雷发撰，萧文注：《雪矶丛稿》，岳麓书社 1986 年版，第 66 页。

② （宋）刘克庄：《后村诗话》，中华书局 1983 年版，第 37 页。

③ 《钦定四库全书总目》（整理本），第 2144 页。

需要说明的是，《金陵百咏》在流传中稍有散佚，四库本实只有95首①。四库本外，另有清抄本。叶德辉《金陵百咏叙》云：

> 曾景建《金陵百咏》，四库著录为鲍士恭家藏本而外间传本绝少。此据翰林院典籍厅钞本付刊，盖即四库底本。名题"百咏"，实只91首，盖传抄不无遗漏耳。②

此钞本后收入《丛书集成续编》。

此集题下之诗人自注，与《华亭百咏》类似，亦非逐首加注。略举两例如下：

采石渡　事见《挥麈录》及《杨文公谈苑》。

　　石啄浮屠编水滨，兴亡岁久已成尘。

　　长江静夜芦花月，莫信牵愁拨棹人。

天门山　在当涂西南三十里，又名峨眉山。夹大江，东曰博望，西曰梁山，又号东西梁山。李白铭有曰：梁山博望，关扃楚滨。夹据洪流，实为吴津。两山错落，如鲸张鳞。惟海有若，惟川有神。牛渚怪物，目围车轮。光射岛屿，气凌星辰。卷沙扬涛，溺马杀人。国泰呈瑞，时讹返珍。开则九江纳锡，闭则五岳飞尘。天险之地，匪德无亲。

　　鲸翻鳌负倚天潭，天险由来客倦谈。

　　高屋建瓴无计取，二梁刚把当崤函。

---

① 按：清朱旭曾道光十七年（1837）《金陵百咏跋》云"余得文澜阁传钞本仅93首，因取《方舆揽胜》《建康志》补五首，尚少二首"；宣统三年（1911），傅春官《金陵百咏序》径直引朱氏之言，"吾乡朱氏述之复取《方舆揽胜》《建康志》补五首，尚缺其二"。今盘点四库本所收，实95首，朱、傅所云，乃疏于寻检。较之叶氏所刊清钞本，四库本多出《台城》《宋受禅坛》《南唐郊坛》《李氏宫》四首。

② （清）叶德辉：《金陵百咏叙》，《金陵百咏》，清光绪癸卯长沙叶氏刊本。

以四库本为底本进行统计，题下无注者凡 35 首（若以《丛书集成续编本》为底本，则共 32 首无注）。虽比重与许尚《华亭百咏》相似，然无论是刘克庄《后村诗话》、罗椅《谢曾景建惠赠〈金陵百韵〉》，还是《四库提要》，举例评论都止于诗歌，皆未言及诗人题下自注。① 题下注之外，《金陵百咏》还有两处句中注。一处出现在《覆舟山》第三句"操蛇神向山前笑"后，注云"《列子注》：山海之神皆操蛇"；另一处出现在《射殿》第四句"不作南朝石步廊"末，注云"李贺诗'春热张鹤盖，兔目官槐小'；苏子瞻《竹诗》'苍雪纷纷落夏簟'；丁公言诗'回忆南朝石步廊'"。从内容上看，题下注主要是介绍山川风物的地理位置、得名由来、历史故事、神异传说等内容，并征引史籍地志、前人相关诗文，有效地扩大了诗歌的外延和内涵。

7. 林同《孝诗》一卷，今存。林同（？—1276），字子真，号空斋，福清（今属福建省）人。② 恭帝德祐二年（1276），元兵至福州，被执，不屈死。

从内容上看，《孝诗》乃"摭古今孝事，……凡圣人之孝十首，贤者之孝二百四十首，仙佛之孝十首，妇女之孝二十首，异域之孝十首，物类之孝十首"③，聚为一卷，共 300 首。刘克庄为之作序，云：

摭载籍以来孝于父母者，事为一诗，诗具一意，各二韵二十字，

---

① 究其原因，或是就诗作本身而言，无论是内容的充实厚重、感情的悲壮磊落，还是艺术的工致深蕴，《金陵百咏》都远在《华亭百咏》的水平之上，故诗注被挤出了关注的视域。罗椅《谢曾景建惠赠〈金陵百韵〉》一文之极力称扬，不吝美词，可为佐证。其曰："黍苗离离，麦秀芃芃；吊古宫于荒畦，抚颓城于野草。仆悲马怀之叹，至《百咏》极矣。鼎鼎百年，身逝影灭，虽富贵优极者，亦沦入尘埃。冥冥中，惟贤人君子之遗躅，骚人墨客之赋咏，迹愈陈而愈新，愁益久而益菀结也。今景建未老，距南渡尚未远而读之者已凄然若无所容，不知千载抚此卷者当如何耶？又不知景建是何肺腑，能办此等恼人言语于千载之上耶？"（罗椅《涧谷遗集》卷三，庐陵罗嘉瑞刻本，《宋集珍本丛刊》，第 85 册，第 745 页）
② 关于林同之字号，《宋史》所云有误，《四库提要》辨之已详，此不赘述。
③ 《钦定四库全书总目》（整理本），第 2178 页。

积至三百首。起邃古迄叔季，兼取明天理未尝泯也。自圣贤至异域异类并录，见天性未尝异也。事陈而意新，辞约而义溥，贤于烟云月露之作远矣。①

《四库提要》对其进行评价的立足点与刘克庄相似，"大旨主于敦饬人伦，感发天性，未可以其词旨陈腐弃之。况其人始以孝著，终以忠闻，虽零篇断什，犹当珍而惜之，是固不仅以文章论矣"②，同样放弃了艺术的标准，而取其道德伦理方面的价值。此集宋末已刊行，有"临安府棚北大街睦亲坊南陈解元宅书籍铺刊行本"，即陈起刻本，此本已佚。清以前未见书目藏家著录，清代方有钞本和刊本。今有《学海类编》本，《四库全书》本，顾氏读画斋刊《南宋群贤小集》本，赵氏小山堂钞本等。

此集于每首诗题下置解题性质的文字，以双行小字出之，从内容上看，几乎都是还原、解释诗之本事，多杂钞、隐括子史百家之书，内容与诗作几乎完全重合，如以下三首：

申生 姬泣曰：贼由太子。人谓太子：子辞姬，必有罪。曰：君老矣，吾又不乐，乃缢死。

姬泣贼由子，子辞必罪姬。

为忧君不乐，宁死莫君知。

段秀实 号孝童。朱泚为逆，以秀实失兵必恨愤，遣骑迎，秀实夺笏击泚以死。

意其失兵久，怏怏必吾从。

夺笏直前击，那知是孝童。

① （宋）刘克庄：《孝诗序》，林同《孝诗》，《丛书集成初编》，第2264册，第1页。
② 《钦定四库全书总目》（整理本），第2178页。

孔融女 七岁父先为曹操所杀，女临刑曰：若死者有知，得见父母，岂非至愿？

> 不忧身即死，唯恐死无知。
>
> 倘得从父母，宁非我所期？

三首诗所咏的内容，皆是大家耳熟能详的故事，题下文字与诗作在内容上可以互相覆盖，换句话说，题下文字是诗作的散文化形式，而诗作则是对题下文字的韵文化表达。所以，清末丁丙《善本书室藏书志》卷三十一著录"林同《孝诗》影宋钞本"时，便云"题后各注其事"①，将题下文字定位为诗人自注。

8. 张庆之《咏文丞相诗》一卷，今存。张庆之，字子善，吴州（今江苏苏州）人，稍晚于文天祥，生卒年不详。②《姑苏志》卷五十四载：

> 张庆之，字子善，其祖以武职入官，从建康徙吴。父明，字子聪，气岸奇伟。庆之少有志操，为举子业。逮长，弃不习。出入经史百氏，精思积年，拟《太玄》作《测灵》，又撰《孔孟衍语》。绝意仕进，好为山水之游，著《虎丘赋》，因号海峰野逸。仿五柳先生，作《海峰遗民传》，以伯夷、蒋诩、陶潜、司空图自况，且谓沈冥似海，峻厉似峰。时人尚其狷介。初，文天祥知平江，庆之齿诸生之列。洎国亡，集杜诗备述天祥平生大节。③

"集杜诗备述天祥生平大节"，即其所作集句《咏文丞相诗》一卷。

---

① 《善本书室藏书志》，第531页下栏。
② 张庆之其人其诗，《全宋诗》《全宋诗订补》均未著录。胡可先《全宋诗辑佚120首（一）》（《古籍整理研究学刊》2006年第5期，第24页）据《乾隆太平府志》卷四三《艺文志》和《道光繁昌县志》卷十七《艺文志》收录《咏文丞相出督（集杜）》《集杜咏鲁港弃师》二诗。这两首诗实即《咏文丞相诗》的《芜湖出督》和《鲁港弃师》二诗。
③ （明）王鏊：《姑苏志》，《文渊阁四库全书》，第493册，第1023页。

明刘定之将此卷附于文天祥《集杜诗》之后，合而题之曰《文山诗史》。至天顺三年（1459），文天祥宗孙文珊将刘定之编定本刻板印行，仍附张庆之《咏文丞相诗》一卷于集后，此即为今存最古之本。《宋集珍本丛刊》第八十九册据此本影印收入。

《咏文丞相诗》是在文天祥《集杜诗》的直接影响下写成的，创作目的非常明确，即用集杜句成诗的方式，概述文天祥的生平事迹。正如作者自序所云：

> 德祐初元，故丞相文公以工部尚书知平江府，开制阃，谒先圣于学。识公之表，而顾盼伟甚。心雄万夫，首唱勤王。及至行府军败，被执潮惠之间，拘以北行，不屈而死。呜呼！公之名如日月，顾何待赘？辄不自揆，效公故步，集杜一篇，粗述公处世颠末，仍各疏其事于下，大概皆公之所亲历亲记者。将来以备考信而已。①

从内容上看，此一卷共《弱冠擢魁》《壮年历仕》《权奸误国》《芜湖出督》《鲁港弃师》《陈相再入》《勤王拜相》《宜中出奔》《临安奉使》《渡江入海》《温福翌戴》《广州驻兵》《海丰被执》《妻孥俘虏》《弘范礼待》《崖山宋亡》《入燕囚拘》《孤忠大节》十八首集杜诗，评述了文天祥一生的出处大节。从形式上看，它们与文天祥《集杜诗》一样，皆五言四句之体。

按照集句诗的惯例，这些诗歌于每句之下，用小字注明出处，即所辑自的杜诗原题。然后另起一行，用句中注的方式，详疏其事，有效补充了集句成诗的创作方法以及五言四句的诗歌体制所带来的种种制约与

---

① （宋）张庆之：《咏文丞相诗序》，《咏文丞相诗》，《宋集珍本丛刊》，线装书局2004年版，第89册，第694页。

局限，极大地拓宽了信息的含量，消除了叙事抒情的障碍。① 文天祥《集杜诗》主要是用小序来解决叙事的困难，200 首诗共用了 104 篇小序，但仍未能完全消除集句所带来的捉襟见肘、生硬牵强的尴尬局面的出现；《咏文丞相诗》则选择了逐句加注的方式，从而获得了更大的弹性和自由度，叙述事件、表情达意比文天祥更加具体细致。同时，注中征引丰富，具有很高的史料价值。如其《广州驻兵》云：

> 艰难随老母（《寄张山人彪》），身世白驹催（《秋日荆南述怀》）。鼎湖瞻望远（《奉送严公入潮》），莫恨少龙媒（《昔游》）。

此诗立意在于赞美文天祥的忠孝两全。后三句皆有注，第二句句下注云：

> 戊寅（1278），行府驻船江澳。弟璧知惠州，侍太夫人在堂，至九月，以疾卒。公有诗云"哀哀我圣善，玉化炎海边"是也。殡于惠、循之神山。备此一段，以见公之皇皇奔走、孝家忠国、操行兼全也。以公观之，此既一事矣。景炎升遐，日月在先。而后记之者，以祥兴事相联故耳。

此注可与文天祥《集杜诗》之《景炎宾天第三十一》和《母第一百四十一》的诗歌和小序互相对照。第三句句下注云："戊寅岁四月望日，景炎升遐于碙川。"第四句句下注云："四月十七日，卫王登基。六月，北至崖山，止焉。尔后己卯岁，改元祥兴，取法祥符、绍兴也。"都具有

---

① 绝大多数句下皆有注释，只有少数句下无注，仅标明杜句出处。无注之句分别为：《壮年历仕》的第三句，《芜湖出督》的第一、三句，《鲁港弃师》的第一句，《陈相再人》的第一、三句，《勤王拜相》的第一句，《宜中出奔》的第三句，《临安奉使》的第一句，《渡江入海》的第一句，《广州驻兵》的第一句，《妻孥被俘》的第一、三句，《弘范礼待》的第一、三句，《崖山宋亡》的第一句。从数量上看，共16句，占此卷全部72句的22%。

很高的史料价值。

　　无论是研究宋末历史，还是研究文天祥，这些出自当时人的材料要比元人所编《宋史》和方志中的资料更加可信。

　　9. 董嗣杲《西湖百咏》二卷，今存。董嗣杲，生卒年不详，字明德，又号静传居士，临安（今杭州）人。咸淳年间（1265—1274）曾为武昌令。入元后不仕，后入孤山四圣观为道士，改名思学，字无益。据其作于咸淳八年（1272）的《西湖百咏原序》所云：

　　　　钱塘西湖为东南伟观，穷骚人墨客技不得尽。元祐间，杨、郭二子皆以百绝唱乃无嗣音者。两山迁佛盘错，坡老守郡时，游历几遍，遗迹尚可考。南渡后，贵臣邸第多在，亭馆日辟视前，此复不侔，盖富盛极矣。予长兹地，与山水为忘年交，凡足迹所到，命为题，赋以唐律，几二十余年，仅逮百首。然皆目得意寓，叙实抒泄，非但如杨、郭二子，披图按志，想象高唐而已。搜索奇胜，难遍以数举，此直据予所见，不以夸奇斗胜为工也……予状景物耳，不暇恤岁月无情，陵谷易变，将使百千年后，登览降望于西湖上者，因诗有感焉。咸淳壬申（1272）腊月静传居士董嗣杲书于余英堂。①

　　知此集乃是身为杭州人的董嗣杲对西湖风物景色的描写刻画，共七律百首，皆实景之叙写，累二十余年而成。

　　此集成于宋末，据鲍廷博《西湖百咏跋》，知元代已有刻本，"元本楮墨极古而无刊刻年月可考"②。明代陈贽逐首和韵，于明天顺七年（1463）由南康知府、钱塘人陈敏政作序并刊刻，名之曰《西湖百咏唱和

---

　　①　（宋）董嗣杲：《西湖百咏原序》，丁丙辑《武林掌故丛编》第五集《西湖百咏》，清钱塘丁氏嘉惠堂刊本，第6页。

　　②　（清）鲍廷博：《西湖百咏跋》，丁丙辑《武林掌故丛编》第五集《西湖百咏》，集末附录。

诗》。嘉靖十六年（1537）又有周藩南陵玉楼子重刻本。后收入《四库全书》。《四库提要》对此集的刊刻流传、诗歌数量及注释皆有考述：

> 《西湖志》称嗣杲原唱及贽所和皆九十六首，天顺癸未，始以二家所作合刻，南康知府陈敏政为之序。又载嘉靖丁酉，周藩南陵王玉楼子重刻。其序亦称董倡居前，陈和居后，仍各九十六首，共一百九十二首。谓之百咏者，盖亦极言之耳云云。此本上卷四十九题，下卷五十一题，实各足百咏之数，与《西湖志》所记不符。鲍廷博《跋》疑周藩翻雕之时，其底本偶有脱页，未及深考，遂以为原阙四首。田汝成修《西湖志》时，又仅见周藩之序。遂据以笔之于书，以《志》中仅载《周藩序》，不载《陈敏政序》为证，理或然欤。其诗皆七言律体，每题之下，各注其始末甚悉，颇有宋末轶闻为诸书所未载者。嗣杲诗格颇工整；贽所和才力稍弱，亦足肩随，皆迥在许尚《华亭百咏》之上也。①

题下注的内容，主要是介绍、补充景点的地理方位、历史变迁、沿革兴废、得名由来、胜记地志、前人的相关诗文以及有关的本事传说等。诗歌与题下注结合得较为紧密，如《石函桥》一诗：

《石函桥》　　在水磨头。乐天《湖石记》云："钱塘湖，一名上湖。周回三十里，北有石函，南有笕，凡放水溉田，每减一寸，可溉田十五余顷。此州春多雨、夏秋多旱，若蓄泄及时，濒湖千余顷田无凶年矣。"桥下凿斗门字尚存。

函开函闭管年丰，白傅能方夏禹功。

湖石记埋泥藓里，斗门字蚀水花中。

犁平阡陌犹春雨，船载笙歌自晚风。

---

① 《钦定四库全书总目》（整理本），第2192—2193页。

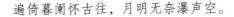

遍倚暮阑怀古往，月明无奈瀑声空。

注中引白居易文章，诗也就结合乐天《湖石记》叙事抒情，二者互为表里，浑然一体，不可分割。《断桥》《飞来峰》等诗亦是如此。另外，对相关诗文的频频摘引，是题下自注的一个特点。如《孤山路》《乐天竹阁》题下引白居易诗，《冷泉亭》题下引卢仝诗，《断桥》题下引张祜诗，《巾子山》题下引林逋诗句，《寒泉》《参寥泉》《此君轩》《杯泉》《陈朝柏》《跳珠轩》《南屏山》《苏堤》题下引东坡诗，《涌金池》《西溪》题下自注引杨蟠诗，等等。

10. 陈岩《九华诗集》一卷，今存。陈岩（？—1299），字清隐，自号九华山人，青阳（今属安徽省）人。据元人方时发所撰《九华诗集传》所云，"（陈岩）宋末屡举进士不第，入元，遂隐居不出。时元世祖征求隐逸，乃汗漫江湖以避之。及老，始归青阳……出则遍历九华之胜，至一处则作一诗以系之，名《九华诗集》"①，知此集事实上作于宋亡入元之后，因陈岩主要生活在宋代，且文学史上一般将其做宋遗民处理，故本书亦将此集归入宋人别集。

此集共 210 篇，皆为七言绝句，前 207 首从各个角度、细节摹写九华胜景，末三首题咏九华物产。方时发《九华诗集序》云"诗有旧板，兵毁不全，此二百一十篇乃余掇拾于散佚之余者也……特捐己币而重梓之"，此序作于"至大戊申仲秋"，即 1308 年，知此集在元初已有刻本，且方时发再刻之前，已有散佚。明代未见官私书目著录此书。清黄虞稷《千顷堂书目》卷八"地理类下"在补元代作品部分，录"陈清隐《九华诗集》四卷"，下附小字云"为五言绝句，题咏九华之胜"②，从年代

---

① （元）方时发：《九华诗集传》，《九华诗集》，清末民初李之鼎宜秋馆宋人集刻本。
② （清）黄虞稷：《千顷堂书目》，上海古籍出版社 2001 年版，第 231 页。

和内容上看，此当即陈岩之《九华诗集》，"五言绝句"应为"七言"之误，但是，"四卷"之数未见于方时发之《序》《传》，未知何据。乾隆年间，此集被录入《四库全书》。四库馆臣所撰之"提要"云"诗皆七言绝句，凡咏名胜者二百七首，咏物产者三首"①，与方时发序相吻合，知方氏所刻之本在后世有较好的保存和流传，未遭散佚。"是集今存以明崇祯九年刻本为最古，清光绪、民国时均有重刊本。钞本除四库本外，尚有丁丙钞本存世。"②

与林同《孝诗》类似，无论是方时发之《序》《传》，还是四库馆臣之"提要"，历代对此集的关注，都只集中在诗集的内容和艺术水平这两个方面，题下自注极少被人提及。据笔者目力所及，仅宜秋馆刻本集末所附李之鼎跋文论及这一特点，"题下自注原委，藉可考证九华山川故实，非仅作模山范水观也"③。需要补充说明的是，关于这些题下注，四库本及李之鼎宜秋馆刻本在注文前所加提示语，皆非常见的"自注"一词，而为"原注"二字。李之鼎将其坐实为陈岩之自注。然"原"与"自"毕竟还是有细微的差别，故《宋集珍本丛刊书目提要》选择了更为保守的态度，认为"小注当为陈岩或方时发所撰，非钞录者所为"④。此说固然稳妥，但方时发所作之《序》《传》，皆未言及题下注，更未提及其曾对此集加以注释。假设其确为此集添加题下之注，以常理度之，其应当在序中有所交代，绝无不置一言的道理，故我们认为，"原注"应当为陈岩自注。

作为此集的特色之一，诗人于每题之下，稍加注释，或点明方位，或补充历史传说、得名由来以及历代沿革，或征引相关诗文，或以散文的方式对诗中风景另加描述，与诗歌互相配合，相得益彰，有效地扩大、

---

① 《钦定四库全书总目》（整理本），第 2196 页。
② 《宋集珍本丛刊书目提要》，第 298 页。
③ （清）李之鼎：《九华诗集跋》，《九华诗集》，宜秋馆刻本卷末附。
④ 《宋集珍本丛刊书目提要》，第 298 页。

提升了诗歌的信息含量和表现能力。如以下几首：

　　翠微峰　原注：升云峰下，天香岭南，凝烟积翠，朝暮如一。

　　　　　　岚气阴阴浅色山，更分黛墨染松关。

　　　　　　喷云泄雾空蒙外，湿翠泠沾襟袖间。

　　谏堂山　原注：因子京书堂，人思之，故名焉。后属曾氏，今属吴氏。

　　　　　　茸茸莎草裹风长，二百年前一谏堂。

　　　　　　旧地几番新地主，谏堂名字愈辉光。

　　刘世疏庵　原注：保真院东，北双峰下。

　　　　　　乱草枯茅町疃场，寒风卷地日荒荒。

　　　　　　有来提起山庵话，又是先生朽骨香。

　　翠瀑亭　原注：崇圣院前。蒋颖叔诗有"云窦落来入曳练，烟崖穿遍似焚丝"之句。

　　　　　　湿翠抛来觉染衣，倚栏兀兀坐移时。

　　　　　　偶因过雨添流水，增重焚丝曳练诗。

　　第一首、第三首自注以极精简凝练的语言指示方位并对诗中所要描述的风景进行概括，效同图示；第二首、第四首自注主要是介绍"谏堂"之得名及摘录前人题咏诗句，为读者留下了解读诗意的线索和方向。

　　11. 陈普《咏史诗断》二卷，今存。陈普（1244—1328），字尚德，号惧斋，福建宁德人，世称石堂先生，为朱熹三传弟子。入元不仕，隐居于乡，设馆倡学，从者数百人。陈普著作甚丰，有《四书句解铃键》《学庸指要》《孟子纂图》《周易解》《尚书补微》《四书五经讲义》《浑天仪论》

《咏史诗断》《字义》凡数百卷，大多散佚。明人闵文振于嘉靖年间"购而得之，编而梓之"①，名之曰《石堂先生遗集》，共二十二卷，其中第二十、第二十一卷题曰"七言绝句"，即《咏史诗断》，共362首。② 此本在嘉靖辛酉之变中毁于兵火。万历三年（1575），薛孔洵重刻之，并加以注释，今存，收入《续修四库全书》。此外，另有天启三年（1623）阮光宁选刻本，共四卷，末二卷为《咏史诗断》，今收入《四库全书存目丛书》。

据薛孔洵《重刊石堂先生文集叙》所云：

> （先生）所著书，藏诸家塾，历胜国至我明，晦三百年未有识也。嘉靖乙未，邑先达陈公衰授云南道御史，终养家居，以先生讲义多采三注，谅有遗集，访其子孙，果获数十卷经书，有解井田，有疏咏史，有句星历，有辨其他，论策序歌，种种咸备，犁然若万斛珠玑……

由"有疏咏史"一句，可证《咏史诗断》当有陈普自注；由"藏诸家塾"一句，可以推测其虽未有刻本，然在小规模的范围内，三百年间代有流传。此集最早单独被著录，见清黄虞稷《千顷堂书目》卷三十一："陈普《咏史诗》。"③ 然黄氏将陈普视为元人，并将此集录为《咏史诗》，且未云卷数；之后，倪璨在《补宋史艺文志》中，收陈普之经学著作；而《石堂先生遗集》和《咏史诗》则归入《补辽金元艺文志》，一时归宋，一时入元，似显混乱。宋亡时，陈普已33岁，立身处世，求学问道，大局已定，且入元之后隐居不仕，坚守遗民之气节与立场，故本书

---

① （明）阮璜：《重刻石堂先生遗集序》，陈普《石堂先生遗集》，《续修四库全书》第1321册，第281页。

② 明孔洵重刻本在第二十一卷末尾，有跋云："先生咏史之作，题曰《诗断》，信乎！推心穷迹，昭道北义，绳以春秋之法，归诸天理之公……"可见，在其眼中，此二十、二十一两卷的咏史诗，即《咏史诗断》。

③ 《千顷堂书目》，第776页。

将其视为宋人。

《咏史诗断》共计 171 题 362 首，皆为七言绝句，以人名为题，分别吟咏从有虞氏至朱文公的历代重要的历史人物，尤以六朝为重，或一人一首，或数人一首，或一人数首。从诗与史的关系来看，其长于论断，"其词严，其论正，其旨深，其意远"①，且喜翻新出奇，常常能"在作史者不到处，别生眼目"②。

在几乎每一首诗之后，陈普都缀以"自注"，围绕诗歌，或交代历史背景，或解释诗中本事，然更多的是通过剪裁史书，发表评论，以"明述作之本旨，见去取之从来"，与诗歌所采用的极度浓缩的七绝的形式互相补充，通过自注文字，诗人"闻见之广狭，功力之疏密，心术之诚伪，灼然可见于开卷之顷"③。兹举两例如下：

荀息

三怨盈朝积不舒，奚齐卓子釜中鱼。区区荀叔若汝媪，智略无称信有余。　自注：全德全才，古人难得，但一节足为世教，圣人皆许之。此荀息之死，所以得书于《春秋》也。献公未死，一国之中皆二子之党也，其畜有年矣。奚齐、卓子之危，荀息皆肯为之传。受献公临终之命，为之尽力，荀息之智其不足称者矣。及李克杀二子，荀息必践其言，不负献公之托，斯则君子有守无二、忠信不渝之道，此夫子所以取之也。正如子路仕非其所，而结缨一结，亦可称。至怨，古今之所难忘，而仁义之心能不灭，亦足为三纲五常之助矣。

景帝

宗庙谁开内使门，临江依样又穿垣。爱妻娇子如泥土，晁错何知独恃恩。　自注：晁错穿太上庙垣而无罪，临江王荣穿太宗庙垣而下狱。爱

---

① （明）闵文振：《咏史诗断跋》，《石堂先生遗集》卷 21，第 596 页。
② （宋）费衮：《梁溪漫志》卷 7，上海古籍出版社 1985 年版，第 75 页。
③ （清）章学诚：《文史通义·内篇·五·史注》，中华书局 1985 年版，第 239 页。

之则小臣欲其生，恶之则爱子欲其死，《汉书》以成康称之，过也。

前一首咏荀息，前两句铺陈历史背景，第三句于大历史的背景下，不讳言其智略无称，然末句却笔锋陡转，转而称道其身上不输于智略的另一种美德——忠信，前三句的不断蓄势为结句的破茧而出埋下了强有力的伏笔。诗之义脉如此，诗人之立场、判断固然清晰，然以诗歌出之，仍不得不留有余地，所以，意犹未尽之处，化身为自注文字，以忠、智之难兼备为起点，中间隐括荀息之大节，最后以夫子对忠信之揄扬为终点，并取子路以类比，夹叙夹议，铺陈展开，已可作一篇史论文字看待。后一首是对汉景帝的评价，诗歌仍然止于史事的排比，引而不发，述而不论，自注则在进一步落实历史事实的基础上，突破正史的权威，不囿于"文景之治"的光环，对景帝之独断暴虐予以正面的批评，点出明君的阴暗之处，作翻案文字，别生眼目。

不能回避的是，陈普理学家的身份在诗歌自注中有着鲜明的体现。他的史观、史断、史论均建立在程朱理学的基础之上，理学家的价值判断常常在自注中洋洋洒洒地展开：一方面，自注中常常转引程朱之言，如《管宁》篇自注引朱熹《资治通鉴纲目》之论，《庞士元》篇摘程子之言；另一方面，其直接标榜道德事功、阐发天理纲常的理学家言论更是比比在目，俯拾即是，不仅如此，理学家"重道轻文"的态度，在自注中亦有明显的流露。如《陆机》自注云：

> 文人如宋玉、李斯、司马相如、扬雄、班固、蔡邕、曹丕、曹植、阮籍、潘岳、陆机、陆云、谢灵运、范晔、孔熙先、王勃、宋之问、骆宾王、李峤、张说、李贺、杜牧、柳宗元、刘禹锡、元稹、舒元舆、南唐冯希鲁兄弟与近世苏氏之徒，皆轻扬浅薄，浮华诞妄。且复矜其功慧，傲睨人物，荒淫不道，往往为

之，祸乱死之，不知悟也。沈身之祸犹轻，败俗之罪尤大，故程氏之门以高才能文章为人之不幸。使读书而不知道，岂为臣下者所宜尊尚哉。

此一段文字，是理学家"重道轻文"论调的集中宣扬。陈普几乎将南宋以前的一流文人一网打尽，指责他们浮躁浅露，虚华诞妄，将世风日下归谬于此，把他们在文学上的才华和对文学史的贡献一笔抹杀，"程氏之门以高才能文章为人之不幸"，武断而又迂腐可笑。

三　题序与题注之辨

上文补出来的十一种自注诗集中，张庆之《咏文丞相诗》自注在每一句之后，陈普《咏史诗断》自注在每一诗之后，余下九种，诗人自注皆置于诗题之下。对于这部分文字的性质，有一种观点认为其当为题序而非题注。究竟是题序还是题注，这点对本章意义重大，需认真辨正。

我们可以把这九种诗集分成两个部分。先来看《姑苏百题诗》《金陵览古诗》《会稽览古诗集》《华亭百咏》《南海百咏》《金陵百咏》《西湖百咏》《九华百咏》这八种诗集。

首先，八个集子篇幅都不大，几乎都是由一百篇五七言律绝组成的"百咏诗"，一卷成帙；从内容上看，八种诗集的共性非常突出——它们有着同样的主题——都是对某地风土名胜的全面题咏（姑苏、金陵、会稽、华亭、南海、西湖、九华），皆以景点为题，一景一诗，所以，题下文字的内容，也都是诗人对作为诗题的景点的地理位置、得名由来、历史沿革、典故传说、相关诗文的介绍和补充，或是对书中相关记载的考辨与订误。上文对这些内容，已经分别举例进行了说明。为了进一步辨明此问题，我们不妨再补充一些例子，加强直观的感受（仅列出题下文字，诗歌省去）：

《秦望山》　秦始皇东巡，登高历览，刻石纪功，故曰秦望。

《放马涧》　在新昌县。支道林放马之所。或讥道人养马不韵，答曰：贫道赏其神骏。（《会稽览古诗集》）①

《刘氏山》　悟性寺后山。《南征录》谓之刘王山。盖伪刘曾作台观于其上。

《越楼》　楼在圜阓中。轮囷为一郡之壮观者，昔名众乐楼，程师孟有诗。（《南海百咏》）

《集贤里》　父老云：昔陈陆诸公居此，因以为名。

《陆机茸》　在谷东。吴陆逊生二孙，常于此游猎今古。桑陆又名吴王猎场。（《华亭百咏》）

《湘公嗣》　事见通鉴。

《长干塔》　事见僧史。

《桃叶渡》　一名南浦渡。《金陵览古》：在秦淮口。桃叶者，晋王献之爱妾名也。献之诗云：桃叶复桃叶，渡江不用楫。但渡无所苦，我自相迎接。不用楫者，谓横波急也。献之歌此送之。（《金陵百咏》）

《先得楼》　在钱塘门西，即钱塘正库酒楼也。咸淳中，州里以三篆字揭之。

《乐天竹阁》　在广化院，乐天守杭日建。绍兴中，寺徙今处，重建竹阁，有郑清之记。乐天诗云：晚坐松檐下，宵眠竹阁间。（《西湖百咏》）

《观音崖》　帻峰西冲有石室。唐末高僧卓庵感观音现，故名。

《净信院》　碧云峰西南，旧名碧云庵。今院额山西云门寺，因其圮毁，宋绍兴中，里人汪湛请额移此。（《九华诗集》）

　　古代学者在著录或论及这些诗集的时候，基本上都是将这些文字目为题下注，我们对古人的判断做了归纳，如下表所示：

诗集	古人对题下文字性质之判断	出处
杨备《姑苏百题》	宋·龚明之　"每题笺释其事"	《中吴纪闻》
杨备《金陵览古诗》	宋·周应合　"各注其事于题下"	（景定）《建康志》
华镇《会稽览古诗集》	宋·张淏　"皆序而歌咏之"	（宝庆）《会稽续志》
许尚《华亭百咏》	清·四库馆臣　"题下各为注"	《四库提要》
方信孺《南海百咏》	清·阮元　"每题之下，各注其颠末"	《四库未收书提要》
	清·吴兰修　"每题各疏缘始，时有考证"	《南海百咏跋》
曾极《金陵百咏》	宋·韦居安　"《乐观山》诗序云"	《梅磵诗话》
	清·四库馆臣　"（绝囚灯）考证之偶疏"①	《四库提要》
董嗣杲《西湖百咏》	清·四库馆臣　"每题之下，各注其始末甚悉"	《四库提要》
陈岩《九华百咏》	清末·李之鼎　"题下自注原委"	《九华百咏跋》

　　十种判断中，只有张淏和韦居安以之为"题序"，余八人皆以之为"题注"，首先在数量上，"题注说"便占据了明显的优势，成为主流的观

---

　　①　《绝囚灯》题下文字为："后主绝死囚，燃佛灯绝之。因家赂左右，窃益膏，辄不得死。"全诗为："五详三覆始施行，明灭兰膏岂足凭。可惜当年杀严绩，无人为益绝囚灯。"关于这首诗，《四库提要》中特别点及，云："'绝囚灯'事，以中主误为后主，亦为乖舛，是则考证之偶疏，固不必为之讳矣。""后主"二字并未出现在诗歌中，可见《提要》针对的是题下文字中的错误，由"考证之偶疏"一句，可以确定，在四库馆臣眼中，题下文字乃曾极自作，且从性质上看，其是对诗中典故的注释，是诗注而非诗序。

点。当然，比起旁人，诗人自己的判断更为直接，也更有说服力。在《九华诗集》中，我们很幸运地发现了一条这样的证据：

> 《仙人塘》　碧云庵上。《录》云在帻峰岩内，上有石床丹灶。按：裴录葛洪居于下。又互见《宝陀岩》注。

末句"又互见《宝陀岩》注"几个字，明白无误地表明，在陈岩眼里，他是将题下文字视作注而非序的。所以，照此类推，与《九华诗集》在性质、内容、风格、体制等各方面皆高度一致的其他七种诗集的题下文字，亦当为题注而非题序。

其次，以今保存完好的几种著名的宋诗宋注如施元之、施宿、顾禧《注东坡先生诗》，李壁《王荆文公诗笺注》，王十朋《王状元集百家注分类东坡先生诗》（下文简称《东坡诗集注》）为参照，我们可以发现，同样是以景点命名的题咏风物的诗歌，在这几种注本中，题下的文字皆被视为题注，或诗人自注，或出自注家之手。在王十朋《东坡诗集注》卷二"古迹"类中，这一点有清楚的体现（仅列出题下文字，诗歌略去）：

> 《诅楚文》　自注：碑于开元寺土下。今在。太守便听秦穆公葬于雍橐泉祈年观下，今墓在开元寺之东，数十步则寺，岂祈年之故基邪？淮王迁于蜀，至雍道病卒，则雍非长安，此乃古雍也。
>
> 《李氏园》　自注：李茂贞园也。今为王氏所有。
>
> 《秦穆公墓》　子功：《三辅黄图》橐泉宫。《皇览》曰：秦穆公冢，在橐泉宫祈年观下。
>
> 《四望亭》　自注：太和中，刺史刘嗣之立。李绅以太子宾客分司东都，过濠为作记，今存而亭废者数年矣。
>
> 《碧落洞》　自注：在英州下十五里。

《严颜碑》 自注：在忠州。颜即巴郡太守，事见《蜀志·张飞传》。

《隆中》 缜：《汉晋春秋》：诸葛亮家于南阳之邓县，在襄阳城西二十里，号曰隆中。

以上罗列的七首诗，皆以地方景物为题，题下皆有说明文字，或补充地理方位，或介绍流传变迁，或点出历史人物，或添加相关文献，与本节补出的以题咏地方风物为主题的八种诗集如出一辙，几无二致。王十朋在集注的过程中，对东坡自作的文字，皆标明"自注"，对各家注释的文字，各标明其归属，很明确地将其定位为题注而非题序。所以，据此推衍，八种专门题咏地方风物的诗集，每题之下所添加的文字亦应为题注而非题序。

事实上，不仅是王十朋《东坡诗集注》如此，施、顾《注东坡先生诗》同样如此，如以下几首诗（仅列出题下文字，诗歌略去）：

《润州图经》 甘露寺在北固山上，唐宝历中李德裕所建。德裕《祭言禅师文》云：因甘露之降瑞，立仁祠于高标。东坡自注此诗云：欲游甘露寺，有二客相过，遂与偕行。寺有石如羊，相传谓之很石，云诸葛亮孔明坐其上，与孙仲谋论曹公也；大铁镬二，案铭梁武帝所铸；画师子一，菩萨二，陆探微笔。卫公所留祠堂在寺，手植柏合抱矣。近寺，僧须古殿基得舍利七粒并石记，乃卫公为穆宗皇帝追福所葬者也。

《灵隐寺》 《杭州图经》：晋咸和中，有西乾梵僧云此武林山是天竺灵鹫之小岭，乃创灵隐寺。

《虎跑泉》 《临安新志》云：昔性空禅师尝居大慈山，无水，忽有神人告之，曰："明日当有水。"是夜，二虎跑地作穴，泉水涌出，因号虎跑泉。

《石镜》 山谦之《吴兴记》：临安县东五里，石镜山东有石镜一，所径二赤四寸，甚清亮。武肃王钱镠幼时游此，照其形服，冕旒如王者状。

　　题下文字皆出自施宿所作"题下注"，比对八种专咏地方风物的诗集的题下文字，从思路到内容到文字到风格，二者完全一致。如果硬要说出其中的不同，唯一的差别就在于，施顾注中，此类题下注的出现是分散的，而对于后者来说，题下注的出现是集中的、大规模的，但我们并不能因此而改判其性质，将其从题注转为题序。

　　再次，我们还可以从诗歌题下小序发生发展轨迹的角度再加一层考量。诗序是诗人在题下自述写作缘起、主旨和创作背景，是读者了解作品的重要依据。它的出现和发展主要有两个源头，故由此发展出两种不同的内容和风格。一种发源于《诗》小序，这类诗序相对比较短小，主要是用来阐述诗歌主旨；另一种则发源于赋序，此类诗序一般委曲详尽，篇幅较长，主要是用来阐释创作缘由。① 很明显，本节所补的八种诗集的题下文字并不是用来揭示诗旨，那么，它们跟用来阐释创作缘由的诗序有无相似之处呢？上文提到，文天祥《集杜诗》大规模地运用了题序，以补充创作的背景和缘由，我们不妨以此为参考，稍作比较，如以下二诗（仅列出题序，略去诗句）：

扬州第二十六

　　李庭芝在州十余年，畏怯无远谋，惟闭门自守，无救于国。及景炎登极，以为首相，乃引兵轻出，渡海南南归，朱焕寻以城献虏，哀哉！

景炎拥立第二十八

　　予自苏州归阙，建议出二王于闽广，及虏至，二王方出宫，苏刘义、陆秀夫遇二王于温，时陈宜中海船泊清螯门，诸人往邀之，共图兴复，益王始建元帅。及张世杰自定海至，同趋三山，以五月一日益王登极，改元景炎。

----

　　①　吴承学：《中国古代文体形态研究》，中山大学出版社 2000 年版，第 70—80 页。

此二则诗序与前文所引的题下注明显有异。题序中有"我"，有诗人的主体参与，所以，感情色彩较重，主观性也较强；题注中无"我"，只是对景物地理方位、历史沿革、典故传说等方面的介绍补充，所以比较客观。题序相对完整，自具首尾；题注则灵活分散，可以由多个片段组成。

所以，基于以上三个方面的考量，我们认为，本节所补八种题咏地方风物的诗集的题下文字皆为诗人自注，它们构成了宋诗宋注的重要组成部分，不应当被忽略或屏蔽。

最后，再来看林同的《孝诗》。虽然清末丁丙在《善本书室藏书志》卷三十一著录"林同《孝诗》影宋钞本"时，将题下文字视为注释而非诗序，然纵观与此集相关的书目著录或评论文字，无论是《四库提要》《续通志》《钦定续文献通考》，还是卷首所载刘克庄原序，虽繁简不一，但所涉及和讨论的内容都只限于对其单一内容的批评、伦理价值的肯定以及对诗人生平的辨正，至于题下文字，皆未置一词。而且，今人在偶尔论及《孝诗》的时候，也将其定位为题序而非题注，如以下两例：

> 宋代林同著有《孝诗》一卷，实为以四言诗的形式，加上诗前小序的说明，对自上古至于隋唐历代倡导的实践孝行的人物加以表彰和颂扬。①

> 作者举古今孝事，每事以一五言绝句歌咏，亦间有二诗咏一事

---

① 罗莉：《中国传统文化中的别样诗篇——林同及其〈孝诗〉考论》，《湖南科技大学学报》2009 年第 4 期，第 97 页。按：关于《孝诗》的形式，《四库提要》云其为"五言绝句"，刘克庄《孝诗序》云"二韵二十字"，无论是五言四句体，还是五绝，其为五言殆无疑问。此处云其为四言诗，当为编辑之误。

者。诗前有小序略加说明。①

以上引文将其定位为诗序，很有可能是因为《孝诗》在开始的部分，有《既醉君子》《四牡使臣》《南陔孝子》《白华孝子》《蓼莪孝子》《北山大夫》六篇，卷中及卷末又有《卫七子》及《卫女》二篇，此八篇皆径直取自《诗经》及束皙之《补亡诗》，属于早期民歌中具有代表性的模糊的形象，不似其他各篇，有历史人物之依托，故题下文字皆只能直接摘引《诗》及《诗序》，学界误以此集题下文字为题序，当是受此数诗之影响。

综上所述，在距离张三夕教授整理出《宋诗宋注总目》三十年后的今天，借助文献整理的最新成果和检索工具的日新月异，结合学界相关研究的最新进展，从他注与自注两个方面入手，我们可以补出以下二十四种宋诗宋注。如下表所示：

	书名	注者	存佚	备注
他注	1.《苏诗四家注》	程缜、宋援、李厚、赵次公	佚	
	2.《东坡和陶集注》	蔡梦弼	佚	
	3.《笺注吴元用咏史诗》	李淕	佚	
	4.《精刊补注东坡和陶诗话》	蔡正孙	残存	
	5.《简斋诗增注》	不详	残存	

---

① 钱仲联等主编：《中国文学大辞典》，上海辞书出版社 2007 年版，第 594 页。

书名	注　者	存佚	备注
他注	6.《简斋诗注》	中斋	佚	今仅存 34 条注释
	7.《注陆放翁剑南句图》	闻和仲	佚	
	8.《注朱文公训蒙诗》	黄季清	佚	
	9.《注朱子感兴诗》	未详	佚	朱熹生前已有流通
	10.《感兴诗注》	蔡汝揆	佚	
	11.《感兴诗讲义》	程时登	佚	今仅存 4 条注释
	12.《和注〈后村百梅诗〉》	徐少章	佚	
	13.《注〈梅百咏〉》	江咨龙	佚	
自注	14.《姑苏百题诗》	杨备	佚	
	15.《金陵览古诗》	杨备	佚	
	16.《会稽览古诗集》	华镇	佚	《宋诗纪事》存 9 首
	17.《华亭百咏》	许尚	存	
	18.《南海百咏》	方信孺	存	
	19.《金陵百咏》	曾极	存	
	20.《孝诗》	林同	存	
	21.《咏文丞相诗》	张庆之	存	句中注

续　表

	书名	注者	存佚	备注
自注	22.《西湖百咏》	董嗣杲	存	
	23.《九华诗集》	陈岩	存	
	24.《咏史诗断》	陈普	存	诗后注

补录的 24 种宋人注宋诗，他注 13 种，占 54%，自注 11 种，占 46%。注释方式的不同，带来了一些整体上的不同倾向。

其一，从存佚情况看，13 种他注除《精刊补注东坡和陶诗话》《简斋诗增注》部分尚存之外，其他均已亡佚；相反，11 种自注除了北宋的 3 种已亡佚，南宋的 8 种全部保存完整（仅《华亭百咏》《金陵百咏》《九华诗集》在流传过程中稍有散失），且明清两朝涌现多种刻本。

其二，从出现时间上看，13 种他注在南宋中后期陆续出现，时间上较为分散；而 11 种自注中，南宋后期出现的有 8 种，其中，又以南宋灭亡前后最为集中，《孝诗》《咏文丞相诗》《西湖百咏》《九华诗集》《咏史诗断》5 种自注诗集皆作于此段时间。相应地，在注家的身份上，遗民成为最突出、最重要的群体。

把以上补录的 24 种宋诗宋注与张、姜二氏所辑录的 38 种注本放到一起，则今可考知的宋诗宋注共计 62 种，其中，8 种自注诗集皆存全帙，故今存全帙的宋诗宋注共计 18 种（详细情况见"附录一"）。这 62 种宋人的本朝诗注构成了一个更加接近完整的宋诗宋注的世界，本朝人注本朝诗这一现象在事实上的普遍存在，借由它们，得到了更加确切的证明。

第二章　宋诗宋注的文献考察（下）

第一节　《王状元集百家注分类东坡先生诗》编者再考辨
——以王十朋注为中心

迄今为止，《王状元集百家注分类东坡先生诗》（下文简称《百家注》）的编者是否为王十朋，学界仍没有定论。

大陆学界因为缺乏直接的证据，一般都采取折中、回避的态度，不就这个问题进行专门的讨论，在保留怀疑的前提下，姑且依从旧说。据笔者所见，只有四川大学卿三祥教授例外，特作长文《〈东坡诗集注〉著者为王十朋考》（《宋代文化研究》第十二辑，线装书局2003年版），致力于对王十朋是否为《百家注》著者这一学术公案的考证。他通过对王十朋《梅溪集》和《百家注》两书的细致考察，指出王氏确为《百家注》的著者。

台湾学者则知难而进，对这一公案进行了深入、细致的梳理，并提出新的观点。台湾清华大学李贞慧助理教授《〈百家注分类东坡诗〉评价之再商榷——以王文诰注家分类说为中心的讨论》一文，从百家姓氏的分类出发，探讨其与王十朋、江西诗人及南北宋间重要学术、政治人物之关系，以重新衡定《百家注》的价值，视角新颖。在文章最后的总结部分，她提出了一个"动人"的假设："《百家注》所收的注家中，有近半与王十朋有往来关系，其中更有三分之二，是与王十朋关系密切之亲朋僚属，且于其他宋人文献中，已难以考知者，由此，几乎可以断定，《百家注》即使不是王十朋亲手编成，但与王十朋亦非绝无相关，笔者更以为，《百家注》或许不无是王十朋后学根据其初稿或记录作成之可能。"① 原台湾大学黄启方教授《王十朋与〈百家注东坡诗〉》一文，则颇有集大成的意味，其厘清了清人对《百家注》评论的疏失，重新考订了王十朋与《百家注》注者之关系，考察了《江西诗社宗派图》诗人集团在其中的角色，检视了王十朋《梅溪集》及《百家注》中的王十朋注，最终明确肯定《百家注》为王十朋所编，谓"十朋汇集《百家注》之事，宜无可疑"②。

从宋至清，在四库馆臣否定王十朋编纂《百家注》之前，从未有人对此提出怀疑。之后，冯应榴、王文诰、阮元等人都对四库馆臣的说法进行辩驳，然皆失之简略。以上提及的三篇文章针对四库馆臣的疏漏进行了详细的讨论，各具特色，各有道理，然美中不足的是，它们找到的证据，皆在《百家注》文本之外，要想一锤定音，还缺乏内证的支持。

黄启方先生的文章第一次对《百家注》中的王十朋注予以关注。黄先生的用意是从这个角度再一次说明王十朋对苏诗的用心，"王十朋既于东坡诗颇有心得，于平日多方收集各家注释，则其个人于东坡诗自必有

① 李贞慧：《〈百家注分类东坡诗〉评价之再商榷——以王文诰注家分类说为中心的讨论》，《台大文史哲学报》2005 年第 63 期，第 22 页。

② 黄启方：《王十朋与〈百家注东坡诗〉》，《东华汉学》2009 年第 10 期，第 136 页。

所用心；兹将《百家注》中十朋个人之注释引列如下，亦可见十朋于读东坡诗时之所关注者"①，故将其罗列排比出来，并稍加总结。遗憾的是，黄先生对这部分内容的价值，估计仍未充分。他忽略了其中一些极其重要的细节，而这些细节对确认王十朋的编者身份意义极其重大。

一

《百家注》中的王十朋注共计 50 条②。从位置上看，题下注 21 条，句中注 29 条。从数量上看，比起其他几个重要的注家，如赵次公、程縯、李厚、宋援、林子仁、师尹、任居实、赵夔、孙倬、李尧祖等人，并不醒目。但是，相比较《百家注》中绝大多数注家只有寥寥数十条或十余条或仅数条的注释，确实不应当为学界所忽略。

王十朋的注释大致可以分为以下两种类型。

首先，通过引证，对诗歌进行注释。这是最主要也是最重要的内容。其征引的范围，按照出现先后顺序，包括年谱、苏轼自注、他人诗序、《冷斋夜话》《尚书》、东坡书帖、《论语》《诗经》《遁斋闲览》《香谱》、王勃诗、苏辙诗及序、《裴君内传》《唐隐逸传》《洞天福地记》《成都古今记》《径山事状》《杭州图经》《临安县图经》《东坡志林》等，基本涵盖了经史子集四部，王十朋对东坡诗用心之深，于此可见一斑。

其次，直接对诗歌进行注释。或是补充诗中人物的相关资料，如在《和刘道原咏史》诗题下，径直注云："道原，刘居士涣子也。涣，筠州人。天圣中进士第，居官有直气，不屑辄去，卜居星渚。"③ 对道原之父

---

① 《王十朋与〈百家注东坡诗〉》，第 131 页。
② 所据版本为元建安虞平斋务本书堂刊本《增刊校正王状元集注分类东坡先生诗》（四部丛刊本）。
③ （宋）王十朋：《增刊校正王状元分类集注东坡先生诗》，元建安虞平斋务本书堂刊本，《四部丛刊》影印本（合订本），第 69 页。下文所引《百家注》内容皆出自此书，不再一一注明。

的生平及出处大节进行介绍，言简意赅，为诗歌的阅读提供了良好的前提；或是于题下指出某诗次韵的原韵，如其在《复次前韵谢赵景贶、陈履常兼简欧阳叔弼兄弟》诗题下注云："此系次《九月十五日观月听琴西湖一首示坐客》诗韵。"偶尔，其也会对其他人所作的注释进行辩驳与批评。但这一点是在征引其他内容的基础上进行的。如他引东坡书帖，指出"（林行婆）非古人，前注非也"，驳斥了李厚注之误；《再游径山》诗中，其大量摘引《径山事状》，并指出"（此诗）当以《径山事状》注者为是。如赵次公注者，皆牵合，但不欲尽去之耳"，以自己的标准对赵次公注表达了不满和批评。

二

王十朋的五十条注中又有十一条介于以上两种情况之间，长久以来，无人提及。但它们对解决王十朋是否为《百家注》编者这一公案，有着举足轻重的意义。为了说明问题，现将十一条注释分疏如下。

1. 卷一《壬寅二月有诏，令郡吏分往属县灭绝囚禁。自十三日受命出府至宝鸡、虢、郿、周至四县，既毕事，因朝谒太平宫而宿于南溪溪堂，遂并南山而西至楼观、大秦寺、延生观、仙游潭，十九日乃归，作诗五百言以记凡所经历者寄子由》"最爱泉鸣洞，初尝雪入喉。满瓶虽可致，洗耳叹无由"句下："十朋曰：'详见《爱玉女洞中水》诗注。'"

按：《爱玉女洞中水》在第八卷。全诗为"欺谩久成俗，关市有契繻。谁知南山下，取水亦置符。古人辨淄渑，皎若鹤与凫。吾今既谢此，但视符有无。常恐汲水人，智出符之余。多防竟无及，弃置为长吁"。前三句有注，从内容上看，与上句似并无太大关涉。然此诗题下有（赵）若拙注，云"按先生留题仙游潭中兴寺，寺东有玉女洞。又自注中云：'中兴寺有玉女洞，洞中有飞泉，甚甘'"，故知王十朋此条注当是针对

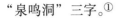

"泉鸣洞"三字。①

2. 卷一《太白山下早行至横渠镇书崇寿院壁》（题下）"十朋曰：'太白山，见前诗注。'"

按：此诗为第一卷第二首诗，"前诗"即开篇第一首诗《壬寅二月有诏，令郡吏分往属县灭绝囚禁。自十三日受命出府，至宝鸡、虢、郿、周至四县，既毕事，因朝谒太平宫而宿于南溪溪堂，遂并南山而西至楼观、大秦寺、延生观、仙游潭，十九日乃归作诗五百言以记凡所经历者寄子由》，其中有"平生闻太白"句，后引程缜注云："太白山，在武功县。谚云'武功太白，去天三百'，言其高也。乃往郿县之道。"正可与前者互注。而"前"字，虽没有具体卷数那么明确，但仍具有定位的性质。

3. 卷一《风水洞二首和李节推》"虚心闻地籁，妄意觅桃源"句下："十朋曰：'桃源事，第八卷《留题仙游潭》云：秦人今在武陵溪。'"

按：此条注尤其值得留意。由"第八卷《留题仙游潭》"来看，王十朋明确定位了"桃源事"在《百家注》中其他位置的出现。查《留题仙游潭》诗，确在《百家注》第八卷。这就意味着王十朋确是《百家注》的编纂者，不然，没有办法解释其对全书结构的精确把握。

4. 卷一《六月二十日夜渡海》（题下）："十朋曰：'见前《谪海南作诗示子由》诗。'"

按："前"字，具有定位的性质，表明了王十朋对诗歌位置的安排与对全书结构的掌控。《谪海南作诗示子由》确在此诗之前，且仅隔四首诗。其题下引吴宪注，云"按《年谱》，绍圣四年丁丑，先生六十二，在惠州。五月，再责琼州别驾、昌化军安置，即儋州也。是岁子由亦贬雷

---

① 此处需要指出的是，王十朋在作此条注释之前，已援引了苏轼一条篇幅颇长的自注，涵盖了其注释中的绝大部分内容，此处云"详见"，似有牵强。

州，五月相遇于藤，同行至雷，六月相别渡海，七月十三日至贬所"，对时间的交代颇为清楚。

5. 卷一《虔守霍大夫监郡许朝奉见和此诗复次前韵》"同烹贡茗雪，一洗瘴茆秋"句下："十朋曰：'注见上首。'"

按："上"字，同样具有明确定位的性质。查"上首"，即前一首《郁孤台》诗，诗中有"越瘴久无秋"句，句下引赵次公与冯方两条注，冯注云："通真子《瘴气论》云：'岭南瘴犹如岭北伤寒也。从仲春讫仲夏，行青草瘴；季夏讫孟冬，行黄茅瘴。'"正可与"瘴茆秋"互注。

6. 卷三《卧病逾月请郡不许复直玉堂。十一月十一日锁院，是日苦寒，诏赐宫烛法酒，书呈同院》"微霰疏疏点玉堂"句下："十朋曰：'玉堂，详见《和章七出守湖州》诗注。'"

按：查《和章七出守湖州二首》，在第十七卷。第一首末句"只应未报君恩重，清梦时时到玉堂"下，有冯方注，云："《元城先生语录》载：'宋太祖皇帝尝飞白题翰林学士院，曰：玉堂之庐。此四字出《李寻传》。玉堂，殿名，而待诏有直监在其侧，故云。'"正可挪至"微霰疏疏点玉堂"句下，知王十朋注所言不虚。然此处直接出示诗题，没有定位性质的定语，如"前""上"或卷数。

7. 卷三《叶待制求先坟永慕亭诗》"新松无鹿触"句下："十朋：'注见上首《思成堂》诗中。'"

按："上首"二字，对相同注文有明确定位。"坟茔类"共有诗二题三首，分别为《同年程德林求先坟二诗》（《思成堂》《归真亭》）、《叶待制求先坟永慕亭诗》。故此处之"上首"指的是《同年程德林求先坟二诗》中的《思成堂》一诗，其中有"祠堂照路隅，养松无触鹿"句，后引程缜、孙倬二家注，"（程）许孜于二亲墓所列植松，亘五六里，时有鹿犯其栽松，孜悲叹曰：'鹿独不念我乎？'明日忽见鹿为猛兽所杀置所犯栽下。（倬）唐褚无量以母丧而庐墓左，鹿犯所植松栢。无量号诉曰：'山林不乏，忍犯吾茔树邪？'自是群鹿驯扰，不复枨触"，正可与"新松无鹿触"句互注。

8. 卷九《次韵刘景文登介亭》（题下）："十朋：'介亭，详见《介亭饯杨杰次公》诗注中。'"

按：此处直接出示诗题，没有定位性质的定语，如"前""上"或卷数。查《次韵杨杰次公》在卷二十二，其题下引胡铨注，"《杭州图经》云：'介亭，在旧治后圣果寺。熙宁中，郡守祖无择对排衙石作介亭，左江右湖，千里在目。'先生饯次公于此亭也。其诗云云"，对介亭做了简要的介绍，正可挪至《次韵刘景文登介亭》诗题之下。

9. 卷十《和子由记园中草木十一首》"一一芳心插，牵牛何独谓"句下："十朋：'注见前篇。'"

按：此篇为《和子由记园中草木十一首》中的第四首，王十朋所云"前篇"，为此组诗的第一首，其中有"汝独观不倦，牵牛与葵蓼"句，下录洪驹父注，云："按《本草》，牵牛生花如鼓子，花稍大作碧色，子有黄壳作小房，实稍黑，类荞麦。陶隐居云：'此药始出田野，人牵牛易药，故以名之。'"对"牵牛"进行注释，可与后篇互注。

10. 卷十《次韵述古过周长官夜饮》"云烟湖寺家家境，灯火沙河夜夜春"句下："十朋：沙河塘，详见《望海楼》诗注。"

按：此注直接出示诗题，没有定位性质的定语。《望海楼》即《望海楼晚景五绝》在第九卷，其四有"沙河灯火照山红"句，下录李尧祖注，云："唐《地理志》：沙河塘，县旧治南五里，咸通二年，刺史崔彦曾闻昔潮水冲击钱塘江岸，至于奔逸入城，势莫能御，故开沙河以决之，河有三，曰：外沙、中沙、里沙。"可与"灯火沙河夜夜春"互注。

11. 卷十《约公择饮，是日大风》"山中读书三十年"句下："十朋：

详见《李公择白石山房》诗注。"

　　按：此注亦直接出示诗题，没有定位性质的定语。查《李公择白石山房》在第二十四卷，其中，"偶寻流水上崔嵬，五老苍颜一笑开"句下，有赵次公注，云："五老即庐山五老峰，公择少时读书于五老峰下白石庵之僧舍。先生尝作《李氏山房藏书记》，正谓此也。"知此处互注，不是注释地理或名物，而是对此句诗的背景进行必要的解释与补充，与前几条注释不同。

　　对以上内容稍加总结，王十朋的这十一条注释，都是立足于某一点，对诗集另一首诗中内容相同、可以互见互注的注文进行指认：或明确定位，如"见某卷某诗某句"；或给出具有定位性质的指示，如"见前（上）诗注"；或直接给出另一首诗的诗题，如"见某诗"，充分说明了王十朋对《百家注》立足全局的把握，尤其是第2、3、4、5、7、9条这六条注释，或指明卷数，或指出位置，是只有编者才能做到的事情。

　　另外，王十朋在卷二十三《再游径山》诗中的一条注释亦是其编纂《百家注》的强有力的证据："十朋：此以上并系径山实事，当以《径山事状》注者为是。如赵次公注者，皆牵合，但不欲尽去之耳。"批评他注的情况，上文已经论及；但措辞上，此条注释仍"隐藏"着极大的价值："但不欲尽去之耳"几个字，其中包含的重要细节一直为大家所忽略——其实把句意补足并非难事——虽对赵次公注表示不满，但仍未将其全部删去，王十朋此处正是在以编者的身份决定对赵次公注的取舍。

　　所以，在卿三祥、李贞慧、黄启方三位先生所归纳总结的外证的基础上，把此条注释与前面逐条分析的十一条注释作为内证，两相结合，我们可以得出一个明确的结论：王十朋的确是《百家注》的编者。

三

不少学者认为，王十朋之前的苏诗注本，除了赵夔是分类注，其他无论是个人注本，如"蜀中八注"；还是集注本，如四注、五注、八注、十注，全是编年注。而且，王十朋序中丝毫未提及分类之事，故很有可能其对百家注的搜集仍是按编年的体例，由后人（或书商，或吕祖谦）再将其改成分类注。如王友胜在《苏诗研究史稿》第二章中云："在没有确切证据证伪的情况下，还是将分类注的编者定为王十朋为妥。只是王十朋序中未言及分类一事，故该书当时或仅只集注而不分类，既分类又集注当是后人所为。"①

今存最早宋刻本建安黄善夫家刻本在"《百家注》姓氏"栏内，于"东莱吕氏"条下注云"祖谦字伯恭，分诗门类"。但是，学界对此普遍表示怀疑。理由大致如下：第一，吕祖谦作为王十朋的后辈，虽然对王十朋颇为尊敬，但二人文集中皆未出现两人有过交游的证据；第二，吕祖谦在著作中从未提到其曾对苏诗进行分类；第三，吕祖谦于编书，享有盛名，曾将《圣宋文海》扩编为《皇朝文鉴》，并按文体编选《标注三苏文集》，水平很高，完全不似《百家注》分类所呈现的杂乱颠舛；第四，若说吕祖谦"分诗门类"，那么，其分类是在王十朋编《百家注》之前还是之后，无从得知。

以上逐条分析的王十朋的十一条注释无法明确回答"吕祖谦是否分诗门类"这一悬案。但是，它们或可回答另一个问题：分类与王十朋的集注何者在前，何者在后？

为了更好地说明这个问题，下面以今存得见的宋人苏诗编年注即施、

_____

① 王友胜：《苏诗研究史稿》（修订版），中华书局2010年版，第43页。

顾《注东坡先生诗》为参照①，把十一条王十朋注所属以及所指示的诗歌在《百家注》与《施顾注》中的位置进行比较，看其先后次序是否完全一致：

	《王状元集百家注分类东坡先生诗》			施、顾《注东坡先生诗》	
注释序号	注文所在卷数	注中提示（诗）注所在卷数	王十朋对后者位置的交代	注文所在卷数	注中提（诗）注所在卷数
1	卷1 "纪行"	卷8 "泉石"	无	卷1	卷2
2	卷1 "纪行"	卷1 "纪行"	"见前诗注"	卷1	卷1
3	卷1 "纪行"	卷8 "潭溪"	"第八卷"	卷6	卷1
4	卷1 "纪行"	卷1 "纪行"	"注见前诗"	卷38	卷37
5	卷1 "纪行"	卷1 "纪行"	"注见上首"	卷39	卷39
6	卷3 "省字"	卷17 "酬答"	无	卷27	卷10
7	卷3 "坟茔"	卷3 "坟茔"	"注见上首"	卷31	卷21
8	卷9 "亭榭"	卷22 "送别"	无	卷29	卷29
9	卷10 "园林"	卷10 "园林"	"注见前篇"	卷2	卷2
10	卷10 "燕饮"	卷9 "楼阁"	无	卷7	卷5
11	卷10 "燕饮"	卷24 "题咏"	无	卷13	卷21

---

① 《施顾注苏诗》今无足本，将现存的嘉定残本与景定残本拼合起来，仍缺六卷。然其目录完整保存了下来。施宿《注东坡先生诗跋》云其篇目次第依从"旧本"，据郑骞《宋刊施顾注苏东坡诗提要》，"旧本"即南宋时通行的《东坡前后集》，也即明成化本《东坡七集》所从出。见郑骞、严一萍《增补足本施顾注苏诗》，台湾艺文印书馆1980年版，第15页。

其中，第9条因王十朋注与注中提示之注皆在同一组诗中，故将其剔出考察的范围。还剩下十条注释，第1、6、8、10、11条五条，王十朋注中只提到了可以替换的注释所在诗篇的篇名，没有定位性的指示，虽在两种注本中，它们皆分属不同的两卷，有的相隔甚远，然没有指示性定语，或可通用。

值得关注且能够说明问题的是王十朋注中有定位指示语的第2、3、4、5、7条五条注释。在两种注本中，王十朋注所在诗歌与注中定位的诗歌皆在同一卷且位置完全相同的有两条（2、5），它们在两种注本中皆是一后一前紧紧相邻，故在两种注本中都符合王十朋注中"见前诗注""注见上首"的定位指示。其他三条则不然。第3条，《百家注》中，王十朋注所在的诗歌出现在第一卷，注中定位的诗歌则在"第八卷"；而《施顾注》中，二者却分属第六卷与第一卷，而且，更重要的是，此处明确指定"第八卷"，充分说明《百家注》的卷帙已经完成。对于类注本而言，分类应是分卷的第一步。所以，明确的卷数正是分类的完成时间先于分卷的证据。也即是说，先有分类，然后才有王十朋的分卷与集注。第4条，《百家注》中，二者仍在同一卷，且前后只隔了四首诗。考此十一条注释，第2、4、9条在定位的时候用了"前"字，第2、9条两条中，"前"字皆指二者临近，故此处亦符合"注见前诗"的定位；而《施顾注》中，二者分属前后两卷，且隔了四十余首诗，与"注见前诗"的使用情况似不太相符。第7条情况类似，且更有说服力。《百家注》中二者前后相邻，故王十朋云"注见上首"；而《施顾注》中，二者相隔十卷之遥，与"注见上首"明显不合。而且，必须要指出的是，"坟茔"类一共只有二题三诗，此处云"注见上首"，从第5条的使用情况来看，"上"字意味着两诗紧紧相邻，那么，在《百家注》收录的两千多首苏诗中，只有在分类完成之后，才有可能将主题相同的二题三诗放在一起，说

"注见上首"，故此亦能证明对《百家注》的分类完成于王十朋分卷集注之前。

综上所述，第1、2、5、6、8、10、11条这七条注释，提示他注的内容在《百家注》（分类注）与《施顾注》（编年注）中或可通用，然第3、4、7条三条却无法在两种注本中获得兼容，它们皆有明确定位，或指明卷数，或指示位置，其结果与编年注格格不入。所以，根据这三条注释，我们可以看出：王十朋注中对可替换的他注的明确定位只有在分类已经完成的基础上才能出现，所以，对苏诗进行分类一定出现在王十朋编纂《百家注》之前。

综上所述，我们不能否认，《百家注》中有不少瑕疵，一些问题与王十朋的学力很不协调，如体例的前后不一、分类的杂乱无章等。但王十朋的这些注释，则明白地告诉我们，王十朋确是《百家注》的编者。而且，虽然"分诗门类"是何人所为仍不能确定，但对苏诗进行分类，应当出现在王十朋编纂《百家注》之前而非之后。

行文至此，结论已明，但仍有补充的必要。

稍加留意即可发现，本节重点讨论的王十朋提示他注的十一条注释，尤其是有明确定位的第2、3、4、5、7、9条六条，都集中在前十卷，后十五卷中未见一条。而且，更重要的是，除了王十朋的这些注释，《百家注》中还有不少同类型的注文，对位置不同然内容相同、可以互注的注文进行定位和提示，但皆是径直引出，未云何家所注。据笔者阅读所得，这部分注释至少有68条，数量远超王十朋注。从具体应用及表达上来看，它们与王十朋注完全一致，或标示诗题，这种方式出现次数最多，共41条；或指明卷数，共8条；或用方位性指示定语，共19条。然有两点需要留意。

首先，这部分注文所用的方位性指示定语比王十朋注更为丰富。王十朋注中用到了具体的卷数、"前"和"上"，而这部分则多出了"后诗""卷内"等新的指示性定语。如：卷七《初入庐山》题下注云："注见后首。"

按：此注径直引出，未云何人所作。查后一首诗，为《赠东林总长老》，题下录赵夔注，云："（尧卿）江州庐山亦谓之羌庐。昔有羌先生者，结庐于此，故因以得名。山在州之南三十里。"这部分内容正可放在《初入庐山》题下。

卷十三《上元过祥符僧可久房萧然无烟火》末句"不把琉璃闲照佛，始知无尽本无灯"下有注，云："见后诗注。"

按：此注同样未云何人所为。然查后一首诗，为《次韵颖叔观灯》，首句"安西老守是禅僧，到处应然无尽灯"下，录程缜注，云："《维摩经》言，法门有无尽师、无尽灯者，譬如一灯燃、百千灯之置者，皆明明终不尽。"正可与前者互注。

卷十九《次韵徐积》题下注云："徐仲车也，详见卷内《次韵徐仲车》诗注。"

按：此注同样不知何人所作。查《次韵徐仲车》与此诗确在同卷，确可互注。然在空间上，却与此诗隔了68首诗之遥，故相比较"后诗"，用"卷内"二字似乎更加合适。

其次，个别注文与注家之注（或诗人自注）连接在一起，未作区隔。乍看之下，似是注家所为，然事实却并非如此。如卷二十五《病中夜读朱博士诗》末句"汤老客未嘉"下，录陈师道注，云："《茶经》云：汤三老为沸。详见前注。"符合"前注"的注文，出现在第十一卷和第二十卷，分别为任居实注和林子仁注，由此知"详见前注"四字，非陈师道注中的内容。再如卷二十五《予以事系御史台，狱府吏稍见侵。自度不能，堪死狱中，不得一别子由，故作二诗授狱卒梁成以遗子由》末句

"百岁神游定何处，桐乡知葬浙江西"下，有注云："狱中闻杭、润间民为余作解厄道场者累月，故有此句。桐乡事，见《送任伋》注。"前一句很明显，为东坡自注。查《送任伋》诗，在卷二十"送别类"，诗中有"六十青衫贫欲死，桐乡遗老至今泣"一句，句下录程缜注，释"桐乡事"，由此知"桐乡事，见《送任伋》注"一句，绝非东坡所云。然将此半句缀于苏轼自注之后，没有任何间隔或说明，容易使人忽略或想当然地以为其亦是东坡自言。

从古至今，这部分注释从未有人提及。对此，我们应当如何理解？

很明显，与王十朋注一样，它们也是基于对《百家注》结构的全盘把握，亦当是编者所为。既然前文已经证明了《百家注》编者为王十朋，那么，这些注文为何径直引出，不署王十朋之名呢？对此，本书基本认同台湾学者李贞慧提出的假设，"《百家注》或许不无是王十朋后学根据其初稿或记录作成之可能"，并做出如下猜测：王十朋此类性质的注释皆集中在前十卷，此部分性质相同却不具名的注释，则贯穿了整个注本，且前十卷中亦出现了八次，若说它们亦出王十朋之手，则前十卷中同时存在具名与不具名两种方式，似有难解之处。所以，很有可能，王十朋编定了《百家注》，然细节之处尚未来得及统一和打磨便去世了，后人在其编纂的基础上，按照他的风格，踵其足迹，添加了这部分性质相同但不具名的注释。

附：不具名诗注所属诗歌的篇目

卷二：《轼以去岁春夏侍立迩英而秋冬之交子由相继入侍，次韵绝句四首，各述所怀》（其二）

卷三：《神女庙》《颍大夫庙》

卷七：《追和子由去岁试举人洛下，所寄诗五首，暴雨初晴楼上晚

景》《初入庐山三首》

卷十：《夜饮次韵毕推官》

卷十一：《次韵王定国会饮清虚堂》

卷十二：《眉子砚歌》

卷十三：《上元过祥符僧可久房萧然无灯火》《予来儋耳，得吠狗曰乌嘴，甚猛而驯，随予迁合浦，过澄，迈泗而济，路人皆惊戏，为作此诗》

卷十四：《次韵杨公济奉议梅花十首（其一）》《再和杨公济梅花十绝》

卷十五：《与参寥师行园中得黄耳蕈》《庆源宣义王丈人以累举得官，为洪雅主簿。雅州户掾，遇吏如家人，人安乐之。既谢事，居眉之青神瑞草桥，放怀自得，有书来，求红带。既以遗之，且作诗为戏。黄鲁直学士、秦少游贤良各赋一首，为老人光华》《将之湖州戏赠莘老》《和赵成伯兼戏禹功》

卷十六：《罢徐州往南京马上走笔寄子由五首（其五）》《初秋寄子由》《再和》《八月十日夜看月有怀子由并崔杜贤良》

卷十七：《再用前韵》《见子由与孔常父唱和诗，辄次其韵。余昔在馆中，同舍出入，辄相聚饮酒赋诗，近岁不复讲，故终篇及之，庶几诸公稍复其旧，亦太平盛世也》《答任师中次韵》《和欧阳少师会老堂次韵》《和顿教授见寄》

卷十八：《李公择过高邮见施大夫与孙莘老赏花诗，忆与仆去岁会于彭门折花馈筍故事，作诗二十四韵见戏，依韵亦以戏公择云》《和何长官六言次韵五首（其二）》《次韵答元素，余旧有赠元素云"天涯同是伤流落"，元素以为今日之先兆，且悲当时六客之存亡。六客，盖张子野、刘孝叔、陈令举、李公择、元素与余也》《次韵子由种杉竹》《次韵王巩南迁初归二首（其一）》

卷十九：《和仲伯达》《次韵送徐大正》《次韵徐积》《次韵王定国得

颖倅二首（其一）》《次韵刘贡父叔侄扈驾》《景仁和赐酒炷诗复次韵谢之》《玉津园》《和犹子迟赠孙志举》《崔文学甲携文见过，萧然有出尘之姿，问之则孙介夫之甥也，故复用前韵赋一篇示志举》《次韵和子由闻予善射》《次韵答李端叔》《和穆父新凉》

卷二十：《杜介送鱼》《送吕希道知和州》《寿州李定少卿出钱城东龙潭上》《初别子由》

卷二十一：《次颜长道韵送传倅》《送刘寺丞赴余姚》《送表弟程六知楚州》《次韵子由送陈侗知陕州》《送贾讷倅眉二首（其一）》《次韵子由送家退翁知淮安》《次韵送程六表弟》《送曹辅赴闽漕》《送千乘、千能两侄还乡》

卷二十二：《送邓宗古还乡》《次韵送张山人归彭城》

卷二十三：《冬至日独游吉祥寺》《再有径山》《山亭晚入飞英寺分韵得月明星稀四首（其一）》《上巳日与二三子携酒出游随所见辄作数句，明日集之为诗，故词无伦次》《徐元用使君与其子端尝邀仆与儿子过同游金山浮金堂，戏作此诗》

卷二十四：《京师哭任遵圣》《神宗皇帝挽词三首（其一）》《将军树》《次荆公韵四首（其四）》

卷二十五：《病中夜读朱博士书》《予以事系御史台，御府吏稍见侵，自度不能，堪死狱中，不得一别子由，故作二诗授狱卒梁成以遗子由》

第二节　《文公朱先生武夷棹歌注》注者及成书新考

署名陈普的《文公朱先生武夷棹歌注》是完整保存下来的十八种宋诗宋注之一。此书元代以后失传于中土，然在朝鲜却有很好的保存和流传，对朝鲜的文化有着较大的影响①，后由朝鲜传入日本，天瀑山人林衡（1768—1841）将其编入《佚存丛书》，与蔡模的《文公朱先生感兴诗注》合为一册，清代中后期回传至中国，今可见的《武夷棹歌注》皆是据《佚存丛书》翻印而来。值得一提的是，在商务印书馆《丛书集成初编》中，《武夷棹歌注》与蔡模《感兴诗注》分离，单独成册，列目排印。

　　一直以来，学界对此注本并无太多的关注，只是在讨论朱熹《武夷棹歌》的时候顺带提及，将其作为南宋理学家纯粹把诗歌视为"载道之具"、牵强附会以理说诗的典型，对其进行批评②，至于此注本的注者及成书情况，以上所言，早已为学界公论，从无人质疑。

　　《武夷棹歌注》由句中注和诗后注两个部分组成。诗后注是主体部分，以阐发朱子义理为中心，是理学家诗注的典型；句中注则迥然不同，只言片语，分量很轻，然而从内容上看，其包括对诗中文字的校勘、地理的注释以及艺术的点评，与理学几无关联，完全属于诗学评注的范畴。两种内容、性质如此迥异的注释同时出现在一个理学家诗歌注本中，这样的情况，即使是放在整个宋诗宋注的范围内进行观照，都显得极其不寻常与不协调。但是，在对《武夷棹歌注》不多的关注中，学界都把注意力放在了对诗后注一味以理说诗的理学阐释的批评上，至于与诗后注格格不入的句中注，从无人问津，似乎被学界主动忽略掉了。

---

　　①　关于朝鲜文人对此注本的接受情况以及其在朝鲜文化史上的巨大影响，查屏球教授有《近世东亚士人的精神桃源——由退溪及朝鲜文人诗画看武夷文化意象的传布》一文，所论较详，可参，本书不再赘述。（《韩国民族文化研究》38 辑，2010 年，第 311—345 页）

　　②　相关的文章，可参见王甦《朱子的〈武夷棹歌〉——兼及对陈注的商榷》，《古典文学》1980 年第 3 辑；莫砺锋《朱熹文学研究》，南京大学出版社 2000 年版，第 77—80 页；陈庆元《福建文学发展史》，福建教育出版社 1996 年版，第 159—160 页。笔者目力所及，唯王利民《从〈武夷棹歌〉论朱熹诗歌的双重文本》一文，持论较为中允，在充分把握理学家独具的即境即理、即目即心、目击道存式的观照自然的方式的基础上，一方面，批评其生搬硬套、穿凿附会的过度阐释；另一方面，也部分承认并认同了其对深层义理的揭示和把握。然而，必须指出的是，此文所论，皆直指诗后注，未涉及句中注。见《东方丛刊》1999 年第 4 期，第 150—162 页。

一

《武夷棹歌注》最早的刊刻者是元人刘概。据其跋文所云,刊刻时间在元大德甲辰,即 1304 年。翻检同一时期的文献,我们会发现,南宋遗民蔡正孙在其所编《唐宋千家联珠诗格》中(下文皆简称《联珠诗格》),选录了七首朱熹的《武夷棹歌》,每一首都"附以评释"①,而且,评释的内容,无论是表述的文字,还是出现的位置,在相当大的程度上,都与《武夷棹歌注》的句中注相"吻合"。为了更清楚地显示这种"吻合",我们不妨花一些篇幅,将《联珠诗格》所选录及评释的七首《武夷棹歌》与《武夷棹歌注》中出现句中注的诗歌分别排列出来:

《联珠诗格》所录《武夷棹歌》七首:

一曲溪边上钓船,山有九曲,此第一曲也。幔亭峰影蘸晴川。武夷君宴子孙于幔亭峰下。虹桥一断无消息,言前会之不复在。万壑千岩锁暮烟。此语亦有沧海之感。

二曲亭亭玉女峰,武夷山有山名玉女峰,在第二曲。插花临水为谁容。状玉女态。道人不复阳台梦,兴入前山翠几重。得恬淡清致。

四曲东西两石岩,此武夷山九曲之第四曲也。岩花垂露碧㲯㲱。金鸡叫罢无人见,四曲有山名金鸡。月满空山水满潭。意趣优游。

五曲山高云气深,武夷山九曲,此第五曲也。长时烟雨暗平林。写

---

① (宋)蔡正孙:《唐宋千家联珠诗格序》,卞东波《唐宋千家联珠诗格校证》,凤凰出版社 2007 年版,第 50 页。

景真。林间有客无人识，欸乃音襖霭声中万古心。道味悠长。

七曲移船上碧滩，武夷山有九曲，此七曲诗也。隐屏仙掌更回看。大隐屏，仙掌岩，乃七曲胜境。却怜昨夜峰头雨，添得飞泉几道寒。写物摹景，幽淡有趣。

八曲风烟势欲开，此赋武夷九曲之第八曲也。鼓楼岩下水萦回。八曲有鼓楼岩。莫言此地无佳景，自是游人不上来。诱学者进一步之意。

九曲将穷眼尽然，桑麻雨露霭平川。此武夷峰九曲景致。平川，地名。渔郎更觅桃源路，除是人间别有天。此景非人间所多得，公曾以此诗遭谤。

《武夷棹歌注》中含有句中注的诗歌：

一曲溪边上钓船，山有九曲。幔亭峰影蘸晴川。武夷君宴子孙于幔亭峰下。虹桥一断无消息，万壑千岩锁翠烟。翠，一本作暮。此语亦有沧海之感。①

二曲亭亭玉女峰，有山名玉女峰。插花临水为谁容。状玉女态。道人不复荒台梦，荒，一本作阳。兴入前山翠几重。得恬淡清致。盖言□□冶容，道人无复怜汝而唯寄兴于青山也。

四曲东西两石岩，岩花垂露碧氍毹。金鸡叫罢无人见，四曲有山

①　（宋）陈普：《文公朱先生武夷棹歌注》，《佚存丛书》，江苏广陵古籍刻印社1992年版，第2册，第1页。下文对《武夷棹歌注》的摘引，皆出自此本，不再一一注明。

名金鸡。月满空山水满潭。意趣优游。

五曲山高云气深，长时烟雨暗平林。写景真。林间有客无人识，
欸乃声中万古心。欸乃音襖霭。道味悠长。

七曲移船上碧滩，隐屏仙掌更回看。大隐屏，仙掌岩，乃七曲胜境。
可怜昨夜峰头雨，添得飞泉几度寒。可，一本作却。《大全集》一本作
"人言此处无佳景，只有石堂空翠寒"，处字一本作地。写物摹景，幽淡有趣。

八曲风烟势欲开，鼓楼岩下水萦回。八曲有鼓楼岩。莫言此处无
佳景，自是游人不上来。处，一本作地。诱学者进一步之意。

九曲将穷眼尽然，桑麻雨露见平川。见，一本作霭。平川，地名。
渔郎更觅桃源路，除是人间别有天。此景非人间所多得，公曾以此诗遭
谤。盖言人所不知而己所独得之妙。

我们可以清楚地看到，《联珠诗格》选录并评注的七首《武夷棹歌》
分别是原组诗中的其二（一曲）、其三（二曲）、其五（四曲）、其六
（五曲）、其八（七曲）、其九（八曲）、其十（九曲）。《武夷棹歌注》
中，并非十首诗皆有句中注，事实上，其出现句中注的诗歌刚好与《联
珠诗格》的选录篇目相重合，即句中注只出现在入选《联珠诗格》的
"一曲""二曲""四曲""五曲""七曲""八曲""九曲"这七首诗中。
《联珠诗格》中没有出现的三首诗，即其一、其四（三曲）、其七（六
曲），在《武夷棹歌注》中，皆只有诗后注，而无句中注。而且，从数量
上看，《武夷棹歌注》中一共出现了 17 条句中注，其中，有 9 条注释与
《联珠诗格》完全相同，3 条注释与《联珠诗格》部分相同，5 条注释的

部分内容与《联珠诗格》相同。这样的重合率，彻底排除了偶合的可能。

据蔡正孙自序，《联珠诗格》的刊刻时间是 1300 年，比《武夷棹歌注》早了四年。虽然刘概在跋文中云"近获承教惧斋陈先生，蒙出示旨意"，言外之意，在 1304 年之前，陈普已经完成对《武夷棹歌》的注解，且亲手将其交予刘概，但我们并不知晓陈普注释完成的确切时间是何时，是否早于 1300 年。所以，这种不确定性，留下了质疑的空间和追问的必要：《武夷棹歌注》的句中注与《联珠诗格》中的评注，二者究竟是什么关系？是《联珠诗格》"剽窃"了《武夷棹歌注》，还是《武夷棹歌注》"收编"了《联珠诗格》？

二

结合内外两个方面的证据，我们认为，《武夷棹歌注》的句中注，主要是摘录自蔡正孙《联珠诗格》的评释，然并非陈普所为。

先来看外证。第一，陈普是宋元之际著名的理学家，师从韩翼甫，为朱熹三传弟子。宋亡以后，隐居不仕，穷经著述，精研数理，设馆教学，四方学者从游多至数百人。（弘治）《八闽通志》卷七十二《人物》"陈尚德"条云其"不贵文辞，不急仕进，必真知实践，求无愧于古圣贤"[①]。一生著述凡数百卷，但绝大部分都已散佚，今仅存明人所辑《石堂先生遗集》二十二卷。从其一生的行藏治学来看，其身上并无诗论家的色彩，这一点可以在《石堂先生遗集》中得到确认。二十二卷中，对儒家经典和朱子思想进行阐发说解的内容共有十四卷，占据了三分之二的篇幅；诗歌共六卷，数量并不算少，但艺术水准却不高，常常径直以理学概念和术语入诗，有浓重的道学气，即使是咏史之作，也只是以诗歌为工具，借咏史的名义系统表达其对历史的价值

---

① 弘治《八闽通志》（修订本），福建人民出版社 2006 年版，第 1024 页。

判断。① 事实上，在陈普今存的全部作品中，我们根本找不到诗学注评的文字。所以，《武夷棹歌注》的句中注与陈普的身份很难兼容，不应为陈普所作。蔡正孙是南宋遗民，同样生活在宋元之间，虽然为谢枋得门人，但其身上理学家的色彩并不清晰，其更多的是作为诗歌评论家而存在。宋亡之后，他同样选择了隐居，先后与诗友结成湖海吟社和醉乡吟社，流连诗酒唱和，"肆意于诸家之诗"②。著述方面，蔡正孙有三部作品传世，按照时间顺序，依次为《诗林广记》（1289）、《精刊补注东坡和陶诗话》和《唐宋千家联珠诗格》（1300），这些作品混合了诗歌选本、诗格、诗注、评点等多种性质，着眼点与出发点皆集中在诗学评注上。所以，把《武夷棹歌注》的句中注放到蔡正孙《联珠诗格》中，其与整本书行文简洁、点到即止的评注风格浑然一体，如水中着盐，不留痕迹。由此来看，句中注与《联珠诗格》应当有着极其密切的联系。

第二，理宗朝，理学正式被立为官学。随着理学地位的日渐提高以及朱熹圣人地位的确立，南宋后期，涌现十余种以朱熹《感兴诗》为中心的理学家诗注。这些注本的作者皆是理学中人，这些注本也呈现明显的共性——将诗歌作为载道之具，以阐释诗中义理为终极目标，除此之外，心无旁骛。《武夷棹歌注》的诗后注完全符合这一特点，正如陈普在首篇诗歌的诗后注首句所总论的那样，"朱文公《九曲》纯是一条进道次序，其立意固不苟，不但为武夷山水也"。之后每一首诗的诗后注都是围绕"进道次序"，依次展开，境界由低向高，最终豁然贯通，超凡入圣，得道之全体。而句中注的内容，如对文字的校勘、对诗艺的评价、对诗境的点染等，皆与此格格不入，难以兼容。反观《联珠诗格》，蔡氏自序

---

① 其咏史作品主要是由 362 首七绝组成的大型咏史组诗《咏史诗断》，分别吟咏从有虞氏至朱文公的历代重要的历史人物，尤以六朝为重，或一人一首，或数人一首，或一人数首，并在诗后一一系上对诗歌的注评。具体情况可参见本书第一章第二节的相关讨论。

② （宋）蔡正孙：《诗林广记》，中华书局 1982 年版，序第 1 页。

云"凡诗家一字一义可以入格者，靡不具载，择其尤者，凡三百类，千有余篇，附以评释"，其目的是"与鲤庭学诗者共之"，为学诗者提供入门的途径和方法，所以，对于入选的诗歌，其逐首进行分析——指出它们在用字、句法、立意、造境等方面的技巧和特点。从这个角度看，《武夷棹歌注》句中注与《联珠诗格》立足诗学的出发点高度一致，其亦不当为陈普所为。

回到文本本身。从内容上看，《武夷棹歌注》的句中注由以下四个方面组成：文字校勘、地理注释、艺术点评、诗意总结。我们将这四个方面分别与《联珠诗格》进行比对，文本内部提供的证据不仅可以证实《武夷棹歌注》句中注主要取自《联珠诗格》，而且还能够进一步挖掘和还原句中注的复杂来源。

先看文字校勘。《武夷棹歌注》在句中注中，以"一本作某字"的方式，将此本与另一版本进行比对，指出二者之间的异文，形成了 5 条校勘文字。这 5 条校注并没有出现在《联珠诗格》中，为《武夷棹歌注》所独有。以《晦庵先生朱文公文集》本为参照①，比较《武夷棹歌注》和《联珠诗格》的文本，它们与 5 条校语的关系如下表所示：

《武夷棹歌注》本	《唐宋千家联珠诗格》本	《晦庵先生朱文公文集》本	《武夷棹歌注》校语
一曲"万壑千岩锁翠烟"	万壑千岩锁暮烟	万壑千岩锁翠烟	翠，一本作暮
二曲"道人不复荒台梦"	道人不复阳台梦	道人不复阳台梦	荒，一本作阳

---

① 朱人杰、刘永翔等主编：《朱子全书》，上海古籍出版社、安徽教育出版社 2010 年版，第 20 册，第 525—526 页。

续　表

《武夷棹歌注》本	《唐宋千家联珠诗格》本	《晦庵先生朱文公文集》本	《武夷棹歌注》校语
七曲"可怜昨夜峰头雨"	却怜昨夜峰头雨	人言此处无佳景①	可，一本作却
八曲"莫言此处无佳景"	莫言此地无佳景	莫言此处无佳景	处，一本作地
九曲"桑麻雨露见平川"	桑麻雨露霭平川	桑麻雨露见平川	见，一本作霭

　　将《武夷棹歌注》与《晦庵先生朱文公文集》进行比对，可以发现，"翠""处""见"三字，两者完全一致，异文只存在于"荒""可"二字，与5条校语差别较大；而当我们把《武夷棹歌注》与《唐宋千家联珠诗格》进行比对时，则会发现，5处异文与《武夷棹歌注》句中注的5条校语完全吻合②，这足以证明，《武夷棹歌注》句中注中，用来校勘的"一本"，即《唐宋千家联珠诗格》。

　　当然，校勘仅是次要方面，摘录才是重点。在校勘的同时，地理注释和艺术评论两个方面的句中注全部都是自《联珠诗格》中摘录而来。

　　《武夷棹歌注》的句中注中，共出现6条对地名的注释：

---

　　① 《武夷棹歌注》"七曲"后二句为"可怜昨夜峰头雨，添得飞泉几度寒"。句下有注云："可，一本作却。《大全集》一本作'人言此处无佳景，只有石堂空翠寒'。处字一本作地。"《唐宋千家联珠诗格》"七曲"后二句为"却怜昨夜峰头雨，添得飞泉几道寒"。《晦庵先生朱文公文集》七曲后二句为"人言此处无佳景，只有石堂空翠寒"。后出校语，云："此诗后二句，一本作'却怜昨夜峰头雨，添得飞泉几道寒'。"

　　② 事实上，《武夷棹歌注》的校勘仍遗漏了两处，即七曲"添得飞泉几度寒"一句，《联珠诗格》中，"度"写作"道"。五曲"欸乃声中万古心"一句，《联珠诗格》中，"欸"写作"款"。

一曲"幔亭峰影蘸晴川"句下，有注云："武夷君宴子孙于幔亭峰下"；

二曲"二曲亭亭玉女峰"句下，有注云："有山名玉女峰"；

四曲"金鸡叫罢无人见"句下，有注云："四曲有山名金鸡"；

七曲"隐屏仙掌更回看"句下，有注云："大隐屏、仙掌岩，乃七曲胜景"；

八曲"鼓楼岩下水萦回"句下，有注云："八曲有鼓楼岩"；

九曲"桑麻雨露见平川"句下，有注云："平川，地名"。

它们或补充相关的传说，或交代景点的位置。其作用很清楚，对于不熟悉武夷山地形的读者来说，这种简明的标注，有助于对诗歌文本的想象和阅读。所以，九曲中著名的风景名胜之处，如幔亭、玉女峰、金鸡山、大隐屏、仙掌岩、鼓楼岩、平川皆一一注出。此6条注释全部都出现在《联珠诗格》中。而且，除此之外，另有4条地理方面的注释是《联珠诗格》有而《武夷棹歌注》无的：

"四曲东西两石岩"句下，蔡氏云："此武夷山九曲之第四曲也"；

"五曲山高云气深"句下，蔡氏云："武夷山九曲，此第五曲也"；

"七曲移船上碧滩"句下，蔡氏云："武夷山有九曲，此七曲诗也"；

"八曲风烟势欲开"句下，蔡氏云："此赋武夷九曲之第八曲也"。

不难发现，这四条注释都出现在首句之下。原因很简单，在《联珠诗格》中，七首《武夷棹歌》是被打散的，并不在一处，所以，蔡正孙需要在每一首诗的首句之后稍作交代；而《武夷棹歌注》是完整有序的文本存在，无须在每一曲的开端一次又一次地介绍，所以，除了在"一曲"首句之下点明"山有九曲"之外，"四曲""五曲""七曲""八曲"中，这些内容都被删掉了。而"一曲"之外，在"二曲""九曲"的首句下，《武夷棹歌注》与蔡氏评注的部分文字完全重合，同样可以看出明显的删削的痕迹。如"二曲"首句之下，蔡氏云："武夷山有山名玉女峰，在第二曲。"《武夷棹歌注》则云"有山名玉女峰"，明显是从《联珠诗格》中节录出来的。再如"九曲"前二句之下，蔡氏云："此武夷峰九曲景致。平川，地名。"《武夷棹歌注》则在相同的位置，剪去了蔡氏注中的前半句，"收编"了"平川，地名"四个字。

事实上，我们还可以找到一个反证。"三曲"首句"三曲君看架壑船"写到了武夷山的一个重要景点"架壑船"，即武夷岩棺，参照《武夷棹歌注》句中注对武夷景点的注释，此处亦当有简单介绍，然"三曲"却无句中注。与此步调一致的是，"三曲"亦未被选入《联珠诗格》。这就反过来再次证明了《武夷棹歌注》句中注是对蔡正孙《联珠诗格》的摘录：因为《联珠诗格》未选"三曲"，所以，《武夷棹歌注》中，"三曲"也就没有句中注，自然也就不会出现对"架壑船"的注释。

至于《联珠诗格》中的7条艺术评论，即"此语亦有沧海之感""状玉女态""得恬淡清致""意趣优游""写景真""道味悠长""写物摹景，幽淡有趣"，它们在同样的位置，一字未易，被悉数摘录到《武夷棹歌注》的句中注中，一目了然，无须再论。

三

接下来的一个问题是，究竟是何人将蔡正孙《联珠诗格》的评释编入陈普的《武夷棹歌注》并对二者进行了校勘？

刘概刊刻陈普《武夷棹歌注》的时候，蔡正孙《联珠诗格》已经流传了四年，而且，从生活的空间上来看，刘概其时居游武夷，陈普隐居在福建宁德，蔡正孙隐居在福建建安，三人相隔未远，加之福建刻书业的发达，刘概自然成为我们属意的对象。

刘概，《宋史》《元史》皆无记载，今天能找到的关于他的文献只有其在《武夷棹歌注》后所作的跋文，全文如下：

> 概居游武夷，常诵《棹歌》，见其词意高远，超绝尘俗，而未得其要领。近获承教惧斋陈先生，蒙出示旨意，有契于心，乃知《九曲》寓意直与《感兴》二十篇相为表里，诚学者入道之一助，不敢私己，敬刊以续《感兴诗解》之后，与同志共之。时大德甲辰（1304）仲春武夷刘概谨跋。

细读此文，我们可以获得以下三点信息：第一，虽然刘概注意到了《棹歌》不凡的艺术水准，认为其"词意高远，超绝尘俗"，但是，他更加关注的显然是诗歌的深层内涵，即诗歌所承载的"旨意"；第二，借由陈普的注释，刘概认识到《棹歌》"寓意"与《感兴诗》相为表里，"诚学者入道之一助"，所以，陈普对《武夷棹歌》的注释，当是围绕诗中的义理而展开，不应节外生枝，兼及诗学的评注；第三，刘概对陈普颇为敬重，刊刻此注也是在陈普在世之时，假如其对陈普注本做了改动，揆之以常理，其当在跋中明言。所以，基于以上三点，刘概"合编"的可能性并不大。

重新回到文本之中，《武夷棹歌注》句中注的第四类内容是对诗意的总结。这类注释共有3条，分别在"二曲""八曲""九曲"末句之后：

> 盖言□□冶容，道人无复怜汝而唯寄兴于青山也。
> 诱学者进一步之意。

此景非人间所多得，公曾以此诗遭谤。盖言人所不知而己所独得之妙。

其中，"诱学者进一步之意"以及"此景非人间所多得，公曾以此诗遭谤"皆摘录自蔡正孙的评注，然而，余下的内容则不见于《联珠诗格》，而是与朝鲜徐居正等人增注《唐宋千家联珠诗格》中的文字完全相同。

这里有必要补充一下《唐宋千家联珠诗格》的流传情况。《联珠诗格》与《武夷櫂歌注》相似，入元以后，失传于中土，在朝鲜、日本却有着很好的保存和流传，是朝、日两国诗学的典范选本，影响非常大，出现了多种刻本及注本①。其中，朝鲜徐居正（1420—1492）等人的增注本是目前最好的版本，也是最早的版本。"二曲""九曲"末句之后，增注的原文如下：

阳台梦，见上第三卷。此四句皆以玉女寓言，言彼虽冶容，然道人无复怜汝，而唯寄兴于青山也。②

桃源，见上第一卷。李白诗："桃花流水杳然去，别有天地非人间。"此言自武夷第一曲至第九曲，曲将尽而眼界开豁。桑麻霭霭于平川，真佳境也。渔翁便觅桃源之路，而除是人间，别有此天地也。盖言人所不知，己所独得之妙。③

显而易见，不见于《联珠诗格》的"盖言□□冶容，道人无复怜汝，而唯寄兴于青山也"和"盖言人所不知而己所独得之妙"二句皆自徐居

---

① 相关内容，可参见卞东波《蔡正孙与〈唐宋千家联珠诗格〉》（《古典文学知识》2007年第4期）和张健《蔡正孙考论——以〈唐宋千家联珠诗格〉为中心》（《北京大学学报》2004年第2期）两篇论文。

② 《唐宋千家联珠诗格校证》，第818页。

③ 同上书，第415页。

正等人的增注中节录而出，而且，"盖言□□冶容"一句中缺漏的二字，据增注可知其原写作"彼虽"。

行文至此，结论已明。将蔡正孙《联珠诗格》中的评释编入《武夷棹歌注》并对其进行校勘的人，并非元人刘概，而是朝鲜文人。至于其编入的时间，徐居正等人的增注本作于明成化乙巳，即1485年，所以，此年可以作为《武夷棹歌注》句中注出现时间的上限，天瀑山人林衡将此注编入《佚存丛书》是在"上章涒滩"，即1801年，所以，其下限即是此年。林衡《书〈感兴诗注〉跋》云：

> 觉轩蔡氏《注朱子感兴诗》一卷，余曩日获活字版古本，乃知其传于此间久矣。后又获高丽本于友人氏，校之无甚异同。按永乐《性理大全》编入《感兴诗》，其注互举熊、胡、刘、徐数家，而蔡氏则仅一见于第二十首耳。且蔡注孤行，于诸书无所见，岂其佚于彼者久欤？高丽本附录朱子诗数十首，又载惧斋注《武夷棹歌》。今删落其数诗，独存《棹歌》注，亦以取其精华也。

由林衡此跋可知，作为今本《武夷棹歌注》祖本的高丽本由蔡模《感兴诗注》、"朱子诗数十首"以及陈普《武夷棹歌注》三个部分组成，诗选与诗注混为一体，可见其并非去取严格、讲究版本、精校精刊之善本，所以，混杂了蔡正孙《联珠诗格》评注、陈普注释以及将评注"编入"陈普注的朝鲜文人所作校勘的署名陈普的《武夷棹歌注》才浑水摸鱼，一路流传了下来。[①]

---

① 查屏球《近世东亚士人的精神桃源——由退溪及朝鲜文人诗画看武夷文化意象的传布》（《韩国民族文化研究》第38辑，2010年）一文，讨论了16世纪以来韩国文人对陈普《武夷棹歌注》的接受情况，然从其征引的各种序跋来看，皆未言及句中注，似乎他们所见所用的版本都是只有陈普诗后注的本子。对林衡所得的混入《联珠诗格》评注和编者校勘的高丽本出现时间的进一步确认，尚有待于对域外文献的进一步发掘。

综上所述，今本《武夷櫂歌注》由句中注和诗后注两个部分组成，其并非陈普一人所为。诗后注出自陈普之手，然句中注则非陈普所为：其主要来自蔡正孙《唐宋千家联珠诗格》对入选的七首《武夷櫂歌》所作的评注；将其编入《武夷櫂歌注》的并非元人刘概，而是不知名的朝鲜文人，其不仅将它们置于相应诗句之下，与陈普注相区别，而且还进行了文字的校勘，注出了二者之间的异文。我们之所以能确定这种"合编"出自朝鲜文人之手，是因为其使用的《联珠诗格》的版本是朝鲜徐居正等人的增注本，在"编入"的过程中，摘录了两条增注的注文。"合编本"出现时间的上限为徐居正等人增注《联珠诗格》问世之时，即明成化乙巳年（1458），下限为林衡将此书编入《佚存丛书》之时，即"上章涒滩"（1801）。

第三节　《须溪先生评点简斋诗集》"增注"考论

南宋胡穉的《简斋诗笺》是宋诗宋注的代表作品之一。其突出地体现了宋诗宋注探寻典故出处、重视历史背景、涉足诗学评论的三大特点，学界对此已有详论，此不赘述。① 事实上，陈与义的诗集，在胡穉《简斋诗笺》三十卷本之外（"胡笺本"），还有《须溪先生评点简斋诗集》十五卷本（"评点本"），今存北京大学图书馆藏日本翻刻明嘉靖朝鲜本。从内容上看，首先，"此本有刘辰翁的评语一百多条，散见于各诗词句后或篇末"；其次，此本比胡笺本多出《次周漕族人韵》《水车》等七首诗和《书堂石室铭》一篇；再次，此本在删节"胡笺"的同时，又

---

① 何泽棠：《论胡穉〈增广笺注简斋诗集〉》，《中国石油大学学报》2011 年第 5 期。

引入了不少"增注"。①

中华书局版《陈与义集》以夏敬观手校江宁蒋国榜湖上草堂覆刻瞿氏铁琴铜剑楼所藏胡笺本为底本，以日本覆刻明嘉靖朝鲜本《须溪先生评点简斋诗集》为主要校本，在整理的时候，将"胡笺"与"增注"分别排列于诗后，一目了然，便于翻检，故本节拟以此本为依据，对这部分"增注"进行讨论。

一

李盛铎在日本翻刻朝鲜刻本《须溪先生评点简斋诗集》卷首云"此本源出宋刊本无疑"②，故增注者应当与刘辰翁大致生活在同一时代。至于增注的作者，郑骞先生在其《陈简斋诗集合校汇注》一书中，有初步的猜测：

> 增注作者不知是谁，但其精当详实不下胡注，作注者一定是一个有渊博学识的人。也许是刘辰翁自己，也许是他的门生儿子（刘辰翁之子将孙学问也很好，颇有父风）。③

白敦仁先生则在《陈与义集校笺·前言》中，结合"增注"中透露的信息，做了更进一步的判断：

> 这个增注未知出于何人之手。据《夜赋寄友》诗增注有"须溪先生诗中用米嘉，亦此例"云云，可以肯定不是刘辰翁本人手笔，很有可能是他的门人弟子所为。④

---

① 吴书荫、金德厚点校：《陈与义集》，中华书局 2007 年版，第 10 页。
② 李盛铎：《日本翻刻朝鲜本简斋诗集》，吴书荫、金德厚点校《陈与义集》，中华书局 2007 年版，第 552 页。·
③ 郑骞：《陈简斋诗集合校汇注》，（台湾）联经出版事业公司 1975 年版，第 376 页。
④ 白敦仁：《陈与义集校笺》，上海古籍出版社 1990 年版，第 11 页。

而吴书荫、金德厚二位先生在其点校整理的《陈与义集·前言》中则认为"（增注）出自何人之手，难以考订"①。

综合以上三种说法，我们同意吴、金二人的观点。既然增注中明确出现"须溪先生诗中用米嘉，亦此例"的表述，刘辰翁自当不是增注的作者；而除此之外，增注中又没有任何线索可以指向刘辰翁的门生、儿子，与其大胆猜测却无法求证，不如存疑。

内容上，"增注"主要是在胡笺的基础上，对诗中的典故、人物生平、历史背景、地理名物等方面进行补充与修订，间或对诗文进行艺术上的评鉴，"或补充胡注，或订其讹误，或评品诗词，颇有一定的见地。尤其值得注意的是，增注引用了胡笺本、武冈本、闽本及简斋手定本的校勘文字，后三种刊本早就亡佚，幸有此本，我们还能粗知各本的异文"②，其重要性自不待言，所以，李盛铎说："瞿氏所藏乃宋刊孤本，得此亦仿佛虎贲中郎矣。"③

学界对增注的讨论止步于此。

事实上，如果我们稍稍再深入一层，就会发现有一个问题被忽略了。李盛铎、郑骞、吴书荫等人一致肯定增注的水准不在胡笺之下，那么，增注是如何做到这一点的呢？换句话说，增注在注释的方法上，有没有优于胡笺的地方？

答案是肯定的。我们认为，增注之所以有较高的水准，能够对胡笺补充订误，在很大程度上，得益于其注释手法的灵活和注释视野的开阔。主要体现在以下两个方面。

第一，注意到诗与诗之间的联系，能够以简斋诗注简斋诗。胡笺在

① 《陈与义集》，第10页。
② 同上。
③ 李盛铎：《日本翻刻朝鲜本简斋诗集》，《陈与义集》，第552页。

探寻诗中典故出处和历史背景等方面，固然详尽，然在注释的具体操作上，只是就一诗注一诗，诗与诗之间是孤立的①，极少互相联属，综合考虑，故有些时候就显得刻板，从而导致前后不一。如卷十五《题简斋》一诗之增注：

　　胡氏按：公乙酉在岳阳，借郡圃君子亭居之，即所寓室，榜曰："简斋"，乃赋是诗，非丙午入邓作也。今按此诗中云："北省虽巨丽，无此风竹声。"盖去秘省才三年耳，故及之。又云："槐荫自入户"，与《董氏亭》"邓州三月始春寒""槐树层层新绿生"之时正合。又以《香林》诗"简斋居士不饮酒"及《登城》诗"归嫌简斋陋"之句观之，则公在邓固有简斋之号矣。考岳阳诸诗，借二月春寒之作，且无一语及简斋者，谓岳阳郡圃榜简斋，岂不或然；而因所闻，遂疑诗之为岳阳作则非也。又按：公在岳阳借郡圃时，自号园公。

此条增注主要是对胡氏按语的辩驳。胡氏提出此诗当系于流寓岳阳之时。增注则结合诗中的内容、相关的流寓邓州时期的其他诗作以及岳阳时期所作《春寒》诗之自注（借居小园，遂自号园公），强有力地驳斥了胡穉的说法。事实上，胡穉在其所作《简斋先生年谱》"建炎三年己酉"一条中已云"留岳阳，从使君王粹翁借后圃君子亭居之，自号园公"，此处按语之淆误，实属不该。

把前后诗作联系起来，也使得增注在系年、细节考释方面较之胡笺更进了一步。如下面两条增注：

---

　　①　《简斋诗笺》中，当上一首诗已经注释过的典故在其他诗里再次出现时，胡穉并不重复注出，而是在其后云见某卷某诗。很显然，这是注释体例上的安排。而本节所云以简斋诗注简斋诗，则属于注释方法的范畴。二者所指不同，不可混为一谈。

按："卯申缚壮士"，后篇《题酒务壁》又有卯申之句，盖公时谪官监酒，故云。（卷十三《再游八关》）

按：集中有《题甘泉书院》诗云："甘泉坊里林影黑，吴氏舍前书榜鲜。"则吴君所居在甘泉坊也。（卷二十七《甘泉吴使君画史作简斋居士像居士见之大笑如洞山过水睹影时也》）

第二，视野开阔，能够频频参考宋人注释唐宋诗歌的成果。胡笺遍引四部，出入百家，尤其是引其他诗人自注为注，细致入微，令人印象深刻。[1]增注则更进一步，在征引诗人自注的同时，还能频频参考宋人注释唐宋诗歌的最新成果，对胡笺进行补充。如卷二《杂书示陈国佐胡元茂四首》（其一）"冥冥云表雁，时节自往还"二句后，胡穉无注，增注则下按语："《昌黎集·鸣雁》诗注云：鸿雁，前辈多用稻粱事，盖出《战国策》。《广绝交论》云：分雁鹜之稻粱。"查魏仲举《五百家注音辨昌黎先生文集》卷二《鸣雁》一诗，知此条注释出自韩醇之手[2]，增注直接拿来，一字未改。再如卷五《题小室》"病客长斋绣佛前"句后，胡穉注云"杜《八仙歌》：苏晋长斋绣佛前"，准确地指出简斋此句本之于杜诗；增注则更进一步，提供了更多的信息："按杜诗'苏晋长斋绣佛前'注：苏晋学浮屠术，尝得胡僧慧澄绣弥勒佛一本，宝之。"查《王状元集百家注编年杜陵诗史》卷一《饮中八仙歌》一诗，知此条注释乃师氏所作。[3]

---

① 如卷十九《欲离均阳而雨不止书八句寄何子应》末句"不如何逊在扬州，坐待梅花映状额"，注云"先生此句盖为子应侍儿发也。按张巨山《赠何子应侍儿绝句》云：何郎当日在房州，曾见梅花倚郡楼。赋罢凌风人已朽，后来白尽几人头。张自注云：先生有诗赠何，兼及侍儿"。胡穉在张巨山的诗歌自注中找到证据，证明末二句所指乃子应侍儿而非子应，从而很好地厘清了诗意。

② （宋）魏仲举：《五百家注音辨昌黎先生文集》，《文渊阁四库全书》，第1074册，第68页。

③ （宋）托名王十朋：《王状元集百家注编年杜陵诗史》，贵池刘氏玉海棠宣统癸丑刻本，第20页。

　　增注的征引还包括宋人的本朝诗注，这是特别值得留意的地方。卷十《端门听赦咏雪》一诗，几乎句句有注，然借赵次公的苏诗注，增注仍然可以有效地查漏补缺："东坡《上元夜》诗：端门万枝灯。次公注：端门，宣德门也。"至此，题中"端门"二字才真正落到实处。这种开阔的眼界和灵活的处理，是胡笺所不具备的。

　　除了赵次公的苏诗注，增注还参考了中斋对陈与义诗歌的注释。不过二者在数量上有较大差异。增注对次公注的征引只有 1 处，但对中斋注的征引则多达 34 条。中斋的注释在增注中统一以"中斋云"的面貌出现，内容上主要涵盖以下几个方面。

　　首先是指出陈与义诗中词语之出处及诗意之沿袭。前者共出现 12 次之多，如卷十三《窦园醉中前后五绝句》（其三）"驱使风光又一春"句，"中斋云：'驱使风光'，见乐天诗"；其四"折尽残枝不要春"句，"中斋云：'不要春'，见杜诗"等。对于难以确认的字词之出处，其多保持审慎的态度，下语颇为小心，如卷二十二《九月八日登高作重九奇父赋三十韵与义拾余意亦赋十二韵》"两禅风裂裟"句，"中斋云：'风裂裟'，疑用《楞严经》'风吹伽梨角'语"；卷二十六《题向伯共过峡图二首》（其一）"正有佛光无处著"句，"中斋云：'佛光'，疑用退之见大颠语"。与此同时，其对用"古人意"或"前人句法"的情况亦加以留意，如卷七《谨次十七叔去郑诗韵二章以寄家叔一章以自咏》（其三）"元龙今悔不求田"句，"中斋云：荆公'无人说与刘玄德，问舍求田计最高'，此用其意"；卷十三《初夏游八关寺》"扶鞍不得上，新月水中生"二句，中斋云："此有'采菊东篱下，悠然见南山'、'诸生时列坐，共爱风满林'意"；卷十九《登岳阳楼二首》（其一）"万里来游还望远，三年多难更凭危"二句，"中斋云：用老杜'万里悲秋长作客，百年多病独登台'体"。

　　其次是对诗意的解释和诗歌背景的介绍。前者如卷五《送张迪功赴南京掾二首》（其一）"'微官只为身'句，中斋云：言官小不足以行志，但为贫而仕而已"；卷十七《坐涧边石上》一诗，"中斋云：'人间无路访安危'，谓窜伏山中，不知外间消息"等。后者如卷十五《邓州西轩书事十首》（其五），"中斋云：按此指宣和政失民怨，方腊起浙，未足以敬戒，直待敌国外患以为法家拂士耳"；其七，"中斋云：汉人谓夷狄相攻，中国之利。宣和夹攻之策即失之，今又绍契丹余党，何见事之迟也"等。

最后是对诗歌的艺术评论。或从整体上对诗歌的艺术风格进行把握和归类，如卷十三《再游八关》一诗，"中斋云：此诗似储光羲"；卷十八《咏青溪石壁》一诗，"中斋云：此诗拟杜《万丈潭》"。或点出其细节上的精致与创新，如卷二十四《与王子焕席大光同游廖园》"侨立司州溪水上"句，"中斋云：用'侨立'字新"。或吟赏诗歌寄寓的情思意蕴，如卷十七《正月十二日自房州城遇虏至奔入南山十五日抵回谷张家》一诗，"中斋云：此诗尽艰苦历落之态，杂悲喜忧畏之怀，玩物适意语，时见于奔走仓皇中。杜《北征》、柳《南涧》，盖兼之"。

综上可见，中斋对简斋诗的注释贯彻了宋人"无一字无来历"的诗歌理论，致力于探求字词事料之出处，兼及对诗意的解说和对艺术技巧与艺术境界的评赏感悟，与宋诗宋注的整体风格相当一致。增注通过对"中斋云"的摘引，有效地充实了胡笺，使其更加详备，其价值不应当为学界所忽略。

二

"中斋"究竟是何人？郑骞、白敦仁二先生皆目其为邓剡。郑骞云：

> 此本中又有中斋评语及注文若干条。中斋不知是什么人，大概是邓中斋。邓名剡，字光荐，号中斋，庐陵人。曾作文天祥幕府，崖山兵败，被元将张弘范俘虏到北方，教张的儿子读书，后来放归

南方。他有一首《唐多令》词，"雨过水明霞"云云，很有名，有的选本误题为文天祥作。他与刘辰翁同时同乡，刘辰翁引用他的注评很有可能。①

郑骞下语尚不离推测，白敦仁先生则径直坐实中斋即邓剡，"增注中常常引'中斋云'。按中斋乃邓剡之号。剡字光荐，号中斋，庐陵人"②。然检索所有今存关于邓剡的文献，皆未提及其曾经注释过简斋诗集。故直接指认中斋为邓剡，实在有些牵强，难以理服人。郑骞先生将中斋锁定为邓剡，主要是基于邓剡与刘辰翁同时、同乡，且二人有诗词往来。而且，这个判断的另一个重要前提是其认为增注与刘辰翁关系密切，或出自其本人，或出自其子。

我们认为，既然增注并非出自刘辰翁之手，其作者难以考订，那么，中斋与刘辰翁之间的关系也就没有那么重要了。因为中斋关注和注释的对象是陈与义的诗歌，所以，中斋与陈与义之间的关系才是考证其究竟为何人的关键所在。那么，这一时期，除了邓剡，是否还存在另一个能与陈与义有某种联系的"中斋"呢？

方回《桐江续集》卷三十二《唐师善月心诗集序》一文云："……师善明年始三十一，能如予之言愈参愈悟、愈变愈进，患不能再履常、两无己，不患无后之魏、任也。师善名侯举。乃翁号中斋，亦有诗声，震江湖三十余年，家法有来云。"③ 唐师善即唐月心，为唐介九世孙。其父亦号"中斋"，且有诗名，作诗有家法。方回此序作于元"至元癸未（1281）"，此时唐30岁（"明年始三十一"），则其生年为宋理宗宝祐二年（1254）。若按三十年为一代之通例往上推，则唐中斋当生于1224年前后。

---

① 《陈简斋诗集合校汇注》，第374—375页。
② 《陈与义集校笺》，第11页。
③ （宋）方回：《桐江续集》，《文渊阁四库全书》，第1193册，第657—658页。

　　方回《桐江续集》卷六《夜饮唐子云宅别后简师善》题下注云"师善，父名从龙"，知唐中斋名从龙。何梦桂《潜斋集》卷二有《挽阁门唐中斋》一诗："英州别驾老昭陵，尚有钱塘八代孙。三略兵书生未识，百篇诗史死犹存。羊公岘首行人泪，白傅龙门过客樽。盂饭寝园谁是主，凤亭霜露有鸡豚。"① 由"钱塘八代孙"一句，可以确定此诗即为唐从龙所作。查何梦桂生平，其生于 1229 年，卒于 1303 年，则唐从龙卒年之下限应为 1303 年。

　　34 条"中斋云"中，有一条为我们提供了一个时间上的坐标：卷十五《海棠》一诗，"中斋云：海棠既开则色淡。近世刘后村词云'东风日暮无聊赖，吹得胭脂成粉'。盖用公意，尽发之耳。"其称刘克庄为"近世"。刘卒于 1269 年，方回《唐师善月心诗集序》称中斋为"乃翁"，而非"先君"，则作序时（1281）其当仍然健在。如此，则唐中斋之年代确实晚于刘克庄，称为近世，亦在情理之中。

　　再回到诗歌家法上。牟巘《陵阳集》卷十三《唐月心诗序》云："……昔李诚公以诗送质肃公，盖用进退韵，世传为落韵诗者，殆非质肃语，特高名千古、去国一身，在此诗为失对耳。故陈简斋亦欲学诗者以唐诗掇入少陵步骤绳墨中，大抵句律是尚。师善以质肃之孙，参简斋之语，千古一月，当印此心。"② 知唐月心师法简斋。由上文引方回序，知唐月心之诗学好尚自有家法渊源，故唐从龙对简斋诗之喜好自应是题中应有之义。那么，唐从龙注简斋诗便有了一个合理且充分的动机。另据《桐江续集》卷八《次韵唐师善见寄》一诗："闻风足使鄙夫宽，家世言诗自杏坛。万卷古书俾藏室，十年深谷隐王官。大材益厚楩楠植，至宝终垂琬琰刊。媿我老衰已无力，青云中道铩飞翰。"知其以诗书传家，且

____

① （宋）何梦桂：《潜斋集》，《文渊阁四库全书》，第 1188 册，第 404 页。
② （宋）牟巘：《陵阳集》，《文渊阁四库全书》，第 1188 册，第 119 页。

家中藏书甚丰，客观上也为注诗提供了可能。

邓剡号中斋，声名显著，为学界熟知，然现有文献并未能证明其曾经为简斋诗作过注释；唐从龙亦号（或字）中斋，在后世声名不彰，鲜有知者，通过对相关文献的梳理，我们可以确定唐氏父子皆喜好简斋诗，其子更是明确师法简斋，并为方回所称赏，然亦无确证能够证明其注过简斋诗。故在新材料出现之前，唐从龙或可备一说。

第四节　百家注和施顾注中的《乌台诗案》

关于乌台诗案的来龙去脉、前因后果及其对东坡心态和创作的影响乃至对整个宋诗生态环境的深层影响，学界都已经有了细致的研究。具体到乌台诗案的文本流传，学界也做了认真的梳理，达成了一定的共识：乌台诗案的文字记录在南北宋之交便被广为传抄刻印，今有三种文本传世，分别是朋九万的《东坡乌台诗案》、胡仔的《苕溪渔隐丛话》和周紫芝的《诗谳》；三种文本中，《苕溪渔隐丛话》宋元刻本序列清晰，递相传续，《东坡乌台诗案》和《诗谳》早期的宋元刻本皆已失传，今得见的是清人收入丛书的刻本，前者为李调元《函海》本和宋泽元《忏花庵丛书》本，后者为曹溶《学海类编》本；内容上，《东坡乌台诗案》为御史台记录，最接近历史的原貌，《苕溪渔隐丛话》在文字和编排上有较多人为改动和调整，《诗谳》则有明显作伪的痕迹，当是后人借周紫芝之名从《苕溪渔隐丛话》中摘录拼凑而成。①

---

① 相关成果可参见以下两篇文章：刘德重《关于苏轼"乌台诗案"的几种刊本》，《上海大学学报》2002 年第 6 期；［日］内山精也《〈东坡乌台诗案〉流传考》，《传媒与真相——苏轼及其周围士大夫的文学》，上海古籍出版社 2013 年版，第 140—173 页。

　　然而，为学界所忽视的一个方面是，宋人的两种苏诗注本——王十朋的《王状元分类集注东坡先生诗》（百家注）和施元之、顾禧、施宿的《注东坡先生诗》（施顾注）中，频频引用当时刊行的《乌台诗案》的文字，其中有不少问题值得去追究：百家注和施顾注分别在哪些诗中引用了《乌台诗案》？是否与今可知见的乌台诗案的涉案诗歌完全相合？二者的摘引有无突出的特点？摘引的文字能不能在文献上提供新的补充？本节拟对这些问题逐一进行讨论。

　　　一

　　乌台诗案中的涉案诗歌，朋九万《东坡乌台诗案》收录 51 首，胡仔《苕溪渔隐丛话》收录 46 首。将二者放到一起进行比对，除去相同的部分后，有 6 首诗见于《东坡乌台诗案》而不见于《苕溪渔隐丛话》，即《和述古冬日牡丹四首》（其二、其三、其四），《宿余杭法喜寺后绿野堂望吴兴诸山怀孙莘老学士》《人日猎城南会者十人以身轻一鸟过枪急万人呼为韵得鸟字》，《逋蝗至浮云岭山行有怀子由弟二首》（其二）；有 1 首诗见于《苕溪渔隐丛话》而不见于《东坡乌台诗案》，即《次韵黄鲁直见赠古风二首》（其二）。故两者相合，学界今可知见的涉案诗歌共 52 首。①

_____

　　① 关于涉案诗歌的数量，内山精也的统计前后不一：其在《〈东坡乌台诗案〉流传考》一文中称《东坡乌台诗案》收录涉案诗歌 47 首，《苕溪渔隐丛话》收录 46 首，且其中有 1 首未见于《东坡乌台诗案》。但在《东坡〈乌台诗案〉考》一文文末所附涉案诗歌列表中，他又据《东坡乌台诗案》开列出 49 首诗，前后数据不一致。而且，去取的标准也颇为含混，如在附录的 49 首涉案诗歌列表中，《薄薄酒二首并引》与《和述古冬日牡丹四首》（其一）分别位列第 36 首和第 28 首，但前者在《东坡乌台诗案》中仅仅是作为诗题出现，并未引及其中的任何诗句，后者则不仅全篇收录，而且是四首一并囊括，很明显前者不应出现，后者在列表中应该四首逐一列出，这样才比较合理。同时，其云《次韵答李邦直由五首》（其三）见于《苕溪渔引丛话》而不见于《东坡乌台诗案》，这种说法也是错误的，事实上，《苕溪渔引丛话》和《东坡乌台诗案》皆引录了《次韵答李邦直子由五首》（其二）而未录其三，真正在《苕溪渔引丛话》中有而《东坡乌台诗案》中无的一篇是《次韵黄鲁直见赠古风二首》（其二）。刘德重的统计是：《东坡乌台诗案》收录 47 首，《苕溪渔隐丛话》收录 48 首。然只有数据，未开列诗歌名单。

百家注和施顾注中，并非所有的涉案诗歌都引《乌台诗案》为注脚，而且，二者所引的篇目也各不相同，具体情况如下表所示：

序号	涉案诗歌	百家注	施顾注
1	《送钱藻出守婺州得英字》	380	三 3
2	《送刘攽倅海陵》	379	○
3	《送曾子固倅越得燕字》	378	○
4	《送蔡冠卿知饶州》	382	○
5	《送张安道赴南都留台》	381	○
6	《颖州初别子由二首》（其一）	381	○
7	《广陵会三同舍各以其字为韵仍邀同赋·刘贡父》	464	三 39
8	《广陵会三同舍各以其字为韵仍邀同赋·刘莘老》	○	○
9	《初到杭州寄子由二绝》（其一）	○	四 12
10	《李杞寺丞见和前篇复用元韵答之》	307	四 17
11	《戏子由》	281	四 22
12	《和刘道原见寄》	289	○
13	《和刘道原寄张师民》	289	四 30
14	《宿余杭法喜寺后绿野堂望吴兴诸山怀孙莘老学士》	○	○
15	《游径山》	○	四 43
16	《汤村开运盐河雨中督役》	○	○
17	《赠孙莘老七绝》（其一）	274①	六 4

---

① 百家注中，此条注释系于题下。

序号	涉案诗歌	百家注	施顾注
18	《赠孙莘老七绝》（其二）	○	六 5
19	《次韵答章传道见赠》	314	六 20
20	《往富阳新城李节推先行三日留风水洞见待》	54	○
21	《风水洞二首和李节推》（其二）	55	六 25
22	《山村五绝》（其二）	457①	六 28
23	《山村五绝》（其三）	457	六 28
24	《山村五绝》（其四）	457	六 28
25	《八月十五日看潮五绝》（其四）	458	七 15
26	《径山道中次韵答周长官兼赠苏寺丞》	315	七 27
27	《送杭州杜戚陈三掾罢官归乡》	383	七 38
28	《和述古冬日牡丹四首》（其一）	262	○
29	《和述古冬日牡丹四首》（其二）	○	八 5
30	《和述古冬日牡丹四首》（其三）	○	○
31	《和述古冬日牡丹四首》（其四）	○	○
32	《和钱安道寄惠建茶》	252	八 8
33	《逾蝗至浮云岭山行有怀子由弟二首》（其二）	301	○
34	《寄刘孝叔》	290	○

① 《山村五绝》题下，有次公注，据《乌台诗案》以系年："《诗案》云此五绝是熙宁六年所作。"

续　表

序号	涉案诗歌	百家注	施顾注
35	《次韵刘贡父、李公泽见寄二首》（其一）	321	○
36	《次韵刘贡父、李公泽见寄二首》（其二）	321	十一 16
37	《祭常山回小猎》	○	○
38	《刘贡父见余歌词数首以诗见戏聊次其韵》	323	○
39	《送范景仁游洛中》	385	○
40	《书韩干牧马图》	220	○
41	《司马君实独乐园》	203	○
42	《和李邦直沂山祈雨有应》	○	十二 11
43	《次韵子由颜长道同游百步洪相地筑亭种柳》	○	○
44	《次韵答李邦直子由五首》（其二）	○	○
45	《次韵答李邦直子由五首》（其五）	○	十二 17①
46	《抬头寺雨中送李邦直赴史馆分韵兼寄孙巨源二首》（其二）	387	十三 8
47	《次韵黄鲁直见赠古风二首》（其一）	329	十四 27
48	《次韵黄鲁直见赠古风二首》（其二）	○	○
49	《张安道见示近诗》	332	十五 20
50	《次韵潜师放鱼》	258	十五 28
51	《人日猎城南会者十人以身轻一鸟过枪急万人呼为韵得鸟字》	○	○
52	《次韵周开祖长官见寄》	337	十七 21

---

①　施顾注中，此条系于题目之下，为施宿补注。

按："涉案诗歌"是指《东坡乌台诗案》和《苕溪渔隐丛话》中收录的全部 52 首诗歌。只引及诗题而未录诗句者，如《薄薄酒》，不在此范围之内；在版本选择上，本节中的百家注为四部丛刊本《增刊校正王状元集注分类东坡先生诗》，施顾注为台湾艺文印书馆刊《增补足本施顾注苏诗》；百家注和施顾注栏中，数字表示注本引用当时流行的《乌台诗案》的文字出现的页码，○表示注本在注释的时候，未引当时流行的《乌台诗案》。因为施顾注是每卷重新编排页码，故表中大写的数字表示卷数，小写的数字表示卷中的页码。

从表中可以看出，百家注引用了 52 首涉案诗歌中的 36 首，有 16 首未引用；施顾注引用了 52 首涉案诗中的 27 首，有 25 首未引；百家注和施顾注皆引用的涉案诗歌共 21 首，百家注和施顾注皆未引用的涉案诗歌共 10 首；百家注引而施顾注未引的涉案诗歌共 15 首，施顾注引而百家注未引的涉案诗歌共 6 首。

百家注和施顾注在引用《乌台诗案》的时候，不仅篇目、数量各不相同，对引文的处理、使用等也都各自呈现鲜明的特点。

二

百家注中所引《乌台诗案》的文字，除有一处看不清注家所出（《赠孙莘老七绝》（其一）、一处未注明注家（《送范景仁游洛中》）外，其余皆出自以下五个注家之手：赵次公、师尹、程縯、孙倬、李厚。

从引用的频率上看，赵次公最高，其对《乌台诗案》的引用出现在 23 首涉案诗中；师尹次之，其对《乌台诗案》的引用出现在 8 首涉案诗中；程縯、孙倬、李厚对《乌台诗案》的引用各出现在 1 首涉案诗中。

从注家的分布上看，赵次公、程縯、李厚是苏诗四家注的主要成员，师尹、孙倬是苏诗八家注的成员，由此可知，南北宋之交，在四川涌现的各种早期的苏诗注本中，自觉参考并运用《乌台诗案》的记录去注释苏轼的相关诗歌，是一种较为普遍的做法。而且，不同注家对《乌台诗案》的征引也形成了不同的格式，这一点在赵次公注和师尹注中体现得非常突出。赵次公注经常以"（先生）《诗案》云""按公《诗案》招此诗"的前置语作为导引，而师尹注则一律以"公赴诏狱招此诗"的表述带出引文（只有《次韵潜师放鱼》一诗例外，其作"公《诗案》言"）。

在引文的处理方面，以朋九万《东坡乌台诗案》为参照，百家注非常突出的一个特点是常常剪裁《乌台诗案》文字，只引具有讽刺意义的核心句子，而去掉了《乌台诗案》中对相关典故的注释，或自行注出，或引别家注解。如《次韵潜师放鱼》"疲民尚作鱼尾赤"句下，百家注系有两条注释：

> ［任］《诗》：鲂鱼赪尾。注云：鱼劳则尾赤。［师］按：公《诗案》言此诗讥朝廷行青苗助役。①

而《东坡乌台诗案》关于此诗则有如下记录：

> "疲民尚作鱼尾赤，数罟未除吾颡泚"，《左传》云："如鱼赪尾，横流而方扬斎。"注云："鱼劳则尾赤。"亦是时徐州大水之后，役夫数起，轼言民之疲病，如鱼劳而尾赤也。"数罟"，谓鱼网之细密者。又言民既疲病，朝廷又行青苗助役，不为除放，如密网之取鱼也。皆以讥讽朝廷新法不便，所以致大水之灾也。②

两相比较，我们可以很清楚地看到，百家注中，《东坡乌台诗案》所释"鱼劳则尾赤"的典故由任居实注出，师尹只是檃括了《诗案》中点

---

① （宋）王十朋：《增刊校正王状元分类集注东坡先生诗》，元建安虞平斋务本书堂刊本，《四部丛刊》影印本（合订本），第258页。

② （宋）朋九万：《东坡乌台诗案》，《丛书集成初编》，第786册，第28页。

明讽刺之意的句子。再如《次韵周开祖长官见寄》"扶颠未可责由求"句下，百家注云：

> [次公]《论语》："季氏将伐颛臾，冉有、季路见于孔子，孔子曰：'危而不持，颠而不扶，则将焉用彼相矣。'"按：公《诗案》招此诗言：迁徙数州，老于道途，所至常遇水旱盗贼数起，皆新法不便所致，以讥讽当今所失，而执政二三大臣不能扶正其颠仆也。①

而《东坡乌台诗案》对此诗的记录则与赵次公注有明显的差异：

> 此诗言自迁徙数州，未蒙朝廷擢用，老于道路，并所至遇水旱盗贼夫役数起，民蒙其害，以讥讽朝廷政事阙失，并新法不便所致也。又云"事道故因惭孔孟，扶颠未可责由求"，以言已仕而道不行，则非事道也，故有惭于孔孟。孔子责由、求云："危而不持，颠而不扶，则将焉用彼相矣"，颠谓颠仆也，意以讥讽朝廷大臣，不能扶正其颠仆。②

赵次公先是自行注出句中所用《论语》的典故，在此基础上，摘引《诗案》对讽刺之意的揭示，点明此诗主旨是批评朝廷不能扶困救危，有所作为。类似的例子还有不少，《戏子由》《作诗次章传韵》《山村五绝（其二）》等皆是如此。

赵次公的引用还有一个特点，即把《乌台诗案》纳入注释之中，变成其注释的一部分，作为其把握诗意的佐证。如《送杭州杜戚陈三掾罢官归乡》"杀人无验终不快，此恨终身恐难了"句下，赵次公曰："平时读此诗，未痛解，及观先生《诗案》，而后释然。盖杭州录事参军杜子

---

① 《增刊校正王状元分类集注东坡先生诗》，第337页。
② 《东坡乌台诗案》，第14页。

房、司户陈珪、司理戚秉道各为承受夏沉香事。本路提刑陈睦举驳差张若济重勘，上件三官员因此冲替。'月咬虾蟆行复皎'，言陈睦、张若济蒙蔽朝廷；'杀人无验终不快'，《诗案》作'终不决'，意者欲致夏沉香以死罪而杜戚陈三掾不敢以死处之，则杀人为无凭，终然不决也。"① 此处赵次公是借《诗案》以解诗，夹叙夹议，不再是机械地摘引。《风水洞二首和李节推（其二）》亦是如此，赵次公先径自注出诗意，后引《诗案》以佐证之。

在使用的角度方面，百家注除了借《乌台诗案》释诗，还不时借《乌台诗案》校勘、系年，体现出较大的灵活性。如《送曾子固倅越得燕字》一诗，赵次公于题下出注，借《乌台诗案》以系年："以先生《诗案》考之，此熙宁三年诗也"②；《山村五绝》题下，赵次公亦云："按《诗案》云：'此五绝是熙宁六年所作。'"③ 校勘的例子则见于《风水洞二首和李节推》（其二）末句"世事渐艰吾欲去，永随二子脱讥谗"之下，赵次公先是引《乌台诗案》以佐证其对诗中讽刺之意的把握，随后，又借《乌台诗案》以校勘："《诗集》作'吾欲出'，《诗案》作'吾欲去'，从《诗案》。"④

在文献补遗方面，据赵次公注，我们可以补出一首不见于今可知见的 52 首涉案诗歌的涉案之作，这是其文献价值之一，尤其不应该被忽视。卷十三《以双刀遗子由子由有诗次其韵》"胡为穿窬辈，见之要领寒。吾刀不汝问，有愧在其肝"句下，赵次公注云："《诗案》曾供此诗，自'胡为穿窬辈'至此，云以诋当时邪佞之人耳。"⑤ 朋九万《东坡乌台

---

① 《增刊校正王状元分类集注东坡先生诗》，第 383 页。
② 同上书，第 378 页。
③ 同上书，第 457 页。
④ 同上书，第 55 页。
⑤ 同上书，第 246 页。

诗案》和胡仔《苕溪渔隐丛话》皆未收录此诗，故据此我们可以将涉案诗歌的总数上升到 53 首。

三

施顾注中所引《乌台诗案》的文字主要集中在施元之、顾禧所作的句中注中，施宿补作的题下注中只出现了一次（《次韵答邦直子由五首》）。

形式上，句中注和题下注对《乌台诗案》的表述截然不同：但凡引到《乌台诗案》，句中注一律题作《乌台诗话》，题下注则题作《乌台诗案》。虽然名字不同，但从内容文字上看，《乌台诗话》与《东坡乌台诗案》基本保持一致，名异而实同。如上文引及的《次韵周开祖长官见寄》一诗，施顾注中相关文字如下：

> 公《乌台诗话》云：轼知湖州，有周邠作诗寄轼，轼答云："政拙年年祈水旱，民劳出处避朝讴。河吞巨野那容塞，盗入蒙山不易留。"此诗自言迁徙数州，未蒙朝擢用，老于道路，并所至遇水旱盗贼，夫役数起，民蒙其害，以讥讽朝廷政事阙失并新法不便之所致也。"仕道故应惭孔孟，扶颠未可责由求"，以言已仕而道不行，则非事道也，故有惭于孔孟；孔子责由求，云："危而不持，颠而不扶，将焉用彼相矣"，颠谓颠仆也，意以讥讽朝廷大臣不能扶正其颠仆。①

二者文字几乎完全一致。同时，通过举例，我们也可以看出，在摘引方式上，不同于百家注櫽括剪裁、取其精华的做法，施顾注对《乌台

---

① （宋）施元之、顾禧、施宿：《增补足本施顾注苏诗》，台湾艺文印书馆 1980 年版，第 21 页。

诗话》的摘引往往自具首尾，比较完整。

在使用的角度方面，跟赵次公一样，施宿也能够在释诗的同时，借《乌台诗案》对苏诗进行补遗。卷十二《次韵答邦直子由五首》题下注云：

> 东坡《诗案》云："李清臣答弟辙诗二首，批云'可求子瞻和'。轼却作诗二首和李清臣，其内一首首句云'五十尘劳尚足留'。"集中失载此诗，今附于后。又云"轼用弟辙韵与李清臣六首"，盖东坡次韵通为八首，集中止有四首，今收《诗案》一首，犹佚其三也。①

百家注没有补入《诗案》中论及的"五十尘劳尚足留"一首，故只有四首，题作《次韵答邦直子由四首》。尽管施宿这里仅止于文献上的辑佚，没有进一步引录《诗案》对此诗的分析，然对比百家注，其自觉利用《诗案》进行文献补遗的思路和尝试，还是很有价值的。

综上所述，作为今存宋人注苏诗的两个重要注本，施顾注和百家注中对《乌台诗案》文字的摘引不仅篇目、数量各不相同，而且呈现出鲜明的特点和不可忽视的价值。百家注对《乌台诗案》的摘引，最突出的注家是赵次公，其不仅引《乌台诗案》对诗歌进行注释，还借《乌台诗案》进行校勘和系年，并具有重要的文献价值，我们可以据赵次公的摘引，补出一首不见于今可知见的 52 首涉案诗歌之外的作品。施顾注中，施宿则利用《乌台诗案》补出一首苏轼诗集未收的作品，再度彰显了《乌台诗案》不容忽视的文献价值。

---

① 《增补足本施顾注苏诗》，第 17 页。

第五节 《注东坡先生诗》施、顾句中注考论

《注东坡先生诗》由两部分组成，一是施元之、顾禧所作的句中注，二是施宿在前者基础上所补充的题下注。从时间上看，句中注在前，题下注在后；从分量上看，句中注是主体，题下注是补充。然而，从清至今，施宿的题下注一直是学界关注的重点。清代的学者众口一词，都给予很高的评价：

> 于题下务阐诗旨，引事征诗，因诗存人，使读者得以考见当日之情事，与少陵诗史，同条共贯，洵乎其有功玉局而度越梅溪也。（张榕端）①

> 施注佳处，每于注题下多所发明，少或数言，多至数百言，或引事以征诗，或因诗以存人，或援此以证彼，无阐诗旨，非取泛澜，间亦可补正史之阙遗。（邵长衡）②

今人对《注东坡先生诗》的研究仍是如此，看重并强调题下注的价值：郑骞在《宋刊施顾注东坡诗提要》中，对目前整理出来的最完整也是最接近宋本原貌的《增补足本施顾注苏诗》的题下注、句中注和题左注做了如下评价③：

> 题下与句注一样，只有典故、成语、地理、名物等项，极少提

---

① （清）张榕端：《宋仲荦刊施注删补本序》，（清）冯应榴《苏轼诗集合注·附录二》，上海古籍出版社 2001 年版，第 2713 页。
② （清）邵长衡：《注苏例言》，《苏轼诗集合注·附录二》，第 2716 页。
③ 按：在郑骞的表述中，题下注指的是施元之、顾禧对诗题的注释，也即句中注的一部分；题左注指的是施宿的补注。

到东坡当时人物、掌故、朝政、时局及作诗本旨；题左则恰好与之相反，几乎都是人物传记及时事。①

典故、成语等，不管当时或后世的一般读书人都能注得出来；人物、时局等，则只有本朝人才能注得翔实透彻。所以，这部《东坡诗注》最重要最精彩的部分是施宿所作的题左注。②

虽然郑骞在后文中也说，"称颂题左注，只是比较言之，并不抹杀施、顾所作句注的价值"，但具体价值何在，《提要》却付之阙如，并未展开。

大陆学者中，王友胜较早对历朝苏诗注本进行深入的研究，其亦云：

题下注侧重诗歌写作背景与本事的说明，有资于理解原诗……对了解苏轼的交游、生平与思想，对阅读原诗，了解宋代人物都有帮助。③

其后，何泽棠持论更加鲜明高蹈，对题下注的思路和意义做了进一步的归纳概括：

题注运用"以史证诗"的方法，从题中人物与事件出发，引用大量翔实准确的材料，展现苏诗产生的社会政治背景，揭示苏诗产生的事因，从而诠释了整首诗意，并附带解释了关键诗句的意义。施宿的题注，丰富了宋代诗注的诠释方法，在诗歌注释史上有重要地位。④

---

① 郑骞：《宋刊施顾注东坡诗提要》，《增补足本施顾注苏诗》，第16页。
② 同上书，第18页。
③ 王友胜：《施元之等〈注东坡先生诗〉平议》，《中国韵文学刊》2002年第1期，第32—33页。
④ 何泽棠：《施宿〈注东坡诗〉题注的诠释方法与历史地位》，《中国韵文学刊》2010年第2期，第30页。

与此同时，何氏还对施元之、顾禧句中注的价值做了精要的总结：

> 施元之、顾禧的句下注，以征引典故出处为主要内容……仅限
> 于引述典故的出处，以及对名物、地理等作简要的解释说明，却对
> 诗旨无所发明。①

基本上将《注东坡先生诗》的主体部分一句带过，置于提而不论的
地步了。倒是王友胜先生，在肯定题下注价值的同时，对施元之、顾禧
二人的注释，略作了讨论，认为句中注"侧重于引录古书诠释诗中典故、
名物、词语"，是"《注东坡先生诗》的第三个价值"，且举例证明其准
确详赡。尤其值得注意的是，王氏已经注意到句中注在注释典故之外的
其他内容，"有些句中注不是注典，而是说明诗句背景，略等同于题下
注"②，可惜只是点到为止，没有进一步深入。

作为《注东坡先生诗》的主体部分，句中注占据了绝大部分的篇幅。
据郑骞的统计，"现存36卷中，题左注有三百五十余条，五万二千五百
七十余字"③，其中不乏长篇注释，将人物生平、政治背景、立场气节交
代得清清楚楚，给后人提供了不少第一手的材料，但仅从数量上看，比
起句中注，这些也只不过是冰山一角罢了。那么，卷帙浩繁的句中注在
征引典故出处、简释名物地理之外，还有没有其他值得我们留意的地方
呢？本节拟对此问题进行讨论。

一　以自注为注

施、顾注对于探寻典故出处的执着和热情不仅仅体现在对"无一字
无来历"的诗学口号的呼应和贯彻，每一条注释都明确注出所引文献的

---

① 何泽棠：《施宿〈注东坡诗〉题注的诠释方法与历史地位》，第31页。
② 王友胜：《施元之等〈注东坡先生诗〉平议》，第32—33页。
③ 郑骞：《宋刊施顾注东坡诗提要》，《增补足本施顾注苏诗》，第20页。

出处，即邵长衡在《注苏例言》中所云"征引必注书名"，还表现在施元之和顾禧二人对另一种诗学潜流的自觉呼应，即两宋诗坛对诗人自注越来越清晰的重视。这一趋势同时表现在两个方面：一方面，宋代诗人普遍在诗歌创作中添加自注，发展到极端，以至于出现了一系列自注的诗集；另一方面，宋代的诗话也越来越重视前朝或本朝诗人的自注，有意识地利用自注进行考辨或补证，论证的范围涵盖了字音、名物、典故、地理、风俗、人物、历史等各个方面。①

　　于是，在这个大背景之下，我们发现，施、顾的句中注对典故出处的追寻，也已经渗透到诗人自注之中。施、顾句中注援引的诗人自注共26条，涵盖了郑嵎、杜甫、王禹偁、欧阳修、白居易、苏辙、陆龟蒙、杜牧、柳宗元、元结、李郢十一位唐宋诗人。具体情况如下表所示：

序号	卷数	诗题	诗句	所引自注
1	卷二	《游仙潭》	山泉自入瓮	郑嵎《津阳门诗》注：石瓮岩在华清宫下，有天然石，其形如瓮，以贮飞泉。②
2	卷三	《傅尧俞济源草堂》	先生卜筑临清济	杜子美《述怀》诗注云：卜筑，述怀。
3	卷四	《纸帐》	乱文龟壳细相连，惯卧青绫恐未便。	汉尚书郎更直建礼门，给青绫被，今西掖之任也。见王禹偁《黄法曹诗》注"子玉官为尚书郎"。

---

　　①　参拙文《宋代百咏诗考论》（《西南交通大学学报》2014 年第 1 期）、《论〈容斋随笔〉对诗注的征引和使用》（《阴山学刊》2016 年第 2 期）、《论王楙〈野客丛书〉对诗注的征引和使用》（《三峡大学学报》2016 年第 3 期）。
　　②　按：此条系于上句"无村得米迟"句下，但从内容上看，其自当归入下句"山泉自入瓮"。

续　表

序号	卷数	诗题	诗句	所引自注
4	卷四	《六月二十七日望湖楼醉书五首（其三）》	忽忆尝新会灵观，滞留江海得加餐。	欧阳文忠公《食鸡头诗》"凝祥池锁会灵园"注云：京师卖五岳观鸡头最佳。
5	卷五	《催试官考较戏作》	红旗青盖互明灭	白乐天《别东楼诗》"秋风雾飓弄涛旗"注云：杭人每岁八月迎潮弄水者，悉举旗帜。
6	卷八	《京口不及赴此会二首（其一）》	空作赓诗第七人	《松陵唱和》陆龟蒙《文燕诗》"梁王座上多词客，五韵甘心第七人"注云：昭明文燕，赋诗五韵，刘孝成威第七方成。
7	卷八	《杭州牡丹开时仆犹在常润……送赴阙（其一)》	金缕犹歌空折枝	杜牧之序《杜秋娘》："金陵女也，年十五，为李锜妾，尝唱词云：劝君莫惜金缕衣，劝君须惜少年时。花开堪折直须折，莫待无花空折枝。"①
8	卷十二	《留题石经院三首（其三）》	欲知深几许，听转辘轳声。	郑嵎《津阳门诗》注：石瓮寺飞泉楼中，辘轳斜引，绠长二百尺以引瓮泉。

---

① 按：此条在杜牧诗中，为句中自注，然施顾二人将其误作为诗序。

续 表

序号	卷数	诗题	诗句	所引自注
9	卷十四	《次韵答舒教授观余所藏墨》	暮年却得庾安西，自厌家鸡题六纸。	柳子厚《殷贤戏批书后寄刘连州诗》注云：家有右军书，每纸背庾翼题云：王会稽六纸，二月三十日。
10	卷十五	《答王巩》	古来彭城守，未省怕恶客。	元次山诗"有时逢恶客，还家亦稍醄"，注云：非有酒徒，即为恶客。
11	卷十六	《云龙山观烧得云字》	悲同秋照蟹	白乐天《别东林诗》"春雨星攒寻蟹火"，注云：余杭风俗，寒食雨后，家家持烛寻蟹。
12	同上	《台头寺送宋希元》	入夜更歌金缕曲	杜牧之《秋娘诗》"秋持玉斝醉，与唱金缕衣"，注云：李锜常唱此词。
13	卷十九	《浚井》	瓶罂下两绠，蛙蚓飞百尺。	《津阳门诗》注：石瓮岩下有天然石，其形如瓮，以贮飞泉。寺僧于上层飞楼中辘轳叙引，绠长二百尺。
14	卷二十	《和秦太虚梅花》	孤山山下醉眠处，点缀裙腰纷不扫。	白乐天《杭州春望诗》"谁开湖寺西南路，草绿裙腰一道斜"，注云：孤山在湖洲中，草绿时望如裙腰。

续　表

序号	卷数	诗题	诗句	所引自注
15	卷二十一	《至真州再和二首（其二)》	未用歌池上，随意教李娟。	白乐天《和微之霓裳羽衣歌》"我爱霓裳君合知，发于歌咏形于诗。李娟张态君莫嫌，亦拟随宜且教取。"注云：娟、态，苏之妓女也。
16	卷二十四	《送陈睦之潭州》	上有缅林藏石瓮	郑嵎《津阳门诗》注云：津阳门在华清宫之外阙，石瓮寺岩下，有天然石，形如瓮，以贮飞泉。寺僧于上层飞楼中引瓮泉出于红楼乔木之杪。
17	同上	同上	朝元阁上酒醒时	《津阳门诗》注：朝元阁南，即老君见处。
18	同上	《用前韵答西掖诸公见和》	金井辘轳鸣晓瓮	《津阳门诗》注云：石瓮寺僧于飞楼中，辘轳斜引，绠长三百尺，以引瓮泉。
19	同上	《次韵王觌正言喜雪》	故上朱蓝袂	《吴兴诗集》李郢《雪斋登楼诗》"城楼飞雪定，犹看谢庄衣"，注云：谢庄朝回，衣为飘雪印点，时人玩之为风韵。见《宋书·符瑞志》。
20	卷二十六	《次韵韩康公赐酒见留》	钟乳金钗人似玉	白乐天《酬牛思黯诗》"钟乳三千两，金钗十二行"，注云：思黯自夸前后服钟乳三千两，颇得力，歌舞之妓颇多。

续　表

序号	卷数	诗题	诗句	所引自注
21	卷三十一	《聚星堂雪》	当时号令君听取	欧阳文忠公《雪诗》注云：时在颍州作。凡月、玉、梨、梅、练、絮、白、舞、鹅、鹤、银等字，皆请勿用。
22	卷三十二	《次韵晁无咎学士相迎》	金钗候汤眼	白乐天《酬牛思黯诗》"金钗十二行"，注云：思黯多妓妾。
23	同上	《召还至都门先寄子由》	定饷黄封兼赐茗	欧阳文忠公《感事》诗注云：仁宗朝作学士，上幸天章阁，赐黄封酒一瓶，凤团茶一斤。
24	卷三十五	《天竺寺》	林深野桂寒无子	白乐天《天竺诗》"宿因月桂落"注云：天竺尝有月中桂子落。
25	卷三十七	《次韵子由所居六咏（其二）》	石榴有正色，玉树真虚名。	按子由诗云"后庭苴草盛，怜汝计兴亡"，注云"矮鸡冠即玉树后庭花"，故此和章及之。
26	卷四十	《夫人阁四首（其三）》	千枝先剪上元灯	郑嵎《津阳门诗》注云：韩国夫人为千枝灯，台高八十尺，置骊山上，每至上元燃之，其光夺月，百里之内皆可见。

从上表中可以看出：

频率上，白居易诗自注和郑嵎《津阳门诗》自注征引频率最高，皆出现 7 次；其次为欧阳修诗自注，出现 3 次；再次为杜牧诗自注，出现 2 次；余下的诗人自注，杜甫、元结、柳宗元、陆龟蒙、王禹偁、李郢、苏辙每人各出现 1 次。唐人自注 21 条，占绝大多数，宋人自注 5 条。

内容上，施、顾征引的这些自注主要是解释典故背景，点明地理方位、空间位置，并无特异之处。而且，有些自注重复引用，如郑嵎《津阳门诗》自注，7 条中，有 5 条都大同小异，反复出现，跟施、顾注的总体风格颇为一致，"注家于诗中引用故事，每见辄注，有寻常习见语而再注、三注，或至十余注。施氏亦同此弊，数见不鲜，累纸几成骈拇，甚无谓也"①。

征引方式上，施、顾对于这些自注，有两种不同的处理方法：一种是先引原诗诗句，再引原诗人系于此句之下的自注；另一种是直接引用某某诗人自注，不涉及原诗诗句，也即将原诗诗人自注作为东坡此句诗歌的注脚。不难发现，前者仍然是典型的"无一字无来历"的指导思想的体现，注释重心落在所征引的诗句上，目的是凸显它们与东坡诗在用字上的一致之处，在施、顾看来，这是最需要被揭示的，后面的自注，只是对"来历"的进一步解释。有，当然更加明确、细致；没有的话，对此条注释的完整性和准确性也不会构成太大的影响和威胁。后者则可以目之为"以自注为注"，即直接用他人诗歌自注对东坡诗句中的字词进行解释，完全切除此条自注与原本所依附的诗人诗句的关系，这是最有价值也是最值得留意的地方。郑嵎的七条自注全是如此，施、顾把它们从《津阳门诗》中拿出来，直接放到苏轼相关诗句之下作为注脚，郑嵎

---

① （清）邵长蘅：《注苏例言》，《苏轼诗集合注·附录二》，第 2717 页。

的原诗完全没有出现，而且，从注释的效果上看，也似乎完全没有出现的必要；再如第 21 条，引欧阳修《雪诗》题下自注来解释苏轼向欧阳修"禁体物语"致敬的"当时号令君听取"一句，由欧阳修"亲自"交代"当时号令"的各种要素，相当妥帖、准确和权威。事实上，施、顾不仅以他人自注为注，在注释的过程中，他们也不忘从东坡的自注中寻找可资注释的材料。或解释名物，如卷六《於潜女》"蓬沓鄣前走风雨"句后，施、顾注云："《野瓮亭》诗公自注：'於潜妇女，皆插大银栉，长尺许，谓之蓬沓。'"或标注地理方位，如卷十一《登常山绝顶广丽亭》"南望九仙山"句后，施、顾注云："东坡《周邠雁荡图诗》注云：'九仙在东武。'"或揭示语典，如卷十一《薄薄酒》（其二）"本不计较东华尘土北窗风"句后，施、顾注云："东坡《从驾景灵公》诗注云：'前辈戏语，有"西湖风月不如东华软红香土"。'"或补充相关背景，如卷十四《送郑户曹》"荡荡清河壖，黄楼我所开"句后，施、顾注云："东坡《答范祖禹》诗注亦云：'郡有厅事，俗谓之霸王亭，相传不可坐，仆拆之，以盖黄楼。'"前后连缀，打成一片，互相关联，质实可信。

二　启发了施宿的题下注

施宿自言其是在陆游《施司谏注东坡诗序》的启发之下，"有感于陆公之说，反复先生出处，考其所与酬答庚倡之人，言论风旨足以相发，与夫得之耆旧长老之传，有所援据，足裨隐轶者，各附见篇目之左"[①]。学界对此段言论给予了足够的重视，反复引用，并将题下注目为施顾注的核心价值之所在。

但学界都忽视了此段文字最前面的那句话——"宿因先君遗绪"，这意味着施宿"以史证诗"的题下注，有陆游的影响，也有施元之的启发。

---

① 陆游：《施司谏注东坡诗序》，《增补足本施顾注苏诗》，第 8 页。

首先，施宿对施、顾的句中注是重视、熟悉且进行过细致修订的，这是我们立论的前提。只有在这个基础上，施宿的题下注对句中注的借鉴或者说其受到句中注手法的启发才可能发生。卷二十八《书刘景文左藏所藏王子敬帖》"君家两行十二字，气压邺侯三万签"句下，施、顾注云：

> 《东坡诗话》云：世传王子敬帖有"黄甘三百颗"之语，此帖乃在刘景文处。韦苏州诗云"书后欲题三百颗"，盖苏州亦见此帖也。余亦有诗与景文云"君家两行十二字，气压邺侯三万签"。①

施宿则在题下注中，针对此注，专门添加按语，指出其中的疏误：

> 章子厚《书评》云："刘季孙文思有子敬两帖二十二字，虽残缺不完而精神骨气具在。柳公权题数十字于其后，用笔艰辛，滞涩不可言。"米元章《书史》云："王献之《送梨帖》云：'今送梨三百颗，晚雪，殊不能佳。'即诗中所谓'君家两行十二字也'。"宿按：此诗注有《东坡诗话》所载子敬《黄甘三百颗帖》在刘景文处。二王书传于世者，皆无《黄甘帖》，独《书史》载唐摹逸少帖乃双钩蜡纸本，云"奉橘三百颗，霜未降，未可多得"。《诗话》所载，盖误记梨为甘也。②

这个例子足以证明施宿对句中注的态度。既然施宿对句中注如此熟悉和了解，那么其在注释的时候，受到句中注的启发也就不难想象了。

施宿题下注最大特色便是征引史事，以史证诗。事实上，这一手法在施、顾的句中注里已经粗具规模，句中注不乏对背景的补充以及对句

---

① 《增补足本施顾注苏诗》，第37页。
② 同上书，第36页。

意的解释，可惜这一点完全被学界忽视了。卷二十九《送李陶通直赴青溪》"苏李广平三舍人"句后，施、顾注云：

> 东坡自注云：苏子容、宋次道与先公才元丈，熙宁中封还李定词头，天下谓之三舍人。按：熙宁初，大臣荐秀州军事判官李定召见，擢太子中允，守监察御史里行，知制诰。宋敏求以定骤自幕职而升朝，著任执法，非故事。苏颂、李大临相继封还词头，不草制。敏求前罢，颂与大临更奏复下，至于七八，俱罢归班，而定御史之命亦中寝。①

其实，东坡自注已经足以解释句中"三舍人"之所指，然施、顾仍然添加按语，详细补充了相关史事，读者可以很清楚地看到三舍人的立身大节，对准确细致把握诗意还是很有帮助的。而且，从按语本身来看，其行文跟施宿的题下注也比较接近。再如卷三十四《大行太皇太后高氏挽辞二首》（其二）"先王社稷臣"句后，施、顾也详注句中的历史背景及深层内涵：

> 谓楚王高琼。景德契丹之役，群臣皆欲避敌，独莱公寇准不可。武臣中惟琼与莱公意同。公既争之力，上曰："公文臣，岂独尽用兵之利害？"公曰："请召高琼。"既言，乃言避敌为便。公大惊，以琼为悔也。既而徐言避敌固为安全，但恐扈驾之士中路逃亡，无与俱西南者耳。上大惊，始决北征之策。宣仁后琼曾孙也。②

此段文字引相关史事，把句意以及诗句背后的历史支撑解释得清清楚楚。而且，末句点明太皇太后乃高琼之曾孙，既呼应了题目，也彰显

---

① 《增补足本施顾注苏诗》，第20—21页。
② 同上书，第8页。

了诗歌的脉络和格局。

施宿的题下注有时会对相关诗句直接进行解释，以落实诗意。事实上，在施、顾的句中注中，这一做法也很常见：

> 卷九《赠张刁二老》"共成一百七十岁"句后，施顾注云：是年张八十五，刁亦八十余也，故云共成一百七十岁。①

> 卷十五《次韵王巩颜复同泛舟》末句"忆在钱塘正如此，回头四十二年非"句后，施顾注云：按东坡先生以景祐三年戊午年四十有三，故云回头四十二年非，亦犹蘧伯玉行年五十而知四十九年非也。②

> 卷二十三《再过超然台赠太守霍翔》首句"昔饮雩泉别常山，天寒岁在龙蛇间"句后，施顾注云：东坡先有《留别雩泉诗》云"二年饮泉水，鱼鸟亦相亲"，按东坡以九年丙辰冬，自密赴阙，十年丁巳春，至京师，岁在辰巳，故云龙蛇间。③

以上三例，针对苏诗中的时间，句中注都做了细致的解释，为读者的阅读扫除了障碍，保证了阅读过程的细腻、充实和平顺。

对于颇为费解的诗句，施、顾也会予以重点关注，广征博引，反复解索，如卷三十四《立春日小集戏李端叔》"重说后三三"句，"后三三"一语，颇为生涩，与整首诗的情境氛围也似有不合，如何理解便是一个难题。施、顾先引《广清凉传》，通定其出处，但仅止步于此，并不能疏通诗意，故后顾禧又补充："此诗方叙燕游，而遽用后三三语，读者往往不知所谓。盖端叔在定武幕中，特悦营妓董九者，故用九数，以为

---

① 《增补足本施顾注苏诗》，第3页。
② 同上书，第21页。
③ 同上书，第37页。

戏尔。闻其说于强行父云。"① 如此，诗意便落到了实处，读者对东坡的戏谑，也可以会心一笑。

综上所述，尽管施元之、顾禧的句中注从来都不是学界关注的重点，但在征引典故出处、简释名物地理的学界共识之外，句中注有两个颇有价值的特点，一是以自注为注，二是对施宿的题下注有一定的启发，这两点都是不应当为学界所忽略的。

---

① 《增补足本施顾注苏诗》，第 25 页。

第三章 从唐诗唐注到宋诗宋注

跟两汉极其繁荣的经部注释和自六朝开始蓬勃发展的史部与子部注释相比，集部注释显然起步较晚，进展比较缓慢。经过了汉魏六朝的积累，唐代《文选》注的问世与传播，标志着集部注释的真正出现与确立。

《文选》对唐代文人的诗歌创作有深刻的影响，二者之间的密切联系早已成为学界共识①，本书不再重复讨论。然而，学界还普遍存在另外一种共识，即唐人在诗歌创作上取得了巨大的成就，然有唐一代的诗歌注释，却只有《文选》注寥寥数种，并无学者注本朝诗歌，对本朝诗歌的注释，要留待宋人来首创和完成②。对这种普遍流行的观点，我们持怀疑

---

① 学界较早关注这一问题的是李审言，其《杜诗证选》《韩诗证选》对杜、韩二人诗歌中受《文选》影响和化用袭用《文选》的句子进行了排列和考察，力证二人诗歌与《文选》关系之密切。之后，学界不仅出现了不少单篇论文，专论单个诗人对《文选》的接受，而且还出现了博士论文，力图对此进行点面结合的整体研究，如林英德《唐人诗与〈文选〉关系研究》（北京师范大学，2006年）。

② 这种想法在学界非常普遍，大家都认为唐人并无诗歌注本，对诗集的注释，无论注本朝诗还是注前朝诗，都是宋代才开始出现。如何泽棠《宋人注宋诗与"以史证诗"》一文云："唐代诗歌创作水平虽然首屈一指，但有唐一代的诗歌注释只有李善《文选》注等寥寥数种，更无学者注释本朝诗歌。"见《天津社会科学》2011年第4期，第104页。

的态度。本章要讨论的便是，李善、五臣《文选》注出现并流行之后①，在诗歌注释的领域，唐人有没有受到影响，有没有出现对本朝诗集的注释？若有，这些注本有何特点？它们给宋诗宋注埋下了怎样的伏笔？

第一节　唐诗唐注四种

在张庭芳《李峤杂咏诗注》（上海古籍出版社影印日本古抄本定名为《日藏古抄本李峤咏物诗注》）敦煌残卷未被学界普遍留意之前，在相当长的时间里，学界是没有"唐人注唐诗"这一命题的。在此之后，尤其是日本古抄本被影印回国之后，"唐代唯一的一种唐人注唐诗"的表述开始出现。事实上，学界对张庭芳《李峤杂咏诗注》的关注并不多，而且，这不多的关注，就已发表的论文来看，有一半又都将讨论的重心落在了对李峤《杂咏诗》立足"蒙学"的性质、意义、价值的"拨乱反正"上，在很大程度上，张庭芳《李峤杂咏诗注》成了讨论的证据，而非讨论的对象。②

---

　　①　需要补充的是，在李善注出现之后至五臣注出现之前的六十年中，还有公孙罗《文选钞》的问世（《文选钞》是否为公孙罗所作，学界目前尚存争议）。其书今已不存，赖《文选集注》的摘引而略知其面貌。大体上说，其注释的思路和目的介于李善和五臣之间。一方面重视历史，追寻出处，像李善注；另一方面重视文本，解释题旨与创作缘起，并以当时通行的语言汇通文义，像五臣注。但由于编纂者本身意图的原因，求多而难精，既没有达到李善注一味追求知识背景的层面，也没有达到五臣注彰显时代意义的层面，既不能与李善注相媲美，也不能与五臣注相类似。故其流行程度自当极其有限，尤其是五臣注出现之后。进入宋代以后，其便失传于中土。参郭宝军《宋代文选学研究》，中国社会科学出版社2010年版，第61页。

　　②　对《李峤杂咏诗注》的版本、流传情况进行考证的论文，据笔者目力所及，新时期以来，仅有以下三篇文章：徐俊先生《敦煌写本〈李峤杂咏诗注〉校疏》，《敦煌吐鲁番研究》第3卷，北京大学出版社1998年版，第63—86页；胡志昂先生为《日藏古抄本李峤咏物诗注》所作的"前言"；段莉萍《从敦煌残本考辨李峤〈杂咏诗〉的版本源流》，《敦煌研究》2004年第5期，第74—78页。至于将其作为"论据"的论文，主要也有以下三篇：葛晓音《创作范式的提倡和初盛唐诗的普及》，《文学遗产》1995年第6期，第30—41页；刘艺《蒙学视野中的李峤〈杂咏诗〉》，《四川师范大学学报》2002年第2期，第80—86页；刘艺《李峤〈杂咏诗〉：普及五律的启蒙教材》，《四川大学学报》2002年第1期，第135—144页。

另外，对唐代是否还有其他本朝人注本朝诗的存在，学界从未有人进行过专门的讨论①。故本章首先便结合各种文献以及学界相关的研究成果，对唐诗唐注的存在情况做一考察。

一 张庭芳《李峤杂咏诗注》

李峤，字巨山，生于贞观十九、二十年间（645—646），卒于开元二、三年间（714—715）②，在初唐享有盛名，不仅身居相位，而且为"文章四友"之一，晚年更是被目为文坛名宿，为时人宗仰。其文集颇富，《旧唐书·经籍志》著录"《李峤集》三十卷"③，《新唐书·艺文志》著录"《李峤集》五十卷"④。《新唐书》另著录"李峤《杂咏诗》十二卷"，《崇文总目》卷五同样著录"李峤《杂咏诗》十二卷"⑤，由此知唐时《杂咏诗》已经与本集分途单行。

《杂咏诗》作于武周时期，共五律一百二十首，分乾象、坤仪、芳草、嘉树、灵禽、祥兽、居处、服玩、文物、武器、音乐、玉帛十二部，每部十首，皆以一字为诗题，故后世又称《单题诗》。天宝六年（747），张庭芳为其作注，并上表朝廷。《全唐文》卷三六四有张庭芳《故中书令郑国公李峤杂咏百二十首序》。此注本久佚于中土，宋以后，便不见于著录。然在日本却流传颇广，今存有多种抄本及刻本。日本《佚存丛书》中收入的张庭

---

① 据笔者检索，仅 2011 年出现了一篇单篇论文：张佳、刘和平《唐代诗歌注释学视域中的"本朝人注本朝诗"——以唐人注唐诗为例》，发表于《华中师范大学研究生学报》2011 年第 1 期。此文留意到了唐人注唐诗这一学术空白，并做了初步的考察，得出了一些有益的结论；但是，也有一些明显不尽如人意之处，最大的问题是体例的混乱。虽然明确指出考察的对象是唐诗唐注，文章却未能严格执行，而是各体杂陈，涉及了唐人对唐代诗、文、赋注释的搜寻，与标题相距甚远。其次，对材料的使用也不够严谨准确，且下语判断过于草率鲁莽。

② 傅璇琮主编：《唐才子传校笺》，中华书局 1987 年版，第 1 册，第 120 页。

③ 《旧唐书》，中华书局 1975 年版，第 2075 页。

④ 《新唐书》，中华书局 1975 年版，第 1600 页。

⑤ （宋）王尧臣等编次，（清）钱东垣等辑释：《崇文总目》，《丛书集成初编》，第 24 册，第 388 页。

芳注本，乃据建治三年（1277）抄本刊刻而成，此本晚清流回中土。20世纪初，敦煌遗书中发现了两种抄本残卷，即 S555 和 P3738[①]，王重民先生以为二者书法、诗注、风格相似，应出于同一书，后据《佚存丛书》本张庭芳注《李峤杂咏》，断此残卷为李峤《杂咏诗》，并认为诗注亦为张庭芳注。而随着近些年日本古抄本的陆续出现，学界注意到敦煌本无论诗文还是注文，皆与张庭芳注本有较大差异，二者绝非源自同一底本，敦煌本当另有出处。1998年，上海古籍出版社影印出版了胡志昂编《日藏古抄本李峤咏物诗注》，此本乃庆应义塾大学贵重书室藏张庭芳注本，为日本今存几种旧抄本中最早古抄完本。本章所论即是此本。

二　郑嵎自注《津阳门诗》

郑嵎，字宾光，大中五年（851）进士，有《津阳门诗》，作于大中五年[②]。据大中九年李述所撰《唐故颍州颍上县令李府君夫人荥阳郑氏合袝玄堂志》，其至迟生于元和十二年（817），大中五年登第后，任扬州大都督府参军，大中九年尚在世。[③] 此诗与白居易《长恨歌》、元稹《连昌宫词》主题相似，皆记明皇时事，将一朝之盛衰治乱熔铸在一篇之内，波澜壮阔，跌宕起伏。诗为七言长篇，共一百韵一千四百字，"为三唐歌行中第一长幅，可与《连昌宫词》《长恨歌》参观"[④]。

将此诗纳入唐诗唐注的名单，原因有二：一是其以自注的形式广为

---

① 关于这两个残卷，徐俊有《敦煌写本〈李峤杂咏诗注〉校疏》，见《敦煌吐鲁番研究》第3卷，北京大学出版社1998年版，第63—86页。

② 舒芜云"诗称宣宗为'我皇'，极颂昨夜'收复河湟'之役，盖作于大中三、四年间"，见《书与现实》，生活·读书·新知三联书店2006年版，第158页。基于同样的理由，严杰先生则将此诗创作的时间定在大中五年，其《津阳门诗注探源》一文云："诗末语及收复河湟事，可知作于宣宗大中五年。"见《古典文献研究》第12辑，第141页。本书同意严杰先生的观点，认为当以"大中五年"为是。

③ 《唐才子传校笺》第5册，第386—387页。

④ （清）管世铭：《读雪山房唐诗叙例》，郭绍虞、富寿荪编《清诗话续编》，上海古籍出版社1983年版，第1550页。

人知。此诗共 1400 字，诗中的自注却有 2262 字，差不多是诗歌篇幅的两倍，且自注中多搜采故实，有助于考史，故陈寅恪先生云：“以文学意境衡之，诚无足取。其所以至今仍视为叙述明皇、太真物语之巨制者，殆由诗中自注搜采故实颇备，可供参考之资耳。”① 二是其存在和流通的状态。考唐以后的官私书目，无论《郡斋读书志》《直斋书录解题》《通志·艺文略》，还是《崇文总目》《新唐书·艺文志》《宋史·艺文志》，各家对其的著录皆是“郑嵎《津阳门诗》一卷”，可见其一直以一卷本的形式自成一集，独立流传。关于这一点，《唐才子传》所言最详：“嵎字宾光，大中五年李郜榜进士。有集一卷，名《津阳门诗》。津阳即华清宫之外阙，询求父老，为诗百韵，皆纪明皇时事者也。”②《唐诗纪事》《全唐诗》皆收录全帙。本章所论即为《唐诗纪事》本。

三 陈盖注、米崇吉评注胡曾《咏史诗》

胡曾，生卒年不详。据赵望秦教授考证，其当生于唐文宗开成年间。终身不第。咸通（860—874）、乾符（874—879）中，为高骈、路岩节度幕府掌书记。③ 有《咏史诗》三卷，《安定集》十卷。《直斋书录解题》卷十九云：“《咏史诗》三卷。唐邵阳叟胡曾撰，凡一百五十首。曾，咸通中为汉南从事。”④ 此集面世不久即产生影响，随即就有人为之作注。

---

① 陈寅恪：《元白诗笺证稿》，上海古籍出版社 1978 年版，第 73 页。
② 《唐才子传校笺》第 5 册，第 386 页。
③ 参见赵望秦、潘晓玲《胡曾〈咏史诗〉研究》，中国社会科学出版社 2008 年版，第 3—13 页。关于胡曾、周昙《咏史诗》及其注本，陕西师范大学赵望秦教授有系列专著对它们进行考证和点校整理，按时间先后顺序，分别是：《晚唐咏史组诗考论》，三秦出版社 2003 年版；《宋本周昙〈咏史诗〉研究》，中国社会科学出版社 2005 年版；《胡曾〈咏史诗〉研究》，中国社会科学出版社 2008 年版。后两本书在对胡曾《咏史诗》唐宋两个注本和宋本周昙自注《咏史诗》进行校正整理的同时，对两种《咏史诗》的作者、注家、历代书目著录、流传、诗集的特点及影响等方面，均做了考察。本章对陈盖注、米崇吉评注《胡曾咏史诗》和周昙自注《咏史诗》的讨论，所用皆是赵望秦教授整理的点校本。
④ 《直斋书录解题》，第 578 页。

《唐才子传》云："有咸通中人（860—874）陈盖注及《安定集》十卷行世。"① 知《咏史诗》与胡曾的其他创作分开，单独流传，与李峤《杂咏诗》类似。与陈盖注同时，又有米崇吉评注。② 今存二者合刻本，即《四部丛刊三编》所收影宋抄本《新雕注胡曾咏史诗》。③ 此本共三卷，卷各五十首，皆为七绝。首行题"注咏史诗总一百五十首"，次行至四行分别题："前进士胡曾著述并序，邵阳叟陈盖注诗，京兆郡米崇吉评注并续序。"

从整体上看，陈、米注评本以胡曾作诗的顺序为次，以地名为题，基本上是一诗一事。具体编排上，先出示胡曾原诗，陈盖之注列于诗后，在绝大部分的诗注之后，再附以米崇吉对此诗或详或略的评说。内容上，陈盖注主要是抄撮史书以对应诗中所咏之史事，没有音训释典，更无对诗意的诠释串讲；米崇吉的评注则是用骈文的形式对诗中所咏之人或事稍加点评，篇幅一般都很短小，三言两语，措辞立意多熟烂陈旧，并无惊警过人之处。

四　周昙自注《咏史诗》

周昙，唐末诗人，生卒年、籍贯皆不详，曾任国子直讲，有《咏史诗》传世。《全唐诗》云其为唐末人，古今学者大多认为其生活在唐末五代之间，赵望秦教授据注文中的避讳用字、地名、官职及语气情理，力证其为唐末时人。今传多种版本中，只有宋刻单行本保留了周昙的自注，其余皆为白文本。故宋刻本周昙自注《咏史诗》便成为今可知的第四种唐人本朝诗注。

---

① 《唐才子传校笺》第 5 册，第 423 页。

② 赵望秦教授在《胡曾〈咏史诗〉研究》一书中，根据评语中的避讳用字及行文语气，证实了米崇吉同样为晚唐人，比胡曾稍晚，大致与陈盖同时；米评中未见其提及陈盖之注，陈盖之注中亦未提及米评，故二本应当先后相近，各自为所，不及相参。见赵望秦、潘晓玲《胡曾〈咏史诗〉研究》，中国社会科学出版社 2008 年版，第 17—20 页。

③ 赵望秦教授据注文中的避讳字，考证其底本当刻于南宋光宗朝。见《胡曾〈咏史诗〉研究》，第 20—21 页。

　　宋本周昙《咏史诗》共三卷。卷首次行下端结衔自署为"守国子监直讲"。据宋本中尚残存的唐帝讳字，可以判定此本据以刊刻的底本当源于唐写本。① 全集共七绝 195 首。除开篇两首诗之外，余皆以历史人物为题，按时代顺序，分唐尧、三代、春秋战国、秦、前汉、后汉、三国、晋、六朝、隋十门，始于《唐尧》，终于《贺若弼》。绝大多数为一人一诗，间有合吟，或一人反复吟咏。从体制上看，诗题之下，先以寥寥几字简括题旨，自注附于诗后。与陈盖注胡曾《咏史诗》一样，周昙的自注亦是抄撮史书以对应诗中所咏之人和事，征引并不严谨，除少数几条是照抄《左传》原文外，绝大多数都是节录、檃括史传，且不注明出处。注中多有评论之语，或以"臣昙曰"为标志，或直接议论，注评之间，并无明显界限。

　　综合以上所言，《文选》注之后，唐代共出现了四种唐人的唐诗注本，基本情况可以下表概括之。

诗集名称	著者	注者	注释类型	注释时间	著录情况	存佚	内容
《杂咏诗》	李峤	张庭芳	他注	天宝六年（747）	《崇文总目》《新唐书》著录《杂咏诗》十二卷，然未明其是否为注本。《郡斋读书志》言及张方注本。《佚存丛书》收录张庭芳注本	存	咏物

---

　　① 赵望秦：《宋本周昙〈咏史诗〉研究》，中国社会科学出版社 2005 年版，第 1—22 页。另，此书对宋本《咏史诗》进行了校勘，本章所引均出自此书，不再一一说明。

续　表

诗集名称	著者	注者	注释类型	注释时间	著录情况	存佚	内容
《津阳门诗》	郑嵎	郑嵎	自注	大中五年（851）	《崇文总目》《新唐书·艺文志》《郡斋读书志》《直斋书录解题》	存	咏史
《咏史诗》	胡曾	陈盖、米崇吉	他注	懿宗咸通中（860—874）	《直斋书录解题》著录《咏史诗》三卷，然未云注本情况。《唐才子传》言及陈盖注本	存	咏史
《咏史诗》	周昙	周昙	自注	唐末	《崇文总目》《通志·艺文略》著录八卷本，然未云是否为注本；明清书目中著录的三卷本均为自注本	存	咏史

　　从诗歌的内容上看，四种诗集都可视作杂咏类作品，一种咏物，三种咏史；从注释的手法上看，张庭芳《李峤杂咏诗注》和陈盖注、米崇吉评注胡曾《咏史诗》都是他注，属于中国古典诗歌注释的原初和主流的形式，而郑嵎《津阳门诗》和周昙《咏史诗》则是诗人的自作自注，这种方式此前只在单篇的赋注中出现过，以诗集的面貌出现，这还是第一次；从注释的位置上看，张庭芳《李峤杂咏诗注》、郑嵎自注《津阳门诗》的注释皆在诗中，而两种《咏史诗》的注释则统一置于诗后。

　　在《文选》注之后的唐代，这四种各方面都不尽相同的唐诗唐注，各自有什么样的特点？宋人对这些特点有何反应？它们为随后的宋诗宋注埋下什么样的伏笔？这些问题是我们接下来要深入讨论的内容。

第二节　他注：由唐到宋

一　张庭芳注和陈、米注

（一）张庭芳《李峤杂咏诗注》

张庭芳《故中书令郑国公李峤杂咏百二十首序》云：

> 尝览尊德，叙能述古不作，窃所企慕，情发于中，顾有阙于慎言，诚见贻于有悔者矣。然夫禁鸡虽谬，周鼠徒珍，犹遇兼金以答，岂独卢胡至哂？顷寻绎故中书令李郑公百二十咏，藻丽词清，调谐律雅，宏溢逾于灵运，密致掩于延年。特茂霜松，孤悬皓月，高标凛凛，千载仰其清芬；明镜亭亭，万象含其朗耀。味夫纯粹，罕测端倪。故燕公刺异词曰：新诗冠宇宙。斯言不佞，信而有征。于是欲罢不能，研章摘句，辄因注述，思郁文繁，庶有补于琢磨，俾无滞于凝滞，且欲启诸童稚，焉敢贻于后贤。于时巨唐天宝六载，龙集强圉之所注也。①

《全唐文》对张庭芳的介绍非常简单，仅"天宝时人"四字。《日藏古抄李峤咏物诗注》则透露了更多的信息。标题"故中书令郑国公李峤杂咏一百二十首"与正文之间，另有一行云："登仕郎守信安郡博士张庭芳。"杜佑《通典》卷三十四"职官"十六"文散官"条云："登仕郎，

---

① 《全唐文》，中华书局1983年版，第3693页。

大唐制"①；《唐六典》卷二云："正九品下曰登仕郎"②，再加上"守信安郡博士"几个字，可知张庭芳为唐代地方学官，品秩较低。序文对李峤《杂咏百二十首》极为推崇，认为无论辞藻、声律，抑或韵致，都足以傲视前贤，有助后学，故对其逐字逐句进行了注解，以期"有补于琢磨，俾无滞于凝滞，且欲启诸童稚"，可见其注释的目的非常明确——希望通过对此集的注释，将其在诗学上的示范意义和教学功能最大化，从而帮助后学在作诗的时候更好地运思和措辞。尤其值得注意的是"欲启诸童稚"一句，结合张庭芳地方官学博士的身份，此注本立足"蒙学"的定位应该说还是很清晰的。

这些都不是我们要讨论的重点。我们关注的是，以《文选》注为参照，张庭芳的注释呈现出什么样的特点？

从时间上看，李善上表献《文选》注是在显庆三年（658），从调露三年（680）开始，他在汴、郑间设帐讲学，并对早年所作的《文选》注进行修改、加工，"文选学"由此大行于世。开元六年（718），吕延济、吕向、李周翰、张铣、刘良五人有感于李善注"释事而忘义"的缺陷，以"诠释情志，汇通文义"③为标准，对其重新进行了注释，亦上表以呈。所以，到了张庭芳为李峤《杂咏诗》作注的时候（747），《文选》李善注出现已89年，若从调露三年算起，已经流行了67年；《文选》五臣注也已经过了29年的传播和流行。二者之外，还有试图汇通李善注和五臣注的公孙罗的《文选钞》也同时在社会上流通。所以，在文人学习《文选》的热情持续高涨、《文选》李善注和五臣注，尤其是五臣注成为

---

① （唐）杜佑：《通典》，《文渊阁四库全书》，第603册，第408页。
② （唐）李林甫等：《唐六典》，《文渊阁四库全书》，第595册，第14页。
③ 汪习波：《隋唐文选学研究》，上海古籍出版社2004年版，第225页。

士人首选的文化背景之下①，张庭芳对李峤《杂咏诗》的注释，便很自然
地受到了李善注与五臣注的影响。

从整体上看，张庭芳的注释复制了李善注的形式与风格。于诗句之
下，追索其中的典故，引书的范围遍及经史子集四部，且多注明出处。
如《江》"霞津锦浪动，月浦练光开。湍似黄牛去，涛如白马来"四句，
前两句句下注云："谢玄晖诗曰：余霞散成绮，澄江静如练也。"后两句
则于每句之下，分别注云：

> 盛弘之《荆州记》云：宜都西陵有一黄牛山，江湍纡回，途经
> 信宿，犹望见之，行者歌曰：朝发黄牛，暮宿黄牛。三日将暮，黄
> 牛如故也。

> 《风俗记》曰：海涛涌来，有神乘白马引之，神仙云是伍子胥
> 灵也。②

与李善注极其相似。不仅如此，其对李善注的借鉴和继承，还很直
观地体现在对李善注的引用上。如《凫》"翔集动成雷"句下，注云：

> 木玄虚《海赋》曰：凫雏离褷，鹤子淋渗也。注曰：太液池，
> 其间布满充积云。③

---

① 相比较李善注的广征博引却引而不断，五臣注最大的特点就是汇通文义，故其直接解释
诗意，很少征引，学术性降低了，却更简明，也更加实用。虽然中晚唐的个别文人对其有尖锐的
批评和明确的鄙薄之言，如李匡义《资暇集》卷上有"非五臣"条，指责五臣注剽窃李善注，
晚唐五代间的丘光庭《兼明书》卷四"《文选》考证"不仅指斥五臣注"乖疏"，而且，还排列
了五臣注的23处错误，并逐条给予新解，但是，因为五臣注极大地满足了一般知识阶层的需求，
故终唐一朝，直至五代宋初，其在社会上都极其流行。反过来，虽然李善注在后世有极大的声
誉，但在当时，其被接受的程度是有限的。

② （唐）李峤撰，张庭芳注，胡志昂编：《日藏古抄李峤咏物诗注》，上海古籍出版社1998
年版，第25—26页。

③ 《日藏古抄李峤咏物诗注》，第63页。

此处所征引的《海赋》注文，即摘自李善注，是李善对《西京杂记》的征引。

虽然张庭芳注中没有征引五臣注的痕迹，但我们并不能据此认为其对五臣注不重视或五臣注未对其产生影响。恰恰相反，五臣注重视直解、汇通诗意的特点，在张庭芳注中，同样得到了直接的继承和频繁使用。张庭芳并没有像李善那样，完全致力于广征博引、探寻语源。他的目的是童蒙，是启发幼童学诗，帮助其建造进入诗世界的桥梁，所以，他对典故的注释以直接平易为首要目的，很多时候，其对诗句中的语典和事典，并不指明出处、据原书摘录，而是直接橥括大义，有时，在橥括之后，再缀以"见某某书"的字样，稍事补充。如《宅》"寂寂蓬蒿径，喧喧湫隘庐"句下，其注云："张仲尉之所居，蓬蒿没人也，开一行径。见《后汉书》也；晏子宅近市街，景公欲更之爽怡，曰晏子宅近市，湫隘多喧嚣也。见于《左传》也。"①当诗句涉及修辞或句意较为显豁的时候，他常常直接对诗句进行解释。有时，在征引他书以释诗中典故的同时，他也会对诗意进行总结和概括。如《柳》一诗：

> 杨柳正氤氲，含烟总翠氛。言柳盛貌也。氤氲，含烟翠色美也。檐前花似雪，楼际叶如云。言柳花絮如白雪，条叶青翠似云。一本总佳句也。夜星浮龙影，二十八宿有柳星，故言夜星也。柳絮似龙之麟也，故曰龙影。一本南方有柳星。春池写凤文。柳条似凤羽，䫰若映池有凤文彩也。一本有柳池映柳似凤文。短箫何以奏，一本梁简文帝折柳诗曰：城高短箫发也。古诗曰：短箫有杨柳曲也。攀折为思君。祖孙登诗曰：欲验杨攀折，三春横笛中。一本乐府折杨柳曲是思行人意也。②

---

① 《日藏古抄李峤咏物诗注》，第91页。
② 日本古抄本中，多有"一本"字样，显然非张庭芳注，由此可以判断，李峤《杂咏诗》无疑曾有两种以上的注本流传。参胡志昂《日藏古抄李峤咏物诗注·前言》，第10页。

张庭芳对此诗的注释，绝大部分的篇幅都是直接诠解诗意，简明易懂，重实用的色彩较为突出，并无掉书袋的毛病，明显沿袭了五臣注的风格。

所以，从注释本身来看，张庭芳综合了李善注与五臣注的优长，既征引以释典，也不忘对诗意的解释与会通，风格平易，兼具李善的严谨和五臣的清通，同时也显示了其服务于童蒙的实用性。①

（二）陈盖注、米崇吉评注胡曾《咏史诗》

从整体的效果来看，陈盖注、米崇吉评注的胡曾《咏史诗》，无论较之《文选》注，还是较之张庭芳《李峤杂咏诗注》，都显出等而下之的粗糙，水平较低。首先，陈注对史书的抄撮，常直接剪裁、隐括史传，且不注明出处，如《田横墓》《夷陵》《铜雀台》等诗；有时则含糊其辞，以"史曰"带过，如《沙丘》《鸿门》《彭泽》等诗。当然，大多数的诗注都注明了出处，却又不甚讲究，张冠李戴，谬误频出，如《汴水》，咏的是隋炀帝，诗注却引"《史记》云"，自无可能；再如《葛陂》，咏的是东汉的费长房，诗注却引"《史记》云"，同样是谬之大矣；《东晋》一诗，写的是淝水之战，诗注引的却是《南史》，这与咏陶渊明的《武陵溪》引《史记》为注一样，均是南辕北辙，贻笑大方。其次，注文中不合史实、窜乱历史、张冠李戴之处同样俯拾即是。而且，字句的错乱导致的不能卒读之处更是比比在目。兹举一例如下：

> **函谷关** 司马迁曰："秦齐二国之（开）[关]守，见在山东也。"
>
> 寂寂函关巢未开，田文车马出秦来。

---

① 当然，张庭芳注也有不尽如人意的地方，如注中有不少的低级错误：《乌》"联翩依月树"句下，将"月明星稀，乌鹊南飞"归入魏文帝名下；《帝》"巧作盘龙势，常从飞燕游"句下注中，将为赵飞燕造昭阳殿的天子误记为汉武帝，将杨炯误作扬雄，等等。如果这些不是传抄过程中新增的谬误，那么，它们可以反过来证明张庭芳非博通之大儒之地方学官。

朱门不养三千客，谁为鸡鸣得放回。

《史记》曰：齐国孟（常）［尝］君门下养三千宾客，不计贵贱，皆分上、中、下三等。因［待客］夜食，［有一］人（邀）［蔽］火（明者）［光］。客怒，以饭不等，辍食（谓）辞［去］。孟（常）［尝］君乃起，自持己（食）饭比诸宾食，皆无异，客惭。而四方贤士多归［附］之。后因使秦，秦人说（之）［秦］王曰："孟（常）［尝］君（乃齐）族而［又］贤，可以（因）［囚］之。"君乃使人（投）［求］秦王爱妃，得免。秦王释之归齐。［孟尝君］得出，奔驰，夜半至此关。关法：至鸡鸣方开关。有下客（冯谖）乃法鸡鸣，是时群鸡皆鸣，方出关。须臾，秦王果悔，令骑追之。使至关，追不及也。故脱秦昭王难也。

夫孟（常）［尝］君，富贵不骄于天下，又养士不（侍）［恃］其恩，故祸遂身（危）［安］，宁无贤士也。①

此诗题下有注，引司马迁语以解释函谷关的地理位置。② 从文字上看，陈注行文比较粗糙，错字、误字频出。不仅如此，更重要的是，注中多有史实上的错误。从《左传》开始，史传中从无人将"鸡鸣狗盗之徒"落实为冯谖，只有敦煌蒙书《杂钞》（又名《珠玉抄》《益智文》或《随身宝》）中有"何人造鸡鸣？冯暄"之语。《杂钞》乃一般庶民的通俗蒙书，以问答为主，抄撮日常知识与基本学养，以为随身备忘之用，宋以后仍在民间流传。③ 由此可知陈盖很明显受到当时流行的蒙书的影响，换句话说，他尚未脱离蒙书的知识储备，则其注释水平之低下，学养之浅薄，也就可想而知。米崇吉的评注亦无甚醒目之处，立意熟烂，基本上都是老生常谈，事实上，其与陈盖水平相当，言谈中亦透露出不

---

① 《胡曾〈咏史诗〉研究》，第178页。赵氏此书对《咏史诗》陈、米评注本进行了校正，本文据此引出。圆括号里的是原文中的误字，方括号里的是应该出现的正确的字。

② 需要指出的是，题下注在整个注本中并不多见。

③ 郑阿财、朱凤玉：《敦煌蒙书研究》，甘肃教育出版社2002年版，第169—190页。

离于蒙学的印迹，其《续序》云：

> 余闻玉就琢而成器，人从学以方知，是乃"车胤聚萤，孙康映雪"。每思百氏，爰及九流，皆由博识于一时，故得馨香于千古。余非士族，迹本和门，徒坚暧昧之才，谬积讨论之志，莫不采寻往策，历览前言。黄帝方立史官，仓颉始为文字，既有坟籍，可得而言。近代前进士胡公，名曾，著咏史律诗一百五十篇，分为三卷。余自卯岁以来，备尝讽诵，可为是非罔坠，褒贬合仪，酷究佳篇，实深降叹。管窥天而智小，蠡测还而理乖，敢课颛愚，逐篇评解，用显前贤之旨，粗裨当代之闻，取诮高明，庶几奉古云尔。①

"车胤聚萤，孙康映雪"语出《蒙求》，且为《蒙求》开卷之言。《蒙求》是中唐以后非常流行的童稚启蒙之书，米氏将蒙书之语用于序言之中，并冠诸卷首，一方面可见其对蒙书之熟悉，另一方面又可窥其学力之低下。所以，不仅胡曾《咏史诗》是有针对性的为蒙学服务②，作为下层文人的陈盖、米崇吉，自觉地对《咏史诗》进行注评，同样是为了更好地服务于蒙学这一目的，只是屋下架屋，粗糙浅陋，更有甚焉。所以，无论客观能力还是主观追求，陈、米之注评都与《文选》注拉开了显著的距离，或者说背离了《文选》注所确立和指示的方向。

二　两种注本在宋代的流传和宋人的接受

唐以后，李峤《杂咏诗》代有相传。③但是，张庭芳《李峤杂咏诗

---

① 《胡曾〈咏史诗〉研究》，第 140 页。
② 关于这一点，学界有不少讨论，已经达成共识。以下几篇重要的论文可以参考，如张政烺：《讲史与咏史诗》，《张政烺文史论集》，中华书局 2004 年版；张晨：《传统诗体的文化透析——〈咏史〉组诗与类书编纂及蒙学的关系》，《上海社会科学院学术季刊》1994 年第 4 期；赵望秦：《胡曾〈咏史诗〉与蒙学》，《胡曾〈咏史诗〉研究》，中国社会科学出版社 2008 年版。
③ 明铜活字本《李峤集》三卷中，五律杂咏一百二十首仍流传了下来，然注文已被抹去；《全唐诗》本亦是如此。

注》从宋代开始，便不见于著录。书目所及，皆云张方注，而非张庭芳注。《郡斋读书志》卷四著录《李峤集》一卷，并云："集本六十卷未见，今所录一百二十咏而已，或曰《单题诗》，有张方注。"① 《唐才子传》亦云："今集五十卷，《杂咏诗》十二卷，单题诗一百二十首，张方为注，传于世。"② 南宋朱翌《猗觉寮杂记》引及一条《李峤杂咏诗注》，同样明确标示为"张方注"：

> 梅用南枝事，共知《青琐》《红梅》诗云"南枝向暖北枝寒"。李峤云："大庾天寒少，南枝独早芳。"张方注云："大庾岭上梅，南枝落，北枝开。"南唐冯延巳词云："北枝梅蕊犯寒开。"则南北枝事其来远矣。③

由此可知，宋代流行的《李峤杂咏诗注》为张方注本。那么，此张方是否就是张庭芳呢？早前的学者，包括一些日本的学者，多持此说，认为庭芳或为张方之字，二者即为一人。然一直到今天为止，仍未出现确切的文献证据，能够证明张方就是张庭芳，故此非定论。随着对《杂咏诗注》版本考察的日渐深入，今天的学者多倾向于认为张方非张庭芳，而是另有其人。段莉萍《从敦煌残本考李峤〈杂咏诗〉的版本源流》一文认为，其有可能是早于张庭芳的敦煌本底本的注者④，也即是说张方同样为唐人，且其《李峤杂咏诗注》的问世早于张庭芳注本。胡志昂《日藏古抄李峤咏物诗注·前言》同样认为"张庭芳与张方是否为同一人物，尚可存疑"，而且"《单题诗》张方注既已散佚，日本今存首冠张庭芳注

---

① （宋）晁公武撰，孙猛校证：《郡斋读书志校证》，上海古籍出版社1990年版，第837页。
② 《唐才子传校笺》，第1册，第127页。
③ 程毅中：《宋人诗话外编》，国际文化出版公司1996年版，第397页。
④ 段莉萍：《从敦煌残本考李峤〈杂咏诗〉的版本源流》，《敦煌研究》2004年第5期，第74—78页。

序之旧抄本，不惟诗注与敦煌残卷颇存异文，两者所据峤诗亦往往不同。加之，今存旧抄本中，常见'一本'注显然非是张庭芳注，《李峤百二十咏》无疑曾有两种以上的注本流传"①。同时指出"张方注《单题诗》的流行，下限不会晚于五代，上可溯自唐朝"②。两种说法都有一定的道理，但是，也都不离推论的性质。前者只以朱翌所引一条张方注释比对张庭芳注，认为二者在诗歌与注文两个方面，皆存在较大差异，且张方注呈现出来的简单、粗略的面貌，与敦煌本相似，故由此推定其或为敦煌本所据底本的注者，可备一说，然不够雄辩；后者据宋初《文苑英华》所收 39 首李峤一字咏物诗中有 3 首取自《单题诗》、11 首以《单题诗》作校，便认定张方注《单题诗》至迟当流行于五代。这个推论的过程，似有偷梁换柱之嫌，简单地用张方注《单题诗》替换了《单题诗》。所以，两种说法皆未为完备。张方与张庭芳是否为二人，仍未有定论，故本节仍然保持怀疑的态度。然无论张方是否为张庭芳，宋代确实有张方《李峤杂咏诗注》的流行，则殆无疑问。

张庭芳《李峤杂咏诗注》水平固然有限，偶然会出现一些低级的错误，然而，其出现在《文选》盛行的时代，在注释的过程中，自觉地吸收借鉴了李善注和五臣注各自的特点，并在一定程度上，有效地将二者融为一体，形成自己的面目。这一面目，从诗歌注释的历史上看，是全新的，也是具有开创意义的。虽然其没有对晚唐的三种唐诗唐注产生直接的影响，然而，进入宋代，随着《文选》的持续流行以及以秀州本、明州本为代表的"五臣注—李善注"的六家本系统和以赣州本、建州本为代表的"李善注—五臣注"的六臣本系统的广泛传播，在宋人对本朝诗歌的注释风潮中，这种融合了李善注和五臣注的优长，既重视探寻典

---

① 《日藏古抄李峤咏物诗注》，第 10 页。
② 同上书，第 16 页。

故又不忘诠释诗意的特点，被很好地接续了起来，在水平较高的王、苏、黄、陈（后山）诗注中，有着突出的表现。如任渊《山谷内集诗注》卷三《有怀半山老人再次韵二首》（其一）：

> 短世风惊雨过，成功梦迷酒酣。追念熙宁间，一时建立之事，今已堕渺茫，如醉乡梦境。至其所可传，则有不朽者在。后两句终此意。班固《幽通赋》曰：道修长而世短。《文选·运命论》曰：风惊尘起，散而不止。老杜诗：村晚惊风度，庭幽过雨沾。左太冲诗：酒酣气益振。草玄不妨准《易》，论诗终近《周南》。上句谓其经学，下句谓其诗。《汉书·扬雄传》曰：雄方草创《太玄》，有以自守。赞曰：以为经莫大于《易》，故作《太玄》。《文选》左太冲诗曰：寂寂扬子宅，门无卿相舆。言论准仲尼，词赋拟相如。《鲁论》曰：人而不为《周南》《召南》，其犹正墙面而立也欤？

此诗共四句，每两句为一个注释单位。前后两个注释段落的结构很清晰，先概括出诗句的大意，然后，仔细地探寻每个字词的源头，朝着无一字无来历的方向努力，旁征博引，将黄诗中的语典、事典逐个挖掘出来，兼具了五臣注直解诗意和李善注探寻语源的双重思路。卷四《奉和文潜赠无咎篇末多以见及以既见君子云胡不喜为韵》（其二）、卷十一《范蜀公挽词二首》（其一）、卷十五《戏简朱公武刘邦直田子平五首》（其三）等诗皆是如此。当然，整首诗在每一个注释单位下，都先直解大意，再逐条征引的例子尚不在多数。但是，在一首诗的某一个或某几个注释单位之下，先直解后征引的例子却比比皆是，不胜枚举，几乎每首诗中都能够找到。其他几种诗注中同样如此。

胡曾《咏史诗》陈盖注、米崇吉评注本在宋代继续传播并被合刻于一处，结束了晚唐以来各自单行的状态。宋人不仅合刻刊行了陈盖注和米崇吉评注，而且，还对胡曾《咏史诗》重新进行了编排与注释，即

《四库全书》所收南宋胡元质注本。将两个注本进行比较，我们可以很清楚地看到宋人对唐注的继承以及在此基础上的改进和提升。首先，胡元质对《咏史诗》重新进行了分卷和注释。陈、米注评本以胡曾作诗的时间先后为序，既非编年，亦非分类，杂乱不堪；胡元质则按照历史事件的先后顺序重新编排，次序井然。在对每一首诗的注释上，先注音之反切，再引史传以解诗，并对有疑义之处进行考证与辩驳，层次清晰，整齐规范。陈盖注、米崇吉评注在胡元质注本中被称为"旧注"，胡注对"旧注"的参考和利用，体现在两个方面：一是对旧注的袭用，如《金义岭》一诗，胡元质注云"此水连湘江，其源高，故曰天河。世说七夕，鹊填天河"，完全袭自旧注，与陈、米注评的前半部分一字不差；二是对旧注的摘引和考证，如《青冢》一诗，对于青冢的解释，胡元质先是援引旧注，"旧注：《前汉》云：'昭君死，番怜之，遂葬于汉界，号青冢。'"但又不止步于此，而是对旧注的出处进行查证，故其接下来又云："今《汉书》不载，惟杜甫《咏怀古迹》第三首曰：'一去紫台连朔漠，独留青冢向黄昏。'青冢者，王昭君墓也。"在《汉书》查证无果的前提下，于杜诗中找到了出处，可以看出较为严谨的治学态度。其次，具体到注释上，胡元质注在内容和形式两个方面均有明显的提升。陈盖注引书随意，多有讹误，以致不堪卒读；胡元质注则引书规范，一一标明出处，注文与史传基本相符，简洁明了；陈盖注多有增饰，类似小说家言；胡元质注则原本史书，多引汉唐古注，反映出扎实的史学修养。如《汉宫》一诗，旧注云："《前汉（书）》：元帝遣王昭君出和藩，昭君泣而奏曰：'大将军封万户侯，何不为国平戎，却令臣妾和也？'玉箸双垂，乃昭君泪泣而去。"与《汉书·匈奴传》所载昭君和亲之事完全不同，无论叙述的内容还是叙述的语气，都极似传说之词、小说家言。胡注本则回归史传，引《汉书·匈奴传》和《西京杂记》的记载，不仅明确标出引文的出处，而且准确到篇名，保证了注文的有据可查，有史可依。

所以，将胡曾《咏史诗》唐宋两个注本放到一起进行比较，我们可以看出，宋注本在唐注本的基础上，对其进行了由内到外的修整，结构更加合理，层次更加清晰，征引更加准确、丰富，注家的声音也更加明确、响亮。二百余年间，诗歌注释从萌芽走向成熟的巨大变化以及宋人诗歌注释的水准和风格于此都可见一斑。

第三节　自注：由唐到宋

从时间上看，自注最早出现在赋中，关于这一点，近人李详在《媿生丛录》中有过讨论，其云：

> 前人赋颂有自注之例。谢灵运《山居赋》、颜之推《观我生赋》，世人所习知也。张衡《思玄赋》自注，见挚虞《文章流别》；左思《三都赋》，亦思自注，见《世说新语·文学篇》注；王逸《九思》亦自注也，四库馆臣疑为其子延寿为之，盖未知此例自张衡已启之。①

李详举出谢灵运之前的张衡、左思、王逸三人，将自注出现的时间提前了三百余年，虽言之有据，然其所征引的三条证据却为古今学人所质疑，似难成立，如李善在《思玄赋》名下注中云："未详注者姓名。挚虞《流别》题云衡注，详其义则甚多疏略，而注又称愚以为，疑辞非衡明矣。但行来既久，故不去焉。"② 对挚虞所言已有辩驳；严可均斥左思

---

① 李详：《李审言文集》，江苏古籍出版社1989年版，第539页。
② 日本足利学校藏：《宋刊明州本六臣注文选》，人民文学出版社2011年版，第225页。

自注《三都赋》之说为"道听途说，无足为凭"①；至于王逸是否曾自注
《九思》，不仅古人洪兴祖、俞樾颇有疑词，今人亦力证此说为非。② 诗歌
的领域，偶尔于诗中添加自注，同样出现在南北朝时期，发展至中唐，
于诗中添加自注成为诗人的普遍行为，然而，晚唐以前，还从未有人对
自己所作的诗集进行注释。郑嵎《津阳门诗》以七言百韵的篇幅，主客
对话的结构，描绘了玄宗一朝之兴衰，颇有与元、白争胜的架势。虽然
从艺术水准上看，其与《长恨歌》《连昌宫词》相去甚远，然其在诗中大
量添加自注，引国史、笔记、传闻以补证诗歌的做法则是前无古人的。
唐末周昙为自己所作的一百九十五首咏史诗逐篇加注，结成《咏史诗》
一集，则将自注的形式向前推进了一大步。

一　郑嵎、周昙自注的特点

（一）郑嵎自注《津阳门诗》

郑嵎《津阳门诗》自注的形式，与中唐以来诗人喜好添加自注的诗
坛新风相吻合。然而不同的是，当时绝大多数的自注都是偶然为之，三
言两语地对诗中提及的人物、地名、官职、名物、时间、空间等因素稍
作补充和说明，如元稹《连昌宫词》同样叙述玄宗朝事，然仅出现四处
自注，主要用来解释人物，除一处较长外，其余都比较简短。而郑嵎
《津阳门诗》中的自注则激增至五十余处，多记录故事传闻，动辄铺陈至
上百字，如"禁庭术士多幻化，上前较胜纷相持。罗公如意夺颜色，三
藏裂裟成散丝"四句，其自注云：

---

① 严可均编：《全晋文》，《全上古三代秦汉三国六朝文》，中华书局 1958 年版，第
2302 页。
② 见黄灵庚《〈九思〉序文及注作于六朝考》，此文从文本的用词方面进行考察，发现有
六朝以后习常词语，故断其序及注非汉人所作，盖南朝宋、齐间好事者所为。见《古籍整理研
究学刊》2002 年第 2 期，第 54—55 页。

　　上颇崇罗公远，杨妃尤信金刚三藏。上尝幸功德院，将谒七圣殿，忽然背痒，公远折竹枝化作七宝如意以进，上大喜，顾谓金刚曰："上人能致此乎？"三藏曰："此幻术耳，僧为陛下取真物。"乃于袖中出如意，七宝炳耀，而光远所进，实时复为竹枝耳。后一日，杨妃始以二人定优劣。时禁中将创小殿，三藏乃举一鸿梁于空中，将中公远之首。公远不为动容。上连命止之，公远飞符于他处，窃三藏金栏袈裟于箧中，守者不之见。三藏怒，又呪取之，须臾而至。公远复噀水龙符于袈裟上，散为丝缕以尽也。①

　　此为全诗中最长的一条自注，主要是补充诗中涉及的罗公与三藏斗法之事，较之诗句的高度概括，自注用了 190 余字详述其事，且颇为生动，富于奇幻色彩。类似的自注还有不少，篇幅、价值、信息量都远大于诗歌本身，以至于喧宾夺主，成为读者接受和关注的重心。

　　关于郑嵎自注的来源，严杰教授在《〈津阳门诗〉注探源》一文中，做了详尽的考察，结论有二：首先，采自国史；其次，采自笔记和小说，这部分自注皆未明言出处，然比勘文字即知其取材之书，今可确定者有《大唐新语》《谭宾录》《明皇杂录》，其中，又以引郑处诲《明皇杂录》居多。文章同时指出，郑嵎自注搜采故实，内容丰富，多为后世笔记所承袭和摘引。②

　　从风格上看，郑嵎自注与有唐一朝流行的《文选》注迥然不同。它们既不似李善致力于探寻语源，也不像五臣留意于会通诗意，而是出入国史、传闻之中，结合自身的见闻，补充诗歌涉及的史事或还原当时的历史场景。而且，除了部分诗注录自传闻，其确实参考、节录了国史：

---

① （宋）计有功：《唐诗纪事》卷 62，上海古籍出版社 1985 年版，第 934 页。
② 严杰：《〈津阳门诗〉注探源》，《古典文献研究》第 12 辑，第 141—150 页。

"堂中特设夜明枕，银烛不张光鉴帷"句下，自注云："虢国夜明枕，置于堂中，光烛一室。西川节度使所进，事载国史，略书之"；"画轮宝轴从天来，云中笑语声融怡。……骊驹吐沫一奋迅，路人拥篲争珠玑"八句之下，自注云："事尽载在国史中，此下更重叙其事"，皆是明证。而据严杰教授的比勘，其未明确注出的对国史与笔记的利用另有多处。

中晚唐诗人添加自注，多是围绕自身经历信笔而成，绝少出现参阅国史、笔记者，由此，我们可以窥见郑獬对待自注态度之认真与严肃。郑獬这种以史书、笔记为依据，结合自身的见闻，大量补充诗中涉及的历史故实的注释方式，字里行间已透露出宋代流行的"以史证诗"的风神。

（二）周昙自注《咏史诗》

因为一人包办创作与注释，所以，较之陈、米之注评胡曾《咏史诗》，周昙自注《咏史诗》显得更加整齐，史实上的谬误也相对较少，而且，添加了用来揭示主旨的小序。如《百里奚》一诗：

百里奚 贤由能用与不能用也。

> 船骥由来是股肱，在虞虞灭在秦兴。
>
> 裁量何异刀将尺，只系用之能不能。

《吕氏春秋》曰：百里奚、管仲，王霸之船骥也。涉江者托于船，致远者托于骥。臣昙曰：奚在虞而愚，在秦而智，盖由能用与不能用也。

题序、诗歌、诗注、评论，四个部分结构分明，一目了然。事实上，很多时候，诗后的注与评是糅合在一起的，如《颜回》一诗：

颜回 富无义，贫不均也。

> 陋巷箪瓢困有年，是时端木饫腥膻。
>
> 宣尼行教何行迹，不肯分甘救子渊。

端木赐，字子贡，不受爵命而货殖焉。颜子箪瓢陋巷，人不堪其忧。赐也，义无所闻，而行教之人亦不闻其化也。且夫子将行，雨〔而〕无盖。门人曰："子夏有之。"曰："子夏〔甚〕短于财。"其不欲假者，可谓假迹之过也。短，慳也。

诗注对诗意做了补充和加强，并融议论于叙事之中，用对比的手法，将讽刺之意烘托得不着痕迹而又入木三分。无论风格还是结构，周昙自注《咏史诗》都明显地呈现出与陈、米注评胡曾《咏史诗》一脉相承的特点。结合后者在当时迅速流传的背景，周昙的仿效之意并不难推测，且后出转精，其整体水平要稍稍高出一些。

周昙《咏史诗》各本皆无自序，开篇《吟叙》《闲吟》二诗，具有引论的性质，可以自序视之：

吟叙

历代兴亡亿万心，圣人观古贵知今。

古今成败无多事，月殿花台幸一吟。

闲吟

考摭妍媸用破心，剪裁千古献当今。

闲吟不是闲吟事，事有闲思闲要吟。

对此二诗，张政烺先生以晚唐咏史诗之大兴与宋代讲史一途之发展这二者之间的内在联系为考察的出发点，结合其自注自评的体制，认为周昙《咏史诗》"固主上之所戏弄，倡优所蓄，与南宋供话幕士竟无大异"[1]；施蛰存先生从诗歌本身字句出发，认为其"是在月殿花台闲暇之时偶然闲吟"[2]；张晨先生主要从蒙学的角度入手，认为

---

[1]　张政烺：《讲史与咏史诗》，《张政烺文史论集》，中华书局 2004 年版，第 119—165 页。

[2]　施蛰存：《唐诗百话》，上海古籍出版社 1987 年版，第 76—90 页。

"《咏史》当为官学教材，不但不用于讲场之类民间娱乐场所，也非进讲于国主"①。

事实上，若我们再三品读，"历代兴亡""观古知今""古今成败""考摭妍媸""剪裁千古"等字样反复出现，已足证周昙创作态度之认真和寓意之深远，很明显，他是要览古以知今，借古以鉴今，希望诗歌能有资于世道人心，绝非消闲解闷的游戏之作；故"闲吟"二字，应为文人自谦之虚言，不应坐实。另外，从周昙的身份上看，其为国子监直讲，据《唐六典》卷二十一所云："国子博士二人正五品上，助教二人从六品上；太学博士三人正六品上，助教三人从七品上；四门博士三人正七品上，助教三人从八品上……直讲四人。"后有小字注云"皇朝初置，无员数。长安四年，始定为四员，俸禄赐会同直官例"，知其处于中央官学的底层，"掌佐博士、助教之职，专以经术讲授而已"②，故《咏史诗》并无进讲于国君之可能。而且，唐代中央官学自安史乱后便日渐衰颓，晚唐以来更是形同虚设，此集作为官学教材的可能性远不及作为民间蒙学读物的可能性大，再加上其在体制、风格上都明确显示出对陈、米注评胡曾《咏史诗》的模仿，则其服务于晚唐蒙学的推断，当可成立。

二　两种自注在宋代的流传及对宋诗宋注的影响

相比较张庭芳《李峤杂咏诗注》和陈盖注、米崇吉评注胡曾《咏史诗》，两种自注诗集与宋诗宋注之间的联系则体现得更加直接，也更加突出。

郑嵎《津阳门诗》在宋代流行颇广，不仅有单行本流通，《唐诗纪

---

① 张晨：《传统诗体的文化透析——〈咏史〉组诗与类书编纂及蒙学的关系》，《上海社会科学院学术季刊》1994 年第 4 期，第 103—104 页。

② （唐）李林甫等撰，陈仲夫点校：《唐六典》，中华书局 1992 年版，第 559—561 页。

事》《竹庄诗话》《东莱集注类编观澜文集》亦收录此诗。其中,《唐诗纪事》所载为自注本,其余几种为白文本。

郑嵎的这些自注,虽未有明确的口号,但就其实际运用来看,引国史、笔记以补证诗中所言,已经可以说是对"以史证诗"这一思路的初步尝试,进入宋代,伴随着史学的进一步繁荣,这一思路在宋人手中得到了普遍应用并被发扬光大,成为中国古典诗歌注释的重要手段。所以,从这个角度来看,郑嵎可以说是走在了宋代注家的前面。而且,与此相关的一点是,《津阳门诗》自注不仅多为宋代的诗话、笔记、地志所摘引,为严杰先生所忽略的是,其也为宋诗宋注所摘引。宋人在为本朝人诗歌作注释的时候,对其多有留意和利用,王十朋《王状元集百家注分类东坡先生诗》摘引 1 次(卷二十一《送陈睦知潭州》),施、顾《注东坡先生诗》前后摘引则达 7 次之多①,如卷十九《浚井》"瓶罂下两绠,蛙蚓飞百尺"句下,有注云:

> 《汉·王莽传》昌新亭中有新井,入地百尺。《津阳门诗注》:石瓮岩下有天然石,其形如瓮,以贮飞泉。寺僧于上层飞楼中辘轳叙引,绠长两百尺。②

可见宋诗宋注中最长于以史证诗的施顾注对此诗注之熟悉与重视。

周昙自注《咏史诗》在宋代终结了写本的传抄,改以刻本单行。与此同时,中晚唐以来的为诗歌添加自注的风气,也已经成为诗坛的常态和诗人普遍的选择,而且,比起中晚唐,无论是数量的多寡,还是内容的丰富程度,宋诗中的自注都有了明显的提高。诗人通过自注介绍人物、解释地名、补充本事、注音释典,无所不包。而且,不同的诗人,在运

---

① 详细情况,参第二章第五节。
② 郑骞、严一萍编校:《增补足本施顾注苏诗》卷 19,艺文印书馆 1980 年版,第 26 页。

用自注的时候，也会呈现出不同的侧重和偏好，如郭祥正诗中的自注大多用来注明其化用诗句的出处，贺铸诗中的自注基本上都是用来注音或反切，范成大诗中的自注多是用来记录本事或谈诗论艺，颇似笔札。宋人诗集中的不少组诗，也开始逐首添加自注，诗与注共同构成一个相对独立的整体，如周麟之《破掳凯歌二十四首并序》、朱熹《北山纪行》十二章、王质《送徐圣可》十首、孙应时《读通鉴杂兴》八首、魏了翁《八月七日被命上会稽沿途所历拙于省记为韵语以记之舟中马上随得随书不复叙次二十首》等，略举数例如下：

胜负端从曲直分，我军屡捷气凌云。坐听笳鼓传新曲，不怕藩家铁塔军。　自注：虏人驱吾中原遗民，被以重铠，乘介以巨木联头数千群，号为铁塔军，以为前军。顷年，我师屡败，望风奔溃，良以此也。近诸军皆识其机，不复畏之矣。

——周麟之《破掳凯歌二十四首并序》（其二十二）①

元素当年会子瞻，山三百叠故依然。风流文采徐杨并，所欠宾朋似往年。　自注：苏子瞻过杨元素，时元素守此邦，送至石田，子瞻有诗略云"溪上青山三百叠，快马轻衫来一抹"。

——王质《送徐圣可》（其二）②

越州官吏出郊迎，骑从香舆舍妙明。自注：太守以下，迎即止。行事官出城外乘马行太常火卿后。只把一诚将圣孝，尧眉舜目俨墙羹。自注：妙明寺在府北三里余。按：《志》今非旧址。又斋庐亦止在今妙明寺侧，相俉号为寺，而非寺也。

---

① 《全宋诗》卷2089，北京大学出版社1995年版，第38册，第23567页。
② 《全宋诗》卷2496，第46册，第28857页。

——魏了翁《八月七日被命上会稽沿途所历拙于省记为韵语以记之舟中马上随得随书不复叙次二十首》(其四)①

诗歌用来抒情，自注用来叙事，一韵一散，相得益彰，若没有了自注，诗作无论在内容的张力上还是在感情的冲击力上，都会大打折扣。

不仅如此，自注在宋代的凸显还体现在宋代的注家们对诗中自注的重视和使用。稍加留意就可发现，宋诗宋注摘引注释对象在其他诗中的自注或相关的其他诗人诗中的自注以补充背景信息或是讨论辨析诗中典故事料，是经常出现的内容，在宋诗宋注的范围内，各举一例如下：

……乐天诗注曰：杭州天竺寺，每岁中秋，月中有桂子堕。②

……吴曾《漫录》："荆公用萧何事，乃汉当赐萧何等北阙大第。今二府成，乃切题。若以萧何功第一，则次第之第，非第宅之第也。或又牵强云：'借"第"以对"台"，唐人有此格。'此盖不知汉尝赐第事，故作此语耳。所恨未知正出处。"唐李郢《奉陪裴相公重阳日游安乐池亭诗》云："绛霄轻翼翊三台，秬阮襟情管乐才。莲沼昔为王俭府，菊篱今作蒙嘉台。宁知北阙元勋在，却引东山旧客来。自笑吐茵还酩酊，日斜空从绛衣回。"郢于第五句下注云："汉赐萧何等北阙大第"以郢犹能知之，孰谓荆公舍此而反举第一之事为对耶？况荆公《上曾鲁公诗》云："且开京洛萧何第，未犯江湖范蠡

---

① 《全宋诗》卷2933，第56册，第34959页。

② （宋）任渊、史容、史季温注：《黄庭坚诗集注》，刘尚荣校点，中华书局2007年版，第269页。

船。"以此证之，则非用第一之第甚明矣。①

前者出现在任渊《山谷内集诗注》卷七《题画孔雀》"故山桂子落秋风，无因雌雄青云上"句下，是对诗中记事的补充；后者出现在李壁《王荆文公诗笺注》卷二十八《张侍郎示东府新居诗因而和酬二首》"功谢萧规惭汉第"一句之下，作为支持吴曾《漫录》的第二个论据，用来驳斥时人对诗中用字来历的误解，尤其能够见出李壁对自注的重视与熟悉。在施元之、施宿、顾禧的《注东坡先生诗》中，这一点同样有突出的表现，除了摘引郑嵎《津阳门诗》自注，其摘引的对象还包括杜甫、王禹偁、欧阳修、白居易、苏辙、陆龟蒙、郑嵎、柳宗元、元结等人诗中之自注，出现的频率颇高，让人很难不留意到这一点。②

正是在这样的背景之下，伴随着周昙《咏史诗》的印行，为自己的诗集逐首作注这一由周昙开创的"晚唐遗法"，就很自然地在宋人手中得到了延续。而且，伴随着宋代地志之学的兴起，地域因素日渐为人所重。据张国淦《中国古方志考》所著录，宋代的方志有六百余种，虽然今天大多都已经散佚，但这个数字本身足以提供宋代地理学兴盛的想象空间。不仅数量上远胜前朝，在内容和体例上，宋代方志亦有大的突破，"由地理扩充到人文、历史方面，人物和艺文志在宋代的地方志中占有重要的位置"③。方志人文化的时代风气在文人身上，便体现为诗歌的方志化。文人雅士喜用诗歌记录地理，而描述对象的广大丰富，又足以使诗人腾挪跳跃，连章叠唱，铺展其才，由十数首到数十首最终扩大到百首。以华亭为例，"北宋仁宗景祐初元，唐询知华亭县，即有《华亭十咏》：'凡

---

① （宋）李壁笺注：《王荆文公诗笺注》，高克勤点校，上海古籍出版社 2010 年版，第 684—685 页。
② 详细情况，参第二章第五节。
③ 朱士嘉：《中国方志的起源、特征及其史料价值》，《史学史资料》1979 年第 2 期，第 2—3 页。

经所记土地、人物、神祠、坟陇，所书甚详。行部之余，辄至其地，因
裹人而咨焉，多得其真。代异时移，喟然兴叹，即采其尤著者为十咏。'
十咏未已，遂再《和华亭十咏》，一时梅尧臣、胡松年、宋辉、汪思温、
曾辉之、李端民、张尧干之徒，皆次其韵。许尚《华亭百咏》咏至百首，
实集其大成"①。用诗歌记形胜，咏历史，使丘壑生色，山河生辉，逐渐
成为一时之风气，诗歌也在无形中有了方志的模样与功能。歌咏一地之
风物，也成了宋代诗歌创作中的一个特色。在这一过程中，出现了一批
《华亭百咏》式的作品，如下表所示。

名称	作者	著录
《姑苏百题》	杨备	龚明之《中吴纪闻》
《金陵览古百题》	杨备	周应合《（景定）建康志》
《会稽览古百题》	华镇	《（宝庆）会稽续志》
《永嘉百题诗集》	仰炘	厉鹗《宋诗纪事》
《郴江百咏》	阮阅	《四库全书》
《金陵百咏》	曾极	《四库全书》
《嘉禾百咏》	张尧同	《四库全书》
《南海百咏》	方信孺	《委宛别藏》
《钱塘西湖百咏》	杨蟠	《武林掌故丛编》
《永嘉百咏》	杨蟠	《武林掌故丛编》

---

① 《宋集珍本丛刊书目提要》，第187页。

名称	作者	著录
《（和杨公济）钱塘西湖百咏》	郭祥正	《武林掌故丛编》
《西湖百咏》	董嗣杲	《武林掌故丛编》
《艮岳百咏》	曹组、李质	王明清《挥麈录后录》卷二
《和颜长官百咏》	朱继芳	陈起《江湖小集》卷三十一
《苏台百咏》	吕江	刘瑄《诗苑众芳》
《西湖百咏》	黄立轩	萧立之《萧冰崖诗集拾遗》卷中
《襄鄂百咏》	陈谔	周密《癸辛杂识》续集卷下
《梅花百咏》	方回	周密《癸辛杂识》别集卷上
《钱塘百咏》	李钰	汪元量《湖山类稿》卷四
《锦官百咏》	史绳祖妻	韦居安《梅磵诗话》卷上
《金陵百咏》	陈郁	张铉《至正金陵新志·新旧志引用古今书目》
《九华诗集》	陈岩	《四库全书》

　　其中，杨备《金陵百题诗》《金陵览古诗》、华镇《会稽览古诗集》、方信孺《南海百咏》、曾极《金陵百咏》、许尚《华亭百咏》、董嗣杲《西湖百咏》、陈岩《九华诗集》八个集子（详情参本书第一章第二节），不仅在当时单独印行，而且，它们都在每题之下逐一添加自注，介绍方位物产、地理位置、得名由来、沿革兴废以及相关的传说与诗文，从而形成了宋诗宋注"自注"的一面。当然，与周昙《咏史诗》相比，这些自注的诗集在继承的同时也有了一些明显的变化：第一，就诗歌而言，

周昙咏的是唐以前之通史，而宋人自注的集子咏的则多是某一地之历史和风物，范围上有了明确的限制；第二，就自注而言，周昙的自注皆置于诗后，而这些集子之自注皆安排在题下，位置有了变化。而宋末张定之《咏文丞相诗》和陈普《咏史诗断》两个诗集，则完全重现了郑嵎和周昙自注的体制。《咏文丞相诗》沿袭了郑嵎《津阳门诗》的做法，用句中注的方式，详细记录了文天祥的生平行事，出处大节，由于是亲与其事，所以，他在自注中记录的见闻，可很好地补充历史的细节，因而具有较大的史料价值。《咏史诗断》则沿袭了周昙《咏史诗》的体制，以人物为题，逐次吟咏从有虞氏至朱文公的历代重要的历史人物，或一人一首，或数人一首，或一人数首，而且，在几乎每一首诗之后，诗人都缀以自注，围绕诗歌，或交代历史背景，或解释诗中本事，或发表相关史论，然而，较之周昙的自注，《咏史诗断》评论的分量更重，作用也更突出。

经过宋人的拓展，诗集自注告别了初始的状态，成为宋诗宋注中不可忽视的组成部分，并自立于诗坛。宋以后，诗集自注被延续了下去，或咏历代之通史，或咏一地之风物；或加注于诗后，或列注于题下；或排比其本末原始、历代沿革，或补充其人物典故、地理传说，如元代宋无的《啽呓集》一卷，共七绝一百一首，咏历代重要人物及史事，各注始末于诗后；明代瞿祐《香台集》三卷，咏历代之杰出女子，包括小说、传奇中的女主人公，每一首皆以出处事迹附于题下，又以相同主题之诗文缀于诗后；清朱彝尊《鸳鸯湖棹歌》一百首，写嘉兴地方风物，于诗后缀以自注，补充嘉兴的名人名胜、物产风俗和历史传说，"可补方志所未备"，不仅在当时风靡诗坛，风行海内，刮起了"棹歌"之风，使"禾中名胜遂传播四方"，而且百余年来和者不绝，见于著录的就有数十家，和作亦多延续朱诗之体例，在诗后添加自注，衍成了自注传统中重要且闪亮的一个分支。

所以，郑樵、周昙开创的诗集自注不仅被宋人延续了下来，而且，在宋人手中还有了进一步的发展，奠定了诗集自注的传统，并与他注一起，共同构成宋诗宋注的世界。

第四节　由唐到宋的蒙学及启蒙诗注

四种唐诗唐注中，《津阳门诗》之外，其他三种皆有明确的"蒙学"的性质和背景。李峤《杂咏诗》是启发律诗的写作与技巧，两种《咏史诗》则是教童稚历史知识，服务于历史和典故的传授，并在其中寄寓善恶褒贬，给童稚灌输基本的历史判断。所以，它们均以简单、实用、平易为目标。从艺术的角度来看，与追求风雅比兴、含蓄蕴藉、意在言外的文人诗相比较，自然有云水之别；但若从蒙学的角度重新加以审视，我们就会发现，它们刚好适得其所，故在唐以后能够不断地被刻印，持续流行；而且，即使传至东瀛，也同样在异国长期充任启蒙之职。如李峤《杂咏诗》，盛唐时已传入日本，平安朝中期（867—1086）以还，张庭芳《李峤杂咏诗注》作为基本幼学书目在宫廷贵族及士族间广泛流传，镰仓时期（1192—1333）成书的日本古籍中，常常有对张庭芳注的引用。①

蒙学需求的出现，一个很重要的原因是唐代官学教育的衰败。唐代的官学教育并不发达，有唐一代，仅在太宗、玄宗、宪宗三朝有过短暂的兴盛，而且，从兴盛的程度上看，又明显呈现出每况愈下的态势，而在其他的时段里，尤其是安史之乱以后，官学长时期处在衰微的状态。

---

① 《日藏古钞李峤咏物诗注·前言》，第2页。

不仅地方官学形同虚设，就是中央官学，亦破败不堪：代宗朝"太学空设，诸生盖寡。弦诵之地，寂寥无声"①；德宗朝"堂宇颓废，磊砢属联，终朝之雨，流潦下淳"②；文宗朝，官学"化为废地""尽垦为圃"③，已经名存实亡。所以，大致从中唐开始，在政府的默许下，民间私学、乡里村学便大行于时，负责基础教育的蒙学自是其重要组成部分。中唐出现的用于儿童启蒙的文本，如李瀚《蒙求》，以四言韵文的形式，逐句自注以补充典故史实，"列古人言行美恶，参之声律，以授幼童，随而绎（释）之，比其终篇，则经史百家之要奥，十得其四五矣。推而引之，源而流之，易于讽习，形于章句，不出卷而知天下"④，用于童稚之启蒙，效果显著，"瀚家儿童三数岁者，皆善讽读，谈古策事，无减鸿儒。不素谙知，谓疑神遇"⑤，故在当时流传极广。在这样的文化背景下，晚唐先后出现了两种服务于蒙学的《咏史诗》注，亦在情理之中。

相比较唐代，宋代的蒙学取得了巨大的成就。宋人专门创作了不少蒙学读本，而且，与前朝不同的是，宋代的一流学者，如朱熹、王应麟、吕祖谦、刘克庄等人，对蒙学都甚为重视，皆亲自撰写蒙学教材，如朱熹《小学》《训蒙诗》，吕祖谦《少仪外传》《童蒙诗》，王应麟《三字经》（旧题为王应麟所作），刘克庄《千家诗》等。所以，宋代的蒙学读物不仅数量多，而且质量高，后世转相沿用，影响极其深远。这其中，《三字经》、《百家姓》（作者不传）、《千家诗》，再加上梁周兴嗣所作、唐以来一直流传不衰的《千字文》，即组成了被后人目为蒙学经典的"三、百、千、千"。在大量创作的同时，宋人还沿用了唐人的蒙学读物，

---

① （唐）唐代宗：《增修学馆制》，《全唐文》卷46，中华书局1983年版，第306页。

② （唐）李观：《请修太学书》，《全唐文》卷532，第5402页。

③ （唐）舒元舆：《问国学记》，《文苑英华》卷816，中华书局2003年版，第4308页。

④ （唐）李华：《〈蒙求〉序》，张锡厚主编《全敦煌诗》卷45，作家出版社2006年版，第2324页。

⑤ （唐）李良：《荐李瀚〈蒙求〉表》，张锡厚主编《全敦煌诗》卷45，第2323页。

如李瀚《蒙求》、李峤《杂咏诗》、胡曾《咏史诗》、周昙《咏史诗》等，或翻刻，或重注，使其焕发出新的生命力，如徐子光集注《蒙求》取代了李瀚的自注，在后世遂为定本；胡元质重注《胡曾咏史诗》，同样广为流传①。而为本朝人所作的用作启蒙的诗集进行注释的思路，在宋人身上也同样被继承了下来，在今可知的宋诗宋注中，有南宋黄季清的《注朱文公训蒙诗》五卷。朱文公《训蒙诗》今存完帙，然此注本却已亡佚，仅存徐经孙所作《黄季清注朱文公训蒙诗跋》一文，从中可略窥其大概。跋云：

> 自今观之，上至天命心性之原，下至洒扫步趋之末，帝王传心之妙，圣贤讲学之方，体用兼该，显微无间。其目虽不出于《四书》之间，而先生之性与天道可得而闻者，具于此矣。其曰《训蒙》，乃先生谦抑，不敢自谓尽道之辞云耳。季清研精是编有年矣。一日心会理融，句析字解，因先生之言，探先生之学。或取诸章句集注，或取诸文集语录，又参以周程、横渠、五峰、南轩、勉斋、西山诸书，如纲以黄钟而四声迭和，原于岷山而百川会同。②

通过徐经孙的描述，可以看出，虽然同样是服务于童蒙，然而无论朱熹的诗作还是黄季清的注释，都已经远远超越了唐人，不再是教童稚律诗之技巧，典故之运用，抑或历史之大概，而是上升到一个更高的形而上的层次，化身为道德训诫，指导童子感知天命之奥义，使其通晓心性之精微，从而渐入内圣之道，为自我人格的完善打下坚实的基础。

---

① 此二书在明代与《千字文》李暹注合刊为《释文三注》，不仅流行于中土，且东传至日本，并在异域有相当广泛的传播。

② （宋）徐经孙：《矩山存稿》，《文渊阁四库全书》，第 1181 册，第 31—32 页。

结　语

今天的学界对宋诗宋注的研究有一个很大的误区，即认为宋人最早开始尝试对本朝诗歌进行注释，宋诗宋注是本朝人注本朝诗的开端。这种看法是错误的。唐代已有本朝诗注，事实上，今天可考知的四种唐人诗注，皆是对本朝诗歌的注释，而且，四种唐诗唐注皆存完帙，此乃一大幸事。初唐张庭芳的《李峤杂咏诗注》在《文选》盛行的时代背景之下，自觉融合了李善注长于征引和五臣注直解诗意的特点，形成了独具的面貌；晚唐郑嵎自注《津阳门诗》大量征引国史和文人笔记，也迥异于时人，可以看作对"以史证诗"的思路的首次尝试；周昙自注《咏史诗》则在对陈盖注、米崇吉评注胡曾《咏史诗》进行仿效的基础上，有了一定的提高，体制上更加整齐规范。所以，在进入宋代之前，他注和自注这两种古典诗歌的注释方法都已出现，且各自都获得了一定的发展。

为学界所不察的这四种唐诗唐注，好似草蛇灰线一般，绵延到了宋代，并为宋诗宋注的繁荣埋下了伏笔：首先，它们在宋人手中，结束了传抄的状态，以刻本的形式继续流传；宋人还对个别注本重新进行了编排和注释，为其注入新的能量；其次，张庭芳《李峤杂咏诗注》融合李善注和五臣注两种注释特色为一体的独特面貌，虽然未被晚唐人接受，然在宋诗宋注中，却被普遍采纳，成为显著的特色；与此同时，郑嵎《津阳门诗》在自注中大量征引国史、笔记"以史证诗"的思路，也在宋代流行开来，蔚为大观，成为宋诗宋注的鲜明特色之一；再次，诗集自注这种形式，在唐人手中出现，在宋人手中得到承接和确立，并由此成为宋诗宋注的一个重要组成部分，而且，在宋以后的元明清三朝不断出现，衍成古典诗歌注释线条中清晰的自注系列；最后，唐人开创的为用作童蒙的诗集进行注释的思路同样被宋人继承，但理学家所作的童蒙诗集，已经从"技"的层面提升到了"道"的高度，相应地，宋人对其所作的注释，也就从启迪诗法提升到了道德训诫的境界。一言以蔽之，宋诗宋注的勃兴，并非空无依傍，平地而起，因为无论注释的手法、内容还是注释的形式、体制，我们都可以从唐诗唐注中找到其出现和发展的萌芽。

第四章　宋诗宋注与宋代《文选》的传播

近几年，宋代史学的繁荣对宋诗宋注的影响获得了学界较多的关注①，宋诗宋注的一些重要特点，如以史证诗的注释方法、编年的注释体例以及对诗人年谱的编纂等几个方面都与宋代史学的繁荣这一背景密不可分，这些结论已为学界普遍认同和接受。

宋诗宋注在内容上有一个突出的特点——释事与释义兼重，在最能代表宋诗宋注水平的王、苏、黄、陈诗注中，这一点体现得特别突出。宋人对此已有所留意，陈振孙《直斋书录解题》评任渊《黄陈诗集注》即云"大抵不独注事而兼注意，用功为深"②。学界默认了这一点，但却从未有人从宋代的文化背景出发，去讨论其形成的原因。本章拟以宋人的王、苏、黄、陈诗注为中心，对宋诗宋注释事兼释义特点的形成与宋代《文选》传播之间的关系，进行一些初步的探索。

---

① 关于宋代史学对宋诗宋注的影响，近些年，学界出现了一些重要的论文，如王友胜《宋人所撰苏轼年谱研究》，《常德师范学院学报》2001 年第 5 期；［日］浅见洋二《文学的历史学——论宋代的诗人年谱、编年诗文集及"诗史"说》，《距离与想象——中国诗学的唐宋转型》，上海古籍出版社 2005 年版；何泽棠《施宿与"以史证诗"》，《华南农业大学学报》2010 年第 2 期；《宋代诗歌注释的"以史证诗"方法》，《中国典籍与文化》2011 年第 2 期；吴晓蔓《任渊〈山谷诗集注〉与宋代的年谱学》，《社会科学论坛》2010 年第 7 期。

② 《直斋书录解题》，第 593 页。

第一节　讨论的前提：宋代文选学的成就及宋诗宋注对

　　　　《文选》文本的大量摘引

　　唐代是文选学的第一个高峰。据汪习波《隋唐文选学研究》一书的统计，隋唐二代，明文记载的《文选》注释者共有十六人：见于《隋书》的有萧该，两《唐书》中有曹宪、许淹、魏模、公孙罗、李善、吕延济、刘良、吕向、张铣、李周翰，《集贤注记》与《大唐新语》中则有冯光震、王智明、李玄成、陈居、陆善经。其中，魏模父子传业，而《唐志》不载其书；李邕补益父书，历被目为传奇，皆不入。十六人中，勒成专书的有十种，分别为：萧该《文选音义》三卷；曹宪《文选音义》十卷；许淹《文选音》十卷；公孙罗《文选音义》十卷、《文选注》六十卷；李善《文选注》六十卷、《文选辩惑》十卷、《文选音义》；吕延济、吕向、李周翰、张铣、刘良《五臣文选注》三十卷；陆善经《文选注》不知卷数。① 众所周知，这其中地位重要、影响深远且较好保存流传下来的只有李善注与五臣注两种。

　　李善注以征引详赡著称，"弋钓书部，愿言注辑"②，重点在于追溯文本背后的意义，寻求词语最初的源头，探索《文选》作品成文之前的知识背景，于作者的创作意图与情志却不甚留意，故虽然"淹贯该洽，号为精详"，却存在"释事忘义"的问题，对读者的知识结构和水平要求过高。所以，六十年后，即唐玄宗开元六年（718），五臣注出现。五臣注

---

① 《隋唐文选学研究》，第 252 页。
② 李善：《进〈文选〉表》，《全唐文》卷 187，中华书局 1983 年版，第 1896 页。

对李善注的缺陷大力贬斥，"忽发章句，是征载籍，述作之由，何尝措翰？"① 强调对作者述作之由的追寻，"相与三复乃词，周知秘旨，一贯于理，杳测澄怀，目无全文，心无留意。作者为志，森乎可观"②，以"汇通文义，诠释情志"为职志③。相较于李善注的大量征引，五臣注致力于对诗文内容的直接诠释，简明清晰，虽不乏谬误，然实用性却大大增强了，极大地满足了一般知识阶层的需求，故终唐一朝，直至五代，在社会上都极其流行。

宋代没有出现能够比肩李善注或五臣注的《文选》注本，甚至也没有《文选》的研究专著，所以，一向被视为文选学的平庸时代。但是，随着学界对"大文选学"这一概念的不断认同和推广，宋代文选学不再被简单带过，其丰富的成果、不可小觑的价值以及深远的影响，获得了学界的重视，不少学者开始关注这一领域，从编纂、刊刻、传播、研究、改编与续作等几大方面，对宋代文选学进行了深入的开掘与清晰的勾勒。历来被视为无甚可取的文选学的平庸时代，实际上却是文选学中重要的、不可轻视的一环，自有其不平庸的成就与价值。简言之，在编纂方面，首先，宋初完成了《文选》及李善注和五臣注从手抄本到刊刻本的巨大转变，为《文选》的持续流行奠定了坚实的基础，同时，也加速了手抄本的消亡。其次，宋代完成了《文选》注从单注本到合注本的转变，并形成了以秀州本、明州本为代表的"五臣注—李善注"的六家本系统和以赣州本、建州本为代表的"李善注—五臣注"的六臣本系统。与此同时，李善注和五臣注的单注本亦经过宋人的校勘、整理，与合注本并行于世。在刊刻方面，从今天有据可查的宋代的版刻记录中，我们可以清

① 吕延祚：《进〈集注文选〉表》，《全唐文》卷 300，第 3042 页。
② 同上。
③ 《隋唐文选学研究》，第 225 页。

楚地看到宋人对《文选》的热情,《文选》传播史上几个重要的版本,如北宋国子监本、平昌孟氏本、秀州本、明州本、杭州本、赣州本、尤刻本、建州本、陈八郎本等,皆刊刻于两宋,而且,不少版本都有过不止一次的刊刻与递修。研究方面,虽然两宋并无《文选》研究的专书,但为学界忽略的是,在宋人的笔记中,对《文选》的讨论和研究几乎遍及"大文选学"的各个方面,包括对《文选》编纂的评议,对李善、五臣二家注释优劣的论争,对《文选》文本内容、手法的评价,对《文选》注释的质疑、商榷和纠谬,既继承了隋唐五代原有的研究课题,又为宋以后,尤其是清代考据学派的成就埋下了伏笔。在改编与续作方面,同样能够看出宋人对《文选》的深层接受,《文选双字类要》《文选类林》是从实用的层面,对《文选》所进行的改编;《文苑英华》则是上承《文选》的时间断限,对其进行的续编;《唐文萃》《宋文鉴》则是依照《文选》的体例,对其进行的仿作。①

《文选》对宋人的影响,学界目前主要从两个方面入手,一是从体例上,讨论宋人对《文选》的模仿和续作;二是从创作上,关注《文选》对文人诗文创作的影响。学界忽略了另一个重要的方面:宋人热衷于对本朝诗歌进行注释,尤其是以注王、苏、黄、陈诗为热点,而从集部注释的大背景上来看,由唐到宋,有着极其广泛的流传的《文选》李善注和五臣注,必然对宋诗宋注有着某种程度的影响。这种影响最直观的表现,便是宋诗宋注对《文选》文本的大量摘引。

在宋人的王、苏、黄、陈诗注中,存在大量对《文选》文本的摘引。当宋人某一句诗中的某一个词或某几个字可以在《文选》中找到出处的时候,它们往往就会出现在注释中。而且,这类注释只是据《文选》径

① 此一部分,主要参考了郭宝军《宋代文选学研究》,中国社会科学出版社 2010 年版,第 541—547 页。

直引出，一般没有额外的补充说明，体现的是宋人无一字无来历的诗学主张。如任渊《山谷内集诗注》卷二《次韵子由绩溪病起被召寄王定国》一诗"种萱盈九畹，苏子忧国病"句下，有注云："《文选》江淹《拟潘岳诗》曰：消忧非萱草，咏怀宁梦寐"；"炎蒸卧百战，山立有余劲"句下，有注云："《选》诗曰：石梁有余劲"；"仍怀阻归舟，风水蛟鳄横"句下，有注云："《选》诗：天际识归舟"；"日月进享衢，经纬寒耿耿"句下，有注云："《选》诗云：秋河曙耿耿"；"谁言两逐臣，朝跻天街并"句下，有注云："《文选·君子行》曰：逐臣尚何有"；"还家颇故红，信亦抱渊静"句下，有注云："《文选》谢灵运诗曰：兼抱济物性。"① 一篇之内，六次摘引《文选》所录诗句，频率不可谓不高。从形式上看，摘引较为随意灵活，有的具体到诗人名与诗篇名，有的具体到诗篇名或诗人名，但最多的，是仅点出"《选》诗"二字。从内容上看，都是致力于揭示宋人对《文选》文本的沿袭与化用。

其他几个注本中，同样服务于探寻语源、揭示语典的目的，这样的摘引俯拾即是②：

任渊《后山诗注》卷十二《和谢公定观秘阁文与可枯木》"墨色落欲尽，严颜终不移"句下，有注云"《文选》杨修《答临淄王笺》云：修家子云，老不晓事，强著一书，悔其少作"；"惜哉不得语，胸次几兴衰"句下，有注云："《文选》王仲宣诗：惜哉空尔为。"③

王十朋《东坡诗集注》卷十八《次韵李邦直感旧》"簿书填委入充堂"句下，引师民瞻注，云："《文选》刘公干诗：战车烦填委，文墨纷

---

① 《黄庭坚诗集注》，第 1 册，第 104—108 页。
② 需要说明的是，对《文选》文本的直接摘引，虽然是一种普遍的存在，但是，其在各个注本中出现的频率却又有不同。在宋人的苏、黄、陈（后山）诗注中，这一点都表现得极其突出，在《朱淑真集注》中也有较高的出现频率；但相比较而言，在李壁《王荆文公诗笺注》和胡穉《简斋诗笺》中，这一类的引用出现次数较少。
③ 冒广生补笺，任渊注：《后山诗注补笺》，中华书局 2009 年版，第 428 页。

消散。"① 卷十九《韩退之孟郊墓铭云以昌其诗举此问王定国定国当昌其身耶昌其诗耶昌其诗也来诗下语未契此答之》"何如鲁连子，谈笑却秦师"句下，引赵次公注，云："《文选》左太冲诗云：吾慕鲁仲连，谈笑却秦军。"②

施元之、施宿、顾禧《注东坡先生诗》卷二十三《次韵孙莘老斗野亭寄子由》"错落挂南薨"句下，有注云："《文选》班孟坚《西都赋》：隋侯明月，错落其间"；"新诗出故人"句下，有注云："《文选》张茂先《答何绍诗》：良朋贻新诗"；"长篇发春荣"句下，有注云："《文选》潘安仁《金谷集诗》：春荣谁不慕。"③

李壁《王荆文公诗笺注》卷十《送裴如晦即席分题三首》（其一）"绿发约略白，青衫欲成缁"句下，有注云："《选》诗：素衣已成缁。"④ 卷十六《答裴煜道中见寄》"雨脚坠地花枝低，风头入溪蒲叶偃"句下，有注云："《选》诗：雨水洒四溟。"⑤

值得一提的是，在郑元佐为当时位不甚高、名不甚大的女诗人朱淑真的《断肠诗》所作的注释中，对《文选》诗文尤其是诗歌的摘引亦颇为频繁。《断肠诗集后集》卷三《秋深偶作》"生杀循环本自然，可堪肃肃出乎天"句下，有注云："《选》：郭景纯《游仙诗》：晦朔如循环。《选·杂诗》：天高万物肃。"《暮秋》"萧萧风雨暗残秋，忍见黄花满径幽"句下，有注云："《选》：寒花发黄彩"；"恰似主人情太苦，年年对景倍添愁"句下，有注云："《选》：宋玉《九辩》：悲哉秋之为气也，萧瑟兮草木零落而变衰。"⑥

---

① 《集百家注分类东坡先生诗》，第 324 页。
② 同上书，第 358 页。
③ 《增补足本施顾注苏诗》卷 23，第 30 页。
④ 《王荆文公诗笺注》，第 245 页。
⑤ 同上书，第 405 页。
⑥ 冀勤辑校，郑元佐注：《朱淑真集注》，中华书局 2008 年版，第 194—195 页。

可见，宋人在注释宋诗的时候，是将《文选》作为重要的参考书来使用的，对宋诗中化用或袭用《文选》的字词，常据《文选》径直引出原文片段，缀在相关诗句之后。于是，在宋诗宋注的领域里，《文选》作为一个独立且清晰的存在，以这种方式被凸显了出来①，这既说明宋人对《文选》的重视，也印证了宋人对《文选》的熟悉。

第二节　问题的深入：宋诗宋注对《文选》注释的摘引

在宋代讲究学问、追求无一字无来历的诗学风气下，诗注中大量揭示宋人作诗对《文选》的继承和化用，本是极平常的事情，并无专门讨论的必要。但是，若加留意，我们会进一步发现，宋诗宋注不仅大量摘引《文选》文本，更重要的是，它们还较为频繁地摘引《文选》的注释，这便有了讨论的价值。

一方面，宋人对唐诗保持着"爱恨交加"的复杂情感，在学唐、变唐的钟摆上反复运动，深得唐诗精华的同时又自成面目，所以，作为宋代注家对宋诗与唐诗关系的理解与把握，宋诗宋注中大量摘引唐诗，并延及唐人的文章、笔记、小说等作品，自是题中应有之义；另一方面，宋诗宋注中还摘引了大量的经注、史注，甚至子注，对唐宋诗人诗中的自注亦多有摘引，却很少征引宋人对本朝诗的其他注释，或宋人对前朝诗的注释，尽管后者更加兴盛，且具有相当的普及性，

---

① 当然，注家对此也并非极其严格地遵守，《文选》中的一些篇章有时也被冠以著者或篇章之名直接引出而不标出"《文选》"的字样，但这种情况并非常态，数量较少，对本节所讨论的现象并不构成干扰。

如杜诗注本。① 所以，在这样的背景下，宋诗宋注对《文选》注的频频摘引，就显得很是醒目。

任渊《黄陈诗集注》出现时间较早。其在大量摘引《文选》文本的同时，还频频摘引《文选》的注释。任渊的摘引以李善注为主。《山谷内集诗注》摘引李善注至少有 66 条②，基本上都是直接对李善注中所征引内容的再次征引。如卷六《双井茶送子瞻》"人间风日不到处，天上玉堂森宝书"句下，任渊注云：

> 《文选》江淹《拟休上人诗》曰：宝书为君掩。李善注引《道学传》曰：夏禹撰真灵之玄要，集天官之宝书。

卷十九《次韵德孺感兴二首》"自守藩篱小，犹能井臼任"句下，任渊注云：

> 《文选·宋玉对楚王问》曰："夫藩篱之鷃，岂能与之料天地之高哉。"又颜延年作《陶渊明诔》曰："少而贫病，居无仆妾。井臼弗任，藜菽不给。李善注引《列女传》周南大夫之妻谓其夫曰：'亲操井臼，不择妻而娶。'"

以上二例中，任渊并未返回《道学传》或《列女传》去查找原始出处，而是直接采用了李善注中的征引，其对李善注的信任，于斯可见。

---

① 宋代号称"千家注杜"，宋诗宋注中引杜诗的情况数不胜数，然却极少征引宋人对杜诗的各种注释。据笔者所见，仅以下数条，实在是屈指可数：王十朋《百家注》卷十五《二公再和亦再答之》一诗"赵次公注"引杜田《杜诗补遗》一条（第 277 页）；胡穉《简斋诗笺》卷五《题小室》一诗"增注"引"杜诗注"一条（第 64 页）。增注中另有对《昌黎集注》和赵次公《苏诗注》的征引各一条，分别见卷二《杂书示陈国佐、胡元茂四首》（其一）（第 32 页）和卷十《端门听赦咏雪》（第 154 页）。除此之外，李壁《王荆文公诗笺注》卷十八《既别羊王二君与同官会饮于城南因成一篇追记》引任渊《后山诗注》一条（第 447 页）。
② 这些数据是笔者在阅读札记的基础上统计而成，主要作参考之用。

任渊也摘引五臣注的内容，如卷十五《谢答闻善二兄九绝句》（其三）"柳家兄弟太迫窄，狂药不容人发狂"句下，其注云：

> 《文选·西京赋》："增九筵之迫胁。"五臣注曰：迫胁，迫窄也。

《山谷内集诗注》摘引的五臣注只此一处。然有两点值得留意：第一，此条注直接解释词意，是典型的五臣注的风格，与李善注的征引以释的方式截然不同；第二，《文选·西京赋》此句之下，李善注与五臣注截然不同，"善曰：以九筵为迫胁，故增广之。《周礼》曰：明堂度九筵。东西九筵各九尺"[①]。可见李善并未言及"迫胁"二字。[②]由此，我们可以推断，虽然任渊对李善注的摘引在数量上占据了绝对的优势，然而任渊在具体注释的时候，应该是同时参考了李善注和五臣注。

对李善注和五臣注的同时参考，在任渊之后的几个注本中，有非常清晰的表现。施、顾《注东坡先生诗》和王十朋《百家注》中，对五臣注的摘引，在数量上有了显著的增加。[③]据笔者统计，前者引《文选》注约 50 次，其中，五臣注有 20 次；后者引《文选》注约 42 次，五臣注出现 24 次，而且，两个注本都有在某一句下同时摘引李善注与五臣注者：《百家注》卷二十三《至真州再和二首》（其一）"醉眼鹭窥莲柂转，山没风回五两偏"句下，赵次公注云：

> 五两，字如字。郭景纯《江赋》有云：规五两之动静。而李

---

① 《宋刊明州本六家注文选》，日本足利学校藏本，人民文学出版社 2011 年影印版，第 40 页。

② 足利本在李善注之前，有"济曰"和"综曰"。薛综注云："跨，越也。因秦制故曰览，比周胜故曰跨之也。《诗》曰：筑室百堵，今以为陋。《周礼》：明堂九筵，今又增之也。"未涉及"迫胁"二字。

③ 这些统计所用五臣注之底本均为日本足利学校藏本。

善注引《兵书》曰：凡候风法，以鸡羽重八两，建五丈旗，取羽系其巅，立军营中。许慎《淮南子注》曰：绕，候风也，音柏。楚人谓之五两。又五臣之翰曰：五两，鸟毛为之置竿之上以候风。

施、顾《注东坡先生诗》卷十七《城南县尉水亭得长字》"欲知归路处，苇外记风樯"句下注云：

《文选》郭景纯《江赋》：万里连樯。注云：樯，挂帆木也。《埤苍》曰：樯，帆柱也。

查足利本明州六家注《文选·江赋》此句之下，注云：

铣曰："……轴，船傍；舻，船尾也；属，连也；樯，挂帆木也。"善曰："刘渊林《吴都赋注》曰：飞云，吴楼船之有名者。《左氏传》曰：楚败吴师，获其乘舟馀艎。杜预曰：馀艎，舟名也。《说文》曰：舳，舟尾也；舻，船头也。《埤苍》曰：樯，帆柱也，才羊切。"①

比对即知，施、顾此条注文乃是各取李善、五臣注的一部分，综合而成。

李壁《王荆文公诗笺注》对《文选》文本的明确摘引在几个注本中出现的次数最少，遇到汉魏六朝作品，不管有没有收入《文选》，他多以作者名或篇名为起始语直接引出，看起来，似乎其对《文选》并无太多关注。但这只是表面现象，因为李壁对《文选》注释的摘引，至少有 73 处，这个数量，足够从更深的层次上揭示其对《文选》的重

---

① 《宋刊明州本六家注文选》，第 198 页。

视和利用。李壁或者明确指出摘自《文选》的何种注释，如卷四十七《西山》"西山映水碧潭潭，楚老长谣泪满衫"句下，李壁注云："谢灵运《庐陵王墓下诗》：延州协心许，楚老惜兰芳。李善注云：《徐州先贤传》曰：'楚老者，彭城之隐人。'"明确指出所引为李善注，又如卷三十四《寄酬曹伯玉因以招之》"思君异日投朱绂"句下，李壁注云："曹子建《责躬诗》：要我朱绂。刘良注曰：'朱绂，诸侯之仪服。'"指明所引为五臣注；或者只以"注"为标记，不作具体的指认，如卷四十四《世故》"锺山北绕无穷水，散发何时一钓舟"句下，李壁注云："嵇叔夜诗：散发岩岫。注：'谓不为冠冕所拘束也。'"对所引的嵇康诗注不作任何交代，查《文选》六臣注，知其出自五臣之李周翰；或者同时摘引李善注和五臣注，并在注中明确交代这一点，如卷三十三《送道光法师主持灵岩》"山祇啸聚荒禅室"句下，李壁有注云："宋颜延年诗：山祇毕峤路。张铣注：山祇，山神。李善注：《管子》曰：登山之神有俞貌者，长尺，人物具焉，霸王之君兴，登山之神见，且走马前导也。"

　　从以上举例中可以看出，注家们所摘引的李善注，都是李善所征引的内容，他们略加删节后便直接采纳，并不返回原始出处查找抄录、核对原文，足见李善注的"征引详赡"在他们心中的分量和位置；对五臣注的摘录，则都是对诗中字、词的直接诠释，与李善注泾渭分明。这个选择的过程，清楚地反映出宋诗注家们对两种注本的性质和特点有着充分的了解和清晰的把握。更重要的是，在一句之下对李善注和五臣注的同时摘引使我们确信，注家们在注释的时候，参考的《文选》应该都是兼具五臣注和李善注的合注本。

第三节　问题的核心：宋代《文选》合注本的
流行对宋诗宋注的影响

　　宋代最早出现的《文选》合注本是元祐九年（1094）的秀州州学本，它开创了五臣注在前李善注在后的六家本系统，然此本流布不广，在国内的任何文献中都不见记载，很有可能是受到了哲宗绍圣元年改革科举制度、罢黜诗赋的政策的影响。① 进入南宋，随着经义与诗赋两科分科取士制度的正式确立，《文选》的刊刻与传播，不管是次数上还是版本上都比北宋兴盛。② 建炎四年（1130），六家本系统出现了刊刻于明州州学的明州本，此本在南宋至少有过五次重修或修补，可以想见其流行程度，在南宋应该是较为通行的本子。③ 今存日本足利学校本即绍兴二十八年（1158）的第一次补修本。此外，淳熙年间（1181—1189），此本还出现了裴氏广都本。绍兴三十年（1160），刊刻于赣州州学的赣州本完成了从六家本到六臣本的转变，其以李善注在前、五臣注在后的顺序重新编排，咸淳七年（1271），又有廖莹中所刻的建宁本，此本成为后世流传的六臣本的祖本。当然，单注本并没有消失。建炎元年（1127），杭州钟家已经刊行了五臣注的单注本，绍兴三十一年（1161），五臣注又有了刻于福建建阳的陈八郎本。淳熙八年（1181），尤袤在池州刊刻了李善注的单注本，此本成为后世通行的李善注的祖本。从这个简单的版本概括中，我们可以发现，合注本是南宋《文选》

---

　　① 郭宝军：《宋代文选学研究》，中国社会科学出版社 2011 年版，第 293 页。
　　② 同上书，第 294 页。
　　③ 同上书，第 303 页。

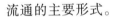

流通的主要形式。

合注本的广泛传播，使得五臣注和李善注两种迥异的注释风格以一体两面、互补合一的状态迅速流通，为宋人接受和认可，并成为他们知识结构中的重要组成部分。于是，经过《文选》"洗礼"的文人，在注释宋诗的时候，于潜移默化中，便"复制"了合注本在注释内容上二合一的特点，既延续了李善注重视文本历史，致力于追源溯流、探寻语源的优长，又采纳了五臣注着眼于文本的时代意义、重视对诗意的汇通与解说的特色。这种释事兼释义的注释内容的"二水合流"，在较早出现的任渊《黄陈诗集注》中已经有了淋漓尽致的表现。

任渊《黄陈诗集注》初成于政和辛卯（1111），然直至绍兴乙亥（1155），才由许尹作序并付梓，从初成至刊刻，经过了四十余年的修改。而在此期间，《文选》合注本中的六家本系统已经有了充分的发展，完成了从秀州本到明州本的升级，并流行了二十余年。虽然《山谷内集诗注》中仅摘引了一条五臣注，但此条注释足以证明，任渊作注的时候，是同时参考了李善注和五臣注的。所以，在《山谷内集诗注》中，有相当多明显与六家注的模式相吻合的诗注，我们能够比较清楚地读出《文选》五臣注和李善注"二水合流"的特点。如卷三《有怀半山老人再次韵二首》（其一）：

> 短世风惊雨过，成功梦迷酒酣。追念熙宁间，一时建立之事，今已堕渺茫，如醉乡梦境。至其所可传，则有不朽者在。后两句终此意。班固《幽通赋》曰：道修长而世短。《文选·运命论》曰：风惊尘起，散而不止。老杜诗：村晚惊风度，庭幽过雨沾。左太冲诗：酒酣气益振。草玄不妨准《易》，论诗终近《周南》。上句谓其经学，下句谓其诗。《汉书·扬雄传》曰：雄方草创《太玄》，有以自守。赞曰：以为经莫大于《易》，故作《太玄》。《文选》左太冲诗曰：寂寂扬子宅，门无卿相舆。言论准仲尼，词赋拟相如。《鲁论》曰：人而不为《周南》《召南》，其犹正墙面而立也欤？

此诗共四句，每两句为一个注释单位。前后两个注释段落的结构很清晰，先概括出诗句的大意，然后，仔细地探寻每个字词的源头，朝着无一字无来历的方向努力，旁征博引，将黄诗中的语典、事典逐个挖掘出来，与《文选》六家注先录五臣注直解诗意、后录李善注探寻语源的编排思路完全一致。卷四《奉和文潜赠无咎篇末多以见及以既见君子云胡不喜为韵》（其二）、卷十一《范蜀公挽词二首》（其一）、卷十五《戏简朱公武刘邦直田子平五首》（其三）等诗皆是如此。当然，整首诗在每一个注释单位下，都先直解大意，再逐条征引的例子尚不在多数。但是，在一首诗的某一个或某几个注释单位之下，先直解后征引的例子却比比皆是，不胜枚举，几乎每首诗中都能够找到。如卷十四《次韵答黄与迪》"句如秋雨晴，远峰抹修眉"句下，任渊注云：

> 言其高秀。《选》诗：远峰隐半规。退之《南山诗》：天宇浮修眉。按《西京杂记》：文君眉色，如望远山。曹子建《洛神赋》曰：云髻峨峨，修眉联娟。

对比《文选》卷二十二谢灵运《游南山》"密林含余清，远峰隐半规"句后明州本的注释：

> 良曰：含余清，谓雨后气尚清凉也；隐半规，谓日落。峰外隐，半见；规，圆日之形也。善曰：《吕氏春秋》曰：冬不用箑，清有余也。张载《岁夕》诗曰：白日随天回，皦皦圆如归。

二者在结构上的一致，一目了然。需要交代的是，这部分诗注之外，《山谷内集诗注》中另有30余条注释与六家注顺序相反，符合六臣注的内容模式，先似李善一般广征博引，再似五臣直解诗意，如卷一《古诗二首上苏子瞻》（其二）"青松出涧壑，十里闻风声"句下，任渊注曰：

《文选》左太冲《咏史诗》：郁郁涧底松，离离山上苗。颜延年诗：松风遵路急。宋玉《高唐赋》曰：不见其底，虚闻松声。诗意谓东坡以大材而沈下僚，其盖世之名则不可掩也。

先引证，后串讲。而且极个别的情况下，在一首诗中，还可以同时发现两种不同的顺序。如卷十一《戏答晁深道乞消梅二首》（其一），前二句句下，先直解诗意，"惊物化之速也"，再引刘沧、欧阳修相关诗句；后二句句下，则先征引，后总结，"诗意谓当梅实槁悴失性之时，丹杏方蒙献御之崇，与老成摒弃而新进见用何异哉"。总的来看，先释义后征引是《山谷内集诗注》的主流。所以，综合这几种情况，我们可以得出如下结论：《文选》两种注本在宋代的长期流行以及南宋初年六家本的出现及迅速流通，都使得释意与征引二合一的阐释体例深入人心，所以，任渊在注释山谷诗的时候，便不自觉地受其影响，既以征引为主，又不忘对诗意的解释，有效地将二者结合在了一起。

绍兴三十年（1160）六臣本的出现和流通，进一步深化了释事兼释义的注释理念，所以，在王十朋《百家注》、施、顾《注东坡先生诗》以及李壁《王荆文公诗笺注》中，二合一的注释内容遂成为常态。

王十朋所编《东坡诗集注》出现在南宋中期，此注本乃汇编性质，其中，比较重要的几家注释大多出现在南北宋之交，如注释数量最多的赵次公注，还有程缜注、李厚注等。在赵次公注中，已经能够看到兼具李善征引和五臣直解的注释内容了。如卷十《地黄》"蕃茂争新春，沉水得稊根"句下，次公注云："言以水沉而试之也。《本草》注：日华子云：'浮者名天黄，半浮半沉者名人黄，沉者名地黄，其沉者佳也。'"施顾《注东坡先生诗》句中注基本上是以征引为主，落实诗意的部分主要集中在题下注中，施宿常常在补充历史背景的基础上，对诗意进行确指和落实。如卷二十八《次韵钱越州》一诗，施元之、顾禧于每句之下，仔细钩稽，广征博引，然无一语言及诗意，而题下注中，不仅交代了苏轼困于党争、外放杭州的遭遇，更指出"钱与公以气类厚善，故此诗末章云'年来齿颊生荆棘，习气因君又一言'。后又和云'欲息波澜须引去，吾侪岂独在多言'，意皆有在也"①。《王荆文公诗笺注》中，二合一的注释内容亦多有所见，如卷四十八《鸥》一诗：

> 依倚秋风气象豪，似欺黄雀在蓬蒿。退之《病鸱》诗：晴日占光景，高风送追随。遂凌紫凤高，肯顾鸿鹄卑。韩偓《玩水禽诗》：依倚雕梁欺社燕。不知羽翼青冥上，腐鼠相随势亦高。《庄子》：螂蛆甘带鸱鸦嗜鼠。《盐铁论》曰：泰山之鸱，啄腐鼠于穷泽，非有害人也。今有司盗主财而食之，焉得若泰山之鸱乎？《淮南子》亦有飞鸢堕腐鼠事。诗意谓鸱以喻小人不足道而又有附之，以显者犹腐鼠之于鸱也。

最后，值得一提的是，在宋人的王、苏、黄、陈诗注中，只有胡穉《简斋诗笺》完全延续了李善注的风格，以注释典故、探寻语源为职志，"随事标注，遂以成编"②，极少涉及对诗意的诠释，与任渊、王十朋、施元之、顾禧、李壁等人释事兼释义的注释内容迥然不同，以至于宋末出现的未具姓名的"增注"不时对诗意进行总结和诠释，以弥补胡笺的缺失，如卷二十八《梅花二首》之一：

> 铁面苍髯洛阳客，东坡《真兴寺》诗：铁面颜有棱。又《荣老方丈》诗：山中只有苍髯叟。玉颜红领会稽仙。《古诗》：燕赵多佳人，美者颜如玉。《后汉·舆服志》：绛缘领袖。街头相见如相识，恨满东风意不传。李太白《寄王宰》诗：春风传我意，草木度前知。又《长相思曲》：此曲有意无人传。
>
> 增注：第一句自谓，第二句谓梅。此诗与后卷《月桂》诗"人间跌岩简斋

---

① 《增补足本施顾注苏诗》，第7页。
② 楼钥：《简斋诗笺序》，《陈与义集》，第1页。

老，天下风流月桂花"意同。

胡注几乎逐句逐字地点出了简斋诗句之来历，诗意若何则付之阙如，故增注由此出发，做了相应的补充。

结　语

综上所述，虽然宋代并没有出现《文选》的宋人注本或研究的专著，但《文选》在宋代依然保持着强劲的生命力。宋人对《文选》的重视和熟悉，在宋诗宋注中有着鲜明且突出的表现，宋诗宋注不仅大量摘引《文选》文本，还频频摘引《文选》的注释，这其中，既有以征引详赡而著称的李善注，也包括以汇通文义为特点的五臣注。北宋以来，《文选》李善注和五臣注在社会上皆广泛流传，是文人学习的重要内容，而且，大体而言，宋人对《文选》的学习，在早期多以五臣注为主，简明清晰，便于使用；而进入文人圈以后，随着知识水平的提高和知识储备的扩大，则多选择更富于文化含量的李善注，故对两种注释都比较熟悉。南宋伊始，汇合了李善注和五臣注的《文选》合注本开始成为《文选》传播的主要形式，追求释事的李善注和强调释义的五臣注以更加直接的"二水合流"的方式为当时的文人所学习和接受。所以，在这样的文化背景下，宋诗宋注甫一出现，就先天地具备了释事兼释义的内容模式。换言之，宋诗宋注释事兼释义的整体特色的形成与宋代《文选》合注本的广泛传播之间，有着不应该被忽略的内在联系，后者为前者的出现提供了充分的准备和合理的背景。

第五章　宋诗宋注与宋代诗学的互动

从整体上看，目前学界对宋诗宋注的研究主要集中在三个方面。第一，历史注释，即对宋人"以史证诗"的注释方法的总结和讨论，具体来说，包括宋代注家对诗集的编年、对诗人年谱的编纂、对诗歌创作背景的考察、对诗歌本事的揭示、对诗中人物的生平简介等内容。[①]　第二，典故注释，即对宋人诗句中用字、用事的来历及出处的索隐探求。在宋代注家那里，这是最具普遍性同时也是最突出的特点，注家的考察可以八字概括，即逐字逐句，探寻出处。很明显，这是对以黄庭坚为首的江西诗派"无一字无来历""夺胎换骨""以故为新"等诗歌理论的继承和

---

　　① 何泽棠以宋人的苏、黄诗歌注本为中心，先后发表了系列论文，如《施宿与以史证诗》，《华南农业大学学报》2010 年第 2 期；《宋代诗歌注释的以史证诗方法》，《中国典籍与文化》2011 年第 3 期；《论山谷诗代三家注的历史解释》，《南京师范大学文学院学报》2011 年第 2 期，在学界产生了一定的影响。

贯彻①，也是宋人对"以学问为诗"的另一种反映，即周裕锴先生所说的"以学问注诗"。② 第三，诗学阐释，即注家对诗歌的艺术手法、艺术效果所作的总结和评价。

作为一种相对独立的文学现象，宋诗宋注存在的意义，除了注本本身呈现出来的静态的一面，还应该包括动态的一面，即与宋代诗学各个层面之间的互动，而这恰恰是学界所不曾触及的。故本章便拟对宋诗宋注与宋代的笔记、诗话、诗选之间的关系进行深入考察，以期为学界提供新的可供参考的结论。

第一节　研究的现状

张三夕先生在《宋诗宋注管窥》一文中，第一次对宋诗宋注的注释方法进行了概括和归纳，提出以下四点：第一，重出处；第二，重校勘；

---

① 关于宋诗宋注的典故注释，最近几年有不少学者专门著文，以某一注本为对象进行讨论，如吴晓蔓《论任渊〈山谷诗集注〉对用事之法的阐释》，《九江学院学报》2009 年第 4 期，《任渊〈黄陈诗集注〉与江西诗派》，《南昌大学学报》2009 年第 3 期。张福勋《任渊注〈后山诗〉出典的意义》，《南京师范大学文学院学报》2007 年第 4 期；《遣词吏事、光焰万丈——以任、史二注析山谷诗用之特点及手法》，《阴山学刊》2008 年第 6 期。何泽棠《论赵次公的典故注释》，《惠州学院学报》2009 年第 1 期；《论胡穉〈增广笺注简斋诗集〉》，《中国石油大学学报》2011 年第 5 期，对宋人的苏、黄、陈诗集注中的典故注释，分别进行了详细的分类和考察。然究其思路，这些文章体现出相当明显的趋同性，不外乎从诗歌典故的规模（用字、用语、用事）、使用典故的手法（引用、借用、改用、反用、翻用、展用等）以及"用事之祖孙"等几大方面进行分类和列举。事实上，这些内容在宋人所作的诗注序跋中，皆已经论及，如赵夔《东坡诗集注序》云："凡偶用古人两句，用古人一句，用古人六字、五字、四字、三字、二字，用古人上下句中各四字、三字、一字相对，此用古人意不用字，所用古人字不用古人意，能造古人意，能造古人不到妙处，引一时事，一句中用两故事，疑不用事而是用事，疑是用事而不用事，使道经僻事、释经僻事、小说僻事、碑刻中事、州县图经事，错使故事，使古人作用字，成一家句法，全类古人诗句，用事有所不尽，引用一时小诗，不用故事而句法高胜，句法明白而用意深远，用字或有未稳，无一字无来历，点化古语拙言，间用本朝名人诗句，用古人词中佳句，改古人句中借用故事，有偏受之故事，有参差之语言，诗中自有奇对，自撰古人名字，用古谣言，用经史注中隐事，间俗语、俚谚，诗意物理此其大略也。三十年中殚精竭虑，仆之心力尽于此书，今乃编写刊行，愿与学者共之。"今天学者的讨论，不过是将它们进一步归纳、落实而已。

② 周裕锴：《中国古代阐释学研究》，上海人民出版社 2003 年版，第 244 页。

第三，引证广；第四，议论多。关于最后一点，其云：

> 宋人喜欢议论诗歌，诗话是其主要的形式，宋诗宋注中除了大
> 量引用诗话外，注家自己也时常在注中发表评论，对诗歌的用意、
> 意境、技巧、修辞等内容和形式上的特征进行细致的分析。毫无疑
> 问，这种分析有助于诗歌创作和诗歌欣赏水平的提高。把诗注和评
> 论结合起来，是一种值得借鉴和发扬光大的方法。①

此一段论述，已经明确指出了宋诗宋注中议论的形式、内容及价值：
注家的议论主要有两种方式，或援引诗话，或自抒己见；内容上主要是
对诗歌创作各方面技巧的讨论，从而为学诗者提供更好的指导。持论清
晰，言简意赅。遗憾的是，限于篇幅，文章并未进一步展开。事实上，
张三夕教授未刊的硕士学位论文《宋诗宋注纂例》（南京大学，1982 年）
对此部分有更具体、更全面的考察。结合对具体注本的举例，他把宋诗
宋注中的评论归纳为 21 种注例：

引前人作品相较，加以评论	引同时代人作品相较
引本朝的评价，或加附论	据作者他作引证诗意
注家探求诗意，抒发己见	论证与前人诗意近似
指明诗意所本	论证他人后作本此
作者诗意有前后类似者，注加以指明	指出作者喜用事
论作者自改其诗	辩证作者用事有误
论作者用事缘由、技巧	论对仗
论章法	探求句法所本
论类似的句子	论诗用俚语、俗语

---

① 张三夕：《宋诗宋注管窥》，《古籍整理与研究》1989 年第 4 期，第 65 页。

论用字之妙　　　　　　　　　论用字有来历

论借用字①

虽分类稍显琐细，然已经将宋诗宋注中诗学阐释的各个方面的内容网罗殆尽，并无遗漏。

二十余年之后，姜庆姬在其博士学位论文中，把宋诗宋注的注释特色概括为"探寻本事""典故注释""文学批评"三个方面，对"文学批评"的讨论，基本沿袭了张三夕的思路，其云："宋诗宋注受宋代诗话批评的影响，自觉地展开注家个人的批评，使注释内容更加丰富。"② 在具体分类上，其对张三夕的类目进行了调整，将其整合为"造语""造意""用韵""对仗""文章结构""体制""感受与欣赏"七类③，比起21类的分类，显得更加清晰和疏朗。而且，姜庆姬还指出了很重要的一点，即诗学批评在各注本中的分量是各不相同的，李壁《王荆文公诗笺注》中有关诗学批评的内容最多，而胡穉《简斋诗笺》中，这部分内容则基本付之阙如。

具体到单个的注本，李壁注因其突出的表现，多有学者著文论及此点。如周焕卿在《试论李壁对诗歌笺释学的贡献》一文中，提出李壁《王荆文公诗笺注》有三个方面的贡献，"以史证诗，探求诗歌旨意，从文学角度探寻诗歌的艺术特征与审美价值"④，显然留意到了李壁在诗学注释方面的尝试，从声律、对仗、字法、句法、章法等几个方面着手，对此进行了分析，并把这一特点的出现与当时的诗学风尚结合起来，指出南宋诗歌批评的风气对李壁注释的影响。何泽棠则更进一步，针对李

---

① 张三夕：《宋诗宋注纂例》，硕士学位论文，南京大学，1982年。

② 姜庆姬：《宋诗宋注研究》，博士学位论文，南京大学，2006年。

③ 同上。

④ 周焕卿：《试论李壁对诗歌笺释学的贡献》，《南京师范大学学报》2004年第5期，第120—121页。

壁注中的诗学批评，专文讨论，指出"宋人注宋诗的一大特点，是寓诗学批评、研究于注释之中。李壁本人擅长诗文创作，在注释中，除详引王诗的典故出处之外，还寓研究于注释之中，发挥艺术理解力，对王诗创作中的句法、字法、章法、用典、对偶、立意多个方面进行研究，并对王诗审美效果进行点评，从而揭示了王安石诗的主要艺术特征"①，并列举大量的实例作为佐证，翔实有据。此外，慈波《任渊宋诗校注平议》在对任渊《黄陈诗集注》的价值进行评估的时候，也专门拈出其"善论诗法"的特点，从风格、点化、偶对、用字、用韵几个方面，分别举例加以说明。② 从以上简单的概括中即可看出，这几篇文章的讨论在思路上是完全一致的，不外乎将各种诗注中有关诗学评论的内容进行归纳、分类，并举例说明，唯一的区别是后出转精，后面的文章更加细致翔实而已。

事实上，我们不得不指出的一点是，南宋后期魏了翁在其为《王荆文公诗笺注》所作序文中，已经明确论及了李壁在诗学阐释方面的过人之处："丰容有余之词，简婉不迫之趣，既各随意发明；若博见强志，瘦词险韵，则又为之证辨钩析，俾览者皆得以开卷了然。"③ 由此观之，今人所论，其实皆未出鹤山此语之范围，仅是将其具体化、细致化而已。

我们必须承认，宋诗宋注中这些诗学评论的内容，为诗注增添了活力和趣味，理当成为注本中的亮点和学界关注的重点。但是，仅从诗学讨论的内容上对其进行分类是远远不够的，因为这只注意到了宋诗宋注对宋代诗学接受的一面，而宋代诗学对宋诗宋注的反应和反馈的一面，

---

① 何泽棠：《李壁〈王荆公诗注〉的诗学批评》，《西华大学学报》2011 年第 1 期，第 46—50 页。
② 慈波：《任渊宋诗校注平议》，《重庆社会科学》2007 年第 11 期，第 64—65 页。
③ （宋）魏了翁：《王荆文公诗笺注序》，《王荆文公诗笺注》卷首，第 1 页。

则被学界忽略了。所以，如果我们能够跳出狭窄、平面的思维模式，从动态、立体的角度去考察宋诗宋注与宋代诗学的互动，我们对这个问题的认识会更加丰富，也会得出一些更有趣的结论。

第二节　宋诗宋注与宋代的笔记

引宋人笔记以注诗，是宋诗宋注常用的手法之一。宋人笔记中对时事人物的记录，对典故用事的探寻，对地理名物的考索，都是宋诗注家可资借鉴并吸收利用的内容。与此同时，宋诗宋注中也留下了一些"类笔记"的内容。这些文字不一定参考了宋人的相关笔记，但无论是着眼点、征引的内容还是最后的结论，都与笔记暗合。以任渊《山谷内集诗注》为例，卷十八《梦中和殇字韵》"何处胡椒八百斛，谁家金钗十二行？"句下，任渊注云：

> 《唐书元载传》："籍其家，胡椒至八百石。"《乐府梁武帝河中之水歌》曰："河中之水向东流，洛阳女儿名莫愁，头上金钗十二行，足下丝履五文章。"盖言其首饰之盛尔，而白乐天《酬牛思黯戏赠诗》有"钟乳三千两，金钗十二行"之句，注言思黯之妓颇多，与乐府意异云。①

先引《元载传》，注明上句"胡椒八百斛"之出处，再接连引梁武帝乐府《河中之水歌》与白居易诗并自注，指出金钗十二行的两种不同的解释。晚于任渊的王楙，在他的《野客丛书》中，亦有"金钗十二"一条：

---

① （宋）任渊、史容、史季温注：《山谷诗集注》，黄宝华点校，上海古籍出版社 2008 年版，第 420—421 页。

　　唐人诗句多用金钗十二事，如乐天诗"钟乳三千两，金钗十二行"。《南史》"周盘龙有功，上送金钗二十枚与其爱妾阿杜"，其事甚佳，罕有用者。今多言金钗十二，不闻用金钗二十，亦循袭而然。金钗十二行，或言六鬟耳，齐肩比立为钗十二行。白诗《酬牛思黯》有"金钗十二行"之句，自注："思黯之妓颇多，故云。"似协或者之说。然梁武帝《河中之水歌》曰"洛阳儿女名莫愁，头上金钗十二行"，是以一人带十二钗，此说为不同。①

　　同样关注到了"金钗十二行"这一语典，而且，很明显，王楙征引的论据（梁武帝《河中之水歌》、白居易《酬牛思黯》自注）和最终的结论（两种解释），与任渊都完全一致。两人在各自的时空，在各自读书的过程中，发现了同一个问题，并用相同的论据，最终得出了同样的结论。再如卷七《睡鸭》"天下真成长会合，两凫相倚对秋江"句下，任渊注云：

　　　　徐陵《鸳鸯赋》曰：山鸡映水那相得？孤鸾舞镜不成双。天下真成长会合，无胜比翼双鸳鸯。山谷非蹈袭者，以徐语弱，故为点窜以示学者尔。至其末语，用意尤深，非徐所及。②

　　任注对山谷点化前人作品的手法做了非常清晰的揭示和评论。洪迈《容斋随笔》卷一"黄鲁直"条亦有类似的评价，其云："徐陵《鸳鸯赋》云：'山鸡映水那相得，孤鸾照镜不成双。天下真成长会合，无胜比翼两鸳鸯。'黄鲁直《题画睡鸭》曰：'山鸡照影空自爱，孤鸾舞镜不作双。天下真成长会合，两凫相倚睡秋江。'全用徐语点化之，末句尤精

① （宋）王楙：《野客丛书》，中华书局2007年版，第261页。
② 《山谷诗集注》，第177页。

工。"① 与任渊的表述相当一致。

然而，为学界所忽视的是，反过来，随着宋诗宋注的不断问世和刻印流行，南宋的笔记中，也陆续出现了对宋诗宋注的反馈。这是宋代诗学与宋诗宋注互动的第一种形态。

宋人笔记对宋诗宋注的反馈，主要表现在以下三个方面。

第一，对宋诗宋注细节的纠错。笔记多是宋人在读书、治学过程中长期累积的成果，讨论的问题不分大小，讨论的文字亦无所谓长短。自由灵活，巨细无遗是其主要特点。所以，随着宋诗宋注的传播，其逐渐进入了文人的阅读视野，于是，宋代文人在阅读过程中，对各种注本在细节上的错误、疏漏进行指摘和修订，便成为笔记中经常出现的内容。

笔记的纠错主要集中在苏、黄、陈（后山）三家诗的宋人注本上。洪迈《容斋随笔》、叶大庆《考古质疑》、袁文《瓮牖闲评》、张淏《云谷杂记》、王楙《野客丛书》、赵与时《宾退录》、叶寘《爱日斋丛抄》、王应麟《困学纪闻》、周密《浩然斋雅谈》等宋人笔记中都不止一次地出现过相关的条目。

典故注释不到位，是笔记纠错的第一个类型。这里的不到位，首先是误注，如下面两条：

> 鲁直《次炳之玉版纸诗韵》曰"王侯须若绿坡竹"，注：王褒《髯奴词》曰"离离若缘坡之竹，郁郁若春田之苗"。按《古文苑》所载，《髯奴词》乃黄香所作，非王褒也，褒所著者《僮约》耳。②
> 东坡《次韵朱公掞初夏》诗："谏苑君方续承业，醉乡我欲访无功。"隋乐运，字承业，录夏、殷以来谏争事，名《谏苑》，文帝览

---

① （宋）洪迈：《容斋随笔》，中华书局 2005 年版，第 4 页。
② 《野客丛书》，第 101 页。

而嘉焉。注谓《南史》李承业作《谏苑》。误矣。①

前者出自《野客丛书》卷九，后者出自《困学纪闻》卷十八，二者内容完全一致，是王楙和王应麟对任渊的黄庭坚诗注和宋人的东坡诗注中对所引材料的作者张冠李戴的指认和纠正。再如赵与时《宾退录》卷五"琴高"条：

> 《列仙传》："琴高，赵人也，以鼓琴为宋康王舍人，行涓、彭之术，浮游冀州、涿郡间二百余年。后辞，入涿水中取龙子，弟子洁齐候于水傍，且设祠屋。果乘赤鲤出，祠中留一月余复入水去。"今宁国府泾县东北二十里有琴溪，溪之侧，石台高一丈，曰"琴高台"。俗传琴高隐所，有庙存焉。溪中别有一种小鱼，他处所无，俗谓琴高投药滓所化，号"琴高鱼"。岁三月，数十万一日来集，渔者网取，渍以盐而曝之。州县须索无厌，以为苞苴土宜，其来久矣。旧亦入贡，乾道间始罢。前辈多形之赋咏。梅圣俞、王禹玉、欧阳文忠公皆有《和梅公仪琴高鱼》诗。圣俞诗云："大鱼人骑上天去，留得小鳞来按觞。吾物吾乡不须念，大官常膳有肥羊。"禹玉诗云："三月江南花乱开，青溪曲曲水如苔。琴高一去无踪迹，枉是渔人尚见猜。"文忠诗云："琴高一去不复见，神仙虽有亦何为。溪鳞佳味自可爱，何必虚名务好奇。"圣俞又有《宣州杂诗》二十首，其一云："古有琴高者，骑鱼上碧天。小鳞随水至，三月满江边。少妇自捞摝，远人无弃捐。凭书不道薄，卖取青铜钱。"圣俞，宣人也。汪彦章尝赋长篇："百川萃南州，水族何磊砢。其间琴高鱼，初未到楚些。岂堪陪荐鲜，裁用当淆果。土人私自珍，千里事封裹。遂令四

---

① （宋）王应麟：《困学纪闻》，上海古籍出版社 2009 年版，第 1967 页。

方传，噍嚼亦云颇。俗云琴高生，控鲤宛溪左。灵踪散如烟，遗蠡尚余颗。向来骑鲸人，逸驾尝慕我。不应当时游，反用此幺麽。得非效齐谐，怪者记之过。彭越小如钱，踪迹由汉祸。越书载王余，变化更微琐。因知天地间，人莫穷物伙。区区于其中，臆决盖不可。伪真吾何知，且用慰颐朵。"故山谷《送舅氏野夫之宣城》诗有云："藉甚宣城郡，风流数贡毛。霜林收鸭脚，春网荐琴高。"蜀人任渊注此诗，不知宣城土地所宜，但引《列仙传》事，直云琴高鲤鱼也。误矣。①

详解琴高之典并遍引宋人题咏琴高之诗文，以订正任注因为不了解土风而导致的单薄疏误。其次是注释不够准确，即在探寻典故方面，未能遍定其最初的出处，如《爱日斋丛抄》卷四：

"五更三点入鹓行"，少陵诗也。高氏《纬略》论"五夜"以为独更点之制无所著。见韩愈诗"鸡三号，更五点"，李郢诗"二十五点秋声长"，李商隐诗"玉壶传点咽铜龙"。唯此三诗言点。杜诗人皆能诵，乃不及之。陈无几云"残点连声杀五更"，任渊注乃引韩诗及刘梦得诗云"郡楼残点声"。②

叶寘指出任渊注陈后山诗"残点连声杀五更"一句，于"点"字之用事，未能注出最佳出处，即杜诗"五更三点入鹓行"之句。最后是漏注，如以下三条：

《夏小正》："九月荣鞠。"东坡《赠朱逊之》诗云："黄花候秋节，远自《夏小正》。"注止引《月令》，非也。司马公《春帖子》

---

① （宋）赵与时：《宾退录》，上海古籍出版社 1983 年版，第 57—58 页。
② （宋）叶寘：《爱日斋丛抄》，中华书局 2010 年版，第 80 页。

"候雁来归北，寒鱼陟负冰"，亦用《夏小正》。①

《题王黄州墨迹》："掘地与断木，智不如机舂。圣人怀余巧，故为万物宗。"注不言所出。尝观孔融《肉刑论》云："贤者所制，或逾圣人。水碓之巧，胜于断木掘地。"此诗意本于此。机舂，即水碓也。②

鲁直《过家诗》"系船三百里，去梦无一寸"，当用范史杨伦语，伦为将军梁商长史，谏诤不合，出补常山王傅，病，不之官，诏书催发，伦曰"有留死一尺，无北行一寸"。《三国志》司马法将军死绥。注：王沈《魏书》云："绥，却也。有前一尺，无却一寸"；梁马仙琕曰"有留死一尺，无却生一寸"。今蜀本《黄诗外集注》于此句略之。③

前两条文字出自《困学纪闻》卷十八，是对坡诗注中未注之处进行补注；第三条文字出自《爱日斋丛抄》卷三，是对史容《山谷外集诗注》的查漏补缺，针对注家的疏漏，遹定出处，从而将宋人对无一字无来历的诗学主张贯彻到底。

指出注本在版本校勘上的疏误，是笔记纠错的第二个类型。如袁文《瓮牖闲评》中的两条文字：

苏东坡尝作端午帖子，曰："翠筒初窨栋，芗黍复缠菰。"注云："新筒裹练，明皇端午诗序。"而《艺苑》又云："东坡之意盖谓栋当作练耳。"然余家收得东坡亲写此帖子墨刻，范至能参政刊在蜀中。其栋字不曾改，只作此栋字。不知《艺苑》何所见而谓东坡改

---

① （宋）王应麟：《困学纪闻》，上海古籍出版社 2009 年版，第 1971 页。
② 同上书，第 1973 页。
③ 《爱日斋丛抄》，第 66 页。

作练字乎？岂亦有赝作者而《艺苑》不能深察也。①

任渊解黄太史诗《改磨崖碑后诗》"臣结春秋二三策"一句作"臣结春陵二三策"，引元次山《春陵行》为言，此固一说也。然余见太史亲写此诗于磨崖碑后者作"臣结春秋二三策"，讵庸改耶？②

以所见东坡亲笔墨刻和山谷手写摩崖为证据，提出对注释在文本上的质疑。

指出注本在地理、人物注释上的错误，是笔记纠错的第三个类型。袁文《瓮牖闲评》卷七所云：

"彼美玉山果，粲为金盘实"，此苏东坡《楉子诗》也。赵次翁注云："出信州玉山县。"然信州初不出楉子，此玉山乃在婺州，婺州楉子冠于江浙。注书不究地理之是否而妄意指名，岂不大误！③

袁文针对地理方面的细节，对赵次公注进行纠谬与批评。再如《云谷杂记》卷三"米元晖"条：

山谷有《赠米元晖》诗云："我有元晖古印章，印刓不忍与诸郎。虎儿笔力能扛鼎，教字元晖继阿章。"任渊注其诗，引《汉·旧仪》曰："银印龟钮，其文曰章。"又曰："元晖谓谢元晖。"渊之所引非也。虎儿盖米芾之子友仁小字耳。曾惇《百家诗·引》云："友仁少俊早成，鲁直有元晖古印章，因以为字是。"山谷以古印偶有元晖二字故赠之，令字元晖，以其父米芾字，故有继阿章之语。渊既不得其实，阙之可也，乃强为解释，徒自颣其书。④

---

① （宋）袁文：《瓮牖闲评》，上海古籍出版社1985年版，第25页。
② 同上书，第47页。
③ 同上书，第74页。
④ （宋）张淏：《云谷杂记》，中华书局1958年版，第48页。

张淏指出任渊在注释"虎儿笔力能扛鼎,教字元晖继阿章"一句时,对"虎儿""元晖"二词出处、内涵理解失误,并对这一细节进行纠正。《困学纪闻》中亦有此类内容:

> 东坡与欧阳晦夫诗三首。晦夫,名辟,桂州人。梅圣俞有诗送之云:"我家无梧桐,安可久留凤?"东坡南迁至合浦,晦夫时为石康令,出其诗稿数十幅,事见《桂林志》。注坡诗者以为文忠之族,非也。[1]

订正坡诗注中人物注释之误:欧阳晦夫乃欧阳辟,并非与欧阳修同族。

第二,对宋诗宋注难度的理论总结。在对细节失误频频进行纠正的基础之上,宋人也在笔记中将其上升到理论的高度,揭示注书的困难与困境。如上文所引《爱日斋丛抄》卷三中对史容《山谷外集诗注》漏注之处进行补订的条目,在补订之后,其又云:

> 昔贤著作,非必有意古事,自尔语合;笺释者揣度,不流于凿则简矣,故难。[2]

寥寥数语,已点出疏漏出现的原因以及注家的艰难处境——很多时候,诗人未必有意用事,诗中呈现的若有若无的对前人的继承或相似之处,有相当的可能是诗人在某一情境下,因与前人心意相通而造成的偶然相合,然注家追求无一字无来历,所以,若字字都探寻出处,则流于穿凿,若不留意于用事出处,则又流于简单,想要精准地把握好穿凿与简单之间的分寸,几乎是一个不可能完成的任务,因为注家与诗人之间

---

① 《困学纪闻》,第1971页。
② 《爱日斋丛抄》,第66页。

有着天然的不可逾越的时空隔阂。

王楙《野客丛书》卷二十三"集注坡诗"条亦是如此。其通过大量的实例，指出宋人诗注的通病：

> 集注坡诗有未广者。如《看潮诗》曰："安得夫差水犀手，三千强弩射潮低。"自注："吴越王尝以弓弩射潮，与海神战，自尔水不近州。"赵次公注："'三千强弩'字，杜牧《宁陵县记》中语。"不知此语已先见《前汉·张骞传》，曰："汉兵不过三千人，强弩射之即破矣。"又《五代世家》亦有三千强弩事，何但牧言？坡诗又曰："桃花春浪孤舟起。"程注："《杜钦传》：来年桃花水"；赵注："三月桃花浪，见《前汉志》。"不知此事已见《月令》："仲春之月，桃始华，雨水生。"坡诗又曰："崎岖真可笑。"新添注曰："李白书'崎岖历落可笑人'也。"按：白书"歁嵜历落"，非"崎岖历落"也。然白云此非白自言，盖用《晋书》季伦"歁嵜历落可笑人"之语。此类甚多，不可胜举，此犹可也。至有牵合附会极可笑者，不特坡诗如此，诸家诗注亦然。①

王楙批评集注坡诗在注释苏诗典故用字时，往往不能指定其最早、最准确之出处，或断章取义，张冠李戴；或牵合附会，遗人笑柄，并将这一点推广到整个宋代的诗歌注释，认为是存在于各家诗注的通病。此一问题，洪迈《容斋续笔》亦有讨论。《容斋续笔》卷十五有"注书难"一条：

> 注书至难，虽孔安国、马融、郑康成、王弼之解经，杜元凯之解《左传》，颜师古之注《汉书》，亦不能无失。王荆公《诗新经》，"八月剥枣"解云："剥者，剥其皮而进之，所以养老也。"毛公本注

---

① 《野客丛书》，第337—338页。

云："剥，击也。"陆德明音普卜反。公皆不用。后从蒋山郊步至民家，问其翁安在？曰："去扑枣。"始悟前非。即具奏乞除去十三字，故今本无之。洪庆善注《楚辞·九歌·东君》篇："缅瑟兮交鼓，萧钟兮瑶篪。"引《仪礼·乡饮酒》章"间歌《鱼丽》，笙《由庚》。歌《南有嘉鱼》，笙《崇丘》"为比，云："萧钟者，取二乐声之相应者互奏之。"既镂板，置于坟庵，一蜀客过而见之，曰："一本萧作捕，《广韵》训为击也。盖是击钟，正与缅瑟为对耳。"庆善谢而亟改之。政和初，蔡京禁苏氏学，蕲春一士独杜门注其诗，不与人往还。钱伸仲为黄冈尉，因考校上舍，往来其乡，三进谒然后得见。首请借阅其书，士人指案侧巨编数十，使随意抽读，适得《和杨公济梅花十绝》："月地云阶漫一尊，玉奴终不负东昏。临春、结绮荒荆棘，谁信幽香是返魂。"注云："玉奴，齐东昏侯潘妃小字。临春、结绮者，陈后主三阁之名也。"伸仲曰："所引止于此耳？"曰："然。"伸仲曰："唐牛僧儒所作《周秦行纪》，记入薄太后庙，见古后妃辈，所谓'月地云阶见洞仙'，东昏以玉儿故，身死国除，不拟负他，乃是此篇所用，先生何为没而不书？"士人恍然失色，不复一语，顾其子然纸炬悉焚之。伸仲劝使姑留之，竟不可。曰："吾枉用功夫十年，非君几贻士林嗤笑。"伸仲每谈其事，以戒后生。但玉奴乃杨贵妃自称，潘妃则名玉儿也。剥枣之说，得于吴说、傅朋，萧钟则庆善自言也。绍兴初，又有傅洪秀才注坡词，镂板钱塘，至于"不知天上宫阙，今夕是何年"，不能引"共道人间惆怅事，不知今夕是何年"之句。"怕笑蔷薇胃"，"学画鸦黄未就"，不能引《南部烟花录》，如此甚多。①

---

① 《容斋续笔》，第401—402页。

对诗歌注释的难度，尤其是以苏诗为代表的宋诗，洪迈有着清醒而充分的认识。此条用了较大的篇幅，广引洪兴祖《楚辞补注》、杜诗注、苏诗注、苏词注中的误注之例，力证注书之难，主要是难在注家的解释往往与诗人所要表达的原意存在出入，尤其是对诗中所用典故的注释，往往不能确指。洪迈借蕲春士人十年注苏，仍挂一漏万，不能全面、准确指出诗中所用全部语典、事典的惨痛教训，强调了注释苏诗的困难，段末提到的傅洪东坡词注的浅陋荒疏，无疑是对这一结论的强化和补充。

　　第三，对注家评论的再评论。有时候，笔记会围绕某一点，对注家之评论进行再评论。如《野客丛书》卷二十三"东坡用西施事"条云：

> 东坡诗曰："他年一舸鸱夷去，应记侬家旧姓西。"赵次公注："按《寰宇记》，东施家、西施家，施者其姓，所居在西，故曰西施。今云'旧姓西'，坡不契勘耳。"仆谓坡公不应如是之疏卤，恐言"旧住西"，传写之误，遂以"住"字为"姓"字耳。既是姓西，何问新旧，此说甚不通。"应记侬家旧住西"，正此一字，语意益精明矣。①

　　赵次公指出，西施姓施，非姓西，故坡诗"应记侬家旧姓西"一句，于理不合，此当为东坡偶然之疏误；王楙则不认可赵次公的说法，以为坡公不当疏莽若此，应是传写之误，"姓"字当为"住"字之误，改此一字，语意遂明。

　　叶大庆《考古质疑》中，这种"评论之评论"体现得更加清晰：

> 又按：《龚遂传》："令民种一百本薤，五十本葱。"坡诗云"细思种薤五十本，大胜取禾三百廛。"则误以葱为薤矣。又云："他年

一舸鸱夷去，应记侬家旧姓西。"按《寰宇记》："越州诸暨县有西施家、东施家。"谓施氏所居分为东西，今谓"旧姓西"，则误矣。坡之误，此类甚多。又云："忆昔舜耕历山鸟耘田。"赵次公注云："《史记·舜纪》注引《传》以为'下有群鸟耘田'，故《文选》注左思赋云：'舜葬苍梧，象为之耕；禹耕会稽，鸟为之耘。'如此则鸟耘非舜事，象耕亦非历山时，而先生云尔。撼树之徒遂轻议先生为错，殊不知先生胸次多书，下笔痛快，不复捡本订之，岂比世间切切若獭祭鱼者哉！"大庆谓："杜征南、颜秘书为丘明、孟坚忠臣，次公之言，正此类尔。后生晚学，影响见闻，乃欲以是借口，岂知以东坡则可，他人则不可，当如鲁男子之学柳下惠可也。"①

赵次公为苏诗中的用事之误百般维护，千般开脱，叶大庆虽然在此条文字中对坡诗中的错误一一摘录订正，但其对次公之意深以为然，并将其与杜预之于《左传》、颜师古之于《汉书》等量齐观，赞其为"东坡忠臣"，几可谓"兄弟同心，其利断金"了。

第三节　宋诗宋注与南宋的诗歌选本

南宋后期，随着宋诗宋注的刊刻和流通，其开始以一种更加积极的姿态，融入当时的诗学建设之中。最突出的表现就是一系列诗歌选本对宋诗宋注的摘引。通过摘引，宋诗宋注得以厕身于诗选所附录的诗话、评论之中，与其平起平坐，融为一体，从而形成了宋诗宋注与南宋诗歌选本之间的一个颇为有趣的现象。

① （宋）叶大庆：《考古质疑》，上海古籍出版社1985年版，第47—48页。

一　《竹庄诗话》

成书于 1206 年的《竹庄诗话》①，共二十四卷，卷一为《讲论》《品题》，可以算作全书的总论；卷二到卷十，选两汉、建安、六代及唐、宋人诗四百零三首；卷十一到卷二十为《杂编》，是对题材或风格相类的作品的编集；卷二十一到卷二十二为分类诗选；卷二十三到卷二十四为警句的汇编。在性质上，其并非单纯的诗话，而是更偏向于诗选。②《四库提要》之"《竹庄诗话》提要"亦以为其虽名为诗话，然却"实如总集"。③ 体例上，《竹庄诗话》首次尝试把诗话等可以辅助阅读的评论性材料，如诗话、笔记、序跋等，系于相关的时代、作者、诗作之前，以便于读者更好地进入诗歌，与诗人产生共鸣。在这个过程中，诗注悄无声息地出现了。

《竹庄诗话》明确摘引各种宋人诗注共 15 处，并将其系于诗作之前，作为对诗人、诗作的评论与阅读前的导引。15 处诗注依次如下：

王洙《诗注》云："此诗公之措意极为深远，以意逆志，观者当自知之。"（卷六杜甫《严郑公宅咏竹》）

师先生《诗注》云："鲍当《孤雁》诗云：'更无声接续，空有影相随。'孤则孤矣，岂若子美有饮啄念群之语，孤之中乃有不孤之意。而'谁怜一片影，相失万重云'，又有不尽之意乎?"（卷六杜甫《孤雁》）

《集注》云："苏内翰尝与客游南溪，醉后相与解衣濯足，因咏公此篇，慨然知其所以乐，而忘其在数百年之外，因次其韵。"（卷七韩愈《山石》）

---

① （宋）方回：《竹庄备全诗话考》，方回《桐江集》卷 7，《委宛别藏》，江苏古籍出版社 1998 年版，第 105 册，第 119 页。

② （宋）何汶撰，常振国、绛云点校：《竹庄诗话》，中华书局 1984 年版，第 1—2 页。

③ 《钦定四库全书总目》（整理本）卷 195，第 1789 页。

《集注》云："公与张署以贞元二十一年二月赦自南方，俱徙掾江陵，至是俟命于郴，而作是诗，怨而不乱，有《小雅》之风。"（卷七韩愈《八月十五夜赠张功曹》）

《集注》云："此诗意盖有所讽，犹讼风伯之吹云而雨不得作也。谓'隆寒夺春序'，而肆其寒，犹权臣之用事，太昊之畏避，则犹当国者畏权臣，取充位而已。其下反覆所言，无易此意。其末谓天子哀无辜，则望人主进贤退不肖，使恩泽下流，施及草木。其爱君忧民之意，具见于此。"（卷七韩愈《苦寒》）

《集注》云："此诗自'夜领张彻投卢仝'而下。其所以状李花之妙者至矣。"（卷八韩愈《李花》）

《集注》云："此诗极似少陵。"（卷八韩愈《咏灯花》）

《集注》云："公与东野联句，词意雄浑，极其情态，间以人才为喻，两皆杰作，真欧阳文忠所谓'韩、孟于文词，两雄力相当'者也。至若'争观云填道，助叫波翻海'，则公诗之豪，而一喷一醒然；再接再砺，乃则东野工处。"（卷八韩愈《斗鸡联句》）

《集注》云："此篇不使事，语亦新造，古所未有。殆涪公所谓'不食烟火食人之语'也。"（卷九苏轼《月夜与客对饮花下》）

《集注》："东坡《报山谷书》云：'《古风》二首，托物引类，得古人诗之风。'其推重如此，故置之篇首云。"（卷十黄庭坚《古诗二首上苏子瞻》）

《集注》："山谷尝写《答邢居实》诗及此诗，与徐师川曰：'后八诗颇为得意，故漫录，往或与潘、洪诸友读之。'"（卷十黄庭坚《秦和文潜赠无咎篇末多以见及以既见君子云胡不喜为韵》）

《集注》："山谷跋此诗云：'东坡屡哦此诗，以为妙也。'"（卷十黄庭坚《戏答俞清老人寒夜》）

《集注》云："近世曾慥端伯作《诗选》，载潘邠老事，云：'张文潜晚喜乐天诗，邠老闻其称美，辄不乐。尝诵山谷十绝句，以为不可跂及。其一云"老色日上面，欢悰日去心。今既不如昔，后当不如今。"潜一日召邠老饭，预设乐天诗一帙，置书室床枕间。邠老少焉假榻，翻阅良久，才悟山谷十绝诗，尽用乐天大篇裁为绝句，盖乐天长于敷衍，而山谷巧于剪裁，自是不敢复言。'端伯所载如此，必有所依据。然敷衍剪裁之说非是。盖山谷谪居黔南时，取乐天《江州》等诗，偶有会于心者，摘其数语写置斋阁，或尝为人书，世因传以为山谷自作，然亦非有意与乐天较工拙也。诗中改易数字，可为作诗之法，故因附见于此。"（卷十黄庭坚《谪居黔南十首》摘乐天句）

《集注》云："是诗凡百有二韵，始总叙四时之变，次叙南山连亘之所止，其末则叙其经历之所见焉。"（卷十二韩愈《南山诗》）

赵次公《诗注》云："石鼓，周宣王时物，在凤翔府孔子庙中。石鼓之字，盖蝌蚪之变者。韩退之有《蝌蚪书后记》一篇，云：'李阳冰之子服之授余以其家蝌蚪《孝经》、汉卫宏《官书》，两部合一卷。且曰古书得其依据。'如是则退之宜稍识蝌蚪书矣，而退之《石鼓歌》乃云：'辞严义密读难晓，字体不类隶与蝌。'而东坡乃云：'强寻偏旁推点画，时得一二遗八九。我车既攻马亦同，其鱼维鱮实之柳。'东坡记石鼓文云：'我车既攻，我马既同。'又云：'其鱼维何，维鱮及鲤，何以贯之，维杨与柳。'惟此六句可读，余不可通晓。则东坡精于书学矣。欧阳公《集古跋尾》谓韦应物以为文王之鼓，韩退之以为宣王之鼓，不知何所据而然？卒取退之好古不妄者为可信。"（卷十九"杂编九"苏轼《石鼓歌》）①

---

①　此15条注释，分别见《竹庄诗话》第128、129、144、144、145、146、147、153、179、194、194、197、197、230、378页。

15 条诗注中，杜甫诗注出现 2 次，分别取自"王洙《诗注》"和"师先生《诗注》"；韩愈诗注出现最多，共 7 次，皆取自《集注》；苏轼诗注出现 2 次，皆取自《集注》（值得留意的是，前一处诗注被系在了韩愈《山石》诗下，作为对其的评论）；黄庭坚诗注出现了 4 次，皆取自《集注》。①

从数量上看，15 条注释中，宋人的杜诗注和韩诗注共 9 条，宋诗宋注只有 6 条，尚未占据主导位置。这一点在之后的《瀛奎律髓》《诗林广记》和《唐宋千家联珠诗格》中会得到彻底的改变。

从内容上看，这些诗注或是归纳诗歌主旨，或是总结艺术特色，或是介绍创作背景，已超出注字音字义、解释名物地理的纯注释层面，而具有诗话"论诗及事"和"论诗及辞"的性质。它们厕身诗话、笔记及其他评论性材料之中，或独当一面，或互相配合，作为帮助理解诗歌的有效材料，与诗话享受同等的待遇②，换句话说，它们被"诗话化"了。这是非常有趣的一点，也是最不应为学界忽略的地方。

二 《瀛奎律髓》

《瀛奎律髓》是宋末元初方回的一部重要的唐宋律诗选本，成书于 1283 年，晚于《竹庄诗话》七十余年。《瀛奎律髓》共选诗 3014 首，其中重出 22 首，实为 2992 首，385 家。全书按作品题材分 49 类，每类按时代先后为次，编为一卷，共 49 卷。③ 关于方回在《瀛奎律髓》中透露

---

① 比勘文字可知，韩诗之《集注》乃魏仲举编《五百家注韩昌黎文集》，黄诗之《集注》为任渊《黄陈诗集注》，苏诗之《集注》与王十朋《百家注》中文字一致，当出自同一系统，《竹庄诗话》与《百家注》出现时间比较接近，故不能断言其一定引自《百家注》。

② 15 条注释中，除苏轼《戏答俞清老人寒夜》题下，又引《王立之诗话》，韩愈《南山诗》题下，又引《雪浪斋日记》外，其余 13 条注释皆单独系于诗题之下。

③ 李庆甲集评校点：《瀛奎律髓汇评》，上海古籍出版社 2008 年版，第 2 页。

出来的选诗倾向、诗学主张，今天的学者已作了深入的考察①，此处不再重复。我们关注的是《瀛奎律髓》与宋诗宋注之间的内在联系。

无论从哪个角度进行研究，方回所作《瀛奎律髓序》都是一篇重要的文献：

> "瀛"者何？十八学士登瀛洲也。"奎"者何？五星聚奎也。"律"者何？五、七言之近体也。"髓"者何？非得皮得骨之谓也。斯登也，斯聚也，而后八代、五季之文弊革也。文之精者为诗，诗之精者为律。所选，诗格也。所注，诗话也。学者求之，髓由是可得也。方回者谁？家于歙，守于睦，其字万里也。至元癸未（1283）良月旦日。②

"所选，诗格也。所注，诗话也"一句是我们关注的焦点。首先，方回在此句中，交代了他所做的两个方面的工作，一是"选"，二是"注"。其次，方回指出"选"的内容是"诗格"，"注"的内容是"诗话"，也即"辨句法，备古今，纪圣德，录异事，正讹误"③，包括论诗及事和论诗及辞两大方面。这是《瀛奎律髓》最有价值的部分，方回的诗学主张皆倾注于此。从这个角度来看，《瀛奎律髓》是一部兼具诗格、诗话性质的诗歌选本。很明显，这与《竹庄诗话》徘徊在诗话、诗选间的体例颇为相似。我们不禁要问，此二书之间是否有联系？答案是肯定的。

---

① 参看莫砺锋《从〈瀛奎律髓〉看方回的宋诗观》，《文艺理论研究》1995 年第 3 期，第 70—79 页；查洪德《关于方回论诗的"一祖三宗"说》，《文史哲》1999 年第 1 期，第 71—77 页；詹杭伦《方回的唐宋律诗学》，中华书局 2002 年版；李成文《方回的诗统论》，《四川大学学报》2006 年第 2 期，第 110—114 页；王奎光《方回的"吴体"诗论及其诗学批评意义》，《文学遗产》2008 年第 4 期，第 78—87 页；查洪德、罗海燕《从〈瀛奎律髓〉看方回的唐诗观》，《江西财经大学学报》2010 年第 6 期，第 73—79 页；卞东波《方回〈瀛奎律髓〉成立考》，《南宋诗选与宋代诗学考论》，中华书局 2009 年版，第 176—202 页。

② 《瀛奎律髓汇评》，第 1 页。

③ （宋）许颉：《许彦周诗话》，《丛书集成初编》，第 2550 册，第 1 页。

方回《桐江集》卷七有《竹庄备全诗话考》一文，其云：

> 《竹庄备全诗话》二十七卷，开禧二年（1206）丙寅，处州人新
> 德安府教授何汶所集也。第一卷载诸家诗话议论，第二十六、二十
> 七卷摘警句，中皆因诸家诗话为题而载其全篇，不立己见己说，盖
> 已经品题之诗选也。《木兰》《焦仲卿诗》见古乐府，郑嵎《津阳门
> 诗》、刘叉《冰柱》《雪车》诗，诸名辈大篇脍炙人口者俱在，可资
> 话柄，亦似类书。乾淳以来巨公诗则未有之。汶、群、从、澹等七
> 人登科，洋、淯同庆元丙辰榜。①

方回对《竹庄诗话》的考证，不仅仅是明确作者为何人；更重要的
是，他对《竹庄诗话》的结构、体例等方面做出了明确的判断和评价，
"因诸家诗话为题而载其全篇，不立己见己说，盖已经品题之诗选也"。
此一论断与《瀛奎律髓》"所选，诗格也。所注，诗话也"有相通之处：
二者都不再是单纯的诗选，而是"已经品题之诗选"。然二者的区别也很
明显：《竹庄诗话》全凭摘引，"不立己见己说"；而《瀛奎律髓》虽不
乏对前人诗话、评论的摘引，然更响亮的则是方回自己的声音，是对其
本人诗学思想的直接表达。所以，我们可以得出这样的结论：方回《瀛
奎律髓》的编纂，体例上受到了《竹庄诗话》的影响，将品题和诗选结
合起来，同时，又一改《竹庄诗话》一味征引不立己说的做法，在不废
摘引的同时，自为评论，鲜明地表达了自己的诗学主张。

《竹庄诗话》在"取诸家诗话"的同时，最先将宋诗宋注中的评论性
注文纳入其中，并使其与诗话平起平坐，造成了诗注"诗话化"的现象。
《瀛奎律髓》中，诗注"诗话化"的做法延续了下来并有了进一步的发展。

---

① 《桐江集》，第119页。

据笔者统计，方回对宋人所作诗注的摘引，共计 28 处。涉及宋人杜诗注的共有 7 处，包括引黄氏《补注杜诗》3 处，"王洙注" 2 次，只言杜诗注，未确指是何注本者 2 处；余下 21 处，皆为宋诗宋注，其中，摘引任渊《山谷内集诗注》4 次、《后山诗注》2 次，李壁《王荆文公诗笺注》12 次，王十朋《百家注》1 次，未确指何注本 2 次。从这个统计情况来看，宋诗宋注在数量上以压倒性的优势，超越了宋人的杜、韩诗注，成为方回摘引的重心，扭转了《竹庄诗话》中数量少于杜、韩诗注的局面。

从内容上看，方回对宋诗宋注的摘引，一方面延续了《竹庄诗话》的做法，摘引评论性诗注，如卷十 "春日类" 王安石《欲归》诗后，方回注云："雁湖注谓简斋'红绿扶春上远林'亦似此佳"①，引李壁注中的评论，将此诗与简斋诗进行类比，指出二者同为佳作，不分轩轾。同卷《将次洺州憩漳上》诗后，方回注云：

> 雁湖注谓："田之平衍，鸦乃散啄；马喜嘉荫，望树而嘶。此二句甚妙可画。"雁湖别注云："公多有使北诗而本传、年谱皆不载，尝出疆，独温公《朔记》云云。"今《欲归》至此三诗皆送契丹使时所作。②

连引两条李壁注，前一条用作艺术鉴赏，指出此诗构图合理，极富画面感；后一条则论诗及事，讨论诗作的背景和创作的时间。

另一方面，方回也延续了南宋笔记对宋诗宋注的态度，或是对细节上的错误进行指正补订，或是对注释进行整体评价。如卷一 "登览类" 陈师道《登快哉亭》诗后，方回注云：

---

① 《瀛奎律髓汇评》，第 347 页。
② 同上书，第 349 页。

亭在徐州城东南隅提刑废廨，熙宁末李邦直持宪节，构亭城隅之上，郡守苏子瞻名曰"快哉"，唐人薛能阳春亭故址也。子由时在彭城，亦同邦直赋诗。任渊注此诗，谓亭在黄州，不知此诗属何处，盖川人不见中原图志。予读《贺铸集》，得其说。任渊所谓亭在黄州者，乃东坡为清河张梦得命名，子由作记，非徐州之快哉亭也。予选此诗，惧学者读处默、张祜诗，知工巧而不知超悟，如"度鸟""奔云"之句，有无穷之味。全篇劲健清瘦，尾句尤幽邃，此其所以逼老杜也。①

前半段指出任渊在注后山此诗时，因为对快哉亭的地理位置判断失误，故其无法弄清楚此诗作于何时何地，方回结合《贺铸集》中的信息，对此一细节进行了考察和纠正，指出此亭不在黄州，而在徐州。后半段则对此诗进行了艺术上的分析与评价。再如卷十六"节序类"王安石《冬至》诗后，方回注云：

李参政注："博路，未详。"予谓常日禁赌博，惟节日不禁耳。幽闲聚集、珍丽携擎，此等句细润，乃三谢手段，半山多如此。又至节五言诗佳者绝少，七言则老杜数篇尽之矣。②

对李壁注中付之阙如的"博路"一词之义，进行了补充；之后又对半山诗法进行点染，并顺道对唐以来以冬至为题材的诗歌的整体创作进行评价，由点及面，注评结合。而在卷二十四"送别类"《宋顾子敦赴河东三首》诗后，方回注云：

元祐元年夏，顾临子敦除河东漕。东坡有古诗，山谷押云："西

① 《瀛奎律髓汇评》，第17页。
② 同上书，第565页。

连魏三河，东尽齐四履"是也。予窃谓"一寸功名心已灰"，此句有病。以元祐之时劝其退，岂子敦有不满乎？"行台无妄护衣箪"，此亦小事，近乎不庄。大抵山谷诗律高，而用意亦多出于戏。如"折冲樽俎不临边"，意好，却犯子敦名。"西河民病要分忧，一马人间费十牛"，始是恻怛爱民之意。山谷送人律诗少，《外集》有《送徐隐父宰余干》有云："赘叟得牛民少讼，长官斋马吏争廉。"末云："治状要须存岂弟，此行端为霁威严。"极佳。山谷诗自任渊所注之外，有《外集》，有《别集》。《外集》中诗，不可谓之不逮《前集》。任渊所注，亦多卤莽，止能注其字面事料之所出，而不识诗意。如《次韵文潜同游王舍人园》"自移竹淇园"下至"牵黄臂老苍"十三韵，皆称美王才元园林、田畴、屋庐、声色、花竹之美，所谓"买田宛丘间，江汉起滥觞"，乃指才元所以致富之本也。注乃谓山谷为归老之渐，不亦谬乎！如此诗"一马人间费十牛"，蔡卞切齿，谓谷讥熙丰政事，陈留史祸亦本于此，而渊不能注。①

方回在亲自对诗歌情思意蕴进行点评的基础上，对任渊注提出直接且尖锐的批评，认为其只能注字面事料之所出而未能遹定诗意，并举例以证之，尽管从实际上看，这个批评过于极端，有失公允。

除此之外，方回还不止一次地引宋诗宋注对某一首诗收入与否的取舍作为判断其归属和真伪的重要参照。如卷十九"酒类"《军中醉饮寄沈刘叟》诗后，方回云：

黄本注杜诗无此篇。山谷尝用"酒渴爱江清"为韵赋诗，任渊注亦云杜诗，而白本杜诗亦有此篇。或以为畅当诗，然顿挫翕忽，

---

① 《瀛奎律髓汇评》，第1085页。

不可以律缚，恐畅当未办此也。第二句"甘"亦作"酣"。①

方回连引黄氏《补注杜诗》、任渊《山谷内集诗注》、杜诗白本作为参照，蠡测此篇是否当纳入杜甫名下，最后，结合诗中气象及其艺术水准，推定此诗恐非晚唐诗所能为，当属老杜。在这个过程中，任渊注无疑发挥了积极的作用。又如卷二十"梅花类"陈后山《和和叟梅花》诗后，方回注云："此诗见《后山外集》。任渊所不注者，恐非后山作。以五、六太露，不然，则是少作，尝自删去者也。"对此诗是否为后山所作持否定的态度，而这一态度的形成，在很大程度上受到了任渊注的影响。

三　《诗林广记》

《诗林广记》出自南宋遗民蔡正孙之手。据蔡正孙自序，此书作于"屠维赤奋若"，即元太祖至元二十六年（1289），晚于方回《瀛奎律髓》六年。《诗林广记》前后集各十卷，共二十卷。前集选晋、唐的 33 位诗人，后集选北宋的 29 位诗人。体例与《竹庄诗话》近似，"皆名为诗评，实如总集"②，而且，"集前贤评话及有所援据摹拟者，冥搜旁引，而丽于各篇之次"③，"……惟正孙书以评列诗后，（《竹庄诗话》）以评列诗前为小变耳"。④ 具体来说，《诗林广记》于入选的诗人及诗作之后，附录相关的诗话、诗评等材料，再搜集类似或模仿的诗作附在相关诗篇之后，前后牵连，混成一体。"使观者即其所评与原诗互相考证，可以见作者之意旨并可以见论者之是非，视他家诗话但拈一句一联而不睹其诗之首尾或浑称某人某篇而不知其语云何者固为胜之。"⑤

---

① 《瀛奎律髓汇评》，第 726 页。
② 《钦定四库全书总目》（整理本），第 1789 页。
③ （宋）蔡正孙：《诗林广记》，中华书局 1982 年版，第 3 页。
④ 《钦定四库全书总目》（整理本），第 1789 页。
⑤ 同上。

《诗林广记》于相关诗作之后，明确摘引的诗歌注本有以下四种：托名王洙《分门集注杜工部诗》（或黄氏《补注杜诗》）①、王十朋《王状元集百家注分类东坡先生诗》（后文简称《东坡诗集注》）、任渊《山谷内集诗注》、任渊《后山诗注》。未标明诗注或标明诗话但实引自诗注的则有谢枋得《注解章泉涧泉二先生选唐诗》。② 除此之外，《诗林广记》还摘引了三篇诗歌注本的序跋，分别是朱熹《跋章国华所集注杜诗》、鲁訔《鲁訔注杜工部诗序》和陆游《施司谏注东坡诗序》。

无论是数量上还是手法上，《诗林广记》对诗注的摘引都达到了一个新的水平。

从数量上看，宋诗宋注成为绝对的核心。《诗林广记》引录的诗注多达 105 条。但是，唐诗注仅有 7 条，分别系于杜甫《示宗武》、刘禹锡《金陵石头城》《生公讲堂》、杜牧《题乌江亭》《华清宫》、唐彦谦《仲山》、白居易《王昭君》七首诗后，其中，第一条出自《分门集注杜工部诗》或《补注杜诗》，后六条皆出自谢枋得《注解章泉涧泉二先生选唐诗》；余下的 98 条，则全取自宋人的苏、黄、陈（后山）三家诗注。

从形式上看，蔡氏在引录注文时，设置了多种体例。《竹庄诗话》在这方面处理得比较清晰，一律以注本名称作为起始语（其中杜诗注本出现两种，故特标出不同的注者以示区别），与各种诗话、笔记、诗评并列于诗歌之前。《瀛奎律髓》皆以注者姓氏作为起始语。《诗林广记》则表现得比较复杂。它有以下四种形式。

---

① 按：《诗林广记》中引杜诗注仅一处，即《示宗武》诗后所引："《诗注》云：嵇绍新解觅句，稍知音律。王浑阿戎年小，渐解满床摊书。谢玄少好佩紫罗香囊，叔父安焚之。嵇康顾子绍曰：'阿绍明年共我长矣，吾甚喜尔成人。'"此条同时见于托名王洙的《分门集注杜工部诗》和黄氏父子的《补注杜诗》，然皆稍有删节。此"《诗注》云"，未知其所指为何者。

② 卞东波：《南宋诗选与宋代诗学考论》，中华书局 2009 年版，第 122—124 页。

第一种，以"《诗注》云"为起始语，如苏轼《题织锦图回文三首》诗后所引：

> 《诗注》云："回文诗起于窦滔妻苏氏，于锦上织成之，盖顺读与倒读皆成诗句也。诗中所谓'千字锦'、'回文锦'，皆用此事也。"①

第二种，以"某某《诗注》云"为起始语，如苏轼《次荆公韵》诗后所引：

> 赵次公《诗注》云："此篇止书景物，而欲引归之意。先生蜀人，自京师言蜀，则为剑外矣。杜诗云：'草木变衰行剑外。'池南，盖归蜀之路也。"②

第三种，以"注者（注者之名或字、号）云"为起始语。如苏轼《二虫》诗后所引：

> 师民瞻云："杜甫《缚鸡行》末句云：'鸡虫得失无了时，注目寒江倚山阁。'东坡此诗末句正用杜甫诗意也。"汪养源云："《韵语阳秋》云：'《阿滥堆》，明皇御玉笛，采其声翻为曲，左右皆能传唱。'张祜诗有云：'至今风俗骊山下，村笛犹吹《阿滥堆》。'"③

第四种，直接引注文内容，既不标《诗注》名，也不标注者名。如苏轼《咏史董卓》诗后所引"《汉书》云""《袁绍传》云""王允与吕布谋诛卓"三条材料，全部录自《东坡诗集注》，然蔡氏对此却只字未

---

① 《诗林广记》，第254页。
② 同上书，第220页。
③ 同上书，第43页。

提；又如《戏徐君猷孟亨之不饮》诗后分别引"胡苕溪云""《晋书》云""《魏志》云"，后两条材料皆录自《东坡诗集注》，蔡氏同样直接转载，不置一词。

不仅如此，这些不同的方式又常常混杂在一起，尤其是后两种情况，经常在一首诗后同时出现。如苏轼《张子野年八十五尚闻买妾述古令作诗》诗后，蔡氏共引七条材料，依次为"《高斋诗话》云""《石林诗话》云""赵彦材云""《丽情集》云"、"汉成帝尝微行"条、"张苍自秦时为柱下史"条、"前汉张禹弟子尤著者"条。其中，后五条全录自《东坡诗集注》，然却用了"某某云"和直接引用不标注两种不同的征引形式。《诗林广记》所引宋诗宋注以及按不同的形式出现的次数略如下表所示。

	出现次数（次）	出现形式			
		《诗注》云（次）	某某《诗注》云（次）	注者云（次）	直引不标注（次）
《东坡诗集注》	39	6	6	9	18
《山谷内集诗注》	29	2	1	15	11
《后山诗注》	30	2	3	18	7
共计	98	10	10	42	36

从上表中可以看出，"《诗注》云"与"某某《诗注》云"，各出现10次，数量较少；而"注者云"出现42次，"直引不标注"出现36次，分别占据了总数的43%和37%，是引人注目的焦点。

内容上，四种摘引方式有着清晰的指向性。也即是说，不同出现频率的背后，隐藏着《诗林广记》对所摘引宋诗宋注的复杂态度。

"《诗注》云"（注云）基本上都是对诗中名物、地理、字词的解释，偶尔涉及本事，然总体上看，还停留在较单纯的注释层面。如苏轼《次荆公韵》（其二）诗后，引"《诗注》云"，其内容是解释"上箸""下箸"；黄庭坚《和答钱穆父咏猩猩毛笔》诗后，引"《诗注》云"，是用来解释"猩猩事"；其他如苏轼《和欧阳少师会老堂次韵》《玉板长老偈》、黄庭坚《登岳阳楼望君山》等诗皆是如此。

"某某《诗注》云"出现频率虽与其相当，但内容上已经有了明显的变化。尽管仍然有对名物的解释，如黄庭坚《广陵早春》诗后，引"任天社《诗注》云"解释"红药"；但对诗歌主旨、诗意进行探讨和发掘的内容明显增多，陈师道《送苏公知杭州》《送吴先生谒惠州苏副使》诗后所引，皆是逐句解诗，是对诗歌义脉走向的解说。

"注者云"和"直引不标注"在内容上的指向性最为明确。二者有着截然不同的选择方向："注者云"的内容，是对"某某《诗注》云"的明确与强化，它们几乎是注者对诗歌的主观认识，或点诗旨，或解诗意，或评技巧，或论艺术。如：

> 西蜀赵次公彦材云："此篇不使事，语亦新造，古所未有。迫涪翁所谓不食烟火食人之语也。"（苏轼《月夜与客饮酒杏花下》）
>
> 赵彦材云："此言建中靖国间，新天子即位，必新定礼仪也。"（苏轼《过岭南题诗龙泉钟上今复过而北次前韵》）
>
> 任天社云："山谷诗律妙一世，用意未易窥测，然置字下语，皆有所从来。"（总评）
>
> 任天社云："此借用李太白'解道澄江静如练，令人长忆谢玄晖'之句，反而用之。言不若于此景物中道出句也。"（黄山谷《题

晁以道雪雁图》)①

我们可以很清楚地看到，无论是内容还是形式，这些评价都已经与诗话、评论了无区别，所以蔡氏把它们从诗歌注本中剥离出来，仿用诗话的形式，让其厕身于诗话之中，给予它们和诗话平起平坐的地位，即把这部分诗注"诗话化"了。而"直引不标注"的内容，则主要是辑自诗注的事典和史典。它们与诗意直接相关，对深入理解诗歌的内涵、意蕴至关重要。然而，它们并非注者原创，而是辑取自史传或笔记小说，《诗林广记》又对其进行了二次"转载"。这些内容涵盖了《韩非子》《汉书》《后汉书》《晋书》《魏志》《南史》《旧唐书》《世说新语》《明皇杂录》等书。在蔡氏眼中，它们更像是一种公共资源，是可以共享的知识，注家可以用，自然编者也可以用。于是，他采取了"拿来主义"的策略，直接摘录而不注明辑自诗歌注本。

蔡氏通过以上四种不同的方式，表达了对所摘引宋诗宋注一分为三的态度：纯粹的诗注、诗注的诗话化以及可以共享的知识。结合蔡氏的自序，我们会发现，这种复杂的态度很大程度上受制于其编纂此书的双重目的——在"发幽趣"的同时，还要用来"课儿侄"。所以，作为"教材"的《诗林广记》，在评诗论艺之余，出现一些事典、史典以及少量注释也就顺理成章了。

需要说明的是，《诗林广记》虽亦是以征引为主，然其中亦零星可见蔡氏自作之按语，皆以"愚谓"的方式出现，缀于各诗或所附评论之后，如《前集》卷三李白《浔阳紫极宫感秋》诗后，附谢枋得和诗，诗末缀有蔡氏按语："愚谓：叠翁此诗，清峭典雅，与诸老作真可齐驱并驾也。"②《后

---

① 《诗林广记》，第251、235、279、288页。
② 同上书，第60页。

集》卷五黄庭坚《登岳阳楼望君山》诗后，蔡氏云："愚谓：山谷此诗，实用刘禹锡、应陶诗中语翻案也。今附于左。"① 篇幅大都简短，多是蔡氏对所选诗歌的品题。遗憾的是，蔡氏此类按语数量太少，尚不足以自立。

四 《唐宋千家联珠诗格》

《唐宋千家联珠诗格》（下文简称《联珠诗格》）同样出自蔡正孙之手。据其自序所云，此书初刻于大德四年（1300），晚于《诗林广记》十余年。《联珠诗格》共二十卷，选唐宋诗人七言绝句一千余首，分为三百四十余格。

蔡氏对宋诗宋注的重视态度和摘引在《联珠诗格》中同样延续了下来，不过，与前面三种诗选不同的是，此书中的摘引完全以隐蔽的方式进行，不指明出处，不交代一语；而且，由于全书整体风格比较简练，注、评皆下字不多，故其对宋诗宋注的暗自摘引，也往往经过了一番剪裁和檃括，不再是直录原文。关于这一点，目前学界似未有人提及。卞东波在讨论《联珠诗格》与唐宋作家别集之间的联系时，点到其对王十朋《东坡诗集注》的参考，然又加注云："钱穆父《寄吕仲》见王十朋《东坡诗集注》卷一一《和钱四寄其弟龢》题注引，故知《诗格》用的《东坡集》可能是王十朋的《东坡诗集注》。"② 语带商榷，未敢凿实。事实上，据笔者所比勘，《联珠诗格》对宋诗宋注的摘引是可以明确认定的，其所摘引的诗注应当包括以下3种。

1. 任渊《山谷内集诗注》。《联珠诗格》卷一录黄庭坚《书酺池书堂》一诗。"小黠大痴螳捕蝉，有余不足夔怜蚿"句下，蔡氏注云："夔一足，蚿多足。螳螂、夔蚿事并见《庄子》。意谓巧诈之相倾，智愚之相

① 《诗林广记》，第302页。
② 《唐宋千家联珠诗格校证》，第44页。

角，与此数虫无异，得失安在哉？"① 查任渊《山谷内集诗注》卷十一，此诗原题为《寺斋睡起二首》（其一），非《书酺池书堂》。"小黠大痴螳捕蝉，有余不足夔怜蚿"句下，任渊注云：

> 退之《送穷文》曰：驱我令去，小黠大痴。《庄子》曰：庄周睹异鹊，执弹而留之，睹一蝉，方得美荫而忘其身，螳螂执翳而搏之，见得而忘其形，异鹊从而利之，见利而忘其真。又曰：夔怜蚿，蚿怜蛇，蛇怜风，风怜目，目怜心。《音义》云：夔，一足兽。蚿，马蚿虫，多足。诗意谓巧诈之相倾，智愚之相角，与此数虫何异，得失竟安在哉？②

两相比较，可以很清楚地看出，蔡正孙此注前半部分檃括任注，后半部分则转录任注。卷十二选王稚川《醉书》："雁外无书为客久，蛮边有梦到家多。画堂玉佩萦云响，不及桃源欸乃歌。"蔡氏在诗后注云："王竑，元丰初调官京师，尝阅贵家歌舞，醉归，书此诗于旅邸。山谷有和。"③ 查任渊《山谷内集诗注》卷一《次韵王稚川客舍二首》题下注云：

> 彭山黄氏有山谷手书此诗云：王竑稚川，元丰初调官京师，寓家鼎州，亲年九十余矣。尝阅贵人家歌舞，醉归，书其旅邸壁间云："雁外无书为客久，蛮边有梦到家多。画堂玉佩萦云响，不及桃源欸乃歌。"余访稚川于邸中而和之。④

比较即知，蔡氏所云当是从任渊题注中节录而来，文字基本吻合，

---

① 《唐宋千家联珠诗格校证》，第 28 页。
② 《黄庭坚诗集注》，第 385 页。
③ 《唐宋千家联珠诗格校证》，第 565 页。
④ 《黄庭坚诗集注》，第 51—52 页。

只是稍作了一些删减。

2. 胡穉《简斋诗笺》。卷十六录陈与义《寄太光》一诗①，首句"心折零陵霜入鬓"下，蔡氏注云："零陵，谓太光在永州"；末句"只惯平生作报书"下，蔡氏注引李翱《答独孤舍人书》，云："所以不附书者……三年性颇慵懒，一切画断，只作报书。"②

查《简斋诗笺》，胡穉于首句下注云："零陵，谓大光在永州"，蔡氏于此全同；末句下引《答独孤舍人书》，云："所不附书者，一二年来往还，多得官在京师，既不能周遍，又且无事，性颇慵懒，便一切画断，只作报书。"③ 蔡氏引文虽有省略，然实与胡穉注文相同，故蔡氏此诗之注当自胡穉《简斋诗笺》中来。

3. 王十朋《东坡诗集注》。除了卞东波指出的那一处，我们还可以再补充一个例子。卷十一录东坡《遁轩》一诗，末句"笑杀逾垣与闭门"下，蔡氏注云："段干木逾垣，泄柳闭门，事见《孟子》。"查王十朋《东坡诗集注》，此句之下，次公注云："逾垣，段干木也；闭门，泄柳也。事见《孟子》。"④ 两相比较，蔡氏只是对次公注稍作颠倒，挪用的痕迹还是比较明显的。

前面已经说了，《联珠诗格》一书，主要是蔡氏自为注评，其对宋诗宋注的摘引和利用，皆抹掉了外在的痕迹，若非仔细寻绎，很容易忽略。《联珠诗格》中没有出现对宋人的杜、韩、柳诗注的摘引，所引及的，皆是宋人的本朝诗注，虽数量不多，但足以证明蔡氏对宋诗宋注重视程度的提高。

---

① 此诗在胡穉《简斋诗笺》中，题为《寄大光二绝句》。
② 《唐宋千家联珠诗格校证》，第729页。
③ 《陈与义集》，第410页。
④ 《增刊校正王状元集注分类东坡先生诗》，第439页。

五 方回、蔡正孙对宋诗宋注的深层接受

方回《瀛奎律髓》自序云："所注，诗话也。"事实上，方回所"注"，并不仅仅是以"辨句法，备古今，纪圣德，录异事，正讹误"为主的"诗话"①，还包括对诗歌的注释。所以，对方回之"注"，最合理的定位应当是评注，而非单纯的评点。② 学界历来关注的都是评注中"评"的部分，"注"的内容尚无人问津。

方回的注释包含多方面的内容。有对字音字义的解释，如卷十七"晴雨类"王平甫《雨意》诗后，方回注云："'辗'，丑理、丑忍二切。'辗然'，笑貌。"《雨余》诗后，方回注云："'蜈螃'，蝉也。下，力幺切。"有对诗中文字的校勘，如卷二十三"闲适类"韩愈《闲游二首》（其一）下，方回注云："第四句'故'一作'乱'。"同卷林逋《湖山小隐》诗后，方回注云："'愤'当作'惯'。"有对诗意的总结，如卷十六"节序类"陈师道《和元夜》诗后，方回注云："景联极佳。后山家徐州，彭、黄谓彭门、黄楼也。汴水、泗水，交流成角，故云。"卷二十一"雪类"陈师道《元日雪》诗后，方回注云："末句为东坡在儋州。"等等。

然而，这几类注释为数尚不多，出现次数颇多的注释集中在以下两个方面：一是对诗人（包括诗中人物）生平的简介；二是对诗歌创作时间的考察。至于出现的具体情况，又可分为两种：它们有时作为方回注的全部内容，独立出现。前者如卷十六"节序类"范成大《乙未元日》诗后，方回注云："石湖靖康丙午生。乾道己丑年四十四，充泛使人燕。

---

① 《许彦周诗话》，第1页。
② 莫砺锋先生在《从〈瀛奎律髓〉看方回的宋诗观》一文中（《文艺理论研究》1995年第3期，第70—79页），对其的定位便是"评注"，只是文章全部立足于"评"，并无涉及"注"的部分。

淳熙甲午、乙未帅桂林，时被命帅蜀，年五十。"卷二十三"闲适类"俞退翁《东山召复古》诗后，方回注云："俞汝尚，吴兴人，绍兴初召为御史，不老而致仕，号溪堂居士。"卷二十四"送别类"陈师道《送苏迨》诗后，方回注云："迨，字仲豫，东坡次子也。"后者如卷二十"梅花类"杨万里《可信弟坐上赋梅花二首》（其二）下，方回注云："此见《西归诗》。在知常州之后。"卷二十一"雪类"梅尧臣《十五日雪三首》（其三）后，方回注云："此乃花朝日雪。是年皇祐五年癸巳正月十五日，狄青破侬智高之年，陈后山生，圣俞五十二岁，监永济仓。"卷二十二"月类"曾几《癸未八月十四日至十六日夜月色皆佳》诗后，方回注云："隆兴元年癸未，茶山年八十。"

有时则与评点混合在一起，同时出现。前者如卷三十二"忠愤类"周尹潜《野泊对月有感》诗后，方回注云："尹潜，名莘。为岳阳决曹掾。陈简斋集屡见诗题。乃钱塘人，东坡所与交周长官开祖之孙也。诗有老杜气骨，简斋亦钦畏之。只'江月乱中明'一句便高，三、四悲壮，并结句自可混入老杜集。"卷三十四"川泉类"齐祖之《观潮》诗后，方回注云："齐唐，字祖之。会稽人。天圣中进士。尝试制科，从范文正公辟杭州料院，仕至曹邮。有《少微集》。此诗凡观潮之作，皆在其下。"后者如卷十六"节序类"刘后村《上巳》诗后，方回注云："'山阴修竹'、'水边丽人'一联，亚于赵昌父。绍定五年壬辰诗。后村年四十六，闲居莆中，所以言'俊游亦恐是前身'，皆思旧事也。"卷二十一"雪类"尤袤《正月二十八日夜大雪》诗后，方回注云："淳熙八年辛丑遂初为江东仓行部时诗。三、四轻快。"

对于方回注中频频出现的对诗人生平的简介，张伯伟在《中国古代文学批评方法研究》一书中，从选本的角度进行考察，强调了这部分内容的价值：

　　方回重视作者生平，所以注中常常载入诗人小传，尤其是晚宋的诗人，方回与他们有所交往，这类记载就更具有文献价值。冯班说"方君叙宋末事甚详，多可据"；《四库提要》称"当时遗文旧事，亦往往多见于其注"，指的就是这类记事之文。选集与诗人小传结合，虽然发轫于挚虞的《文章流别集》，但其小传未必在作者名下；姚合《极玄集》于诗人名下各附小传，但可能出于后人增补。所以，方回的此类记载，从选本的角度来看，也是值得重视的。①

　　事实上，我们可以从宋诗宋注的角度进一步思考这个问题：《瀛奎律髓》踵《竹庄诗话》之足迹，摘引宋诗宋注，或将其"诗话化"，或对其进行纠错、订正、评论，或以其为参照，判断诗之归属，其对宋诗宋注的熟悉、重视的程度自毋庸置疑；与此同时，宋人在注释宋诗的过程中，日渐形成了一些突出的特点，其中之一就是"以史证诗"，这包括对诗歌的编年、对诗人生平事迹的考察等方面；方回注中对诗人生平和诗歌创作时间的重视，正与这一特点暗合。《瀛奎律髓》完成于1283年，此时距离宋亡已有4年，其已经可以站在一个更合适的时间点上，通观有宋一朝诗歌的发展流变和起伏波澜；此时宋人的本朝诗注释也已完成并成熟，其在对任渊、李壁注频频摘引的同时，对本朝人注本朝诗的特点，亦当有一定的感受和把握，这种感受和把握体现在《瀛奎律髓》的评注中，便呈现为对诗人生平和诗歌创作时间的频频关注。

　　所以，方回的《瀛奎律髓》不仅摘引宋诗宋注，反过来，宋诗宋注"以史证诗"的特点也以潜移默化的方式渗透到方回的注释中，从而成为其整体面目形成过程中的一个较为隐蔽的因素。

---

　　① 张伯伟：《中国古代文学批评方法研究》，中华书局2006年版，第301页。

　　《诗林广记》摘录诗话、诗注、序跋、笔札等论诗之语置于诗后，作为理解、鉴赏诗歌的津梁，蔡氏很少跳出来发表评论，偶尔以"愚谓"的方式添加按语。《联珠诗格》则正好相反，蔡氏自序云："凡诗家一字一意可以入格者，靡不具载，择其尤者，凡三百类，千有余篇，附以评释，增为二十卷。"① 所以，一路读下来，几乎"每一首都有蔡正孙的评释"②，训释字词，解释典故，梳理文义，评诗论艺。蔡氏的评论以艺术技巧、意境营造为重点，比较集中地体现出其诗学思想和追求，"足可以和同时代方回的《瀛奎律髓》评语以及刘辰翁的诗歌评点相参照，而且足以改写传统中国文学批评史对蔡正孙的评价"③。注释则多用来补充本事，交代典故，串解诗意，与宋人的诗歌注释并无二致。如卷五何应龙《笋》：

　　　　泥中莫怪出头迟，历尽冰霜只自知。此言人之阅历处。昨夜震雷轰渭亩，请君来看化龙枝。此诗借笋自喻，谓藏器待时，穷者必通。④

　　第二、四句下，蔡氏之注，皆为对诗歌意旨的揭示。卷六程沧州《烟波图》：

　　　　万顷烟波一钓翁，玄真心事偶相同。张志和称"烟波钓徒"，垂钓不设饵，著《玄真子》以自号。平生我亦轻轩冕，分取苕溪半席风。言志之诗。⑤

---

① 《唐宋千家联珠诗格校证》，第50页。
② 卞东波：《蔡正孙与〈唐宋千家联珠诗格〉》，《古典文学知识》2007年第4期，第113页。
③ 《蔡正孙与〈唐宋千家联珠诗格〉》，第113页。关于蔡氏在《唐宋千家联珠诗格》的评语中流露出来的诗学思想，可参见卞东波《南宋诗选与宋代诗学考论》第八章《〈唐宋千家联珠诗格〉与宋代诗学》，中华书局2009年版，第204—254页。
④ 《唐宋千家联珠诗格校证》，第194页。
⑤ 同上书，第247页。

第二、四句下，蔡氏之注评，分别是对人物的介绍和对整首诗的定位与评价。卷十陈石窗《流红记》：

> 春明门外御沟寒，红叶随流意自闲。春明，长安京城门。唐僖宗时，有于祐晚步禁衢，流一红叶，上有句云："殷勤谢红叶，好去到人间。"祐复题云："曾闻叶上题红怨，叶上题诗寄与谁。"祐后娶宫人韩氏，乃题诗红叶者也。闻说六宫无可怨，肯将诗句落人间。①

第二句下，蔡氏之注，是对诗中所用典故的解释与补充。卷十陈镜湖《吴门怀古》：

> 枫叶飘零满眼秋，五湖烟阔水悠悠。二句便有含愁之意。不知范蠡舟能大，载得吴王一国愁。"能"字乃吴人语音，谓能有几许大也。②

第二、四句下，蔡氏之评注分别是对艺术情韵的点染和对方言的注释。从以上几首诗不难看出，在蔡氏手中，注与评互相交织，互相配合，使得《联珠诗格》同时具备选本、诗格及诗评、诗注等多重性质。

在《联珠诗格》所选的一千多首七言绝句中，"宋诗占了七八成"，"选113位唐代诗人而选宋代诗人则多达430位"③，他自为评注的诗歌，也大都是宋人的作品。蔡氏的评注，释典故，论艺术，引诗话，解诗意，叙本事，在一个选本中，把宋诗宋注各方面的特点都集中了起来，尤其是对诗中典故、本事的大量注释，足以证明蔡氏对宋诗宋注重视典故注释的特点潜移默化地接受与吸收。所以，从《诗林广记》转录他

---

① 《唐宋千家联珠诗格校证》，第408页。
② 同上书，第443页。
③ 卞东波：《南宋诗选与宋代诗学考论》，中华书局2009年版，第218页。

人评注到《唐宋千家联珠诗格》亲自对每一首诗进行评注，这其中的飞跃，同样为宋诗宋注向宋代诗学的反向渗透提供了一个颇有分量的实例。

第四节　宋诗宋注与南宋诗话

一

宋诗宋注频频摘引诗话，作为注释的内容、依据或补充，事实俱在，一目了然，无须再论。不仅如此，有的时候，宋诗宋注还会以按语的形式，对所征引的诗话作进一步的讨论和商榷，如任渊《山谷内集诗注》卷十三《次韵答斌老病独游东园二首》（其一）"小立近幽香，心与晚色静"句下，任渊注云：

> 《王立之诗话》曰：山谷诗云："小立伫幽香""农家能有几絇丝"，韵联与荆公颇同，当是暗合耳。按：介甫诗云："月映林塘淡，空涵笑语凉。俯窥怜绿净，小立伫幽香。"然亦本于老杜"稀疏小红翠，驻屐近微香"之句。老杜诗又曰："水花晚色静，庶足充淹留。"①

王直方指出了山谷与荆公诗句的暗合之处，但语焉不详。②反观任渊的注释，其并不满足于王直方的结论，另下按语，且在按语中，将考察的视线又往前迈进了一步，延伸到了杜甫，找出了荆公、山谷此句在杜

---

① 《山谷诗集注》，第316页。
② 首先，王直方这里将山谷诗"小立近幽香"与荆公"小立伫幽香"混淆在一起；其次，其未引出荆公相应的诗句，显得粗疏。

诗中完全对应的句子，较之王直方，其眼光显然更胜一筹。

除此之外，和"类笔记"的内容相似，宋诗宋注中也有不少"类诗话"的文字。这些文字跟相关诗话关注的对象基本一致，结论则互有输赢，仍以任渊《山谷内集诗注》为例，卷六《常父答诗有煎点径须烦绿珠之句复次韵戏答》"欲买娉婷供煮茗，我无一斛明月珠"句下，任渊注云："……《岭表异录》曰：昔梁氏女有容貌，石季伦为交趾采访使，以珍珠三斛买之，即绿珠也。此句以答绿珠之戏，用韵极工。"不仅注出绿珠之典，且能结合次韵戏作的创作背景，点出其用韵之工。胡仔《苕溪渔隐丛话》同样关注到了这首诗："《太平广记》云：'绿珠井在白州双角山下。昔梁氏之女有容貌，石季伦为交趾采珠使，以真珠三斛买之。梁氏之居，旧井存焉。'耆老云：汲饮此井者，诞女必多美。里间以美色无益于时，遂以巨石镇之。苕溪渔隐曰：'山谷诗云：欲买娉婷供煮茗，我无一斛明月珠。用此事也。'"[1] 然仅止步于对绿珠之典故的还原，未若任注之全面立体。当然，有些时候，较之诗话的表述，类诗话也会稍欠火候。如卷十四《次韵杨明叔见饯十首》（其十）"梦做白鸥去，江南水如天"句下，任渊引《庄子》《南史》、柳宗元诗一一落实句中语典出处之后，云："山谷旧有《和谢师厚诗》云：梦做白鸥去，江南水黏天。又作《演雅》云：江南春尽水如天，中有白鸥闲似我。亦此意也。"这里，任渊留意到山谷诗中类似的写法，将其归类、总结，并指出这些句子旨意相同，但具体是何意，却并未明说。而同样的观点，在惠洪的《冷斋夜话》中则表达得更加全面准确："……山谷寄傲士林，而意趣不忘江湖，其作诗曰：九陌黄尘乌帽底，五湖春水白鸥前。又曰：九衢尘土乌靴底，相见沧州百鸟双。又曰：梦做白鸥去，江湖水黏天。又作《演雅》

---

① （宋）胡仔：《苕溪渔隐丛话》，人民文学出版社 1962 年版，第 330 页。

诗曰：江南春尽水如天，中有白鸥似我闲。"① 先点明意旨，再排列诗句，
一目了然，比任注更醒目。再如卷十五《次韵闻善》"张罗门带雪，投辖
井生苔"句下，任渊先引《汉书》，注出诗中之事典，接着又云："老杜
诗：君不见雨时秋井塌，古人白骨生青苔，如何不饮令人哀。东坡诗亦
云：我如废井久不食，古瓮缺落生阴苔。"察觉并通定了与山谷诗中用典
类似的老杜和东坡的诗句，而在《诚斋诗话》中，杨万里同样将任渊所
举出的杜诗与坡诗放在一起，"老杜有诗云：忽忆往时秋井塌，古人白骨
生青苔，如何不饮令人哀。东坡则云：我如废井久不食，古瓮缺落生阴
苔。此皆翻案法也"②，更进一步，明确点出用典翻案之手法，揭示同一
典故在不同诗人诗中可以呈现出完全不同的姿态，显然比任渊说得更透，
更具诗学的眼光。偶尔，类诗话还可以提供异说。卷十六《赠高子勉四
首》（其二）"高郎少加笔力，我知三杰同科"句下，任渊注云："……
山谷《与李端叔帖》曰：比得荆州一诗人高荷，极有笔力，使之凌厉中
州，恐不减晁、张。尝闻之长老云：文潜见此句殊不乐。"叶梦得《石林
诗话》亦有类似的记录："高荷，荆南人，学杜子美作五言，颇得句法。
黄鲁直自戎州归，荷以五十韵见，鲁直极爱赏之，尝和其言，有云：张
侯海内长句，晁子庙中雅歌。高郎少加笔力，我知三杰同科。张谓文潜，
晁谓无咎也。无咎闻之，颇不平。"③ 在叶梦得笔下，对黄庭坚盛赞高荷
并将之与其相提并论心生不满的人从张耒变成了晁补之。此条后又被
《苕溪渔隐丛话》转引，于是，"无咎颇不平"的说法也就一直延续了
下来。比对任渊的注释，我们发现，似乎诗中的两位人物对山谷的态度
都不太满意。

---

① （宋）惠洪：《冷斋夜话》，中华书局 1985 年版，第 8 页。
② （宋）杨万里：《诚斋诗话》，《历代诗话续编》，中华书局 1983 年版，第 141 页。
③ （宋）叶梦得：《石林诗话》，《历代诗话》，中华书局 1981 年版，第 419 页。

二

以上所述是宋诗宋注与南宋诗话互动关系中比较清晰的一面，但更重要、更具学术意义，也是长久以来一直为学界所不察的是另外一面，即南宋诗话对于宋诗宋注的反馈。

首先，和宋人笔记一样，南宋诗话也会对宋诗宋注的水平做出整体评价，如陈岩肖《庚溪诗话》卷上引"今上皇帝"之言，认为赵夔等注苏诗"甚详"：

> 今上皇帝尤爱其文，梁丞相叔子，乾道初任掖垣兼讲席，一日内中宿直，召对，上因论文，问曰："近有赵夔等注轼诗，甚详，卿见之否？"梁奏曰："臣未之见。"上曰："朕有之。"命内侍取以示之。①

对高质量的注本予以肯定。刘克庄在《后村诗话》中，对李壁注也同样给予高度评价，直言"雁湖注半山诗甚精确"②。

相应地，南宋诗话也会不时对宋诗宋注在细节上的疏误进行指证和辩驳，尽管刘克庄认为李壁《王荆文公诗笺注》"甚精确"，但同样是在《后村诗话》中，其也没有回避对李壁注的修订，依然致力于对细节注释的准确性的追求：

> 雁湖注半山"归肠一夜绕钟山"之句，引韩昌黎诗"肠胃绕万象"，非也。孙坚母怀妊坚，梦肠出绕吴阊门。半山本此，见《吴志》。《和王贤良龟诗》云："世论妄以虫疑冰。"注虽引《庄子》，但出处无"疑"字，意公别有所本。后读卢鸿《嵩山十志》，有

---

① （宋）陈岩肖：《庚溪诗话》，《丛书集成初编》，第2552册，第9页。
② （宋）刘克庄：《后村诗话》，中华书局1983年版，第130页。

"疑冰"之语。又唐彦谦《中秋》诗云："雾净不容玄豹隐，冰寒却
恐夏虫疑。"乃知唐人已屡用之。①

针对"世论妄以虫疑冰"一句的典故出处，从李壁遍定的《庄子》
"夏虫不可语冰"到刘克庄探寻的唐彦谦"冰寒却恐夏虫疑"，很明显，
注释的准确度有了明显的提升。

其次，南宋诗话对宋诗宋注的反馈更多更集中的是以另一种较为隐
蔽的形式展开，即诗话反过来直接摘录宋诗宋注，将所摘录的诗注诗话
化，与南宋末期的几种诗歌选本的处理方法保持了相当的一致。

《苕溪渔隐丛话》首开摘引宋诗宋注的先河。《苕溪渔隐丛话》前集
撰序杀青于 1148 年，之后长期进行修订，1165 年开始编纂后集，1167 年
作序定稿。② 当时已经完成且进入流通状态的宋诗宋注的种类还很有限，
故其仅在《后集》卷三十二《山谷·下》最后一条"《复斋漫录》云"
的末尾，用小一号字体附录了两条注文。原文如下：

> 东坡《和山谷嘲小德》末句云："但使伯仁长，还兴络秀家。"
> 盖伯仁乃络秀子耳。洪驹父《哭谢无逸诗》："但使添丁长，终兴谢
> 客家。"此学东坡，语尤无功。添丁，卢仝子，气骨不相属也。络
> 秀，本伯仁父浚之妾，小德亦庶出，故坡用事其切如此。山谷诗：
> "解著《潜夫论》，不妨无外家。"更觉其工。

此条诗话主要是以"王符""络绣"两个历史人物的相关典故为例，
通过对具体诗作的比较，说明山谷诗歌用典之工。其结论的合理性与说
服力很大程度上基于对这两个典故的内涵的把握。故紧随其后，胡仔用

---

① （宋）刘克庄：《后村诗话》，中华书局 1983 年版，第 24 页。
② 据叶当前《胡仔生平考述》一文（《湖州师范学院学报》2006 年第 6 期），殷海卫《胡
仔〈苕溪渔隐丛话〉成书考论》（《济南大学学报》2009 年第 1 期）亦持此论。

小一号字体附录了两条注文，用来补充典故的内容：

> 《王符传》云："安定俗鄙庶孽，而符无外家，为乡人所贱；隐居著书以讥当世得失，不欲彰显其名，故号《潜夫论》。"

> 晋周顗字伯仁，母络秀，少时在室，顗父浚为安东将军，尝出猎，遇雨止络秀家，会其父兄不在，络秀闻浚至，与一婢具数十人馔，甚精办，而不闻人声。浚因求为妾。其父兄不许，秀曰："门户殄瘁，何惜一女；若连姻贵族，将来庶大有益矣。"父兄许之。后生顗及嵩、谟，并列显位。络秀谓顗曰："我屈节为汝家妾，门户计耳；汝不与我家为亲，吾亦何惜余年。"顗等从命，由是李氏遂得为方雅之族。①

从形式上看，胡仔并未注明以上内容引自诗歌注本，但是，稍加检索即可发现，它们分别出自任渊《山谷内集诗注》和师民瞻注《东坡诗》，后者已亡佚，但此条注文在稍后的《王状元集百家注分类东坡先生诗》中保留了下来，故可得而知之②；从内容上看，这两条注文都是用来解释诗中典故，不涉及对诗歌艺术的评论。所以，小字附录的形式和注释性的内容说明在胡氏心中，诗注的地位明显低于诗话，二者未可等量齐观。诗注只是被评论的对象，还没有资格成为评论本身。直到《竹庄诗话》的出现，这一状况才被打破，诗注开始以新的姿态频频出现在南宋的诗歌选本中。

诗歌选本之外，诗注诗话化的做法在诗话作品中也有明确的运用。蔡正孙之后，同样是由宋入元的祝诚的《莲堂诗话》是突出的代表。

---

　① 《苕溪渔隐丛话》，第 247 页。
　② 前一条见任渊《山谷内集诗注》卷十《嘲小德》末句下注。后一条见王十朋编《东坡诗集注》卷十九《次韵黄鲁直嘲小德小德鲁直子其母微故其诗云解著潜夫论不妨无外家》末句下之注。

祝诚生平事迹不详，其所作《莲堂诗话》在后世亦声名不彰。①《莲堂诗话》二卷共 192 条。卷上 109 条，卷下 83 条。"汇集他人诗话、笔记中的有关资料而成"②，且绝大部分条目都不云出处。就自云出处的小部分条目而言，上下卷的处理方法也不相同。上卷是将出处作为材料的开头，明示材料从某书中引出；下卷则将出处置于材料之末，以小字注出。

事实上，《莲堂诗话》征引的范围并不像学界所云仅限于诗话、笔记，宋诗宋注亦是其重要的来源，但这一点此前从未有人论及。③

《莲堂诗话》卷上有 29 条皆依次从宋诗宋注中引出。也就是说，整部诗话，有将近六分之一的内容来自宋诗宋注。其中，从第 71 条"醉题客舍"至第 94 条"题悦亭"，皆录自任渊《山谷诗集注》；从第 95 条"李花"至第 100 条"字眼"（第 99 条除外），皆录自史容《山谷外集诗注》。具体情况如下表所示。

---

① 清张金吾《爱日精庐藏书志》卷三十六有《莲堂诗话提要》："元海昌祝诚辑。诚仕履未详。卷下'题卖坟墙壁'条有云'至元丁丑以来'，则诚为元人可知。《读书敏求记》列之《优古堂诗话》前，或误以为宋人欤？是书所论宋诗居多，而唐与金元之作亦间及焉。名篇警句多有他书所未载者，如卷上载金海陵王《哀宋姚将军诗》云：'独领孤军将姓姚，一心忠孝为南朝。元戎若解征兵援，未必将军死尉桥。'伏读《御定全金诗》录海陵王诗五首，此诗未经采入，故表出之。末有题识云嘉靖壬子春连阳精舍录成。"《辽金元诗话全编》全文收录《莲堂诗话》，并按照《全编》的体例，将其更名为《祝诚诗话》，诗话前的小序基本上就是由张金吾的《提要》改写而来。除此之外，学界目前对《莲堂诗话》的了解，似乎只见于《中国诗学大辞典》《历代诗词曲论专著提要》这两部工具书的简要介绍中。前者在承袭张金吾《提要》的基础上，指出《莲堂诗话》的一个重要特点是体例不严，所引材料多不注明出处。后者则论及了《莲堂诗话》的另外三个特点：内容上，"汇集他人诗话、笔记中的有关资料而成"；题材上，"对僧道诗、隐逸诗、游仙诗乃至祝寿诗表现了极大的兴趣"；体例上，"对入选资料进行了编排整理，除每条均加小标题外，还尽可能对时间、地点、事由略加说明"。虽然颇具参考价值，但并不准确，亦未能反映《莲堂诗话》的价值。
② 霍松林主编：《中国历代诗词曲论专著提要》，北京师范学院出版社 1991 年版，第 161 页。
③ 霍松林主编《中国历代诗词曲论专著提要·莲堂诗话》有云："如黄庭坚《睡鸭》《病起荆江亭即事》二诗，皆翻前人旧作，但分别评价曰：'山谷非蹈袭者也，以徐语弱，故为点窜耳。''此本陋句，一经山谷妙手，神采顿异。'……不曾标明出处，抑或出自作者之手。……此书所引用的多数资料，不过是信手拈来，略加编排而成。"事实上，这两条评价文字，皆出自任渊《山谷内集诗注》，《提要》在不知出处的前提下，未加深究，径直判断其或出自祝诚之手。

条目序号	条目名称	出自诗注及卷数	出自诗歌	具体页码
71	醉题客舍	《山谷诗集注》卷一	《次韵王稚川客舍二首》（题下注）	10
72	送人*	《山谷诗集注》卷一	《次韵刘景文等邺王台见思五首》（其五）	35
73	般若颂	《山谷诗集注》卷五	《柳闳展如苏子瞻甥也……》（其八）	122
74	睡鸭诗	《山谷诗集注》卷七	《睡鸭》	177
75	戏答王定国题门绝句	《山谷诗集注》卷十	《戏答王定国题门二绝句》（其一）	246
76	江雨*	《山谷诗集注》卷十	《清人怨戏效徐庾慢体三首》（其二）	248
77	团哀闽	《山谷诗集注》十一	《送少章从翰林苏公余杭》	275—276
78	芭蕉诗*	《山谷诗集注》卷十一	《题净因壁二首》（其一）	276
79	古乐府*	《山谷诗集注》卷十一	《出城送客过故人东平侯赵景珍墓》	281
80	挽词	《山谷诗集注》卷十一	《叔父给事挽词十首》（其一）	284—285
81	金鸡放赦	《山谷诗集注》卷十二	《予既作竹枝词夜宿歌罗驿……》	291
82	底事	《山谷诗集注》卷十二	《戏答刘文学》	295

续　表

条目序号	条目名称	出自诗注及卷数	出自诗歌	具体页码
83	潘邠老	《山谷诗集注》卷十二	《谪居黔南十首》（题下注）	304
84	佛氏经语*	《山谷诗集注》卷十二	《次韵谢黄斌老送墨竹十二韵》	311
85	竹石请答*	《山谷诗集注》卷十二	《用前韵谢子舟为予作风雨竹》	312
86	荷叶罩芙蓉	《山谷诗集注》卷十三	《又答斌老病愈遣闷二首》（其一）	318
87	戏答史应之*	《山谷诗集注》卷十三	《戏答史应之三首》（其一）	321
88	优昙花*	《山谷诗集注》卷十三	《题也足轩》	323
89	陈后主诗*	《山谷诗集注》卷十三	《送石长卿太学秋补》	334
90	麐公诗	《山谷诗集注》卷十四	《又戏题下岩》	352
91	病起沧江亭即事	《山谷诗集注》卷十四	《病起沧江亭即事十首》（其一）	356
92	国香	《山谷诗集注》卷十五	《次韵中玉水仙花二首》（其二）	377
93	题法堂壁	《山谷诗集注》卷十六	《次韵高子勉十首》（其一）	390
94	题悦亭*	《山谷诗集注》卷十九	《胜业寺悦亭》	470
95	李花*	《山谷外集诗注》卷一	《清明》	519

续　表

条目序号	条目名称	出自诗注及卷数	出自诗歌	具体页码
96	嘲罗娘*	《山谷外集诗注》卷一	《还家呈伯氏》	531
97	思归乐	《山谷外集诗注》卷八	《次韵伯氏长芦寺下》	731
98	治聋酒*	《山谷外集诗注》卷十二	《社日奉寄君庸主簿》	886
100	字眼*	《山谷外集诗注》卷十四	《夜发分宁寄杜涧叟》	935

注：1. 表中诗注的具体页码皆自黄宝华点校《山谷诗集注》（上海古籍出版社2008年版）中引出。

2. 加*的条目指的是祝诚在征引的过程中对其进行了文字上的增删或剪裁。

3. 第99条"江西泊舟后作"其实仍自史容《山谷外集诗注》中引出（卷十三《追忆予泊舟江西事次韵》，第931页），只是此条文字是由黄庭坚诗序与序中自注组合而成，非史注文字。虽不能列入表格，但依然可以证明祝诚对史容诗注的持续性倚重和使用。

上表中的29条文字，无一语云其自诗注中引出，完全抹去了任、史二注的存在。唯一的例外是"底事"条，其点出"任渊"二字，借此我们可以通定被祝诚刻意隐瞒的重要来源：

> 宋黄山谷诗云："人鲊瓮头危万死，鬼门关外更千岑。问君底事向前去，要试平时铁石心。"任渊曰："颜师古《匡谬正俗》云：问曰谓何物为底？底意何训？答曰：此本言何等物，其后遂省促言，直云等物耳。音都礼切，又转丁儿反。应场《百一诗》云：用等称才学。以是知去何而称等，其来已久。今人不详根本，乃作底字，非也。"①

---

① 祝诚：《莲堂诗话》，《丛书集成初编》，第2575册，第18页。

　　比对《山谷诗集注》，知此条照录任渊注文，一字未动。尽管除此之外，余下 28 条再无一字提及注家，此条已足以提供祝诚参考、征引宋诗宋注的直接证据。而且从上表中，我们也可以清楚地看到，所有的条目都是按照卷次，依次从诗注中摘引，是以有迹可循，足资辨认，不存在偶然的可能。

　　从形态上看，祝诚征引半数的条目，都做了一定程度的剪裁：或是在人称、表述、语序上略有一些改动①；或是在所引诗注的基础上，增加了只言片语，略作点评。② 从内容上看，这些条目对任、史二注的征引，涵盖了典故本事、文字辩证、背景人物、诗学评论等各个方面的内容。祝诚引诗注入诗话，这个行为背后的意义在于，任渊和史容的诗注，在祝诚手里，被"诗话化"了，也即是说，诗注变成了诗话的组成部分，从而积极、低调地参与宋代诗学的建设。

　　祝诚为什么要大量征引任、史二注入诗话？《莲堂诗话》本身，给出了明确的答案——这是对蔡正孙《诗林广记》体例的借鉴和模仿。《莲堂诗话》大量征引任、史二注的做法，正与《诗林广记》一脉相承。而《莲堂诗话》卷下对《诗林广记》的频频征引，则为这一判断提供了确凿的证据。《莲堂诗话》有 10 条文字引自《诗林广记》，具体情况如下表所示。

---

　　① 如"题悦亭"条，任渊的诗注系在山谷诗句之后，先引文政禅师之诗，然后云"山谷此诗乃和其韵"；祝诚则将"山谷此诗乃和其韵"一句改作"故山谷有和章云"，然后把山谷诗句置于此句之后。再如"嘲啰娘"条，史容的注释先引隋炀帝《嘲啰娘》诗，然后云"帝自达广陵，多效吴语，故称'侬'云"；祝诚则颠倒了前后的顺序，将诗放到了后半部分，前半部分文字亦略有不同，其云："隋炀帝幸广陵后，赋诗多效吴体，故《嘲啰娘诗云》。"其他各处，大都如此。
　　② 比对任渊《山谷诗集注》，"送人"条在所引诗注后增加了"真衷情之句也"一句；"江雨"条增加了"黄山谷酷爱而屡称之"一句；"石竹请答"条增加了"虽类俳优，亦可□□"一句；比对史容《山谷外集诗注》，"李花"条在所引诗注后增加了"非有为而然耶"一句；"字眼"条在所引诗注后增加了"句法清绝""若此之类，多多益善"两句。

条目序号	条目名称	有无注明出处	征引内容	有无文字的改动
126	赠僧	《诗林》	蒙斋蔡正孙云	无
131	读柳子厚诗	《诗林》	《诗眼》云	无
153	省试诗	无	《复斋漫录》曰	有
157	东坡与潘三失解后饮酒	无	赵彦材云	无
158	后山送兄子孝恪落解南归	无	蔡蒙斋曰	无
163	赠姜唐佐	无	苏少公云	有
169	新郎君	无	《唐摭言》云	有
171	论兵	无	蔡蒙斋云	有
176	添丁	《诗林》	《后村诗话》云	无
190	对御歌	《诗林》	《谈薮》云	无

　　从征引频率上看，有四次明确在文后注明引自《诗林》，已经足够醒目；从征引内容上看，蔡正孙的按语（蒙斋蔡正孙云、蔡蒙斋云）、诗话（《诗眼》《后村诗话》）、笔记（《复斋漫录》《唐摭言》《谈薮》）、宋诗宋注（赵彦材云），每种类型皆赫然在列，与《莲堂诗话》总体的格局已基本吻合。所以，《莲堂诗话》对《诗林广记》体例的熟悉毋庸置疑，其模仿《诗林广记》，大量征引任、史二注的做法，也便是题中应有之义了。这也就意味着，宋元之交，由《竹庄诗话》《诗林广记》所开创的宋诗宋注与宋代诗学的互动，在《莲堂诗话》中被强有力地延续了下来。

结　语

综上所述，宋诗宋注与宋代诗学之间，呈现出一种活跃的互动关系。一方面，宋诗宋注频频摘引宋人笔记、诗话的内容，而且，在注释的过程中，注家也不时发表诗学评论，无论形式还是内容，都与宋人诗话相当一致，据此，我们可以很清晰地看出宋诗宋注对宋代诗学的借鉴和吸收，这是目前学界讨论较多的地方。但是，为学界所忽略的是，另一方面，宋代诗学也以不同形态，不断表达着其对宋诗宋注的态度和反馈。首先，宋人笔记在对宋诗宋注进行细节纠错、补订、评价的基础上，对注释的困难也进行了理论总结，这可以看作宋代诗学对宋诗宋注第一时间的反馈。其次，宋末出现的一系列性质复杂的诗歌选本——《竹庄诗话》《瀛奎律髓》《诗林广记》《唐宋千家联珠诗歌》，介于"诗话、选本间"的体例上的创新，使其在每一首诗题下，摘录诗话、笔记、札丛中的论诗之语，与诗歌相配合，将诗与评结合起来，使诗评更加具体，同时也使诗选更加丰盈。在这一过程中，宋诗宋注不露声色地被吸收了进来，厕身于选本所征引的各种论诗材料之中，与它们平起平坐，从而形成了诗注"诗话化"这一新的、有趣的现象。最后，宋末元初，诗注的"诗话化"在严格意义上的诗话类作品中，也被沿用下来。祝诚的《莲堂诗话》有将近六分之一的内容都是从黄庭坚诗歌的任、史二注中摘录而来，再度证明了宋代诗学与宋诗宋注之间的动态的互相作用的关系。

第六章 南宋的理学家诗注

　　理学的形成、确立、发展、繁荣，是宋代最重要的文化现象之一，尤其是在南宋后期，理学正式为朝廷认可并立为官学，对此后中国的文化、思想、生活均产生了极大的影响。理学家虽以谈性理天道、心性存养为职志，对文学创作，尤其是诗歌颇为轻视，甚至无视诗歌自身的规律和传统，硬是生造出新的道统，以学术干预创作、指挥创作①，导致后世诗论家对其多有讥讽恶评；然而，我们又会发现，从北宋五子，到南宋的东南三贤，再到南宋后期齐名天下的真德秀、魏了翁，理学家在理论上对诗歌进行贬斥的同时，在实践上，却又不吝于诗歌的写作，留下了大量的作品，如邵雍存诗两千余首，朱熹存诗一千三百余首，张栻存诗五百余首，真德秀存诗一百三十余首，魏了翁存诗八百八十余首等。

　　理学家的诗歌，一向不为学界留意，文学史中大多付之阙如，即便论及，学者们也多以"载道之具"或"压韵之文"一语带过。自谢桃坊《略论宋代理学诗派》一文发表（《文学遗产》1986 年第 3 期）之后，其

---

① 可参见祝尚书《论理学家的新文统》，《文学遗产》2006 年第 4 期，第 84—92 页；《论宋人的"诗人诗""文人诗"与"儒者诗"之辨》，《北京大学学报》2009 年第 2 期，第 57—65 页。

才渐渐进入主流视野，成为关注的对象，尤其是最近十年，研究不断深入，学界或针对二程、邵雍、朱熹、魏了翁等理学家的诗作进行个案研究①，或放宽视线、打开思路，从理学的角度，讨论其对南宋诗学的深层影响②，从而日渐清晰地提出了理学诗派这一概念，并对理学诗的中心及边界给予明确限定③，为进一步的研究打下坚实的基础。

　　到目前为止，对宋代理学诗的研究已渐入佳境，然还有一些明显可供填补的空白，理学家诗注便是较为突出的一个方面。和诗学领域内日渐形成规模的宋诗宋注相比，理学家诗注有什么不同？二者之间，是二水分流，还是暗通款曲？我们应当如何看待、评价这些诗注？本章拟对这些问题进行讨论。

---

　　① 择其要者，相关专著可参见：束景南《朱熹佚文辑考》，江苏古籍出版社 1991 年版；郭齐《朱熹诗词编年笺注》，巴蜀书社 2000 年版；莫砺锋《朱熹文学研究》，南京大学出版社 2000 年版；郑定国《邵雍及其诗学研究》，台湾文史哲出版社 2000 年版；张文利《魏了翁文学研究》，中华书局 2008 年版；魏崇周《邵雍文学思想研究》，中州古籍出版社 2009 年版；陈忻《宋代洛学与文学研究》，中国社会科学出版社 2009 年版。专题论文可参见：张鸣《即物即理，即境即心——略论两宋理学家诗歌对物与理的观照把握》，《文学史辑刊》第三辑，北京大学出版社 1996 年版，第 42—62 页；王利民《从〈武夷棹歌〉论朱熹诗歌的双重文本》，《东方丛刊》1999 年第 4 期，第 150—162 页；祝尚书《论击壤派》，《文学遗产》2001 年第 2 期，第 30—48 页；王利民《濂洛风雅论》，《文学遗产》2006 年第 2 期，第 65—76 页；王利民、陶文鹏《论朱熹山水诗的审美类型》，《中山大学学报》2011 年第 1 期，第 27—40 页。

　　② 择其要者，相关专著可参见：马积高《宋明理学与文学》，湖南师范大学出版社 1989 年版；韩经太《理学文化与文学思潮》，中华书局 1997 年版；许总《宋明理学与中国文学》，百花洲文艺出版社 1999 年版；张文利《理禅融汇与宋诗研究》，中国社会科学出版社 2004 年版。专题论文可参见：黄南姗《重理时代情理审美关系的畸变——略论宋代理学对文学的深层影响》，《社会科学辑刊》1998 年第 4 期，第 138—144 页；王小舒《宋代的文学精神与理学》，《学习与探索》2003 年第 2 期，第 105—108 页；许总《社会、心理与传统的文化整合——论宋代理学与文学的联结基础》，《齐鲁学刊》2005 年第 4 期，第 70—77 页；石明庆《考察诗学与理学关系的一个范例——对方回诗学的理学阐释》，《云南民族大学学报》2009 年第 1 期，第 140—146 页。

　　③ 可参见：梁昆《宋诗派别论》，台北东升出版事业公司 1980 年版，第 159—167 页；谢桃坊《略论宋代理学诗派》，《文学遗产》1986 年第 3 期，第 37—43 页；孙慧玲《宋代理学诗派研究》，《乐山师范学院学报》2006 年第 7 期，第 18—20 页；王培友《论两宋"理学诗派"的文学特征及其历史地位》，《中国文化研究》2011 年春之卷，第 68—80 页；王培友《两宋"理学诗"辨析》，《文学评论》2011 年第 5 期，第 58—63 页。

第一节　南宋理学家诗注的基本情况

所谓的南宋理学家诗注，指的是理学家（或理学家的弟子门生、尚未名家的理学中人）对理学家的诗歌所作的注释，也即是说，这些诗歌的作者是理学家，注者也是理学家。根据第一章的考察结果，今天可以考知的南宋理学家诗注共有 12 种，简单排列如下。

1. 佚名《注朱子感兴诗》。此为目前可以考知的最早的《感兴诗注》，朱熹生前曾经寓目。已佚。

2. 蔡汝逑《感兴诗注》。已佚。

3. 何基《解释朱子斋居感兴二十首》。今存，见《何北山先生遗集》，有光绪退补斋本、《丛书集成初编》本。

4. 程时登《感兴诗讲义》。已佚。

5. 蔡模《感兴诗注》。今存《佚存丛书》本。

6. 潘柄《感兴诗注》。已佚。

7. 余伯符《感兴诗注》。已佚。

8. 胡升《感兴诗注》。已佚。

9. 胡次焱《感兴诗注》。已佚。

10. 陈普《文公朱先生武夷棹歌注》。今存《佚存丛书》本。①

11. 黄季清《注朱文公训蒙诗》。已佚。

12. 王德文《注鹤山先生渠阳诗》。今存清代玉海堂影宋本、铁琴铜

---

① 第二章第二节对此注本的复杂来源做了考证，我们认为，《武夷棹歌注》的诗后注，当出自陈普之手，句中注则是由 15—17 世纪的某位不知名的朝鲜文人将蔡正孙《唐宋千家联珠诗格》中的评注编入陈普注的相关诗句之下，并进行了文本上的校勘，非陈普所为，所以，本章的讨论，只以诗后注为对象，不涉及句中注。

剑楼影宋本①。

以上所列 12 种之外，南宋熊刚大也对《感兴诗》进行了注释，不同的是，他的《感兴诗注》并非单行，而是对熊节所编《性理群书》所作《句解》的一个组成部分。《性理群书句解》今存完帙，有元刻本，明刻本，四库本。四库馆臣对熊刚大《句解》评价不高，《提要》云："刚大所注，盖为训课童蒙而设，浅近之甚，殊无可采，以其原附此书以行，姑并录之，以存其旧。"② 从具体内容布局上看，其先在每题之下点出一篇之大旨，然后在每句之后，逐一说解，直接总结大义，基本无文字训诂，也不引经据典，文字简明，浅白通俗，四库馆臣之分析，确为的论。因为蔡模的《感兴诗注》元代以后失传于中土，所以，四库馆臣没有发现的一点是，熊刚大的注释，实际上是以蔡模注为底本的，其删去了蔡注中大段的对义理的讨论和辩证，将其简单化，而且，不少地方都是直接从蔡模注中节录而来，如其一、其四、其六、其七、其九、其十四、其十五等诗中都留下了节录的痕迹，尤其是第十四首，蔡模于此诗注释中引用了一条潘柄用来揭示题旨的注释，熊刚大亦照单全收，直接录入，不作改动，可见其对蔡注的"信任"。

从数量上看，根据第一章文献考察的结果，今天可知见的宋诗宋注共有 62 种，其中，理学家诗注共计 12 种，占宋诗宋注总数的 19%，有不容忽视的分量。

从内容上看，宋代的理学家诗注是围绕朱熹展开的，很明显，这与朱熹在宋代理学中的地位及影响完全吻合。在全部 12 种诗注中，有 11 种都是为朱熹的诗歌所作的注释，其中，为《感兴诗》所作的注释多达 9

---

① 此本即黄丕烈跋本。黄氏断为宋本，实乃误判，其应为明刻本。关于此问题，彭东焕《〈注鹤山先生渠阳诗〉成书与流传中的几个问题》（《蜀学》2010 年第五辑）中有专门的讨论，可参。

② 《钦定四库全书总目》（整理本）卷 92，第 787 页。

种，尤为引人注目；朱熹之外的诗注，仅有 1 种，即王德文为魏了翁
《渠阳诗》所作的注释。

从存佚情况上看，12 种诗注中，完整保存下来的共有 4 种，分别为
蔡模《感兴诗注》、何基《解释朱子斋居感兴二十首》、陈普《武夷棹歌
注》、王德文《注鹤山先生渠阳诗》。其他 8 种，程时登、潘柄、余伯符、
胡升、胡次焱等人的《感兴诗注》因元代胡炳文《感兴诗通》少至数条、
多至数十条的摘引而略存其面目之外，余皆已亡佚。

第二节　南宋理学家诗注的特点

南宋的理学家诗注是以朱熹的《感兴诗》为中心进行的。据朱熹自
序所云，其写作这组五言古诗的直接原因是对陈子昂《感遇诗》的仿效
与扬弃：

> 予读陈子昂《感遇诗》，爱其词旨幽邃，音节豪宕，非当世词人
> 所及，如丹砂空青、金膏水碧，虽罕为世用而实物外难得自然之奇
> 宝，欲效其体作十数篇，顾以思致平庸，笔力萎弱，竟不能就。然
> 亦恨其不精于理而自托于仙佛之间以为高也。斋居无事，偶书所见，
> 得二十篇，虽不能探索微渺，追迹前人，然皆切于日用之实，故言
> 易近而易知，既以自警且以贻诸同志云。①

从自序中，我们可以很清楚地看出，朱熹对陈子昂《感遇诗》评价
颇高，而且，他明确表示要继承感遇的传统，仿效其体进行创作，然话

---

① （宋）朱熹：《感兴诗序》，蔡模《文公朱先生感兴诗注》，《佚存丛书》第 2 册，
第 1 页。

音刚落，笔锋陡转，又对《感遇诗》中渲染过甚的仙佛之玄思进行批评，认为其于理未精，故《感兴诗》的创作是在继承感遇传统的同时，以理思取代玄感，通过诗歌的写作，浓缩地表达了他对于宇宙、阴阳、心性、历史、文化等一系列理学重要命题的看法，既追迹前贤，又保证了思想的纯粹。王柏对此组诗的评价可以证实这一点："《斋居感兴二十篇》，凡篇中所述皆道之大原，事之大义，前人累千万言而不能仿佛者，今以五言约之，此又诗之最精者，真所谓自然之奇宝。"① 在朱熹生前，此组诗已经流传开来，并开始产生影响。《朱子语类》中就记录了朱熹的弟子引此组诗与朱熹讨论《论语》的片段：

> 问："北辰是甚星？《集注》以为'北极之中星，天之枢也'。上蔡以为'天之机也。以其居中，故谓之北极；以其周建于十二辰之舍，故谓之北辰，不知是否？'曰："以上蔡之明敏，于此却不深考。北辰，即北极也，以其居中不动而言，是天之枢轴。天行如鸡子旋转，极如一物，横艮居中，两头称定。一头在北上，是为北极，居中不动，众星环向也。一头在南，是为南极，在底下，人不可见。"因举先生《感兴诗》云："感此南北极，枢轴遥相当。""即是北极否？"曰："然。"又问："'太一有常居'，太一是星否？"曰："此在《史记》中，说太一星是帝坐，即北极也。以星辰位言之，谓之太一；以其所居之处言之，谓之北极。太一如人主，极如帝都也。"②

此段讨论中所引"感此南北极，枢轴遥相当"以及"太一有常居"三句，皆出自《感兴诗》第九首。朱熹弟子与朱熹讨论"北辰"之含义，

---

① （宋）王柏：《朱子诗选跋》，《鲁斋集》，《文渊阁四库全书》，第1186册，第15页。
② （宋）黎靖德编：《朱子语类》卷23，中华书局1986年版，第535页。

引此诗以明确"北辰""北极""太一"三者皆一指也。不仅如此，这组诗的注本，在朱熹生前也已经出现，且经朱熹本人寓目。

《感兴诗》涵盖了朱熹思想的重大方面，而且，以诗歌的形式表述出来，朗朗上口，便于记诵，所以，在朱熹身后，随着理学被立为官学以及朱熹圣人地位的逐步确立，南宋后期，《感兴诗》的注本，如雨后春笋般不断涌现，据目前所能考知的情况，共有 9 种之多（若加上熊刚大《性理群书句解》中的注释，则有 10 种）。

据今天能看到的蔡模《感兴诗注》、何基《解释斋居感兴二十首》、陈普《武夷棹歌注》和其他零星的注文来看，理学家诗注的特点相当一致和鲜明：各注家皆是理学中人，他们注释的对象皆是尊师朱熹的诗歌，对于他们而言，一个毋庸置疑的思想前提是，这些诗歌皆是朱子思想的传声筒，注释的目的就是对这些思想的把握与解说，所以，他们的注释完全背离了已经日渐成形的宋诗宋注重视典故本事、探求历史背景以及不定时地进行艺术评论的特点，转而仿效朱熹经典注疏的方式，先疏解诗中字、词、句的含义，且一改传统经学注释的烦冗庞杂和宋诗宋注对典故出处的迷恋执着，文字平和简练，然后，便转入对诗中所蕴含义理的阐发和评论，后者是整个注本的绝对核心。

南宋理学家诗注的特点可以总结为以下三个方面。

第一，继承朱熹解《诗》的理念，强调涵咏讽诵的重要性。朱熹不止一次地明确指出，涵咏是一种理解经典的重要途径和方法：

> 学者读书须要敛身正坐，缓视微吟，虚心涵咏，切己体察。[1]
> 大凡读书，且徐读正文，虚心涵咏，切己省察，亦当自见大体

---

[1] 《朱子语类》卷11，第179页。

意味；其间曲折，却续求之未晚也。①

凡传文，杂引经传，若无统纪，然文理接续，血脉贯通，深浅始终，至为精密。熟读详味，久当见之，今不尽释也。②

曰："方看得《关雎》一篇，未有疑处。"曰："未要去讨疑处，只熟看。某注得训诂字字分明，却便玩索涵咏，方有所得。"③

蔡模的父亲蔡沈是朱熹的亲传弟子，蔡模幼年便常睹"先君悠游讽诵之久，不觉手舞足蹈之意"，惜当时年幼，虽经父亲启发，仍未悟其中奥妙，然讽诵涵咏的思路却由此领会。蔡模在《感兴诗注》中，反复强调讽诵涵咏对把握理解诗中义理的重要性：

所谓太极，便只在阴阳里；所谓阴阳，便只在太极里。学者反复吟论此诗之余，更以此说融会贯通之，则庶乎其有得矣。（其二）

模于此诗讽诵涵咏之久，一旦恍然，若有见先师朱子之心，虽若不敢自任其道统之传，而实忧此道之遂失其传，故于《感兴》之终篇特发在陈之叹，盖亦追悔其平日著书之多而世之晓悟领会者绝少，故于此慨然有发愤刊落之语。（其二十）

只有反复涵咏，才能直抵作者本心，以上两条注文便是蔡模对朱熹提出的"讽诵涵咏"之说的绝好呼应和注脚。

第二，贯穿诗旨，重视对诗歌主旨的揭示。在朱熹的经典注释中，讽诵涵咏、训诂字句的目的是揭示文本的主旨，弄清其中的义理，涵咏、训诂只是手段，是为阐发义理服务的。《感兴诗》的注家们，基本上都延

---

① （宋）朱熹：《叶永卿吴唐卿周德之李深子》，《文集·别集》卷6，《朱子全书》，第4967页。

② （宋）朱熹：《大学章句》，《四书章句集注》，中华书局2011年版，第5页。

③ 《朱子语类》卷80，第2088页。

续了朱熹的做法，在蔡模、何基的注本中，占据绝大部分篇幅的不是对字词的训诂、对诗意的解释，而是对诗中义理的诠解与阐明。而且，正是基于对首次篇诗歌大义的不同理解，注家们俨然分成了两大阵营，各自传承其说，一派蔡模，另一派何基。前者认为首篇"言无极而太极"，次篇"言太极动而阳，静而阴"，并借回答疑问的方式，断然否定了"前辈长者"（即何基之师黄幹）以为首次篇乃重说阴阳的观点；后者则维护师说，以为首篇"只是以阴阳为主，后面诸篇亦多是说此者"，并点名批评蔡仲觉（模）的注释推之太过：

> 蔡仲觉谓此篇言无极太极，六知于此章，指何语为说太极？况无极乎？太极固是阴阳之理，言阴阳则太极已在其中，但此篇若强捉作太极说，则一章语脉皆贯穿不来。此等言语溷瀽最说理之大病也。①

何基从文理语脉入手，断然否定了蔡说。二人之争，各自坚守自己的阵地，各不退让，这也影响到后来的学者，如元代胡炳文《感兴诗通》便采纳了蔡模的"太极说"，而吴师道则追随了黄幹提出的"重说阴阳"的观点。②

在陈普的《武夷櫂歌注》中，这一特点体现得尤其突出。朱熹的《武夷櫂歌》是一组著名的描写武夷九曲山水之美的组诗，原题为《淳熙甲辰（1184）仲春精舍闲居戏作武夷櫂歌十首呈诸友游相与一笑》，共十首，皆为七言绝句，第一首为总论，后九首依次描绘了武夷九曲的山水胜景，用清丽疏朗的语言，点染出清幽渊深、冲淡闲静的艺术境界，体现了相当高的艺术水准，不仅在南宋理学家诗歌中首屈一指，即使放在

---

① 《何北山先生遗集》，光绪退补斋本，第1页。
② （元）吴师道：《吴礼部诗话》，《丛书集成初编》，第2574册，第5—6页。

整个南宋山水诗的写作中，也同样熠熠生辉，毫不逊色。如以下三首：

> 二曲亭亭玉女峰，插花临水为谁容。
>
> 道人不服阳台梦，兴入前山翠几重。

> 四曲东西两石岩，岩花垂露碧㲯㲜。
>
> 金鸡叫罢无人见，月满空山水满潭。

> 五曲山高云气深，长时烟雨暗平林。
>
> 林间有客无人识，欸乃声中万古心。

语言清丽，写景逼真，辞意高远，境界超迈，字里行间，洒落万千意趣，不染半点尘俗，完美地体现了物与理在说与不说之间的无尽张力，圆融地表达了理学家"即境即心，即物即理"的目击道存的观照方式。在当时文人的眼中，此组诗被视作艺术精品，不少人对其进行唱和，如辛弃疾、白玉蟾、留元刚、方秋涯等。宋元间的蔡正孙亦在其《唐宋千家联珠诗格》中选录了其中的七首，并一一评注，指出其在用字、写景、造境方面的技巧及水平。然而，在朱熹的三传弟子、理学家陈普眼中，此组诗则"纯是一条进道次序，其立意固不苟，不但为武夷山水也"，所以，在陈普的注释中，艺术之美完全被屏蔽掉了，取而代之的是对诗中义理的阐发：

（二曲）此首言学道由远色而入人，能屏绝此心，然后能奋勇入道；若此心未能勇猛除去，则其志气终为其所昏惰，进寸而退尺。

（四曲）此曲骎骎有得，亦由远色屏绝俗累，故能进而至于此。

（五曲）此曲入深身及其地，独见自得，识得万古圣贤心事，然犹有云气烟雨，则犹在暗暗明明之间，未能至于贯彻明了、不劳思虑者察而无不豁然之地也。

同样是此三诗,《唐宋千家联珠诗格》中的评注却分别是这样:

（二曲）武夷山有山名玉女峰,在第二曲;状玉女态;得恬淡情致。

（四曲）此武夷山九曲之第四曲也;四曲有山名金鸡;意趣优游。

（五曲）武夷山九曲,此第五曲也;写景真;音襖霭;道味悠长。

一理学,另一诗学,泾渭分明,判若云泥。

第三,串联结构,重视诗与诗之间的层次关系。朱熹的经典注释非常重视在层次结构上对全局进行把握,洞悉篇章之关系、理路之层递,从而圆融精准地获得经典之大义。《大学章句》中,在分别诠释了各章义理之后,朱熹专意于篇末对全文做了结构上的分析:

凡传十章:前四章通论纲领旨趣,后六章细论条目功夫。其第五章乃明善之要,第六章乃诚身之本,在初学尤为当务之急,读者不可以其近而忽之也。①

很明显,蔡模对朱熹的这种做法心领神会,他同样在《感兴诗注》的最后,对20首诗的内在结构进行全盘把握:

右二十篇篇各有体,意各有寓,学者固不必求为牵合也。然熟玩而精思之,篇章离析之中,实有脉络融贯之妙,二十篇中,凡五更端,而皆以深原起意。自一篇至四篇,所以探造化之原也……自五篇至七篇,所以探治化之原也……自八篇至十三篇,所以探阴阳

---

① 《四书章句集注·大学章句》,第14页。

淑慝之原也……自十四篇至十七篇，所以接道德性命之原也……自
十八篇至二十篇，所以探学问用功之原也。①

与朱熹的做法如出一辙，其间的继承仿效，一目了然。

事实上，蔡模之前，潘柄已经在注释中对《感兴诗》进行了结构上
的划分和串联。潘氏注本已佚，然据胡炳文《感兴诗通》"凡例"所云，
潘柄同样将整组诗分为五节，其一至其四为第一节，其五至其七为第二
节，其八至其十二为第三节，其十三至其十七为第四节，其十八至其二
十为第五节。五节之中，三、四两节的划分与蔡模有异。而蔡模之所以
对《感兴诗》进行笺注，最直接的原因就是对潘柄注很不满意，"恨其笺
注间若有未尽者"②，所以，出现这样的差异，自在情理之中。除此之外，
余伯符也提出要重视《感兴诗》结构上的连贯性，"兴随感而生，诗随兴
而作，或比或赋，虽非一体，或后或先，初非一意。然首尾之相为贯穿，
本末之相为联属，则浑然其为一贯……《感兴》之诗，当以是观"③。何
基的《解释朱子斋居感兴二十首》虽然没有像蔡模那样，于注本之末，
专列一段进行层次分析，然在具体注解的过程中，其同样注意到了层次
的划分与串联。因为"五章至七章，皆是为文公《通鉴》而作"，故将三
首诗一并注解，并在具体解释之前，分析了首章至四章的结构安排以及
意脉走向："盖此诗其首二章是说阴阳造化，一经一纬；次二章是说人
心，一善一恶，论其次序，便当及于经世之事，而古今治乱得失具于史
册者，独文公《通鉴》一书最为详备有法。然文公此书欲接《春秋》而
一时区处犹间有未尽善者，如此诗三章所指之失，盖其节目之大者。"④

---

① 《文公朱先生感兴诗注》，第 27—28 页。
② 同上书，第 29 页。
③ （元）刘履：《风雅翼》卷 14，《文渊阁四库全书》，第 1370 册，第 228 页。
④ 《何北山先生遗集》，光绪退补斋本，第 4 页。

遗憾的是，这样的注解只此一处，并未全部贯彻下来。进入元代，胡炳文将这一特点推向了一个新的高度。《感兴诗通》在汇集十家注的基础上，重申结构把握的重要性，将《感兴诗》分为五节，并明确指出对《感兴诗》的注释应当与朱熹对《中庸》的注释保持一致："《斋居感兴》始言一理，中散为万事，末复合为一理，与《中庸》合。朱子分《中庸》为五节，诗凡五起伏，亦无有不合者。独恐后之注其诗者，未必皆能如朱子之注《中庸》耳。"①胡氏此一段文字可以视作对宋人以朱子注经的方式注朱子之诗的思路的总结。

　　必须指出的是，最早对宋代理学家诗注的这种特点进行总结的并不是元代的胡炳文，而是南宋后期的徐经孙。《感兴诗》之外，宋代的理学家还为朱熹的另一组诗《训蒙诗》（又称《训蒙绝句》）进行过注释，即黄季清《注朱文公训蒙诗》五卷。此注本今已亡佚，然《训蒙诗》和徐经孙为其注释所作的跋文却保存了下来，二者透露了不少重要的信息。徐经孙《矩山存稿》卷三《黄季清注朱文公训蒙诗跋》云：

　　　　季清研精是编有年矣。一日心会理融，句析字解，因先生之言，探先生之学。或取诸章句集注，或取诸文集语录，又参以周程、横渠、五峰、南轩、勉斋、西山诸书，如纲以黄钟而四声迭和，原于岷山而百川会同。其例则先训诂，后文义，一如先生注书之体。自非潜心之久，味道之深，何以及此？其释《命诗》云："新者如源，来无穷也；旧者如流，往不返也。"其释《戒谨恐惧诗》云："寇未至则高其垣墉，欲未动则敬以直内。"此皆得先生言外之意。余与季清交四十年，中间辱授馆者非一载，见其读书专静，反复沈潜，弗得弗已，知其他日所进，有非不肖所能及。其后数岁一见，每见必

进于昔。今于所注书，益信。虽然先生之诗，章句云乎哉，皆其得于心、见于躬行日用之际，俛焉孳孳，有不容以自己。绝句凡九十八首，始于天而以事天终焉。其辞有曰："存养上还天所赋，终身履薄以临深。"①

如果说《感兴诗》在以诗说理的同时，还保存着少许诗歌感遇的传统，那么，《训蒙诗》则已经完全褪掉了诗歌的诗学体征，纯粹是理学概念的堆砌，是最典型的被称作"载道之具"的理学义理诗。所以，黄季清对此集的注释，便直接移用了朱熹注经的方式，"其例则先训诂，后文义，一如先生注书之体"。

以诗歌为载道之具的主观态度，对理学家身份和立场的坚守，对理学大师朱熹的无限敬仰，对朱熹作品的日渐尊崇，《四书章句集注》的不断推广和流行，这些元素综合在一起，使得南宋的理学家在对朱子的诗歌进行注释的时候，直接以朱子的经典注释为效法对象，重视讽诵吟咏，重视对诗中义理的阐发和对诗与诗之间层次结构的分析，这些特点构成了理学家诗注的主流，这个主流，一言以蔽之，即徐经孙跋中所说的"一如先生注书之体"。

第三节　魏了翁的诗注观

魏了翁是鹤山学派的奠定者与核心人物，也是南宋后期重要的政治家、文学家，同时还是给宋人的诗歌注本作序最多的人。前者是学界共识，后者则为学界所不察。

---

① （宋）徐经孙：《矩山存稿》，《文渊阁四库全书》，第1181册，第31—32页。

魏了翁所作的序文共以下 5 篇：《费元甫注陶靖节诗序》《侯氏少陵诗注序》《临川诗注序》《裴梦得注欧阳公诗集序》《注黄诗外集序》。除此之外，在门生王德文所作《注鹤山先生渠阳诗》中，魏了翁亦有亲笔批注。在宋人文集中，这种频率是绝无仅有的。

这些文字涵盖的范围很广：从注本的类别上看，既包括本朝人的本朝诗注，如李壁《王荆文公诗笺注》（《临川诗注序》）、邓立《山谷外集诗注》（《注黄诗外集序》）、裴梦得《欧阳修诗集注》（《裴梦得注欧阳公诗集序》），也包括本朝人的前朝诗注，如费元甫《注陶靖节诗》（《费元甫注陶靖节诗序》）、侯伯修《少陵诗注》（《侯氏少陵诗注序》）；从注释的类别上看，其不仅为他人注本作序，当门人为自己的诗歌作注刻印时，他亦参与其中，亲自审阅手定（王德文《注鹤山先生渠阳诗》中的批注）。所以，在诗歌注释这个问题上，魏了翁不仅发表了评论，而且亲自参与其中，知行结合，展示出鲜明且完整的诗注观。关于这一点，学界鲜有人论及，故本节拟对此进行一些讨论。

一

作为南宋后期重要的理学家，魏了翁的诗注观有着非常清晰的理学立场和烙印。他认为，诗注要能够剖析并发挥深藏在诗中的义理。在《费元甫注陶靖节诗序》中，魏了翁首先指出，"世之辩证陶诗者"，多沉溺在对字号、生卒年的考订上；"称美陶公者"，则一味赞叹其操守、真淳和志节，这些讨论固然有价值，但都忽视了更为关键的问题——"公之所以悠然自得之趣则未之深识也"。对于这个问题，魏了翁做了如下回答：

《风》《雅》以降，诗人之词乐而不淫，哀而不伤，以物观物而不牵于物，吟咏情性而不累于情，孰有能如公者乎？有谢康乐之忠而勇退过之，有阮嗣宗之达而不至于放，有元次山之漫而不著其迹，此岂小小进退所能窥其际耶！先儒所谓经道之余，因闲观时，因静照物，因时起志，因物寓言，因志发咏，因言成诗，因咏成声，因诗成音者，陶公有焉。①

在魏了翁看来，陶渊明的境界远在诸贤之上，而如此高妙的境界，并非小小的进退之心所能牢笼涵盖。归根结底，追本溯源，是因为其体悟到了天地之间至高至深之道，故带着被道浸润的目光，其在闲暇时，因目有所接、心有所动、情有所触，发言为诗，便无不悠然自得。这里的"先儒"即邵雍，"先儒所谓"一段，即是魏了翁对邵雍《伊川击壤集自序》的语言表达和观点立场的完全继承：

> 所作不限声律，不沿爱恶，不立固必，不希名誉，如鉴之应形，如钟之应声。其经道之余，因闲观时，因静照物，因时起志，因物寓言，因志发咏，因言成诗，因咏成声，因诗成音，是故哀而未尝伤，乐而未尝淫。虽曰吟咏情性，曾何累于性情哉！②

既然"经道"才是陶诗"悠然自得之趣"的关键所在，那么，基于此，魏了翁对费元甫的陶诗注本的评价也就水到渠成地呈现出来了——"为之训故，微词奥义，毫分缕析"，也即其认可费元甫对陶渊明所悟之道的体察以及在注释中对其中的义理所作的细致分析和梳理。

费元甫的《注陶靖节诗》今已亡佚，我们无法看到其"微词奥义，毫分缕析"的具体情况。但是，魏了翁的这一主张在其为其门生王德文

---

① 魏了翁：《重校鹤山先生大全文集》，《宋集珍本丛刊》，线装书局 2004 年版，第 77 册，第 245 页。
② 邵雍：《伊川击壤集》，《四部丛刊初编》，上海商务印书馆 1928 年版，第 882 册，第 3 页。

所作《注鹤山先生渠阳诗》添加的亲笔批注中仍有着比较直观的呈现。关于这一点，我们留待下一节再进行详细的讨论。

除了重视对义理的阐释，魏了翁还进一步强调诗注的教化功能，认为诗注要能够"发挥义理之正，将以迪民彝，厚世教"，其在《临川诗注序》中云：

> 然公之学亦时有专己之癖焉，石林于此盖未始随声是非也。《明妃曲》之二章曰"汉恩自浅胡自深，人生乐在相知心"，则引范元长之语以致其讥。《日出堂上饮》之诗，其乱曰"为客当酌酒，何预主人谋"，则引郑氏《考槃》之误以寓其贬。《君难托》之诗曰"世事反覆那得知，谗言入耳须臾离"，则明君臣始终之义以返诸正。自余类此者尚众，姑摘其一二以明之，则《诗注》之作虽出于肆笔脱口、若不经意之余，而发挥义理之正，将以迪民彝、厚世教，夫岂训故云乎哉！①

针对王安石诗中的一些逸出儒家伦理纲常、过于求新求异的议论，魏了翁盛赞李壁能够在诗注中站在儒家立场对其进行批评和反拨，体现了鲜明的儒家政教观。

二

跟其他理学家迥然不同的是，魏了翁的诗注观也在相当程度上坚持了诗学原则和立场，并体现出合理辩证的一面。

魏了翁认为，宋人作诗，追求无一字无来历，故诗中的语典事典，无论是出现的密度还是涵盖的广度，都很惊人。诗人借助典故压缩诗意，逞才炫博；但读者面对典故，却常常瞠目结舌，不知所云。所以，

---

① 《重校鹤山先生大全文集》，第 242 页。

这些语典事典，是横亘在作者和读者之间的障碍。而注家的任务之一，便是探寻句中语典事典之出处，破解复杂的语言密码，以便于读者在悉知典故所指的基础上，贴近诗人，把握诗意，故其在《临川诗注序》中云：

> 公博极群书，盖自经子百史以及于《凡将》《急就》之文，旁行敷落之教，稗官虞初之说，莫不牢笼搜揽，消释贯融。故其为文，使人习其读而不知其所由来，殆诗家所谓秘密藏者也。今石林李公曩居临川，省公之诗，息游之余，遇与意会，往往随笔疏于其下。……会某来守眉山，得与寓目，见其窥奇摘异，抉隐发藏，盖不可以一二数。……其丰容有余之词，简婉不迫之趣，既各随义发明，若博见强志、瘦词险韵，则又为之辨证钩析，俾览者皆得以开卷了然。①

因为王安石诗中的典故出入百家，包揽四部，随心所欲，壮浪恣肆，所以，读者在面对其诗中"秘密藏者"的时候，便一筹莫展，"不知其所由来"；而作为注家的李壁，在这个方面下足了功夫，探寻典故，抉隐发藏，将荆公诗中的"秘密藏者"一一开列于句下，还进一步对荆公诗歌的语言特色、艺术技巧、审美效果随时进行分析点评，极大地方便了读者跨越阻碍，有效把握诗意，"俾览者皆得以开卷了然"，是以魏了翁对其赞不绝口。

在《裴梦得注欧阳公诗集序》中，魏了翁结合自己对欧阳修诗歌的阅读体验，同样给予裴注高度的评价：

> 余亦雅好欧公诗简易明畅，若出诸肆笔脱口者，今披味裴释，

---

① 《重校鹤山先生大全文集》，第241—242页。

益知公贯融古今，所以蓄德者甚弘，而非及卿博见强志、精思而笃践焉，亦不足以发之也。①

一方面，赞赏裴注对看似平易浅近的欧阳修诗歌"融贯古今"一面的挖掘还原；另一方面，也肯定了裴氏对欧阳修诗歌"蓄德甚弘"一面的印证发挥。

必须要指出的是，魏了翁对诗注的作用的认识是理性且辩证的。

首先，从以上两篇序文中，我们不难发现，诗注在探寻典故、抉隐发藏、帮助读者把握诗意方面，固然作用显著，不可或缺。但是，在魏了翁看来，这也只是注家的任务之一，并非全部，所以，李壁注的价值不仅仅是探寻典故，更在于"发挥义理之正，将以迪民彝，厚世教"；裴氏注的价值也不仅仅是借由注释知欧诗之"融贯古今"，还在于展现欧阳修深厚的人格境界。在魏了翁的观念里，诗注是丰富的、主动的、充满活力的存在，不能把诗注完全等同于典故注释。在《注黄诗外集序》中，其比较克制地表达了这一观点：

> 予尝读三《礼》，于生子曰诗负，于祝嘏曰诗怀，乃知诗之为言承也。情动于中而言以承之，故曰诗，非有一毫造作之工也。而后世顾以纂言比事为能，每字必谨所出，此诗注之所以不可已。②

魏了翁继承了"诗缘情"的观点，认为诗歌是情感涌动的产物，创作是自然流露的过程，但后世诗人丢掉了情感，一味追求形式的繁缛精巧，大量运用语典事典，盲目追求无一字无来历，使诗歌内容空洞，也使诗注沦为专门用来解释诗中典故的单一的被动的存在。

---

① 《重校鹤山先生大全文集》，第 260 页。
② 同上书，第 275 页。

其次，在强调诗注丰富、主动、充满活力的同时，魏了翁也清醒地认识到诗注作用的有限性。在《侯氏少陵诗注序》中，他对诗注的价值、作用进行了冷静的反思：

> 黄公鲁直尝谓子美诗妙处乃在无意之意。夫无意而意已至，非广之以《国风》《雅》《颂》，深之以《离骚》《九歌》，安能咀嚼其意味，闯然入其门邪！故使后生辈自求之则得之深矣。予每谓知子美诗莫如鲁直，盖子美负报瑰特而生不逢世，仅以诗文陶写情性，非若词人才士媲青配白以为工者，往往辨方域、书土实而居者有不尽知；讥时政、品人物而主人习其读不能察。盖鲁直所谓闯乎《骚》《雅》者为得之，而诗史不足以言之也。眉山侯伯修，予尝与之为寮，闻其雅善子美诗，为之笺释，而未之见，其子伯升始求予叙所以作。阅其书，盖出乎诸家笺释之后，而雅善并能，蔽以己见，子美至是若庶几无遗憾矣。虽然，读是诗者，滞于笺释而不知所以自求之、自得之，则鲁直耻之，予亦耻之。①

南宋后期，在千家注杜的风潮中，将杜诗目为"诗史"成为注家注释和读者接受两个方面普遍的基调。但此序文中，魏了翁却反其道而行之，对"诗史"之说进行反拨，对杜诗注本的价值进行反思：第一，杜诗的妙处在于"诗心"，而非"诗史"，老杜直承诗骚传统，用诗歌"陶写性情"，只有把握住这一点，才能贴近老杜，入其藩篱。第二，"自求之则得之深矣"，对于读者来说，想要理解杜诗，关键是以心求心，结合自己的人生经验，用心去体会大时代动荡沉浮的背景下诗人杜甫内心的沉郁慷慨、激愤彷徨，而非完全依赖以逐字逐句探寻典故出处、将杜诗

---

① 《重校鹤山先生大全文集》，第272—273页。

与唐史互相比附为职志的各种杜诗注本，这样才能超越时间空间的阻隔，成为老杜的异代知己，否则，只能是缘木求鱼，被困在杜诗文本的表层，索之愈细，离老杜则越远。第三，不可"滞于笺释"，无论多么完善的注本，其作用都是有限的。尽管侯伯修的《少陵诗注》后出转精，兼善并能的同时又能蔽以己见，"子美自是若庶几无遗憾矣"，但魏了翁仍然强调，读者不可陷溺于侯氏对杜诗的阐释之中，而应该时刻不忘"自求之，自得之"。魏了翁试图醒警后学的是"滞于笺释"的危险性，因为在读者试图把握诗意的过程中，诗注只是工具而已，真正占主导地位的是读者。读者发挥主观能动性，以作品为本位，"自求之，自得之"，这才是最有效、最合理的阅读状态。

三

综上所述，魏了翁的诗注观是一个有机的整体，全面且辩证。它有以下两个特点。

第一，涵盖了理学注释和诗学注释两个领域。一方面，魏了翁坚守理学立场，认为诗注要能够剖析诗中的义理，做到"微词奥义，条分缕析"，并在此基础上，发挥义理之正，对儒家的道德教化有所补益。另一方面，魏了翁也能够从诗学立场出发，肯定诗注在典故注释方面的重要价值，而且，保持辩证的思路，既重视探寻典故、抉隐发藏的重要性，又将其控制在一个合理的范围之内，避免走向极端，将典故注释等同于诗歌注释。

第二，打通了理学注释和诗学注释两种方法。"自得"本是魏了翁继承宋儒发明的阅读儒家经典的重要方法，即强调读者从儒家经典的原典入手，直接体认经典义理，而不是专读传注，完全接受别人的注释解说，这一观点在其诗文中反复出现：

更从诸经字字看过，所以自得，不可只从前贤言语上做功夫也。①

又见得向来多看先儒解说，不如——从圣经看来。盖不到地头亲自涉历一番，终是见得不真……正缘不欲于买花担上看桃李，须树头枝底方见活精神也。②

"大抵读书虽不可无传注，然亦有不可尽从者。"③

我们可以很清楚地看到，魏了翁不是臣服于传注的权威，而是以读者为主导，希望读者在整个阅读过程中能够放下传注，摆脱对传注的依赖，直接阅读经典，并自觉体认其中的精神义理。在《侯氏少陵诗注序》中，魏了翁其将这一读经的方法平行移动到对杜诗的阅读中，号召读者"自求之，自得之"，力图将读者从诗注的束缚中解放出来，这在杜诗阐释史上有着不可忽视的价值和影响。

第四节　与主流迥异的《注鹤山先生渠阳诗》

王德文《注鹤山先生渠阳诗》是今可以考知的唯一一种不以朱熹诗歌为注释对象的宋代理学家诗注，今存清代玉海堂影宋本、铁琴铜剑楼影宋本④，然而，其一直鲜有学者论及，据笔者目力所见，仅彭东焕撰《〈注鹤山先生渠阳诗〉成书与流传中的几个问题》一文⑤，从文本的形

---

① 《重校鹤山先生大全文集》，第 95 页。
② 同上书，第 109 页。
③ 同上书，第 111 页。
④ 此本即黄丕烈跋本。黄氏断为宋本，实乃误判，其应为明刻本。关于此问题，彭东焕《〈注鹤山先生渠阳诗〉成书与流传中的几个问题》中有专门的讨论，可参。
⑤ 《蜀学》第五辑，巴蜀书社 2010 年版，第 166—172 页。

成及后世的流传两个角度，对其进行了初步的考察。至于注者的生平、动机及注本本身的特点、价值，皆付之阙如。

一　注者的生平及注释的动机

理宗宝庆元年（1225），魏了翁因遭史弥远党人的忌恨与构陷，被贬靖州（即渠阳），直至理宗绍定四年（1231）方诏复原职，谪居长达七年之久。渠阳七年，其潜心学术，或讲学，或著书，诗友唱和点缀其间，所以，其这一时期的诗作被称为渠阳诗。

王德文是魏了翁门生。《注鹤山先生渠阳诗》一卷，并不是对魏了翁渠阳时期所作全部诗歌进行的注释，事实上，王德文只是对其中的《肩吾摘傍梅读易之句以名吾亭且为诗以发之用韵答赋》（下文简称《读易亭诗》）一篇详加笺释。检南京图书馆藏玉海棠影宋本，这一点在其所载李心传、叶大友二人的跋文中交代得很清楚：

> 著作王先生，河南高第弟子也。其孙周卿，游诸公间甚久，余识之十季矣。一日，以所注魏鹤山梅花诗及王实斋和章、真西山、游克斋、庄立斋跋语笔帖示余。五公皆天下正人，周卿趋向，可谓无忝所生矣。①
>
> 鹤山先生达消息行藏之理，正固于渠阳之遁，发舒于端平。初其涵养深切，自得于逢梅之作。王丈周卿，闽产也，尚操南音，踵门学焉，以意逆志，又考传以证辞，为之忠臣，盖德厚者流光。②

刘世珩在《注渠阳诗跋》中，同样对此注本的内容有清晰的介绍和描述："魏鹤山《读易亭诗》，王周卿注之，王实斋遂和之，游丞相似序

---

① （宋）李心传：《注鹤山先生渠阳诗跋》，王德文《注鹤山先生渠阳诗》，清玉海棠影宋本，第15—16页。

② （宋）叶大友：《注鹤山先生渠阳诗跋》，《注鹤山先生渠阳诗》，第16—17页。

之，后又有鹤山札子，真大参德秀、杜尚书范、李侍郎心传、李大参性传、吕宗卿午、叶秘书大有各家札子题跋，均以手书开雕。"① 可见，王德文只是将其所作诗注与若干"天下正人"对此诗注的品题编为一卷，卷帙并不大。②

成书过程在王德文的两则跋文中交代得很清楚。前则落款为"端平乙未良月既望门人承信郎新监宁国府南陵酒税务王德文谨书"，知其初稿完成于端平二年，即 1235 年；后则追记端平二年冬，其曾将初稿交由尊师审阅，并且"于各诗下添入先生亲笔批注数字"，然落款已在"淳祐二年良月既望"，即 1242 年，付梓刊行，当即在此年。从完成初稿到最后刊刻，一共经历了七年的时间。至于此注本在明代的翻刻、在清末民初的两次印行以及与《鹤山先生大全集》的关系，彭东焕一文中皆有清晰的讨论，此处不再重复。

关于王德文其人，今天留下来的资料很少。王德文《宋史》无传，宋人的笔记札丛中也很少论及此人。彭东焕根据明代吴宽《匏翁家藏集》卷五一《跋真西山与王周卿手帖》《跋王德文公据》二文，对其生平行事有简单的介绍，然过于疏略。明人钱谷所编《吴都文萃续集》卷四十"坟墓类"收录有王德文之子王救所作《宋故提干王公圹记》，对其家世、生平、仕宦、学术等各方面进行了较全面的描述，可以帮助我们更好地知人论世。此文出自其子之手，所言自无可疑。全文如下：

> 先君讳德文，字周卿，家世福之福清。自高祖仲举徙吴，因家焉。曾祖讳蕰，曾伯祖著作郎蘋，伊洛高弟。绍兴四年，六飞南渡，

---

① （清）刘世珩：《注渠阳诗跋》，王德文《注鹤山先生渠阳诗》，末附第 1 页。
② 按：此注本在王德文淳祐二年所做跋文中有"兹于各诗下添入先生批注数字"一句，若"各"字作"每个"解，味其意，似乎其所注不止一篇，与后载诸家跋文皆不符；若"各"字作"特别，与众不同"解，则无此扞格。不知此言当否，姑记于此。

知府事。孙公佑以学行荐白衣赐对，称旨赐秩，玉音有通儒之褒。嘉熙四年，郡侯王遂立祠于学，亦先君之请。先祖讳大成，隐德不耀。父梸，号分定居士。参议陈公造有记，有著书三十卷曰《野客丛书》，石湖先生嘉美为之跋。先君携此书谒凤山，李大参性作序，家贫，力以版行，不负前人著述之志，书成，焚之墓下，见者无不涕服。

先君资禀颖悟，笔端有口，屡魁京庠，士论推重，当世名胜争愿纳交，显学盛，文昌章，自岁冠而师，建宁交游二十年，终始如一日。海陵赵守善湘，适值边兵毁破城壁，委请先君协力经理，董治版筑，城壁复完，以功奏补承信郎。先君蹭蹬不偶，弗克以儒科自奋，俛首鹗冠，调宁国酒税，任满，太守王实斋复挽留一年。庚子岁歉，发运史侍郎宅之，以时多盗，命先君摄华亭尉，凡两载，余往来湖泖搜捕殆尽无遗类，邑人赖以安妥。大漕陈垓亦以先君才能敏邵，俾兼造船场市舶，未几，徽守郑宗山奏，辟监榷货务造会纸门，及额受赏，转承节郎，受南桥酒官磨勘，拟转保义郎，以出仕二十年尚可循转，先君耻于右选，意欲世科，遂置而不问。

先君手笺鹤山魏先生渠阳诗集，析文辨义，诂注甚详，鹤山嘉之，亦既锓板以广其传。克斋游丞相似为之序，真西山德秀、杜立斋范、王实斋遂皆有跋语，亦各举先君科目。秘监李侍郎心传跋云："此五人者，天下之正人。周卿与之游，亦无忝于所生矣。"

近蒙游相召命沓至，且有里除之诺，方且自喜，夫何一疾，医药勿疗，归正寝而殂矣，痛哉！先君享年五十七，生于绍熙改元四月二十九日，终于淳祐六年十月二十二日。先君娶周氏，男一人，敔方志于学，忍死竭力，择次年五月十二日卜葬于吴县横山桃花坞先茔之侧。若夫先君平昔云为操履毕载于前之名胜跋序，姑掇其大概，刻石幽隧，以为不朽之识云。①

此文清晰地勾勒了王德文的一生。王德文（1190—1246），字周卿，祖籍福建，高祖时，举家徙居吴县。其为著作郎王蘋之曾孙，分定居士王楙之子。王蘋乃二程高足，以理学名家，有《王著作集》传世；王楙著有《野客丛书》，以考史为主，兼及经学、音韵。毫无疑问，这些都为王德文提供了良好的家学背景。因"屡魁京庠"，王德文为当时士论推重，然其却能在盛名之下，保持低调与谦和，与旧交"始终如一日"，并不以名利萦怀；能文的同时，王德文也具有很强的经世才干，无论是修复边城，还是治理盗贼，皆能出色地完成任务。王秡还特别提到了其父对魏了翁《渠阳诗》的笺注，则其在王德文学术生涯中的重要性，于斯可见一斑。

魏了翁谪居渠阳时期的诗歌并非寥寥可数，为何王德文只选择了《读易亭诗》一首详加注解？

王德文之友王遂在所作跋文中云："王兄德文独取其（鹤山）贬所诗为之注。王兄乃渡江初著作蘋之孙，其文学行义，根本伊洛，宜其独取乎此。"彭东焕据此以为，王德文取魏了翁靖州诗做注，一来是因为魏了翁的经学造诣，二来也可能有对先祖王蘋经学事业尊崇的含义，以此缅怀先人。② 此说或有一定的道理。然仔细追究，仍显牵强空泛，因为其实际上只回答了为何王德文将注释的目光锁定在魏氏渠阳时期的诗歌上，并未有效地解释为何王德文只选择对《读易亭诗》一篇诗作详加注解。

我们以为，《渠阳诗注》只对《读易亭诗》一篇作品详加注解的深层动机在于王德文对此诗中流露的生命意识和人生态度的体悟与认可。王

---

① （明）钱谷编：《吴都文萃续集》，《文渊阁四库全书》，第1386册，第298—299页。
② 彭东焕：《〈注鹤山先生渠阳诗〉成书与流传中的几个问题》，《蜀学》第五辑，第167页。

德文在第一篇跋文中写道：

> 尝观古人立朝论事，奋不顾身，其风节若可表历斯世。逮夫处幽闲寂寞之滨，则悲伤愤郁，形于诗歌，有不能一朝居者，虽以屈、贾、韩、柳，弗免此累。鹤山先生六载渠阳，授道著书，余日与骚人墨客以诗相倡酬，春容暇豫，俨然有春风沂泗气象，视数公何如哉！①

魏了翁在《答苏伯起》一文中，对渠阳有简单的描述，"靖为郡百二十七年，布跣足之风未之有改，城中不满四十家，气象萧条"，然而，他不但不以如此恶劣的环境更添贬谪的悲哀愤郁，反而专意于经史，并从中获得了别样的乐趣，"然自非四方友朋书问碑铭之相挠，则终日书案，极天下之至乐……城之东，得隙地为屋数间，亭沼华水略具，号鹤山书院，距寓馆不数十步，时时携友往来其间，未必如水竹庄之胜，然而主人心安乐，华竹有和气，则何地而不适其适也"②。充实自适，旷达平和。所以，王德文在跋文中盛赞了魏了翁这种在巨大的人生困境面前，不抱怨、不逃避、不自伤的人生态度。贬谪期间，魏氏授道著书，诗歌唱和，不同于屈、贾、韩、柳的悲伤愤郁、愁苦哀吟甚至枯死贬所，他丝毫不因外部世界的变化影响精神的自由与圆融，"春容暇豫，俨然有春风沂泗气象"。在王德文看来，魏氏宠辱不惊的人生态度的背后，是其对宇宙人生的深刻思考以及由这种思考带来的精神上的解放和超越。这正是《读易亭诗》所表达的主题，所以，此一诗足以涵盖和代表魏氏渠阳时期的全部诗作。王德文独笺注此一篇诗的原因当在于此。

---

① （宋）王德文：《渠阳诗注跋》，《注鹤山先生渠阳诗》，第 21 页。
② 《重校鹤山先生大全文集》卷 36，第 308 页。

二 一个有趣的现象

渠阳七年，是魏了翁思想的成熟期，《周易集义》《九经要义》《经史杂钞》《古今考》等重要的学术论著均写作于此一时期。作为思想成熟期的衍生物，《读易亭诗》很自然地被打上了理学的烙印。《读易亭诗》全名为《肩吾摘傍梅读易之句以名吾亭且为诗以发之用韵答赋》，虽是以梅花发端，然整首诗唯"向来未识梅花时，绕膝问讯巡櫓索。绝怜玉雪倚参横，又爱青黄弄烟日"两句，运之以形象思维，能够让人感受到梅花的形象与风姿，余下的篇幅，则频频以理学术语入诗，表达他对于宇宙阴阳运行变化的参悟，"根于义理而广引诸书以发明之，与连篇累牍不出风云月露者异矣"①。

王德文有深厚的理学家族背景，又是魏了翁门人，亲得魏氏真传，所以，推之以常理，他对此诗的笺释，自当与其他理学家诗注风格相似，以对义理的探讨和阐发为核心，"先训诂，后文义，一如先生注书之体"。然而，事实却并非如此。

虽然注释的主体和客体都具备理学家诗注的必要条件，但从注释的文本上看，我们却难以寻觅理学家诗注的痕迹，在王德文一生中占有重要位置的《渠阳诗注》呈现出来的完全是诗学领域内宋诗宋注追求"无一字无来历"的特点。《渠阳诗注》全文如下：

> 三时收工还朔易，《左传·咸公六年》季梁曰：三时不害。○《书·尧典》：平在朔易。注：岁改易于北方。**先生亲笔批注云言大火星辰见则天地间万物敛藏**。百川敛盈归海庤，《淮南子记论训》百川异源，皆归千海。《禹贡》海滨广斥。谁将苍龙挂秋汉，张文潜诗：苍龙挂斗寒垂地，翡翠浮花暖作

---

① （宋）吕午：《渠阳诗注跋》，《注鹤山先生渠阳诗》，第19页。

春。宇宙中间卷无迹。《尸子》：天地四方曰宇，古往今来曰宙。人情易感变中化，达者常观消处息。《史记》礼书人情之所感。○贾谊赋：万物变化，固亡休息。斡流而迁，或推而还。形气转续，变化而嬗，合散消息，安有常则。千变万化，未始有极。小智自私，贱彼贵我。达人大观，物亡不可。向来未识梅花时，李太白诗：闻道春还未相识，走旁寒梅访消息。绕溪问讯巡檐索。渊明《桃花源记》：咸来问讯。○老杜诗：巡檐索共梅花笑，冷蕊疏枝半不禁。绝怜玉雪倚参横，《韩文公集》：肌肉玉雪可怜。○柳子厚《龙城录》：赵师雄罗浮一日见一女，与之扣酒家，少顷，一绿衣在侧。醉寝后醒，东方已白，起视，乃在大梅树下，月落参横，但自惆怅而已。○东坡诗：罗浮山下梅花村，玉雪为骨冰为魂。纷纷初疑月挂树，耿耿独与参横昏。又爱青黄弄烟日。山谷上东坡梅诗：烟雨青已黄。中年易里逢梅生，便向根心见华实。《汉五行志》：云雷出地则养华实；发扬阴伏，宣盛阳之德。○潘安仁《闲居赋》云：李梅郁棣之属，华实照阑。候虫奋地桃李妍，《记月令》：蛰虫始振，桃始华。注云皆记时候也。○柳子厚诗：门掩候虫秋。○东坡诗：问他桃李为谁妍。○山谷诗：桃李春昼妍。野火烧原蔌葵苗。白乐天《古草原诗》：野火烧不尽。○东坡《武昌山诗》：野火烧苍苔。○后山《舟中诗》：野火烧原雉昏雏。○《诗硕人》：蔌葵揭揭。《驺虞》彼茁者葭。注茁，出也。方从阳壮争门出，直待阴穷排闼入。《易大壮》注：壮者，强壮之名，以阳称大，阳长既多，是为大壮。坤龙战千野，其道穷也。以卦纪月则壮。为二月坤，为十月桃李蔌葵等草木也，故于二月之春，争门而出，出十月之冬，排闼而入。排闼，借用樊哙事。随时作计何太痴，《易》：随时之义，大矣哉。争似此君藏用密。《晋王徽之传》：何可一日无此君也。此借用。○《易》曰：藏诸用。又曰：退藏于密。人官天地命万物，《记礼器》：天时有生也，地理有宜也，人官有能也。○《庄子德充符篇》：而况官天地，府万物。二实五殊根则一。周子《通书》：五殊、二实、二本则一。囿形辟阖浑不知，《易系辞》辟户谓之乾，阖户谓之坤。却把真诚作空寂。东坡诗：世上如子野，禅心久空寂。后山诗：知世如梦无可求，无世求心普空寂。庭前拟绘九老图，付与人间子云识。先生自注云：五老峰前访梅招鹤，合余肩吾作九。〇《唐白居易传》：居易居东都，自号醉吟先生。尝与胡杲、吉皎、郑据、刘真、卢慎、张浑、狄兼谟、卢贞燕集，皆高年不仕者，人皆慕之，绘为九老图。〇唐韩文公《与冯宿论文书》云：昔扬子云着《太玄》，人皆笑之，子云言曰：世不我知，无害也；后世复有杨子云，必好之矣。**先生亲笔批注云：言此一诗之义，后世必有识之者。**①

张文利在《魏了翁文学研究》中，论及此诗注，认为"王德文为此诗作注，多援引儒家经典，如《易》《礼记》《左传》等，索引钩沉，阐释其中的微言大义"②。结合具体文本，我们发现，这个结论实难以成立。

首先，从援引的频率和数量上看，虽然王德文"多援引儒家经典"，然这类引文的数量远不如其对相关诗文的征引频繁，其引及的诗文涵盖了张耒、贾谊、李白、陶渊明、杜甫、韩愈、潘岳、柳宗元、苏轼、黄庭坚、白居易、陈师道等人的作品，相比之下，寥寥数条对《易》《礼记》《左传》的摘引，呈现出被诗文"包围"的态势。

其次，从援引的目的和作用上看，无论是征引儒家经典还是征引诗文作品，在王德文手中，它们都没有落实在"阐释其中的微言大义"上，更多的是被用来"索引钩沉"，说得再具体一些，就是努力探求诗中字句的出处，向"无一字无来历"的方向靠拢。这些注释都是引而不断，并没有出现对诗意的总结，更没有对诗中义理进行阐释。如"随时做计何太痴，争似此君藏用密"句下，其两次援引《易》，但只是用来确定"随时""藏用密"二语之出处，最多也只是指出了诗句与《易》之间的联系，至于其中所蕴含的义理，则未下一言，与理学家诗注的主流特点迥

---

① 《注鹤山先生渠阳诗》，玉海堂影宋本，第3页。
② 张文利：《魏了翁文学研究》，中华书局2008年版，第75页。

然不同。最能说明问题的一个细节是，全部的诗注中，仅有的两处对诗意的把握，皆出自魏了翁的亲笔批注。一处在首句"三时收工还朔易"之后，王德文只是引《左传》《尚书》以点出"三时""朔易"二词之出处，对理解此句之含义并无实质性的帮助，魏氏于此加批注云"言大火星辰见则天地间万物敛藏"，直接揭示诗意，使开篇义脉流畅；一处在末句"付与人间子云识"之后，王德文只是注出"九老图""子云识"两个典故，魏氏批注则在此基础上指出此句"言此一诗之义，后世必有识之者"，揭示题旨，收束全诗。两条批注，一首一尾，鲜明有力，与王德文的注释区别显著。不难想见，它们并非魏氏信手而为。与魏氏批注性质相同的对诗意的把握和补充还有一处，来自叶大有的跋文："'侯虫奋地桃李妍'，所以续生意者，寓于诗，周卿其思之。"① 叶氏揭示了鹤山在此句中所蕴含的深意，而这一层意思，在王德文所作的注释中，显然是无法得到的。

所以，一方面，王德文是魏了翁的门人，对《读易亭诗》极其重视，将其作为魏氏渠阳时期精神世界的代表和内心世界的投影；另一方面，王德文对此诗的注释，却又与理学家诗注的特点完全不同，其并没有疏解阐发诗中义理，而是致力于探寻语料典故之所出，追求无一字无来历，呈现出清晰的诗学领域内宋诗宋注的鲜明特色。在《渠阳诗注》之外的其他 11 种理学家诗注中，理学一支独大，完全"屏蔽"了诗学，二者根本无法兼容；《渠阳诗注》却以诗学的方式完成了对理学家诗歌的注释，使二者矛盾地交错在了一起。有趣的是，王德文对自己的所作所为是很清楚的，"渠阳之诗，天下传诵，鸡林亦争致之。其间用事宏奥，览者不能尽知。德文旧登宫墙，昕夕把玩，随笔笺释，荟萃成编。末学谀文，

---

① （宋）叶大有：《渠阳诗注跋》，《注鹤山先生渠阳诗》，第 18—19 页。

藻绘太清，多见其不知量也。昔孙莘老谓老杜诗无两字无来历，德文于先生之诗亦云"①。而且，王德文并不"孤单"，吕午在跋文中流露的态度与他的立场完全一致：

> 渠阳诗集，大抵根于义理而广引诸书以发明之，与连篇累牍不出风云月露者异矣。午每虞读者不知其所援之事，将并与诗之本旨失之。今王君周卿，好古博雅君子也，句释字注，一见瞭然，其赵次公之于坡仙欤！②

在对诗歌的定位上，吕午将渠阳诗视作鹤山思想之载体，恐读者失其本旨；在注释的方法上，则同样主张诗学的典故注释的方法，并将《渠阳诗注》与赵次公《东坡诗注》的成就相提并论，俨然将其视为宋诗宋注的杰出代表，丝毫未想过要对诗中义理进行直接阐发。

为什么会出现这样的矛盾？我们以为，原因有以下两个方面。

首先，构成南宋理学家诗注主流的《注朱文公训蒙诗》《武夷棹歌注》以及 9 种《感兴诗注》，都是对朱熹诗歌的注释。它们以朱子经典注疏的方式来注释朱子之诗，说到底，其实是朱子学术和思想地位的另一种反映，而随着朱熹作品的经典化，这种方式便成了朱熹诗歌所享受的"特权"。魏了翁虽然是南宋后期的理学名家，大力提倡、恢复程朱理学并折中朱陆两派，对理学发展有重大的贡献，这一点当时人已有定论，如刘宰云："天下学者自张、朱、吕三先生之亡，怅怅然无所归。近时叶水心之博、杨慈湖之淳，宜为学者所仰。而水心之论，既未免误学者于有，慈湖之论，又未免诱学者于无。非有大力量如侍郎（魏了翁）者，

---

① （宋）王德文：《渠阳诗注跋》，《注鹤山先生渠阳诗》，第 21 页。
② （宋）吕午：《渠阳诗注跋》，《注鹤山先生渠阳诗》，第 19—20 页。

孰能是正之。"① 但在理学谱系中，其远不能比肩朱子，所以，自然不能享受"一如先生注书之体"的特殊待遇。

其次，受到魏了翁诗注观的影响。正如上一节所揭示的那样，魏了翁虽然是理学大家，但与其他理学家迥然不同的是，其拥有比较通达的诗注观，在相当程度上坚持了诗学的立场，肯定诗注在探寻典故、抉隐发藏方面的重要作用，王德文对这一点"照单全收"，所以，"昔孙莘老谓老杜诗无两字无来历，德文于先生之诗亦云"，自然也就是题中应有之义了。但王德文忽视了鹤山诗注观的另一面，即坚守理学立场，认为诗注要能够剖析诗中义理，做到"微词奥义，条分缕析"的一面，所以，鹤山才会"出手相助"，于诗注的首尾两端，添加两条批注，点出义理，揭示诗旨，与王德文的注释形成鲜明对照。

结　语

综上所述，今可考知的宋代理学家诗注共有 12 种，除王德文《渠阳诗注》是对魏了翁谪居靖州时期所作的《读易亭诗》进行注释之外，其余 11 种注释的对象皆是朱熹的诗歌，其中，《感兴诗》有 9 种注本，《训蒙绝句》有黄季清注，《武夷棹歌》有陈普注。全部 12 种注本中，今天完整保存下来的有 4 种，分别为蔡模《感兴诗注》、何基《解释朱子斋居感兴二十首》、王德文《注鹤山先生渠阳诗》、陈普《武夷棹歌注》，其余的注本，除潘柄等人的极少量《感兴诗注》经由元代《感兴诗通》的收录得以保留，余皆已散佚。

---

① （宋）刘宰：《通鹤山魏侍郎了翁》，《漫塘集》卷 10，《文渊阁四库全书》，第 1170 册，第 16 页。

随着朱熹官方地位的确立与不断提高，朱熹的诗歌也被视为其思想的重要载体，为理学中人尊为治学研理必读之书，享受与经典同样尊贵的待遇，所以，理学家对朱熹诗歌的注释，皆"先训诂，后文义，一如先生注书之体"。从这个角度来看，理学家诗注只是宋代理学的副产品，除了注释对象采用了诗歌的形式之外，其与诗学并无内在的关联。但是，如果从全局上去把握宋代理学家诗注，在以朱子注经之体注释朱子之诗的主流之外，王德文《注鹤山先生渠阳诗》则呈现出异样的色彩：其嗅到了《读易亭诗》在探寻阴阳宇宙运转流行的主题背后的个人情怀和感悟，以诗学注释的方式，遍寻所出，追求无一字无来历，从而将理学与诗学兼容起来，产生了一种奇妙的交错感，在这种交错中，我们可以清晰地感受到诗学对理学的成功突围。

附录一　宋诗宋注总目新编

说明：

1. 此目大致以成书时间为序。凡没有明确成书或刊刻时间的注本，以注者生卒年或中第时间为参照排序；注者生卒年或中第时间亦不能确定者，则以大致生活的时代为参照排序。

2. 注者籍贯皆以今日之省级区划划分，备注中标出的是历史文献中所记载的籍贯所在地。注者之生平、籍贯无考者，皆以空格处之。

书名	注者	籍贯	成书时间	备注（注者情况、注释类型、文献依据）	存佚
《姑苏百题诗》	杨备	安徽	北宋仁宗朝	建平人。自注。 范成大《（绍定）吴郡志》卷五十；龚明之《中吴纪闻》卷五；《宋史·艺文志》	佚
《金陵览古诗》	杨备	安徽	北宋仁宗朝	建平人。自注。 周应合《（景定）建康志》卷四十九；《直斋书录解题》卷二十	佚

续　表

书名	注者	籍贯	成书时间	备注（注者情况、注释类型、文献依据）	存佚
《会稽览古诗集》	华镇	浙江	北宋后期	会稽人，1079 年进士。自注。张淏《（宝庆）会稽续志》卷五；厉鹗《宋诗纪事》辑得 9 首	佚
《苏诗注》	蕲春士人	湖北	1111 年前后，北宋末	洪迈《容斋续笔》卷十五"注书难"条，云"政和初"	佚
《苏诗注》	唐庚	四川	北宋末	眉山人，卒于 1120 年。查慎行《补注东坡先生编年诗例略》	佚
《苏诗注》	赵夔	四川	北宋末年编定，高宗朝刊行	第一个分类注。刊行于高宗朝末久。陈岩肖《庚溪诗话》卷上；《百家注》卷首有赵夔苏诗注自序	佚
《东坡诗解》	赵次公	四川	北宋末	高宗朝时另有杜诗注。胡穉《增广笺注简斋诗集》卷首楼钥序	佚
《苏诗四家注》	程缜、宋援、李厚、赵次公	四川	北宋末年编定，高宗朝刊行	编年注。李冶《敬斋古今黈》卷七；阮元《揅经室集》三集卷五《苏文忠公诗编注集成序》	佚
《苏诗五家注》	程缜、宋援、李厚、赵次公、林子仁	四川	北宋末年编定，高宗朝刊行	林子仁为蕲春人，今属湖北。编年注。冯应榴《苏文忠公诗合注》称引	佚
《苏诗八家注》	五家外并赵夔、师尹、孙倬	四川	北宋末年编定，高宗朝刊行	编年注。王十朋《王状元集百家注分类东坡先生诗序》称引	佚

续 表

书名	注者	籍贯	成书时间	备注（注者情况、注释类型、文献依据）	存佚
《苏诗十家注》	加入傅、胡二注	四川	北宋末年编定，高宗朝刊行	傅、胡二家注为其他几家注文改窜而成。编年注。王十朋《王状元集百家注分类东坡先生诗序》称引	佚
《集注东坡先生诗前集》		四川	北宋末年编定，高宗朝刊行	五注本与十注本的拼合本。《北京图书馆善本书目》卷六	残存4卷
《山谷内集诗注》	任渊	四川	刊刻于1155年，高宗朝	新津人。初稿成于1128年。陆游《渭南文集》卷十五《施司谏注东坡诗序》；陈振孙《直斋书录解题》卷二十	存
《后山诗注》	任渊	四川	刊刻于1155年，高宗朝	初稿成于1116年。陆游《渭南文集》卷十五《施司谏注东坡诗序》；陈振孙《直斋书录解题》卷二十	存
《注宋子京诗》	任渊	四川	1155年之后，高宗朝	陆游《渭南文集》卷十五《施司谏注东坡诗序》	佚
《东坡锦绣段》	未详		当在高宗朝	《苕溪渔隐丛话前集》卷十一	佚
《注释东坡和陶诗解》	傅共	福建	当在高宗朝	仙游人，1131年奏名。陈振孙《直斋书录解题》卷十五	佚
《注东坡诗事》	李歔		当在高宗朝	张邦基《墨庄漫录》卷二	佚

续 表

书名	注者	籍贯	成书时间	备注（注者情况、注释类型、文献依据）	存佚
《东坡诗集注》	王十朋	浙江	1151—1171 年，高、孝间	乐清人（1112—1171），字龟龄，号梅溪。《四库全书总目提要》卷一百五十四	存
《断肠诗集注》	郑元佐	浙江	孝宗朝	魏仲恭序作于 1182 年。丁丙《善本书室藏书志》卷三十；瞿镛《铁琴铜剑楼藏书目录》卷二十一	存
《华亭百咏》	许尚	上海	1174—1189 年，孝宗朝	华亭人，自号和光老人。自注。《续文献通考》卷一百九十五《经籍考》；《续通志》卷一百六十二《艺文略》	存
《注朱子感兴诗》	阙名		1200 年之前，孝、光朝间	朱熹生前已见。黎靖德编《朱子语类》卷二十三	佚
《感兴诗注》	余伯符	江西		字子节，号思斋。曾游朱熹之门。戴表元《剡溪文集》卷一《银峰义塾记》	佚
《简斋诗笺》	胡穉		自序于 1190 年，光宗朝	楼钥序作于 1192 年。楼钥《简斋诗笺叙》；刘辰翁《简斋诗笺序》（此二序《攻瑰集》《须溪集》皆未收）	存
《金陵百咏》	曾极	江西	光、宁宗朝	临川人，字景建，1225 年卒。自注。刘克庄《后村诗话·前集》卷二	存

续　表

书名	注者	籍贯	成书时间	备注（注者情况、注释类型、文献依据）	存佚
《山谷诗注》	史会更		1208 年之前	钱文子《芎室史氏注山谷外集诗序》	佚
《山谷外集诗注》	史容	四川	1208 年，宁宗朝	青衣人，字公仪，号芎室居士。史季温 1250 年复刻于闽。 倪璨《宋史艺文志补》	存
《后山外集诗注》	史容	四川		方回《桐江集》卷四《跋许万松诗》	佚
《注东坡先生诗》	施元之、施宿、顾禧	浙江江苏	初刻于 1213 年，补修于 1262 年，宁宗朝	句中、题下注 1174—1189 年，题左注 1210 年。 陆游《渭南文集》卷十五《施司谏注东坡诗序》；陈振孙《直斋书录解题》卷二十	存，缺六卷
《王荆文公诗笺注》	李壁	四川	1207—1209 年，1214 年付梓，宁宗朝	（1157—1222）眉山人，字季章，号雁湖居士。 赵希弁《郡斋读书志附志》卷五下；陈振孙《直斋书录解题》卷二十	存
《王荆文公诗笺注》补注、增注	李壁	四川	1214—1222 年		存
《笺注吴元用咏史诗》	李洤		1221 年前后	生平、行事不详。郑魏挺序作于 1221 年。 郑魏挺《吴元用〈咏史诗〉序》	佚

续　表

书名	注者	籍贯	成书时间	备注（注者情况、注释类型、文献依据）	存佚
《南海百咏》	方信孺	福建	1208—1222 年，宁宗朝	（1177—1222）莆田人。自注。刘克庄《后村先生大全集》卷一六六《宝谟寺丞诗境方公行状》	存
《注和陶诗》	蔡梦弼	福建	1205 年之后，宁宗朝	《草堂诗笺跋》未言及此注；史铸《百菊集谱》卷四	佚
《注黄诗外集》	邓公立		当在宁、理间	魏了翁（1178—1237）《鹤山先生大全集》卷五十五《注黄诗外集序》	佚
《欧阳公诗集序》	裴及卿		当在宁、理间	魏了翁（1178—1237）《鹤山先生大全集》卷五十四《裴梦得注欧阳公诗集序》	佚
《豫章外集诗注》	任骥	四川	或成于孝宗朝，刻于宁、理间	眉山人，子任逢守蜀时刊行。①洪咨夔（1176—1236）《平斋文集》卷十《豫章外集诗注序》	佚
《补注东坡诗》	黄学皋	福建	当在理宗朝	1223 年进士。王应山《闽大记》卷十二"书籍考"	佚

① 据《四川通志》卷三十三《选举》所载，任骥之子任逢为淳熙间（1174—1189）进士，宁宗嘉定六年（1213）知合州（据清光绪《合州志》卷九），嘉定十三年（1220）官礼部郎中（据《宋会要辑稿》"礼"四三之七），其为蜀郡守或即在此时。魏序有云"（任骥）方注诗时，（任逢）两髦耽耽，检书捧砚……今以名卿守蜀，白首矣。惧父书无传，力自雠校，锓而公诸世"，故任骥《豫章外集诗注》成书当在孝宗朝。

续 表

书名	注者	籍贯	成书时间	备注（注者情况、注释类型、文献依据）	存佚
《山谷诗注》	陈逢寅①	福建	当在理宗朝	长邑人，1223年进士。《宋史》卷二百八《艺文》七	佚
《注鹤山先生渠阳诗》	王德文	江苏	1235年初稿完成；1242年付梓。理宗朝	祖籍福建，高祖辈举家徙吴。黄丕烈《士礼居藏书题跋记》卷五；瞿镛《铁琴铜剑楼藏书目录》卷二十	存
《感兴诗笺注》	潘柄	江苏	当在理宗朝	（1168—1239）淮安人。蔡模《文公朱先生感兴诗注跋》（此跋文作于1237年）	佚
《朱文公感兴诗注》	蔡模	福建	自跋于1237年，理宗朝	（1188—1246）字仲觉，号觉轩。陆心源《皕宋楼藏书志》卷八十五；丁丙《善本书室藏书志》卷三十	存
《山谷别集诗注》	史季温	四川	1250年前后理宗朝	眉州人，绍定五年（1232）进士。倪璨《宋史艺文志补》	存
《注朱文公训蒙诗》	黄季清	江西	在1250年前后，理宗朝	丰城人，名惟寅，字季清。徐经孙《矩山存稿》卷三《黄季清注朱文公训蒙诗跋》	佚
《感兴诗注》	蔡汝揆	浙江	理宗、宋末	新昌人，师从饶鲁（1193—1264）。《（正德）瑞州府志》卷十	佚

---

① 梁克家《淳熙三山志》卷三十二"人物类七"中"嘉定十六年（1223）癸未蒋重珍榜"载："陈逢寅，字必发，长邑人。"长邑，即今福建长乐县。

续　表

书名	注者	籍贯	成书时间	备注（注者情况、注释类型、文献依据）	存佚
《和注后村〈百梅诗〉》	徐少章	广东	理宗、宋末	东陇人。 林希逸《竹溪鬳斋十一稿续集》卷十三《题徐少章和注〈后村百梅诗〉》；刘克庄《后村集》卷一百十一有《跋徐贡士用虎〈百梅诗注〉》	佚
《注梅百咏》	江咨龙	福建	理宗、宋末	漳浦人。 刘克庄《后村先生大全集》卷一百一十《跋江咨龙注〈梅百咏〉》	佚
《感兴诗解》	何基	浙江	理宗、宋末	金华人，（1188—1268），字子恭，号北山。 《浙江通志》卷二五二	存
《感兴诗注》	胡升	安徽	宋末	婺源人，（1198—1281），字潜夫，号愚斋。 《（弘治）徽州府志》卷八"宦迹"	佚
《简斋诗增注》	阙名		宋末元初	或为刘辰翁门人弟子所为	存
《简斋诗注》	中斋		宋末元初	或为邓剡所为（1232—1303），或出自唐从龙之手。	佚
《感兴诗注》	胡次焱	安徽	宋末	婺源人，（1229—1306），字济鼎，号梅岩。 《（弘治）徽州府志》卷八"宦迹"	佚

书名	注者	籍贯	成书时间	备注（注者情况、注释类型、文献依据）	存佚
《孝诗》	林同	福建	宋末	字子真，号空斋处士，卒于1276年。自注。 刘克庄《后村先生大全集》卷九十六《林同孝诗》；《四库全书总目》卷一百六十四	存
《西湖百咏》	董嗣杲	浙江	自序作于1272年	临安人，字明德，号静传居士。自注。 《四库全书总目》卷一百六十五	存
《咏文丞相诗》	张庆之	江苏	宋亡后	吴州人，字子善。自注。 《姑苏志》卷五十四	存
《九华诗集》	陈岩	安徽	宋亡后	青阳人，字清隐，自号九华山人，宋遗民。自注。 黄虞稷《千顷堂书目》卷八"地理类下"；《四库全书总目》卷一百六十五	存
《咏史诗断》	陈普	福建	宋亡后	宁德人（1244—1328），字尚德，号惧斋。自注。 陈鸣鹤《东越文苑》卷五	存
《注陆放翁剑南句图》	闻仲和		宋亡后	陈著《本堂集》卷四六《跋闻仲和注陆放翁剑南句图》（此跋作于1295年）	佚
《感兴诗讲义》	程时登	江西	宋亡后	乐平人（1249—1329），字登庸，号述翁。 元胡炳文《感兴诗通》中存四条注释	佚

续　表

书名	注者	籍贯	成书时间	备注（注者情况、注释类型、文献依据）	存佚
《精刊补注东坡和陶诗话》	蔡正孙	福建	1289—1300 年，宋亡后	字粹然，自号蒙斋野逸，南宋遗民	残存
《朱文公武夷棹歌注》	陈普	福建	刊于 1304 年，宋亡后	句中注非陈普所为。丁丙《善本书室藏书志》卷三十"文公朱先生《感兴诗注》一卷、《武夷棹歌注》一卷"条	存
《放翁诗选注》①	史温			史温生平行事皆未知。蒋光煦《东湖丛记》卷五"精华录"条	佚
《感兴诗四家注》	注、编者皆不详		或在理宗朝	丁丙《善本书室藏书志》卷三十"文公朱先生《感兴诗注》一卷、《武夷棹歌注》一卷"条	佚

从表中可以比较清晰地看出，在时间分布上，宋人注宋诗的高峰出现在高宗、宁宗以及宋末元初这三个时段。首先是高宗朝。苏诗的一系列编年注本皆出现在高宗朝前期，后期又有任渊注黄、陈诗，在这段时间里，这些注本的踊跃出现，使得宋诗宋注以一种一鸣惊人的姿态闪亮登场，宋诗宋注的特点、意义、价值在它们身上已经一览无余。其次是

---

① 见清蒋光煦《东湖丛记》卷五"精华录"一条所云，后邵懿辰《增订四库简明目录标注》卷十六"放翁诗选前集十卷，后集八卷，附别集一卷"条"续录"中云："蒋生沐藏《陆诗选注》钞本，宋史温注，不甚佳。"蒋生沐即蒋光煦（1813—1860），字日甫、爱荀，号雅山、生沐，浙江海宁人。筑别下斋以藏古籍，其中名刻善本居半，为海内知名藏书楼。

宁宗朝。史容注黄、陈诗外集，施、顾注苏诗，李壁注荆公诗三足鼎立，尤其是后两种注本，一直被视作宋诗宋注最高水平的代表。高、宁两朝几乎囊括了最能代表宋诗宋注分量和成就的苏、黄、陈三家注。最后是宋末元初。这一时期的注本，有着与高、宁两朝截然不同的新的特点：从对注释对象的选择上看，注家不再是瞄准宋代一流诗人的全部诗集，而是选择著名诗人比较有特点的、相对独立和完整的组诗进行注释，如注朱熹《感兴诗》，注刘克庄《梅百咏》，或者是对自己的某个单独印行、流通的诗集（多为大型组诗）进行注释，如《西湖百咏》《孝诗》《九华诗集》等，显得更加灵活，也更富有弹性。

在注家的地域分布上，四川与福建在数量方面平分秋色。然若从质量上再加一层考量的话，四川则更胜一筹，不仅一时之名注层出不穷，如苏诗系列编年注、黄诗三注、后山诗注、荆公诗注等，而且其生命力也都很强大，借由各种方式流传下来，并在流传的过程中不断对后世产生影响。

附录二　宋诗宋注研究成果一览表

　　1989 年，张三夕先生《宋诗宋注纂例》一文的发表，拉开了宋诗宋注研究的序幕。近三十年来，宋诗宋注的研究成果已经超过百种。一方面，对宋诗的多种宋人所作的注本的梳理，无论是对版本、流传的考索，还是对注释方法、价值的揭示，都颇为细致详赡；另一方面，就研究的视域和思路来看，又呈现出极其突出的以类型化的静态描述为绝对主导的局面，其成就与缺失在绪论部分已做过讨论，此不赘述。为了便于读者较快了解本领域研究现状，同时也为给后来者提供检索线索，免去翻检之劳，特制此表。

　　说明：

　　1. 此表为宋诗宋注研究的专门性论文目录，然宋人对前朝诗的注释，如注杜、注陶、注李、注韩等，以及清人对宋诗的注释，不在收录范围之内。时间从 20 世纪 80 年代开始，迄于 2016 年。

　　2. 所收文章，地域上不做限制，凡目力所及，均加收录。

　　3. 此表大致按时间先后排序。如有遗漏，敬请指正。

	篇名	作者	发表机构	发表时间
1	朱子的《武夷棹歌》——兼及对陈注的商榷	王甦	古典文学第三辑（台湾）	1980 年
2	宋诗宋注纂例	张三夕	南京大学硕士论文	1982 年
3	《百家注分类东坡诗集》考	刘尚荣	社会科学战线	1982 年第 2 期
4	谈宋刻施顾东坡诗注	潘美月	故宫文物月刊	1985 年第 10 期
5	苏轼著作在宋代的编集、注释和刊刻	田国良	图书馆	1986 年第 2 期
6	复原《施顾注坡诗》之我见	子冉	天府新论	1987 年第 4 期
7	李壁和他的《王荆文公诗笺注》	赵晓兰	四川师范大学学报	1988 年第 3 期
8	宋诗宋注管窥	张三夕	古籍整理与研究	1989 年第 4 期
9	记日本蓬左文库所藏《王荆文公诗李壁注》	王水照	文献	1992 年第 1 期
10	蔡上翔《王荆公年谱考略》及李壁《王荆文公诗笺注》勘误补正	高文、高启明	河南大学学报	1996 年第 3 期
11	任渊《山谷内集诗注》商榷一例	王多	古籍整理研究学刊	2001 年第 3 期
12	施元之等《注东坡先生诗》平议	王友胜	中国韵文学刊	2002 年第 1 期

续　表

	篇名	作者	发表机构	发表时间
13	山谷诗注内典发微	龙延	遵义师范学院学报	2002 年第 1 期
14	钱锺书《山谷诗》任史二注补注解读（上篇）	王诃鲁	九江师专学报	2003 年第 1 期
15	《东坡诗集注》注者为王十朋考	卿三祥	宋代文化研究	2003 年(第十二辑)
16	王安石诗文佛典注释辩证	方笑益	佛学研究	2004 年
17	翁方纲藏：宋刻本《施顾注东坡先生诗》	拓晓堂	嘉德通讯	2004 年第 4 期
18	试论李壁对诗歌笺释学的贡献	周焕卿	南京师范大学学报	2004 年第 5 期
19	论任渊及其《山谷诗集注》	张承凤	文学遗产	2005 年第 4 期
20	任渊宋诗校释平议	慈波	重庆社会科学	2005 年第 11 期
21	《百家注分类东坡诗》评价之再商榷——以王文诰注家分类说为中心的讨论	李贞慧	台大文史哲学报	2005 年
22	宋诗自注口语词义举例	曹海花	职大学报	2006 年第 1 期
23	蓬左文库所藏朝鲜活字本《李壁注荆公诗》发微	汤江浩	华中师范大学学报	2006 年第 2 期
24	"随注"而"该通"——史容《山谷外集诗注》略论	钟东	中国典籍与文化	2006 年第 2 期

	篇名	作者	发表机构	发表时间
25	李壁注荆公诗考论	汤江浩	中华文化论坛	2006 年第 2 期
26	论《集注东坡先生诗前集》的文献价值	何泽棠	图书馆论坛	2006 年第 3 期
27	对应阐释:"以才学为诗"与"以才学为注"	阳清	天中学刊	2006 年第 6 期
28	宋诗宋注研究	姜庆姬	南京大学博士论文	2006 年
29	任渊注《后山诗》出典的意义	张福勋	南京师范大学文学院学报	2007 年第 4 期
30	李壁《王荆文公诗笺注》误收五首考述	寿涌	江西教育学院学报	2007 年第 4 期
31	论《王荆公诗笺注》的学术价值与局限	王友胜	中国文学研究	2008 年第 2 期
32	高丽大学所藏《精刊补注和陶诗话》及其价值	金程宇	文学遗产	2008 年第 5 期
33	论史容与史季温及《山谷诗集注》	张承凤	重庆教育学院学报	2008 年第 5 期
34	遣词使事,光焰万丈——以任、史注析山谷诗用典特点及其手法	张福勋	阴山学刊	2008 年第 6 期
35	南宋李壁《王荆文公诗注》宋代文献辑佚与考证	卞东波	中国典籍与文化论丛	2008 年(第十辑)

续　表

	篇名	作者	发表机构	发表时间
36	由"校勘"到"生成论"——有关宋代诗文集的诠释特别是苏黄诗注中真迹及石刻的利用	［日］浅见洋二	东华汉学第八期	2008 年
37	论《王荆文公诗李壁注》	巩本栋	文学遗产	2009 年第 1 期
38	由点校本《黄庭坚诗集注》谈古籍整理出版中存在的问题——以《内集》诗注为例	孟国栋	中国出版	2009 年第 2 期
39	《黄庭坚诗集注》校点句读商榷	赵雨	学术界	2009 年第 2 期
40	任渊《黄陈诗集注》与江西诗派	吴晓蔓	南昌大学学报	2009 年第 3 期
41	论任渊《山谷诗集注》对用事之法的阐释	吴晓蔓	九江学院学报	2009 年第 4 期
42	《王状元集百家注分类东坡先生诗》考论	何泽棠	中国典籍与文化	2009 年第 4 期
43	任渊生平及任注黄、陈诗考	吴晓蔓	九江学院学报	2009 年第 5 期
44	考《王荆文公诗李壁注》误收他人诗三首	寿涌	江西教育学院学报	2009 年第 5 期
45	任渊《山谷诗集注》的创作背景与今典考证	吴晓蔓	襄樊学院学报	2009 年第 9 期
46	钱锺书《黄山谷诗补注》对《内集注》补正举隅	吴晓蔓	韶关学院学报	2009 年第 11 期

续　表

	篇名	作者	发表机构	发表时间
47	王十朋与《百家注东坡诗》	黄启方	东华汉学	2009 年第 10 期
48	韩国所藏孤本诗话《精刊补注和陶诗话》考论	卞东波	域外汉籍研究集刊	2009 年（第 5 集）
49	施宿《注东坡诗》题注的诠释方法与历史地位	何泽棠	中国韵文学刊	2010 年第 2 期
50	施宿与"以诗证史"	何泽棠	华南年农业大学学报	2010 年第 2 期
51	《注鹤山先生渠阳诗》成书与流传中的几个问题	彭东焕	蜀学	2010 年（第五辑）
52	苏诗十注之傅、胡考	何泽棠	乐山师范学院学报	2010 年第 3 期
53	宋刊《集注东坡先生诗前集》注家考	何泽棠	内山师范学院学报	2010 年第 3 期
54	任渊《山谷诗集注》考论	吴晓蔓	中国典籍与文化	2010 年第 5 期
55	南宋杜诗、韩文及柳文集注中的任渊注考	吴晓蔓	江汉大学学报	2010 年第 5 期
56	宋诗宋注名著四种叙录	王友胜	古典文学知识	2010 年第 5 期
57	论任渊《山谷诗集注》的释意	吴晓蔓、何泽棠	青海民族大学学报	2010 年第 6 期
58	任渊《山谷诗集注》与宋代年谱学	吴晓蔓	社会科学论坛	2010 年第 7 期

续　表

	篇名	作者	发表机构	发表时间
59	论任渊《后山诗注》的阐释模式	何泽棠	中国海洋大学学报	2011 年第 1 期
60	李壁《王荆公诗注》的诗学批评	何泽棠	西华大学学报	2011 年第 1 期
61	黄庭坚诗注的形成与《山谷年谱》——以真迹及石刻的利用为中心	［日］浅见洋二	中山大学学报	2011 年第 2 期
62	论苏诗赵夔注	何泽棠	北京科技大学学报	2011 年第 2 期
63	论山谷诗宋代三家注的历史解释	何泽棠	南京师范大学文学院学报	2011 年第 2 期
64	李壁《王荆公诗注》与以史证诗	何泽棠	长江学术	2011 年第 3 期
65	从《增广笺注简斋诗集》看陈与义诗法	何泽棠	西南交通大学学报	2011 年第 3 期
66	宋人注宋诗与"以史证诗"	何泽棠	天津社会科学	2011 年第 4 期
67	任渊《山谷诗集注》对黄庭坚诗歌理论的阐释与深化	吴晓蔓	长江学术	2011 年第 4 期
68	从《山谷诗集注》看"夺胎换骨"的内涵	吴晓蔓	广西社会科学	2011 年第 5 期
69	论胡稺《增广笺注简斋诗集》	何泽棠	中国石油大学学报	2011 年第 5 期

续　表

	篇名	作者	发表机构	发表时间
70	宋人注宋诗的文献价值	何泽棠	图书馆理论与实践	2011 年第 5 期
71	征引浩博，考据精核——《王状元集百家注分类东坡先生诗》	王蕾	图书馆学刊	2011 年第 6 期
72	宋诗宋注辑补（一）	李晓黎	华中学术	2012 年（第 5 辑）
73	以才学为注：中国古典诗歌阐释的基本模式	明月熙	社会科学家	2012 年第 1 期
74	论苏诗赵次公注的诗学阐释	何泽棠	北京工业大学学报	2012 年第 1 期
75	论《苏诗佚注》中的赵次公注	何泽棠	华北电力大学学报	2012 年第 1 期
76	论宋代诗歌阐释的学问化特色	颜文武	广西社会科学	2012 年第 1 期
77	玉楼银海与苏诗伪注	周裕锴	古典文学知识	2012 年第 1 期
78	论《集注分类东坡诗》的历史阐释	何泽棠	北京化工大学学报	2012 年第 1 期
79	增补《王荆文公诗李壁注》引诗正讹七十六则	任群	中国韵文学刊	2012 年第 2 期
80	《王荆文公诗李壁注》二题	李晓黎	中南大学学报	2012 年第 2 期
81	任渊《黄陈诗集注》所引宋人佚书考	吴晓蔓	古籍研究整理学刊	2012 年第 2 期

续　表

	篇名	作者	发表机构	发表时间
82	论《诗林广记》对宋诗宋注的摘引	李晓黎	安徽大学学报	2012 年第 3 期
83	从任渊《后山诗注》看后山诗法	何泽棠	江南大学学报	2012 年第 3 期
84	论山谷诗二史注的诗学研究	何泽棠	中国矿业大学学报	2012 年第 2 期
85	因为"睫在眼前长不见"——王十朋为《百家注东坡诗》编者之内证	李晓黎	中国韵文学刊	2012 年第 2 期
86	新见《精刊补注东坡和陶诗话》残本文献价值初探	杨焄	文学遗产	2012 年第 3 期
87	论史容《山谷外集诗注》的当代史阐释	何泽棠	北京理工大学学报	2012 年第 4 期
88	论陆游诗自注的价值	莫砺锋	中华文史论丛	2012 年第 4 期
89	论任渊《山谷诗集注》的诗学批评	何泽棠、吴晓蔓	东方论坛	2012 年第 8 期
90	宋人注宋诗的典故注释与批评	何泽棠、吴晓蔓	文艺评论	2012 年第 8 期
91	史容《山谷外集诗注》的诗学阐释	何泽棠	长安大学学报	2012 年第 3 期
92	论苏诗林子仁注	何泽棠	电子科技大学学报	2012 年第 5 期
93	宋诗宋注辑补（二）	李晓黎	华中学术	2013 年（第 7 辑）

续　表

	篇名	作者	发表机构	发表时间
94	从宋人注宋诗的用典研究看宋诗的创作理论	何泽棠	暨南学报	2013 年第 2 期
95	宋人注宋诗的诗学批评	何泽棠、吴晓蔓	大连理工大学学报	2013 年第 1 期
96	阐释学视野下的宋人"以才学为注"	张艮	云南社会科学	2013 年第 1 期
97	也谈翁方纲与宋椠《施顾注东坡先生诗》	王长民	中国典籍与文化	2013 年第 2 期
98	黄宝华点校《山谷诗内集注》指谬	王述尧	盐城师范学院学报	2013 年第 4 期
99	傅共《东坡和陶诗解》探微	杨焄	中山大学学报	2013 年第 6 期
100	两大苏诗注本系统与其中的几个问题	赵超	图书馆理论与实践	2014 年第 1 期
101	蔡梦弼《东坡和陶集注》考述	杨焄	学术界	2014 年第 3 期
102	《文公朱先生武夷棹歌注》注者及成书新考	李晓黎	宁夏大学学报	2015 年第 1 期
103	阐释学视野下的《山谷内集诗注》：从言到意得还原阐释	陆会琼	大理学院学报	2015 年第 1 期
104	宋代的东坡热：福建仙溪傅氏家族与宋代的苏轼研究	卞东波	南京大学学报	2015 年第 2 期

	篇名	作者	发表机构	发表时间
105	《精刊补注和陶诗话》与苏轼和陶诗的宋代注本	卞东波	复旦大学学报	2015 年第 3 期
106	论宋代"以才学为注"的阐释特色——以苏诗百家注为例	徐立昕	成都大学学报	2015 年第 5 期
107	文本之外的声音：黄庭坚诗歌自注中的诗学思想	刘青	湖州师范学院学报	2015 年第 11 期
108	宋诗阐释领域所体现的江西诗派理论	徐立昕	信阳师范学院学报	2016 年第 1 期
109	王荆公诗李壁注版本新考	韩元	古籍整理研究学刊	2016 年第 1 期
110	《须溪先生评点简斋诗集》"增注"考论	李晓黎	天中学刊	2016 年第 2 期
111	百家注和施顾注中的《乌台诗案》	李晓黎	西南交通大学学报	2016 年第 2 期
112	论《容斋随笔》对诗注的征引和使用	李晓黎	阴山学刊	2016 年第 2 期
113	论李壁注在宋诗宋注中的新特点	韩元	中国文学研究	2016 年第 3 期
114	论王楙《野客丛书》对诗注的征引和使用	李晓黎	三峡大学学报	2016 年第 3 期
115	苏轼诗歌中的自注与自我表达的强烈	宁雯	河北师范大学学报	2016 年第 3 期

附录三 论周必大诗歌自注

作为南宋政坛上的重要人物，周必大今存诗六百余首。内容上，主要是文人间的酬赠唱和，你来我往；风格上，大多流畅圆熟，典正敷雅。总的来看，数量不算太多，水平也绝非一流。[①] 但是，周诗在诗歌组成形态上，有一个方面却引人侧目，即大量添加自注。关于这一点，学界鲜有人论及，故本文拟对此进行一些讨论。

一

周必大生前对自己的多个文集进行了整理和编定。[②] 嘉泰四年（1204）亡故以后，其子周纶在其自编的基础上，收集整理，于开禧二年

---

① 对于周必大的诗歌，一直以来，学界鲜有人专文讨论，直至最近几年，随着研究的深入，学者开始将周必大诗歌的某一方面与其人生轨迹、生活背景、心态变化联系在一起进行考察，主要有下面几篇文章：邹锦良《心理认同与士人结群：南宋庐陵士人的日常交游——以周必大为中心考察》，《北方论丛》2012 年第 4 期；徐姗姗《周必大翰苑诗歌与南宋词臣文化心态》，《中国文化研究》2013 年春之卷；许浩然《诗学、私交与对金态度——胡铨、周必大的乡邦唱和》，《井冈山大学学报》2015 年第 2 期；《周必大茶诗研究》，《农业考古》2014 年第 5 期；杨爱华、胡建次《周必大与杨万里的交游及其影响下的诗歌创作论》，《江西教育学院学报》2005 年第 5 期。

② 周必大著书多达 81 种，各集多为其手编，部分生前已单行。《词科旧稿》《掖垣类稿》《玉堂类稿》《玉堂杂记》四种，今皆存有自序。《省斋文稿》有陆游序，《平园续稿》有徐谊序。参祝尚书《宋人别集叙录》卷 20《周益文忠公集》，中华书局 1999 年版，第 985 页。

（1206）刊行了《周益国文忠公集》二百卷，今完好地保存了下来。① 故周必大的自注，皆出自周必大之手，在归属权上是没有问题的。这是我们讨论的前提。

周必大的诗歌收录在《省斋文稿》《平园续稿》《省斋别稿》三个集子中。诗中的自注，可以分为题下注和句中注两个部分，二者有着显著的区别，无论内容还是出现频率，都迥然不同。

先看题下注。

首先，每一卷卷首，周必大都要明确交代本卷诗歌创作的起止年份和地理空间，如卷一卷首云："起绍兴辛酉，止绍兴己卯。章贡、庐陵、平江、金陵。"② 这即是说，此卷内容写于绍兴十一年（1141）至绍兴二十九年（1159），且创作空间流转于章贡、庐陵、平江和金陵四个地方。

其次，在几乎所有的诗歌题下，周必大都注出了创作的时间。③ 仍以卷一为例，或注出年份，如"甲子"（《赣江》）、"庚午"（《彭永州夫人挽辞》）、"癸酉"（《抵苏台寄季怀》）、"戊寅"（《次韵秋日禅房》）；或具体到季节、月份，如"绍兴辛酉冬"（《送陆先生圣修府赴春闱》）、"戊寅二月"（《次韵丁维皋粮料㠉牡丹未开》）、"戊寅五月"（《次韵红白莲间生》）、"己卯五月"（《送沈世德抚干还朝》）；或具体到年、月、日，如"戊寅六月十三日"（《次韵沈世德作式抚干川咏轩》）、"戊寅八

---

① 周纶编刻的《周益国文忠公集》二百卷，元明二代，不曾重刊，只有钞本，直至清代，才又出现刻本。现存两个重要的全集刻本，即四库全书本和道光二十八年欧阳棨刊《庐陵周益国文忠公集》本。

② 周必大：《省斋文集》卷1，欧阳棨《庐陵周益国文忠公集》卷1，《宋集珍本丛刊》，线装书局2004年版，第51册，第146页。本文所引周必大诗歌，皆出自欧阳棨刻本，下文不再一一注明。

③ 极少数诗篇没有题下注，不是因为创作时间不确定，而是诗题中已经包含了具体的时间，如卷二《甲申中秋子中兄赋诗有"人月分圆二十年"之句盖叹中间多难且离别未尝为会也次韵》，卷八《陶渊明己酉重九诗一首某以此年次日舟次吉水距永和才一程耳辄用其韵先寄二兄十三弟并呈提举七兄》等。

月二十五日"（《送邓漕根移帅扬州二首》）、"己卯四月二十八日"（《送子开弟还江西》）、"己卯五月二十三日"（《送张端明焘赴召》）等。另外，极少数的题下注，在注明时间之前，会对题中涉及的人物做非常简单的介绍，如卷一《方孺人挽词》题下注云"干之后，王和甫外孙。己卯"，先介绍方孺人的出身家世，然后再点出创作时间；卷七《送鹿伯可致政直阁兼简吴明可致政给事》题下注云"伯可年五十，自郎曹乞休致，特转朝奉郎除职。己亥十一月十四日"，先言鹿伯可生平大要，再言写作时间。

很显然，题下注体现了周必大清晰且自觉的编年意识，他将自己人生的轨迹与诗歌创作的轨迹贴合在一起，逐首点明，既方便自己回顾审视，也有助于读者的阅读和接受。

二

在周必大的全部六百多首诗歌中，出现句中注的诗作共224首，也就是说，约35%的诗歌中，周必大都添加了自注。这个出现频率相当有存在感，让人很难忽视。

句中注比较常规的组成部分是背景注释。所谓背景，包括人物经历、名物地理、故实制度、相关本事等，这是周必大诗中自注的主体内容。这些内容的添加，可以有效地还原诗歌本身因体制精练短小而省略的相关信息，从而降低阅读的阻碍，帮助读者迅速且准确地进入诗歌的情境。如卷七《次韵陈叔晋舍人殿试笔记》一诗，以几乎是句句加注的方式，对宋代科举殿试的整个流程及相关的一些侧面做了详细的补充：

> 帝垂清问切恢图，士贡昌言敢导谏。高下共知归至鉴，考评聊许备先驱。（自注：详定所先批分数封送编排所，然后定其甲等）四帷迥隔心常渴，（自注：初考、覆考、详定、编排凡四幕，皆隔以

屏，欲其声迹不相闻）三榻横连体叵舒。（自注：方丈之地，并设三榻）乌府凛然贤执法，紫垣籍甚古通儒。（自注：上尝书通儒二字赐钱舍人）墨朱同异容兼采，（自注：初考纯用墨书臣名、第等，送监封。弥封官封印送覆考所，纯用朱书臣名、等第。然后详定官启封而酌，其中书臣及等第以朱，而书名以墨）等级从违得细书。（自注：考校法第一至第五凡五等，每等分上中下。至详定所从初考或从覆考，亦或别定）尚酝时颁缸面酒，（自注：日给常酒分外，三日一赐黄封缸面酒，出《法书要录》）大官日馔腹前胪。（自注：御厨给食颇丰，但品味未易尝。腹前胪，出韦昭《辨释名》，谓肥肉是也）天香漫炷薰常歇，（自注：虽赐香而火禁严甚，不许炷炉）贡茗虚霑样顿殊。（自注：诸位总赐茶三百斤。旧每斤即一红绫袋，凡十余围。今乃给黄袋，析而分之。以一饼为一斤，殆典吏移易也）晨壁摇风愁幕冷，（自注：就廊庑设次，以幕为壁）夜窗透月喜帘疏。（自注：临街以帘为窗）九宾屈指胪连句，（自注：唱名比逐举展五日）千虑倾心智与愚。会待诏恩三日沐，湖山寻胜任舟舆。（自注：给歇泊假三日）

从殿试官的任命到考官阅卷、评卷、定等、唱名等一系列流程，从殿试官的安排分布到考试期间的饮食起居等各个环节，自注中都有详细的介绍和说明，在这些自注的辅助之下，诗歌的内容便敞亮了许多，反之，若是没有了这些自注，想要准确把握诗意，便是一件相当困难的事情了。再如卷四《向以书戏邦衡云某自庐山游西山当就迎公召节今邦衡有诗督此语不验次韵》：

慧远遥同社，洪崖近拍肩。松枝年纪万，辈实岁逾千。（自注：天池在庐山绝顶，有万年松。香城在西山绝顶，有千叶辈）径欲通

天汉，忙因棹酒船。（自注：帅漕附致厨酝四十尊，寄邦衡）香城均
一握，易地即皆然。（自注：邦衡所居亦曰香城山）

首尾两条自注对诗中"松枝""棐实""香城"等词的内涵做了明确
的限定，最大限度地保证了读者能触摸到自己的本来意图而不至于对诗
意作泛化的理解。卷六《端明尚书汪圣锡挽词二首》（其二）云：

> 刻意追元祐，斯文未丧予。前生陈正字，今代傅中书。太末分
> 携晚，东胶觌面初。追思二十载，痛苦泪盈裾。（自注：乾道庚寅六
> 月见公姑苏。尝语某云：幼读后山集，见代人乞郡札子，便能成诵，
> 且知其为傅献简公作。后检傅集，果有之。公岂其后身欤）

"前生陈正字"一句，不难理解，大意是说汪圣锡生前崇敬陈师道的
作品，堪称隔代知己，然下一句"今代傅中书"则颇感疏离，而且，按
照对仗的原则，"前生"正好与"今代"相对，读者便很自然地把"傅
中书"定位成当世可以与陈师道齐名的作家。但这并非周必大本意。为
了帮助读者准确地把握诗意，周必大在诗末原原本本地补充了此二句背
后的故事：汪圣锡幼时读后山集中代人乞郡札子，文字遇合，一见倾心，
不仅过目不忘，出口成诵，而且非常敏锐地感知此文是为傅简献公尧俞
所作；后周必大翻检傅尧俞文集，果见此篇，不由感叹汪氏乃后山后身，
从而咏出"前生陈正字，今代傅中书"二句，傅中书即傅尧俞，而非南
宋文人，从而使读者明了此二句的意脉是顺承而下，而非并列对举，从
而有效防止误读。

除了以上论及的几个方面，句中自注的常规内容还包括注音和释义。
注音方式多样，富于变化，或注平仄，或注韵部，或注反切，如卷一
《次韵邢怀正孝庸通判游蒋山》"茗盏散午梦，蒲团便软语"句，"便"
字之下，自注云："平声"；卷三《十月十七日大椿堂小集胡从周季怀以予

目疾皆许送白酒弥旬不至戏成长韵》诗末"勿学比舍郎，夜半招吏部"句后，自注云："守部协音"；卷六《李仁甫赋诗送其子塾下第归次韵为赠》"求贤正市千金骏，当赋终征百羽挦"句下，自注云："挦，徒官切"。

释义方面，除了对句中词语进行注释，如《九月十八日夜忽梦作送王龟龄诗两句枕上足成之》末二句"行乐休嫌园小小，高歌幸有婢隆隆"句下，注云："龟龄家有小小园，而侍姬号隆隆"，对"园小小""婢隆隆"做了最权威的注解，杜绝了误读的可能。周必大还常常在句后直接对诗意进行解释，如卷四三《管长源澥朝奉挽词》"墓中深刻同年笔"句下，自注云："诚斋杨待制制作志文。"明确点出此句主旨，明示诗歌脉络的建构和走向，使读者阅读时不至于茫然失措，意指难觅。

事实上，在诗中添加自注以补充背景，解释诗意，这一做法，经过了唐人的发展①，在宋代诗人那里，已经变成了一种普遍的选择，周必大只是表现尤其突出者。然而，特别值得指出和讨论的是，除了以上这些常规内容，周必大的自注还有一些非常规的内容，往往引人侧目。

三

对句中语言承袭化用前人之处的揭示，是周必大自注非常规内容的第一个方面。

此类自注数量较多，出现的频率很高。周必大的处理方式，有的时候比较简单，仅仅是在自注中点出其所参考的对象，如卷一《次韵白莲》"汙沟浊水叶田田，又见新栽京府莲"句后，自注云："见乐天诗。"查《白居易诗集》，知自注中所言即《京兆府新栽莲》一诗，其首二句为"污沟贮浊水，水上叶田田"②。显然，周必大的这两句诗，前一句是由白

---

① 相关内容，可参见魏娜《论唐诗自注与情韵的关系》一文（《文艺理论研究》2013 年第 4 期）。

② 顾学颉点校：《白居易集》卷 1，中华书局 1979 年版，第 7 页。

诗首二句捏合而来，后一句则直接借用了白居易的诗题，二者相似度非常高。也许正是因为相似度太高，为免重复，周必大才做如此简化的处理，只云"见乐天诗"，不言具体的篇名，留给读者一个联想的方向，对白居易诗歌比较熟悉的读者，自然心领神会，无须多言。

绝大多数时候，周必大都会在自注中注明所参考诗文的具体文本，或精确到人名、篇名和引文，如卷四《七月十五日邦衡用前韵送薰衣香二帖次韵为谢》"乞与博山添正气，崭岩曾辱更生嘉"句下，自注云："刘向《薰炉铭》云：嘉此正气，崭岩若山"；卷六《东宫出示和御制秋怀诗恭和二首其二》"金声玉振之，辽邈庆宵籁"句下，自注云："权德舆《答杨湖南书》：庆宵天籁，正声铿锵"；卷四二《次张子仪抑篇荔枝诗韵》"绝怜丹脸透青龙"句下，自注云："白乐天《荔枝诗》：红透青龙寔可怜。"或跳过篇名，只点出作者和引文，如卷一《又次韵醵饮》"层轩发天藏，初日照粉腾"句下，自注云"韩退之：高门涂粉腾"，"凉风遍广坐，长夏失重熇"句下，自注云："柳文：赫炎重熇"；卷四《邦衡置酒出小鬟予以官柳名之闻邦衡近买婢名野梅故以为对》"湖水敧斜应有意"句下，自注云："东坡诗：日出冰湖水散花，野梅官柳渐敧斜"；卷七《高宗皇帝挽词二首》（其一）"向来怀夏禹，今衬越山青"句下，自注云："建炎登稽山阁，有御诗云'怀哉夏禹勤'。"

无论是哪一种方式，根据这些自注，我们都可以明确周必大诗中或生新或明丽的语汇，如"崭岩""宵籁""青龙""粉腾""重熇""敧斜"等，皆取法自前人的诗文；而借助周必大的主动交代，我们也可以清楚地看出其对前人诗文的熟悉和承袭以及宋人无一字无来历的诗学倾向。

四

除了对化用前人语言之处的一一交代，周必大还热衷于在自注中对构思的过程进行拆解和说明，这是其自注非常规性的第二个方面。

大致有三种不同的处理方式。

第一，点明唱和往来。这种方式主要是强调唱和的写作情境并将来诗的句子标注出来，尽管对思路的安排和诗句的构思没有太多直白的解释，但若将自注中引及的来诗的句子与周必大的和作放到一起进行比对，则诗人的立意、构思便一目了然。从位置上看，这种方式多用在诗歌结尾处，如卷一《和仲宁中秋赴饮庄宅》：

> 方讶顽阴蔽月堂，坐看凉风动枯肠。疾驱云阵千重翳，尽放冰轮万丈光。莫问蚌珠圆合浦，且听羯鼓打西凉。疏狂似我何须挠，挠取吹笙玉雪郎。（自注：来诗有"妙曲挠周郎"之句。）

王仲宁是周必大妻兄，绍兴二十四年中秋，二人聚饮赏月，作诗唱和，自是题中应有之义。周必大此诗从阴云蔽月写起，眼看中秋无月可赏，突然凉风疾起，吹开阴翳，一轮明月光照万川，第三联从视觉转向听觉，从皎洁的月光过渡到风中传来的西凉羯鼓之声，转折跳宕，轻盈自然，尾联发挥的余地很大，可以做多方面的延伸，但周必大却止住了情思的酝酿流动，转回到月色和鼓声笼罩下的人的身上，以己之疏狂映照被鼓声扰乱了节奏心绪的"吹笙玉雪郎"。为何要如此收束？结合自注，我们便能知晓诗人的用意：因为是和王仲宁诗，而王仲宁诗中有"妙曲挠周郎"之句，用顾曲的周郎揶揄听曲的周必大，故周必大的和作便借此发挥，吟出"挠取吹笙玉雪郎"一句，回赠王仲宁，互动妥帖自然的同时，也逗引出一丝轻快诙谐的闲趣。再如卷五《与馆中同僚会邦衡侍郎于南山真珠园后两日翰苑作开讲会予不赴邦衡有诗见怀次韵》：

> 讲席人期相郑罩，石渠我忝继齐堪。碧琳殿邃同宣召，白玉堂深接笑谈。寓直敢陪东道主，登高尚想北山南。洞岩胜集空回首，

何日芒鞋许再探。（自注：碧琳在禁中，近因宣召至焉。洞岩，庐陵胜处，去年于此赏梅。来诗有红粟寒梢之约，故云）

乾道六年（1170）九月二十日，翰林侍讲周必大缺席了翰苑讲习，时任兵部侍郎的胡铨寄诗以怀，面对胡铨的关心，周必大次韵作答。首联从对胡铨的颂美写起，上句借郑覃来暗示胡铨的满朝声誉和众望所归，下句辅之以自谦自抑，足见其推许之诚。颔联切入二人受天子召宣的共同经历，对仗工整，格局宏大，意气风发，深宫相遇，笑谈抚掌，无一不是二人志同道合志趣相投的见证。颈联承上启下，直抒胸臆，身在庙堂，自然伴君一侧，忠耿为国；而一旦登高望远，则又能够心止如水，功业两忘。尾联转入回忆，想到去年二人在故乡庐陵携手赏梅的潇洒快意，又做来年之约，遂使上一联的人生境界和超然意趣在这个约定中得到了延续。之所以选择如此结尾，周必大同样在自注中交代得清清楚楚，因为"来诗有红粟寒梢之约"，故已以"何日芒鞋许再探"作结，既回应了对方的热情，也使得整首诗情思协婉，层次分明，此条自注对我们把握诗歌的脉络，自然功不可没。卷四《戊子岁除以栅代酒送邦衡有诗见戏仍送牛尾狸次韵》、卷六《韩子温尚书以长句送江梅次韵》、卷四一《太守赵山甫希仁示和篇次韵为谢》《廷秀用进退韵格赋奉祠喜罢感思诗次韵》、卷四二《太和彭孝求连年许芍药红都胜今方以唐律送一株小诗为谢》《奉酬新剑南守朱叔止次旧韵宠寄之什》等诗中皆能见到此种类型的自注。

第二，解释典故选择。这种方式主要是在相关诗句之后，比较详细地解释句中使用典故的原因，借此呈现思路搭建的轨迹。较之前一种方式，这种手法摆脱了尾联的局限，更加自由；而且直接的解说也更加醒目。如卷四《季怀设醴且示佳篇再赋一章以酬五咏》：

卯饮高楼彻暮霞，绝胜茅屋己公茶。篛包句好逢真赏，荷叶瓯深称嫩芽。诗老坐中容我辈，朝贤乞处藉君家。（自注：来诗屡引欧公茶诗，故用篛包、诗老事。孟郊《凭周况于朝贤乞茶》诗云"越瓯茶叶空"）从来佳茗如佳什，屡酌新烹味转嘉。

此篇主题是饮茶，通过自注，我们知道，因为胡季怀的原诗屡屡征引欧阳修茶诗，故周必大在构思的时候，便以其人之道还治其人之身，亦将欧阳修的茶诗并入颔、颈二联，"篛包""诗老"的语典，皆出自欧阳修《尝新茶呈圣俞》诗中"建安太守急寄我，香篛包裹封题斜""由来真物有真赏，坐逢诗老频咨嗟"两句[1]，以欧诗对欧诗，如此构思运笔，不仅恰到好处，承托有力，而且也颇显矜才逞气之雅趣。再如卷五《邦衡侍郎用旧韵庆予生朝庚续为谢》：

蓬山落拓复经春，宦海茫茫懒问津。志节渐消平日壮，鬓毛空比去年新。午桥早并绯衣相，一月还同赤壁人。（自注：邦衡以壬午六月生，某以丙午七月生，又同居庐陵，故用裴度、周瑜事）天遣驽骀追骥骤，无如才德异疵醇。

乾道六年七月十五，胡铨作诗庆贺周必大重返朝廷[2]，周必大次韵为谢。此年周必大四十四岁，庐陵赋闲七年之后，重新回到朝廷，作为人生和仕途的重大转折，诗歌前两联中却不见任何明显的喜悦，反而弥散着一股因理想难成、宦海险恶而生出的颇为浓重的意冷心灰的情绪；第三联是诗意的转折，转入对胡铨的叙写。为何如此安排？自注中有明确的交代：胡铨与周必大皆庐陵人，二人不仅是老乡，而且生日也只差一

---

① 欧阳修：《居士集》卷7，李逸安点校《欧阳修全集》，中华书局2011年版，第114页。
② 隆兴元年三月，因为反对近习曾觌、龙大渊除知阁门事，周必大不惜奉祠去职，居家赋闲长达七年之久，乾道六年七月重返朝廷为官。

个月。作为主战派的中流砥柱，无论在朝在野，胡铨的精神境界和人格
力量对士风都有极大的影响和号召力，作为后生晚辈的周必大，对胡铨
怀有相当的尊敬，所以，面对胡铨对自己的祝贺，周必大投桃报李，用
唐宰相裴度"于午桥创别墅……视事之隙，与诗人白居易、刘禹锡酬宴
终日，高歌放言，以诗酒琴书自乐，当时名士，皆从之游"①的典故，借
"午桥早并绯衣相"一句，对同样赋闲在庐陵的胡铨的政治前途寄予厚
望，又将胡铨比作面对曹魏大军压境坚决主战并最终取得赤壁大战的胜
利的周瑜，借"一月还同赤壁人"一句，对胡铨的抗金事业表达了必胜
的祝愿和立场上的支持，末二句顺流直下，用"驽骀"与"骥骒"的对
比，再度表达了对胡铨才德的推崇和敬仰。周必大对第三联思路安排的
夫子自道，是最权威的解说，最大限度地保证了读者阅读的清晰与准确。
此类自注还见于卷一《次韵周德友卯运干》、卷四《邦衡侄季怀亦惠二诗
再次韵二首一颂其叔侄之美一解季怀生日不送茶之嘲》、卷五《徐稚山林
龙学挽词二首》（其一）、《邦衡生日用旧岁韵》②、《邦衡侍郎用洪范五行
推薄命而成杰句叹仰大手几至阁笔勉赓盛意兼叙天人之应庶知托契辱爱
如此其厚绝非偶然耳》等诗中。

　　第三，陈列构思素材。这种方式主要是指周必大把构思的素材通过
自注陈列出来，以直观地展示自己如何在前人作品的基础上，巧加变化，
点铁成金，推陈出新。如卷二《次韵王龟龄大著省中黄梅》：

　　化工未幻酴醾菊，先放缃梅伴群玉。悠姿着意慕铅黄，正色何
　　心轻萼绿。妆成自浅风味深，对此宁辞食无肉。可怜涪瓮被渠恼，

① 《旧唐书》卷170《裴度传》，中华书局2010年版，第4432页。
② 此诗题下自注云："光武以壬午岁起兵，宣王六月北伐，皆中兴也。邦衡以壬午六月生，故用二事。"以此来解释首二句"翊戴南阳第一人，驰驱北伐太原津。天开今代风云会，运应中兴岁月新"的构思。此条解释典故选择的自注的位置比较特别，不是在句中，而是在题下。集中仅此一例。

中岁梅屏杯杓酴。（自注：省中黄梅正在酴醾之侧，黄鲁直《戏答王
观复酴醾菊诗》云："谁将陶令黄金菊，幻作酴醾白玉花。"）

此诗题咏的对象是黄梅，因为省中黄梅开在酴醾菊之侧，故开篇周
必大便以酴醾菊之未开来点染黄梅的绽放，中间两联大力渲染黄梅的姿
态格调以及自己对梅的一往情深，结句则又回到酴醾菊，并翻出黄庭坚
戏题酴醾菊的句子"谁将陶令黄金菊，幻作酴醾白玉花"①，并反其道而
用之：黄庭坚原诗是意外于酴醾菊由黄而白，改变了菊花的本色，周必
大则将黄庭坚的意外改造为失望和无奈，并想象山谷对着菊屏自斟自饮
的画面，从而拈出"可怜涪瓮被渠恼，中岁梅屏杯杓酴"两句，轻盈灵
巧地烘托出了省中黄梅的铅黄幽姿，从而首尾呼应，蕴藉且不失趣味。
自注中陈列的两条材料，从头到尾，支撑起整首诗的结构、立意，重要
性不言而喻。再如卷四一《西昌陈诚之送黄楼芍药仍枉长篇老懒不能次
韵戏答二绝句连岁许红都未至末章及之》：

六一先生旧帅扬，分宁太史尹西昌。只缘未睹红都胜，便似参
谋待海棠。（自注：许云《寄欧公诗》云："芍药琼花应有恨，维扬
新什独无名。"公答云："偶不题诗便怨人。"山谷太和篇咏甚多，未
尝及此花）

自注中陈列了整首诗构思的大部分素材，由许云的《寄欧公诗》，知
欧阳修守扬州的时候，百花咏尽，唯独漏掉了芍药和琼花；黄庭坚为官
太和时期，题咏甚多，然亦不及芍药，周必大将这些信息组合起来，加
以提炼，于是前三句的诗脉便清晰地显示了出来。卷一《次韵周德友卯
运干》、卷五《徐稚山林龙学挽词二首》（其一）、卷四二《肖彦育虞卿

---

① 黄庭坚：《戏答王观复酴醾菊二首》，《山谷诗集注》卷 15，第 369 页。

顷年示诗篇且求次诚斋待制所赠佳韵尝许赴省时勉为之适相过以七步见窘就坐呈老丑聊述本意》等诗中亦有此类自注。

五

考辨地理名物，发表诗学评论，是周必大自注非常规性的第三个方面。

周必大自注在频频对名物地理进行注释的同时，间或也会对其进行一些考察和辨正。卷四《再登翠微亭和同年汤平甫知县二首其二》"相君早日翼天飞，晚落江湖罪以微。好事一时开翠壁，佳名千古记黄扉"四句之后，有自注云：

> 王皙《（齐）山记》云：或谓因唐刺史齐映得名。予观映传及池州题名，映未尝为刺史。而裴度所作壁记但有仓部郎中齐君，又在元和四年，非映甚明。而映罢相后尝历江西观察使，池旧隶江西，则此山以映得名不为无据，特不当言刺史耳。

乾道三年（1167），周必大由水路经池州，登齐山翠微亭，在二次登览中，对齐山之名的来历产生了兴趣，遂在自注中进行了一番考察：其不满于王皙《齐山记》中所记录的因唐刺史齐映而得名的说法①，查阅了各种相关文献，认为"非映甚明"。但是，因为没有找到更合适的"齐君"，周必大只能又回到原点，对齐映之说补作了一个极其勉强的迂回曲折的解释。巧合的是，关于齐山的得名，李壁在《王荆文公诗笺注》中也做了相关的考察，其在卷三十《和王微之秋浦望齐山感李白杜牧之》题下注中，添加按语，表达了自己的观点：

---

① 此处自注缺一"齐"字，不是《山记》，而是《齐山记》。

齐山在池州贵池县南五里。王哲《齐山记》云:"山有十余峰,其高正等,故曰齐山。或谓唐刺史齐映有善政,好此山,因名焉。"按:《唐书》载映为江西观察使,不作池州,郡牧题名却有齐照,当是以此得名也。①

二人考察的过程大致相似,但李壁的视线更为开阔,其在郡斋题名中找到了另一个齐君——齐照,从而得出了更有说服力也更准确的结论。较之李壁注,虽然周必大此条自注在质量上落了下风,但是,在自注中对地名缘起进行考辨,这一做法,无疑让人印象极其深刻。卷四三《四次韵》的"鹤鹄之辨"、《周愚卿江西美刘棠仲各赋江珧诗牵强奉答用一字韵格》的"江珧之注"皆属此类。

周必大自注中偶尔也涉及诗学评论,如卷五《胡邦衡赋琉璃灯帘次韵》"鞍白端令意欲仙"句下,自注云:"《西京杂记》:武帝时西毒国献白光琉璃鞍,在暗室中光照十余丈。坡诗'汉武凭虚意欲仙',盖用梁武论书事。"前半引《西京杂记》注句中所用"琉璃鞍"的典故,以渲染琉璃灯帘发出的令人飘飘欲仙的光芒,后半则由诗中"意欲仙"三字,联系并对比东坡"汉武凭虚意欲仙"一句,指出虽然"意欲仙"三字相同,但二者用法、内涵却迥然有异,不可一概而论:己诗即字面直解,而坡诗则是用典,东坡所用盖为梁武论书之事,即梁武帝所言"张芝书如汉武爱道,凭虚欲仙"②,这种联系比对、同中求异的思路在宋人诗话中较为常见,而在诗歌自注中则显得相当特别,我们可以称其为"类诗话"。再如卷五《邦衡侍郎用洪范五行推薄命而成杰句叹仰大手几至阁笔勉庚盛意兼叙天人之应庶知托契辱爱如此其厚绝非偶然耳》诗云:

---

① 《王荆文公诗笺注》,第749页。
② 萧衍:《书评》,《书苑菁华》卷5,《藏修堂丛书》,第三集,第2页。

五行陈范推箕子，三寿为朋及鲁申。二纪环周元附骥，（自注：某后公二纪生而同在午，故用马事）四辰鳞次岂因人。（自注：公月日时胎在未辰卯戌，某月日时胎在申巳辰亥，率后一辰）交承紫掖追随旧，递宿金銮契分申。人事天时已如此，更看坯甄累陶钧。（自注：胡诗用东坡耳字故事，押两申字）

诗中有三条自注，第一条解释句中典故的选择，属于非常规内容；第二条是对诗句背景的补充，是常规的内容；第三条则致力于解释一、三两联所用韵脚完全相同这一问题，通过对其诗学背景的强调，证明其合理性。周必大直言，此诗为次韵之作，其押两申字，是因为胡铨的原诗便是如此，而胡铨之所以选择这样的写法，则又是因为东坡"珠玉在前"：东坡在《送江公著知吉州》一诗中，先言"忽忆钓台归洗耳"，结句又言"亦念人生行乐耳"，并在诗末附自注云"二耳意不同，故得重用"①，所以，周必大的此条自注揭示了胡诗与坡诗的继承关系，较之宋人诗话中对东坡押两耳字的反复陈说②，显然更具有延伸性。卷四《己丑二月七日雨中读汉元帝纪效乐天体》、卷四一《林顺卿迪教授两为玉蕊花赋长韵富赡清新老病无以奉酬辄用杨使君韵为谢》二诗中亦有类诗话的内容。

六

题下自注出现的原因并不难解索。周必大有丰富的文献整理经验，这其中，尤其重要的是其用了六年半的时间参校众本，为同乡前贤欧阳修编刊了《欧阳文忠公集》。周必大对于欧集"遍行海内而无善本"③ 的

---

① 《增补足本施顾注苏诗》卷29，第34页。
② 宋人诗话中，常常可见对东坡诗押两耳字韵的讨论：《诗人玉屑》卷二："《诗话》谓东坡两耳字韵，二耳义不同，故可重押，亦非也。"《野客丛书》卷二十："《松江诗话》引杜子美一诗押两萍字，东坡一诗押两耳字，谓字同而意异，不妨重叠。"《苕溪渔隐丛话》前集卷十七："《三山老人语录云》：……今人诗叠用此字者甚多，东坡一诗犹两耳字韵，亦曰义不同。"
③ 《直斋书录解题》卷17，第496页。

状况十分不满，他指出："后世传录既广，又或以意轻改，殆至谬误不可读。庐陵所刊，抑又甚焉，卷帙丛脞，略无统计。"① 所以，他与孙益谦、曾三异等人合作，搜求旧本，考订编校：

> 参稽众谱，旁采史籍，而取正于公之文。凡《居士集》《外集》，各于目录题所撰岁月而阙其不可知者，奏议表章之类则随篇注之，定为文集 153 卷。②

由此，不难想象，当周必大为自己编定文集的时候，这样的做法自然会保持一致性，所以，其会逐篇于题下交代写作的时间，以防止后人妄加篡改。

句中自注的大量出现，究其原因，首先，离不开周必大对诗歌自注的高度重视。虽然这种重视并没有直接的文字表达，但其实却也是有迹可循的。卷二《许陆务观馆中海棠未与而诗来次韵》"莫嗔芳意太矜持，曾得三郎觱篥吹"句下，有自注云："事见梅圣俞诗注。"查《梅尧臣集编年校注》，卷二十有《海棠》一诗："江雁入朱阁，海棠繁锦条，醉生燕玉颊，瘦聚楚宫腰。曾未分香去，尤宜著意描，谁能共吹笛，树下想前朝。"诗末有自注云："尝于宋宣献宅见图画，明皇于海棠花下卧吹觱篥，宁王吹笛，黄幡绰拍。"③ 显然，周必大是从梅尧臣这条自注中找到了创作的素材和灵感，从而吟出"曾得三郎觱篥吹"一句，并出注以示。在自注中征引他人自注，足见其对诗人自注熟悉和重视的程度。这种做法在周必大的诗歌创作中，并非孤例。卷十一《龙泉李宗儒师儒兄弟槐阴书院》"风清枝翠似交舞，日暖花黄时细落"二句下，有自注云："东

---

① 周必大：《欧阳文忠公集后序》，欧阳棨《庐陵周益国文忠公集》卷 52，《宋集珍本丛列》，线装书局 2004 年版，第 51 册，第 533 页。

② 同上书，第 531 页。

③ 朱东润：《梅尧臣集编年校注》，上海古籍出版社 2006 年版，第 530 页。

坡《入侍迩英阁绝句》：'曈曈日脚晓犹清，细细槐花暖自零。'又《为内翰谢御书诗》云：'日高黄繖下西清，风动槐龙舞交翠。'注：阁前有双槐，枝如龙形。"查《苏轼诗集》，此条注释为东坡自注，原文为"迩英阁前有双槐，樛枝属地，如龙形"①，周必大此处略作删削，将苏诗和苏诗自注同时摆出，相当细致地展示了其对东坡诗歌的熟悉和仿效。

事实上，如果我们把视线再拉远一点，就会发现，周必大对自注的重视，在诗话里也同样有迹可循。《二老堂诗话》中不止一次地出现诗人自注的"身影"。"记东坡乌台诗案"条：

> 元丰己未，东坡坐作诗讪谤，追赴御史狱。当时所供诗案，今已印行，所谓《乌台诗案》是也。靖康丁未岁，台吏随驾挈真案至维扬。张全真参政时为中丞，南渡取而藏之。后张丞相德远为全真作墓志，诸子以其半遗德远充润笔，其半犹存全真家。余尝借观，皆坡亲笔，凡有涂改，即押字于下，而用台印。苏子容丞相元丰戊午岁尹开封，治陈世儒狱，言者诬以宽纵请求。是秋亦自濠州攝赴台狱，尝赋诗十四篇，今在集中，序云："子瞻先以被系，予昼居三院东阁，而子瞻在知杂南庑，才隔一垣。"其诗云："遥怜北户吴兴守，诟辱通宵不忍闻。"注谓："所劾歌诗有非所宜言，颇闻镌诘之语。"②

此条诗话对《乌台诗案》的刊行与真本的流传做了交代，但尤其值得注意的是，其借当时同样系于御史台狱中且跟东坡只有一墙之隔的苏颂的诗句，对东坡在御史台的糟糕处境做了侧面的描述。虽然诗中有"诟辱通宵不忍闻"这样分量很重的句子，颇具感情冲击力，但诗句本身

---

① 《增补足本施顾注苏诗》卷26，第16页。
② 周必大：《二老堂诗话》，欧阳棨《庐陵周益国文忠公集》卷177，第760页。

是模糊的，细节上并未具体。所以，当我们读到句后自注"所劝歌诗有非所宜言，颇闻镴诘之语"时，东坡为保护朋友的沉默无语，狱吏强行逼供的面目狰狞，审问气氛的压抑紧张，这些细节都瞬间清晰起来，诗歌的真实性也得到了极大的强化。

"陆务观说东坡三诗"条同样留意到了诗人的自注①：

> （陆务观）又云："曾吉甫侍郎藏子瞻《和钱穆父诗》真本，所谓：'大笔推君西汉手，一言置我二刘间'者。其自注云：'穆父尝草某答诏，以歆、向见喻，故有此句。'而广川董彦远待制，乃讥子瞻不当用高光事，过矣。"②

陆游引东坡自注以驳斥董彦远对坡诗用事的误判和指责，其说服力自然毋庸置疑。而且，尤其值得留意的是，东坡于自注中自述思路安排的做法，与周必大在自注中频频解释典故选择的努力，极其相似，二者之间的联系给人留下了较大的想象空间。

其次，周必大的自注，也与其对江西诗学的亲近和接受有关。江西诗派是北宋后期诗坛上相当重要的存在，并对南宋诗坛有着深远的影响。周必大是江西庐陵人，因为仕途的坎坷起伏，其乡居长达二十年之久，乡居期间，其与庐陵士人聚饮唱和，诗文往来，交游频繁。虽然其生活的时代江西诗派已经渐渐退出了诗坛的主流，但地理上的亲缘关系和以唱和次韵为主的写作方式，使得他对于江西诗派并不陌生。有诗为证：

---

① 按：此条诗话中所论及的自注不见于《百家注》和《施顾注》。《百家注》此二句之下，系李厚、林子仁两条注释，前者云："刘向、刘歆父子，俱以文章学术称。"后者云："《晋书载记》：石勒谓徐光曰：'朕当在二刘之间耳，轩辕岂所拟乎？'"（卷十九，第349页）《施顾注》中，此句之下无注，题下有施宿补注，据石本与集本比勘："'一言置我老刘间'，集本作'二刘'。诸家所注皆引石勒《载记》，云朕当在二刘之间耳。东坡自注云：'公行，轼告词引董仲舒、刘向事。'"（卷二十四，第15页）补充了苏轼自注，但与陆游所云有较大差异。

② 周必大：《二老堂诗话》，欧阳棨《庐陵周益国文忠公集》卷177，第758页。

胡季怀有诗约群从为秋泉之集辄以山果助筵戏作二叠（其一）

近诗通谱江西社，新酿才先天下秋。

已许眼中窥一豹，可容杯里散千忧。

此诗作于乾道元年（1165），胡季怀即胡维宁，胡铨之侄，此诗开篇便以"通谱江西社"来称许胡季怀的诗歌，认为其完全可以视作"江西社"里人，以续接吕本中《江西诗社宗派图》，后三句则从不同角度渲染胡诗才艺之高，足见周必大对江西诗风是持肯定和推崇的态度的。再如卷四《赠黄格非》：

诗社飘零二十年，春官老子复登仙。（自注：谓曾吉甫）

豫章幸有横枝在，好觅鸾胶续断弦。

此诗写在南宋江西诗派领军人物曾几去世之后，在表达哀思的同时，末二句主要是对江西后学黄格非寄予厚望，希望其能继承江西诗法，并将其继续发扬光大。此诗中，周必大对江西诗风依然是持正面肯定的态度。所以，这一态度渗透到诗歌创作中，我们便可窥见其对江西诗派"点铁成金""夺胎换骨"诗法的自觉继承，这突出地表现在其在自注中对诗中语言承袭化用前人之处的一一交代以及对构思过程的频频说明上。这方面上文已经做了细致的讨论，此处不再详论。

综上所述，在周必大诗中，无论是数量还是质量，自注都是极具存在感的重要组成部分。一方面，借助题下自注，周必大对自己的诗歌进行了清晰的编年；另一方面，借助句中自注，周必大或补充背景，解释诗意，为读者扫清了阅读的障碍，或辩证评论，展示构思，确保诗歌脉络走向的清晰呈现，从而使自注的内容和功能都得到了极大的扩展和强化。

附录四　论刘克庄的诗注观

作为晚宋文坛的领军人物，对于南宋一朝流行且壮观的诗歌注释，刘克庄同样不乏关注，其态度在序跋、诗话中多有流露。刘克庄直接论及诗注的跋文共五篇，分别是《跋陈教授杜诗补注》《再跋陈禹锡杜诗补注》《徐贡士百梅诗》《江咨龙注梅百咏》《徐贡士百梅诗注》，除此之外，《后村诗话》中亦有 20 条内容直接涉及诗注，或订误，或引用，或点评。这些文字交织在一起，呈现出刘克庄鲜明且稳定的诗注观。关于这一点，学界鲜有人论及，故本文拟对此进行一些讨论。

一　对典故注释的理性态度

大量用典，以才学为诗，是宋人诗歌创作最突出的时代特征之一；出入四部，探寻诗中典故出处，以才学注诗，则是宋人诗歌注释最突出的时代特征之一。刘克庄对典故注释同样持肯定、重视的态度，这是其与时代风气相一致的地方。

刘克庄强调典故注释的准确性。《后村诗话》中，其对李壁的《王荆文公诗笺注》进行纠错：

> 雁湖注半山"归肠一夜绕钟山"之句，引韩昌黎诗"肠胃绕万

象"，非也。孙坚母怀姙坚，梦肠出绕吴阊门。半山本此，见《吴志》。《和王贤良龟诗》云："世论妄以虫疑冰。"注虽引《庄子》，但出处无"疑"字，意公别有所本。后读卢鸿《嵩山十志》，有"疑冰"之语。又唐彦谦《中秋》诗云："雾净不容玄豹隐，冰寒却恐夏虫疑。"乃知唐人已屡用之。①

刘克庄对李壁的《王荆文公诗笺注》评价颇高，认为其"甚精确"②，但尽管如此，在逐字探寻典故出处的问题上，李壁注仍有补充的空间。针对"世论妄以虫疑冰"一句，从李壁通定的《庄子》"夏虫不可语冰"到刘克庄探寻的唐彦谦"冰寒却恐夏虫疑"，很明显，注释的准确度有了清晰的提升。《后村诗话续集》卷一"论汤休《陶渊明诗集笺注》"一条则显示了其对典故注释求实阙疑的态度：

> 山谷谓《述酒》一篇盖阙，此篇多不可解。韩子苍因"山阳下国"一语，疑是义熙以后有感而作。至汤伯纪始反复详考，以为零陵哀诗。又谓："渊明归田，本易代之事，而未详明言之；至此主弑国亡，其痛疾深矣，虽不敢言而亦不可不言，故若是夫辞之瘦也。"汤笺出，然后一篇之义明。其间如"峡中纳遗薰""朱公练九齿"之句，又《咏贫士》云"阮公见钱入，即日弃其官"，又云"昔在黄子廉"。二事未详出处，子廉之名仅见《三国志黄盖传》，清贫事无所考，伯纪阙疑，以质于余，余亦不能解。③

对于陶渊明《述酒》《咏贫士》二诗中的部分用事，汤休未知其出处，遂请教于刘克庄，刘亦不能详，然其并没有强为之解，而是采取实

---

① 刘克庄：《后村诗话》，中华书局1983年版，第24页。
② 同上书，第130页。
③ 同上书，第91页。

事求是的态度，阙疑求实，以待来日。

刘克庄早年作《梅百咏》，一时和者甚众，这组诗的影响一直持续到其晚年，徐用虎、江咨龙两位后生对《梅百咏》既和且注。尤其值得指出的是，徐、江二人的和注，刘克庄都亲自作了跋文，也就是说，诗歌的创作者和诗歌的注释者，在注释这件事上有了直接的交流，在今天可以考知的各种宋人对本朝诗所作的注本中，这种情况是极其罕见的。刘克庄对二人所作注释的评价，皆明确地围绕典故注释展开：

> 晚得清漳江君咨龙、东庞徐君用虎，既尽属和，且为之义疏。诗篇篇警策有新意，若自为倡首者，非趁韵之作也。所谓义疏，又援引该恰，片辞只字必穿穴所本。(《徐贡士百梅诗》)①

> 忽得漳浦江君咨龙所注《梅百咏》。余读书有限，见闻不广，今日所作，明日览之，已如隔世。君相去千里，未尝欸接绪言，乃能逐句逐字笺其所本。(《江咨龙注梅百咏》)②

刘克庄认同典故注释的有效性，对江咨龙"逐字逐句笺其所本"的做法，其云："凡余意所欲言而辞不能发者，往往中其隐微，若笔砚素交者，不独记问精博之不及也。"(《注江咨龙梅百咏》)认为从探寻诗中用事，可以顺利过渡到探寻诗人用意，"往往中其隐微"一句，更是暗示了这种递进关系具有相当的稳定性和准确性。

但是，与此同时，刘克庄也并没有把从用事到用意的递进关系绝对化，恰恰相反，其对典故注释的有效性保持了非常警惕和理性的态度。因为是作者本人直接跟注者进行对话，所以他在跋文中的一些表述便尤

---

① 刘克庄：《徐贡士百梅诗》，《后村先生大全集》卷98，《四部丛刊初编》，第1312册，第14页。
② 刘克庄：《江咨龙注梅百咏》，《后村先生大全集》卷110，《四部丛刊初编》，第1315册，第15页。

其不应该被忽视：

> 尝问余其间三首，如"环子丽华皆已矣，谪仙狎客两堪悲。悬知千载难湔洗，留下沉香结绮诗"。又"唐朝才子总能诗，张祐轻狂李益痴。管甚三姨偷玉笛，诳他小玉写乌丝"。又"浮休嗟柳斫为薪，子美怜梅傍战尘。只愿玉关烽燧息，老身长作看花人"。疑与梅不相关，非通论也。太白、江总皆未免为二妃所累，抑二妃所以重梅也？三姨，贵妃之姊，小玉，诸王之女。玉笛乌丝事甚秘，因张、李两生而播传，抑两生所以掩二女子之谤，然二女子非《列女传》中人矣，亦所以重梅也，轻薄子岂能点污梅哉！又疑"子美怜梅傍战尘"之句，时禄山陷两京，遂有"柳条弄色不忍见，梅花满枝空断肠"之感。徐必因杜五言有"遥怜故园菊，因傍战场开"，遂有此疑。菊傍战场，梅、柳岂能免耶？余意如此。(《徐贡士百梅诗注》)①

徐用虎在注释《百梅诗》的过程中，对其中的三首诗所用典故是否与梅花相关产生疑问，专门请教刘克庄，刘克庄则自陈构思原本，从刘克庄的回答中，我们可以很清楚地看到，在这三首诗中，作为诗人，构思的过程是以梅花为圆点，以艺术想象和艺术虚构为半径，最终呈现出来的是作为整个圆的情境；而注释的过程则是站在圆周之外，找不到圆心之所在，更无法拉出这个圆的半径，因为很多时候，注家是无法知晓诗人的主观情思的。所以，注家对诗中典故的探寻与诗人的本意之间，往往有着难以跨越的距离：

> 片辞只句必穿穴其所本，往往发余所未知。(《徐贡士百梅诗》)

---

① 刘克庄：《徐贡士百梅诗注》，《后村先生大全集》卷111，《四部丛刊初编》，第1315册，第18—19页。

乡友徐贡士用虎和余百梅诗,又篇篇下注脚,发药余甚多。
(《徐贡士百梅诗注》)

注者的"自以为是",带来的只能是诗人"发余未知"式的出乎意料。由自身的体会推广开去,南宋洋洋大观的杜诗注,又何尝不是如此。所以,刘克庄在《跋陈教授〈杜诗补注〉》一文中明确指出:

> 第诗人之意,或一时感触,或信笔漫兴,世代既远,云过电灭,不容追诘。若字字引出处,句句笺意义,殆类图像罔而雕虚空矣。[1]

诗人创作的主观性,灵感构思的随心所欲、瞬息变化,是注家难以一一追踪、解锁和还原的,如果注家停留在字面,试图通过逐字逐句探寻用事从而上溯诗人用意,则无异于缘木求鱼,诗歌的典故注释越是追求"无一字无来历",其离诗人本意就会越来越远。

二 对以史证诗的杜诗阐释风气的反思

杜诗"诗史"的定位,在宋代被目为公论。所以,以史证诗也就成了宋代杜诗阐释最显著的时代风气。既然杜诗是杜甫对历史的自觉的记录,那么,将唐史中的大小事件与杜诗一一联系起来,为杜诗的创作"找到"确凿的历史背景,进而解释诗意,便成为杜诗注家通行的选择。宋代重要的杜诗注本,无一不打上了以史证诗的烙印。

适度的历史注释是可行的,也是合理的,通过对杜诗创作的历史背景的描述和还原,确实可以更好地把握诗歌的主题、内涵和情思。但是,南宋后期,一些注家把这种思路推向了极端,他们坚定地认为每一首诗的写作都必须要有一个明确的历史背景,遂把每一首杜诗都跟唐史一一

---

[1] 《后村先生大全集》卷100,《四部丛刊初编》,第1313册,第12页。

对应起来，强为解说，从而陷入了臆断的旋涡。《再跋陈禹锡杜诗补注》一文中，刘克庄对这种做法进行了明确的反思和批评：

> 盖杜公歌咏不过唐事，他人引群书笺释多不著题，禹锡专以新、旧唐史为案，诗史为断，故自题其书曰《补注诗史》。此其所以尤异于诸家欤？然新、旧史皆舛杂，或采摭小说、杂记，不必皆实，前辈辨之甚详。而禹锡于三家书研寻补缀，必欲史与诗无一事不合，至于年、月、日、时，亦下算子使之归吾说而后已。昔胡氏《春秋传》初成，朱氏云直须夫子亲出来说方敢信！岂非生千百载之下而悬断千百载而上之事，虽极研寻补缀之功，要未免于迁就牵合之疑乎？①

陈禹锡专用两唐书来注杜诗，务必使诗与史无一事不合，并将此视为其区别于其他注本的显著特色。刘克庄的反思则从以下两个方面着手：第一，两唐书本身疏漏杂乱，多有所见，将两唐书的记载与唐史画上等号已是错误，那么，再将杜诗与两唐书一一对应，认为每一首杜诗皆有历史依据，则是错上加错，其注释准确性和真实性是相当可疑的；第二，陈禹锡将诗与史强行捆绑在一起，使其一一对应，甚至要具体到年月日时的思路和做法，本身就是不现实的，更是不可信的，伴随这个过程的，就只能是悬断臆测，牵强附会。文章的最后，刘克庄指出："杜公所以光焰万丈，照耀古今，在于流离颠沛不忘君父。禹锡于此等处尤形容发越得出，使子美亲出来说不过如是。"② 这个结语，与其说是对陈禹锡注释的价值的肯定赞扬，不如说是刘克庄对杜诗注释的核心价值的体认和揭示——杜甫之所以伟大，在于他的情怀，所以，杜诗注释的最终归宿既不是无一字无来历，也不是与唐史一一对应，而在于清晰地彰显、展示

---

① 《后村先生大全集》卷106，《四部丛刊初编》，第1314册，第7页。
② 同上。

老杜一饭未尝忘君、忧国忧民的心灵世界。正是从这一点出发，刘克庄在《后村诗话新集》卷二"专为杜陵补遗"对杜诗的逐首点评讨论中，不止一次地在所论诗歌之后，直接征引杜诗注释：

> 《枯椶》篇云："蜀门多棕榈，高者十八九。其皮割剥甚，虽众亦易朽。""交横集斧斤，凋丧先蒲柳。伤时苦军乏，一物官尽取。嗟尔江汉人，生成亦何有。有同枯椶木，使我沉叹久。死者即已休，生者何自守。"注云：蜀人取椶皮以充用，如边吏诛求江汉民力以供军，必至于剥尽而后矣。①

> 《枯柟》篇云："楩柟枯峥嵘，乡党皆莫记。不知几百万，惨惨无生意。上枝摩皇天，下根蟠厚地。巨围雷霆折，万孔虫蚁萃。""白鹄遂不来，天鸡为怨思。犹含栋梁具，无复霄汉志。良工古昔少，识者出涕泪。种榆水中央，成长何容易。截成金露盘，袅袅不自畏。"以榆本非承露之器，是以轻承重，岂不袅袅可畏乎！注言：大材不用，而柔脆嵬琐之材反居重任。②

> 《写怀》篇云："祸首燧人氏，厉阶董狐笔。君看灯烛张，转使飞蛾密。"注云：燧人火化，而争欲之心生；董狐直笔，而是非之祸起。其说甚新。③

或不下一语，直引诗注；或略加疏通，再引诗注点明诗旨；或指摘诗注中所发之新意，征引的方式虽然不拘一格，但指归都是一致的——皆着眼于对诗意的把握，而非拘泥于对典故出处或历史背景的无穷尽的究讨之中。

---

① 《后村诗话》，第160—161页。
② 同上书，第161页。
③ 同上书，第170页。

三　善观书者须自得

宋代号称千家注杜，杜诗注本层出不穷，但是，这些注本水平参差不齐，多数陈陈相因，南宋后期的不少杜诗注家，对赵次公的注释一味因袭，屋下架屋，毫无建树，故刘克庄《跋陈教授杜诗补注》云："杜氏左传，李氏文选，颜氏班史，赵氏杜诗，几于无可恨矣！然一说孤行，百家尽扫，则世俗随声接响之过。"① 刘克庄认为，注家不能过于因循前人，亦步亦趋，而应敢于突破前注，自立新说，真正的善于读书的人，一定要能够摆脱外部的影响，以自己的阅读体验为主导，对前人的注释，保持独立的判断，而非一味依附，"赵注未善，不苟同矣；旧注已善，不轻废也"②。换句话说，即强调注释主体的独立判断和主导地位。事实上，不仅是诗注，子注亦是如此，《赵虚斋注庄子内篇序》云："世儒笺注之学，皆随声接响，按模出埏尔，如水心、南塘，如虚斋，乃可谓之善学。"③ 两处表述，从立场到语言，几乎如出一辙，足见其对主观裁夺的重要性的强调。我们可以将其提炼为一句话——善观书者须自得。

在此基础之上，刘克庄进一步指出，注家对于诗歌的认识、理解和接受并非固定僵化、一成不变，其应是一个不断流动变化的过程：

> 顷年读禹锡《杜诗补注》，凡余意有所未喻而未及与君商榷者。后十余年，禹锡示余近本，视前编刬削窜走十之七八，或尽改之，偶有一新意，得一新义，则又改之而未已。人皆疑君之说新而多变，余独贺君之学进而未止也。④

---

① 《后村先生大全集》卷100，《四部丛刊初编》，第1313册，第12页。
② 同上。
③ 《后村先生大全集》卷94，《四部丛刊初编》，第1311册，第17页。
④ 《后村先生大全集》卷106，《四部丛刊初编》第1314册，第7页。

刘克庄认为，改订前说，并非持论散漫、随意更改，让人无所适从，恰恰相反，这正是学问精进的表现。因为随着时间的推移，阅世的深入，生活的共鸣，灵感的迸裂，注家完全有可能改变过去的观点，或作出全新的解说，从而获得更合理的解释，更贴近诗人的原意。这很明显是其对"诗无达诂"理论的继承。

刘克庄自然是具备自得的精神的。《后村诗话》中，我们可以看到他对宋人的李白、杜甫诗注所作的质疑和订正：

> 《系浔阳狱上崔相》三诗，末篇云："纵为梦里相随去，不是襄王倾国人。"此言胁迫而行，非其腹心上客。而或者注云："此一首恐非上崔相者。"误矣。（续集卷一）①

> 《寄杜位》云："逐客虽皆万里去，知君已是十年流。""玉垒题书心绪乱，何时更得曲江游。"此篇言位"近闻宽法离新州"，注云："位京中宅近西楼。"新州今属广东，去京师甚远。卒章思与位复游曲江，则非京师之新州矣。当详考。②（新集卷二）

第一首是直接回到作品本身，通过对诗意的揣摩，推翻注家的错误判断；第二首则是将诗中的细节与地理区域的划分结合在一起，对诗中地理空间的理解提出了质疑。刘克庄并没有唯诗注"马首是瞻"，而是以作品为本位，以自己的阅读体会为主导，切实地贯彻了其"善观书者须

---

① 《后村诗话》，第82页。

② 同上书，第178页。按："位京中宅近西楼"此条注释，清人注本多将其视为杜甫自注，且文字略有增加。如《杜诗镜铨》卷八《寄杜位》题下出注，云："原注：位京中宅近西曲江，诗尾有述。"《全唐诗》、曾国藩《十八家诗钞》皆是如此。《钱注杜诗》亦在题下出此十二字为注，然未见原注或自注字样。但是，翻检宋人注本，赵次公《杜诗先后解》此诗无论是题下还是句中，并无此注；《分门集注杜工部诗》此诗题下出此十二字，并将其置于王洙名下。另，在刘克庄《后村诗话》中，凡涉及诗歌注释，虽然一律不标出具体的注家，但自注和他注是区别开的，所以，此处既然刘克庄没做区分，我们似乎不应将其视为杜诗自注。

自得"的主张。

综上所述，对于南宋蔚为大观的诗歌注释，刘克庄有着清晰的态度和观点：对典故注释的态度日趋理性，对以史证诗的方法进行反思和批评，提出善观书者皆自得的主张，从而在宋代诗歌注释史上留下了自己的位置，这是不应该被忽略的。

主要参考文献

一　古代典籍

《十三经注疏》，中华书局 1980 年版。

朱熹：《四书章句集注》，中华书局 2011 年版。

刘昫等撰：《旧唐书》，中华书局 1975 年版。

欧阳修、宋祁撰：《新唐书》，中华书局 1975 年版。

脱脱等：《宋史》，中华书局 1977 年版。

司马光：《资治通鉴》，中华书局 1956 年版。

李焘：《续资治通鉴长编》，中华书局 2004 年版。

柯劭忞：《新元史》，中国书店 1988 年版。

李心传：《建炎以来系年要录》，中华书局 1956 年版。

辛文房著，傅璇琮主编：《唐才子传校笺》，中华书局 1987 年版。

徐松：《宋会要辑稿》，中华书局 1957 年版。

章学诚：《文史通义》，中华书局 1985 年版。

范成大：《（绍定）吴郡志》，江苏古籍出版社 1999 年版。

张淏：《（宝庆）会稽续志》，《宋元方志丛刊》本，中华书局 2006 年版。

周应合纂修：《（景定）建康志》，《宋元方志丛刊》本，中华书局2006年版。

王鏊：《姑苏志》，影印文渊阁《四库全书》本。

王应山：《闽大记》，中国社会科学出版社2005年版。

彭泽、汪舜民纂修：《（弘治）徽州府志》，《天一阁藏明代方志选刊》本，中华书局1990年版。

黄仲昭：《（弘治）八闽通志》，福建人民出版社2006年版。

熊相纂：《正德瑞州府志》，《天一阁藏明代方志选刊续编》本，上海古籍出版社1990年版。

夏玉麟、汪佃纂修，福建省地方志编纂委员会整理：《（嘉靖）建宁府志》，厦门大学出版社2009年版。

嵇曾筠监修，沈翼机编纂：《浙江通志》，影印文渊阁《四库全书》本。

李俊甫：《莆阳比事》，《宛委别藏》本，江苏古籍出版社1988年版。

李林甫等撰，陈仲夫点校：《唐六典》，中华书局1992年版。

马端临：《文献通考》，中华书局1986年版。

王尧臣等编次，钱东垣等辑释：《崇文总目》，《丛书集成初编》本，中华书局1985年版。

晁公武著，孙猛校证：《郡斋读书志校证》，上海古籍出版社1990年版。

陈振孙：《直斋书录解题》，上海古籍出版社1987年版。

黄虞稷：《千顷堂书目》，上海古籍出版社2001年版。

丁丙：《善本书室藏书志》，《续修四库全书》本，上海古籍出版社2002年版。

张金吾：《爱日精庐藏书志》，《续修四库全书》本，上海古籍出版社

2002 年版。

纪昀等：《钦定四库全书总目》（整理本），中华书局 1997 年版。

熊刚大：《性理群书句解》，影印文渊阁《四库全书》本。

黎靖德编：《朱子语类》，中华书局 1986 年版。

史铸：《百菊集谱》，影印文渊阁《四库全书》本。

李淑：《事类赋》，中华书局 1990 年版。

吴曾：《能改斋漫录》，上海古籍出版社 1979 年版。

邵博：《邵氏闻见后录》，中华书局 1983 年版。

龚明之：《中吴纪闻》，上海古籍出版社 1986 年版。

费衮：《梁溪漫志》，上海古籍出版社 1985 年版。

洪迈：《容斋随笔》，中华书局 2005 年版。

王楙：《野客丛书》，上海古籍出版社 1991 年版。

叶寅：《爱日斋丛抄》，中华书局 2010 年版。

张淏：《云谷杂记》，中华书局 1958 年版。

袁文：《瓮牖闲评》，上海古籍出版社 1985 年版。

叶大庆：《考古质疑》，上海古籍出版社 1985 年版。

王应麟著：《困学纪闻》，翁元圻、栾保群、田松青、吕宗力校点，上海古籍出版社 2008 年版。

朋九万：《东坡乌台诗案》，《丛书集成初编》本，中华书局 1985 年版。

张庭芳注，胡志昂编：《日藏古抄本李峤咏物诗注》，上海古籍出版社 1998 年版。

赵次公注，林继中辑校：《杜诗先后解》，上海古籍出版社 1994 年版。

蔡梦弼：《杜工部草堂诗笺》，《古逸丛书》本，江苏古籍出版社 2002 年版。

佚名：《分门集注杜工部诗》，《续修四库全书》本，上海古籍出版社

2002 年版。

任渊、史容、史季温注：《黄庭坚诗集注》，刘尚荣点校，中华书局 2003 年版。

任渊、史容、史季温注：《山谷诗集注》，黄宝华点校，上海古籍出版社 2008 年版。

任渊注，冒广生补笺：《后山诗注补笺》，中华书局 1995 年版。

陈盖注，米崇吉评注：《新雕注胡曾咏史诗》，《四部丛刊三编》本，商务印书馆 1936 年版。

胡元质：《注胡曾咏史诗》，影印文渊阁《四库全书》本。

周昙撰注：《咏史诗》，天津古籍出版社 1982 年版。

吴正子笺注：《笺注评点李长吉歌诗》，影印文渊阁《四库全书》本。

谢枋得注解：《注解章泉涧泉二先生选唐诗》，《宛委别藏》本，江苏古籍出版社 1988 年版。

谢枋得注：《谢注唐诗绝句》，浙江古籍出版社 1988 年版。

郑元佐注，冀勤点校：《朱淑真集注》，中华书局 2008 年版。

胡穉笺注，吴书荫、金德厚点校：《陈与义集》，中华书局 2007 年版。

李壁笺注，高克勤点校：《王荆文公诗笺注》，上海古籍出版社 2010 年版。

王十朋编：《王状元集百家注分类东坡先生诗》，《四部丛刊初编》本，上海商务印书馆 1922 年版。

施元之、顾禧、施宿注，郑骞、严一萍辑：《增补足本施顾注苏诗》，台湾艺文印书馆 1980 年影印本。

冯应榴辑注：《苏文忠公诗合注》，黄任轲、朱怀春点校，上海古籍出版社 2001 年版。

阮阅：《郴江百咏》，影印文渊阁《四库全书》本。

方信孺：《南海百咏》，《宛委别藏》本，江苏古籍出版社1988年版。

许尚：《华亭百咏》，影印文渊阁《四库全书》本。

董嗣杲：《西湖百咏》，清光绪钱塘丁氏刊本。

曾极：《金陵百咏》，清宣统三年刻本。

林同：《孝诗》，影印文渊阁《四库全书》本。

陈岩：《九华诗集》，清宜秋馆汇刻宋人集本。

蔡模：《文公朱先生感兴诗注》，《佚存丛书》本，江苏广陵古籍刻印社1992年版。

陈普：《文公朱先生武夷棹歌注》，《佚存丛书》本，江苏广陵古籍刻印社1992年版。

张庆之：《咏文丞相诗》，《宋集珍本丛刊》本，线装书局2004年版。

王德文：《注鹤山先生渠阳诗》，南京图书馆藏玉海堂影宋丛书本。

王十朋：《会稽三赋注》，影印文渊阁《四库全书》本。

王十朋：《王十朋全集》，上海古籍出版社1998年版。

陆游：《渭南文集》，中国书店1992年版。

朱熹著，朱人杰等编：《朱子全书》，上海古籍出版社、安徽教育出版社2002年版。

文天祥撰，熊飞等点校：《文天祥全集》，江西人民出版社1987年版。

刘辰翁：《须溪批点王状元集诸家注分类东坡先生诗》，汪氏诚意斋集书堂影刊本。

乐雷发撰，萧文注：《雪矶丛稿》，岳麓书社1986年版。

刘克庄：《后村集》，影印文渊阁《四库全书》本。

徐经孙：《矩山存稿》，影印文渊阁《四库全书》本。

戴表元：《剡溪文集》，影印文渊阁《四库全书》本。

林希逸：《竹溪鬳斋十一稿续集》，影印文渊阁《四库全书》本。

陈著：《本堂先生文集》，影印文渊阁《四库全书》本。

方回：《桐江集》，《宛委别藏》本，江苏古籍出版社1998年版。

牟巘：《陵阳集》，影印文渊阁《四库全书》本。

何基：《何北山先生遗集》，光绪退补斋本。

魏了翁：《重校鹤山先生大全文集》，《四部丛刊初编》本，上海商务印书馆1922年版。

刘宰：《漫塘集》，影印文渊阁《四库全书》本。

王柏：《鲁斋集》，影印文渊阁《四库全书》本。

胡炳文：《云峰集》，影印文渊阁《四库全书》本。

吴宽：《匏翁家藏集》，《四部丛刊初编》本，上海商务印书馆1922年版。

阮璜：《石堂先生遗集》，《续修四库全书》本。

朱彝尊：《鸳鸯湖棹歌》，浙江人民出版社1985年版。

阮元：《揅经室集》，中华书局1993年版。

萧统编：《文选》，日本足利学校藏宋刊明州六臣注本，人民文学出版社2010年版。

何汶撰：《竹庄诗话》，常振国、绛云点校，中华书局1984年版。

蔡正孙：《诗林广记》，中华书局1984年版。

金履祥：《濂洛风雅》，光绪退补斋本。

蔡正孙撰：《唐宋千家连珠诗格校证》，卞东波校证，凤凰出版社2007年版。

方回选评：《瀛奎律髓汇评》，李庆甲集评校点，上海古籍出版社2008年版。

李昉等编：《文苑英华》，中华书局1966年版。

钱谷编：《吴都文萃续编》，影印文渊阁《四库全书》本。

严可均：《全上古三代秦汉三国六朝文》，中华书局 1958 年版。

彭定求编：《全唐诗》，中华书局 2003 年版。

董诰编：《全唐文》，中华书局 1983 年版。

胡仔：《苕溪渔隐丛话》，人民文学出版社 1984 年版。

阮阅：《诗话总龟》，人民文学出版社 1987 年版。

许顗：《许彦周诗话》，《丛书集成初编》本，商务印书馆 1935 年版。

周紫芝：《竹坡诗话》，《历代诗话》本，中华书局 1981 年版。

魏庆之：《诗人玉屑》，中华书局 2008 年版。

陈岩肖：《庚溪诗话》，《丛书集成初编》本，中华书局 1985 年版。

刘克庄：《后村诗话》，中华书局 1983 年版。

韦居安：《梅磵诗话》，《历代诗话续编》本，中华书局 1983 年版。

吴师道：《吴礼部诗话》，《丛书集成初编》本，中华书局 1985 年版。

祝诚：《莲堂诗话》，《丛书集成初编》本，中华书局 1985 年版。

管世铭：《读雪山房唐诗叙例》，《清诗话续编》本，上海古籍出版社 1983 年版。

计有功撰，王仲镛校笺：《唐诗纪事校笺》，中华书局 2007 年版。

厉鹗：《宋诗纪事》，上海古籍出版社 1983 年版。

沈展垣：《历代诗余》，上海书店 1985 年版。

二　今人著作

（一）专著

郑骞：《陈简斋诗集合校汇注》，（台湾）联经出版事业公司 1975 年版。

白敦仁：《陈与义集校笺》，上海古籍出版社 1990 年版。

钱仲联：《剑南诗稿校注》，上海古籍出版社 2005 年版。

陈寅恪：《元白诗笺证稿》，上海古籍出版社 1978 年版。

钱穆：《国史大纲》，商务印书馆 2004 年版。

陈振：《宋史》，上海人民出版社 2008 年版。

何忠礼、王国平：《南宋政治史》，人民出版社 2008 年版。

叶德辉：《书林清话》，中华书局 1987 年版。

李致忠：《宋版书叙录》，北京图书馆出版社 1994 年版。

万曼：《唐集叙录》，中华书局 1980 年版。

许肇鼎：《宋代蜀人著作存佚录》，巴蜀书社 1986 年版。

刘尚荣：《苏轼著作版本论丛》，巴蜀书社 1988 年版。

祝尚书：《宋人总集叙录》，中华书局 2004 年版。

祝尚书：《宋人别集叙录》，中华书局 1999 年版。

王岚：《宋人文集编刻流传丛考》，江苏古籍出版社 2003 年版。

四川大学古籍研究所编：《现存宋人别集版本目录》，巴蜀书社 1990
年版。

刘琳、沈治宏：《现存送人著述总录》，巴蜀书社 1995 年版。

四川大学古籍研究所编：《宋集珍本丛刊书目提要》，线装书局 2004
年版。

巩本栋：《宋集传播考论》，中华书局 2009 年版。

金程宇：《稀见唐宋文献丛考》，中华书局 2009 年版。

张秀民：《中国印刷史》，上海人民出版社 1989 年版。

李致忠：《历代刻书考述》，巴蜀书社 1990 年版。

朱迎平：《宋代刻书产业与文学》，上海古籍出版社 2008 年版。

沈松勤：《北宋文人与党争》，人民出版社 2004 年版。

沈松勤：《南宋文人与党争》，人民出版社 2005 年版。

沈松勤：《宋代政治与文学研究》，商务印书馆 2010 年版。

张政烺：《张政烺文史论集》，中华书局 2004 年版。

李详：《李审言文集》，江苏古籍出版社 1989 年版。

钱锺书：《谈艺录》，中华书局 1999 年版。

钱锺书：《七缀集》，上海古籍出版社 1994 年版。

王水照：《宋代文学通论》，河南人民出版社 1997 年版。

王水照：《王水照自选集》，上海世纪出版集团 2000 年版。

吴承学：《中国古代文体形态研究》，中山大学出版社 2002 年版。

施蛰存：《唐诗百话》，上海古籍出版社 1987 年版。

钱仲联：《中国文学大辞典》，上海辞书出版社 2007 年版。

傅璇琮：《中国诗学大辞典》，浙江教育出版社 1999 年版。

霍松林：《中国历代诗词曲论专著提要》，北京师范大学出版社 1991 年版。

周裕锴：《宋代诗学通论》，上海古籍出版社 2007 年版。

祝尚书：《宋代文学探讨集》，大象出版社 2007 年版。

郭绍虞：《宋诗话考》，中华书局 1985 年版。

郭绍虞：《宋诗话辑佚》，中华书局 1980 年版。

程毅中：《宋人诗话外编》，国际文化出版公司 1996 年版。

傅刚：《文选版本研究》，北京大学出版社 2000 年版。

汪习波：《隋唐文选学研究》，上海古籍出版社 2005 年版。

郭宝军：《宋代文选学研究》，中国社会科学出版社 2011 年版。

张智华：《南宋的诗文选本研究》，北京师范大学出版社 2002 年版。

卞东波：《南宋诗选与宋代诗学考论》，中华书局 2009 年版。

卞东波：《南宋诗话与诗学文献研究》，中华书局 2013 年版。

方勇：《南宋遗民诗人群体研究》，人民出版社 2000 年版。

勾承益：《晚宋诗歌与社会》，电子科技大学出版社 2001 年版。

刘婷婷：《宋季士风与文学》，中华书局 2010 年版。

张高评：《宋诗特色研究》，长春出版社 2002 年版。

曾枣庄：《宋代文学与宋代文化》，上海人民出版社 2006 年版。

杨庆存：《宋代文学论稿》，复旦大学出版社 2007 年版。

王友胜：《苏诗研究史稿》，中华书局 2010 年版。

谷曙光：《韩愈诗歌宋元接受史》，安徽大学出版社 2009 年版。

查金萍：《宋代韩愈文学接受研究》，安徽大学出版社 2010 年版。

郑骞：《宋刊施顾注苏东坡诗提要》，台湾艺文印书馆 1980 年版。

赵望秦、潘晓玲：《胡曾〈咏史诗〉研究》，中国社会科学出版社 2008 年版。

赵望秦：《宋本周昙〈咏史诗〉研究》，中国社会科学出版社 2005 年版。

郑阿财、朱凤玉：《敦煌蒙书研究》，甘肃教育出版社 2002 年版。

汤江浩：《北宋临川王氏家族及文学考论——以王安石为中心》，人民文学出版社 2005 年版。

莫砺锋：《朱熹文学研究》，南京大学出版社 2001 年版。

詹杭伦：《方回的唐宋律诗学》，中华书局 2002 年版。

张文利：《魏了翁文学研究》，中华书局 2008 年版。

张祥浩、魏明福：《王安石评传》，南京大学出版社 2006 年版。

黄宝华：《黄庭坚评传》，南京大学出版社 1998 年版。

王水照、朱刚：《苏轼评传》，南京大学出版社 2004 年版。

邓广铭：《北宋政治改革家——王安石》，生活·读书·新知三联书店 2007 年版。

束景南：《朱子大传》，福建教育出版社 1992 年版。

余英时：《朱熹的历史世界》，生活·读书·新知三联书店 2004 年版。

莫砺锋：《古典诗学的文化观照》，中华书局 2005 年版。

莫砺锋：《唐宋诗论稿》，辽海出版社 2001 年版。

张三夕：《诗歌与经验——中国古典诗歌论稿》，岳麓书社 2008 年版。

刘子健：《中国转向内在——两宋之际的文化内向》，江苏人民出版社 2002 年版。

马茂军、张海沙：《困境与超越——宋代文人心态史》，河北教育出版社 2001 年版。

王水照编：《首届宋代文学国际研讨会论文集》，复旦大学出版社 2001 年版。

胡昭仪、刘复生、粟品孝：《宋代蜀学研究》，巴蜀书社 1997 年版。

蔡方鹿：《宋代四川理学研究》，线装书局 2003 年版。

程民生：《宋代地域文化》，河南大学出版社 1997 年版。

罗立刚：《宋元之际的哲学与文学》，复旦大学出版社 2007 年版。

许总：《宋明理学与中国文学》，百花洲文艺出版社 1999 年版。

马积高：《宋明理学与文学》，湖南师范大学出版社 1989 年版。

韩经太：《理学文化与文学思潮》，中华书局 1997 年版。

石庆明：《理学文化与南宋诗学》，中国社会科学出版社 2006 年版。

周裕锴：《中国古代阐释学研究》，上海人民出版社 2003 年版。

张伯伟：《中国古代文学批评方法研究》，中华书局 2006 年版。

葛兆光：《中国思想史》，复旦大学出版社 2000 年版。

李红霞：《注释学与诗文注释研究》，中国大地出版社 2009 年版。

侯体健：《刘克庄的文学世界——晚宋文学生态的一种考察》，复旦大学出版社 2013 年版。

[美] 宇文所安：《中国文论：英译与评论》，上海社会科学院出版社 2003 年版。

[日] 内山精也：《传媒与真相——苏轼及其周围士大夫的文学》，上海古籍出版社 2005 年版。

[日] 浅见洋二：《距离与想象——中国诗学的唐宋转型》，上海古籍出版社 2005 年版。

中华书局编辑部：《宋元方志丛刊》，中华书局 1990 年版。

傅璇琮主编：《全宋诗》，北京大学出版社 1991 年版。

吴文治主编：《宋诗话全编》，凤凰出版社 1998 年版。

吴文治主编：《辽金元诗话全编》，凤凰出版社 2006 年版。

曾枣庄、刘琳主编：《全宋文》，上海辞书出版社、安徽教育出版社 2006 年版。

上海古籍出版社编：《宋元笔记小说大观》，上海古籍出版社 2007 年版。

（二）论文

罗莉：《中国传统文化中的别样诗篇——林同及其〈孝诗〉考论》，《湖南科技大学学报》2009 年第 4 期。

朱士嘉：《中国方志的起源、特征及其史料价值》，《史学史资料》1979 年第 2 期。

王甦：《朱子的武夷棹歌——兼及对陈注的商榷》，《古典文学》第 3 辑（台湾学生书局 1980 年版）。

张晨：《传统诗体的文化透析——〈咏史〉组诗与类书编纂及蒙学的关系》，《上海社会科学院学术季刊》1994 年第 4 期。

张鸣：《即物即理，即境即心——略论两宋理学家诗歌对物与理的观照把握》，《文学史辑刊》第三辑（北京大学出版社 1996 年版）。

徐俊：《敦煌写本〈李峤杂咏诗注〉校疏》，《敦煌吐鲁番研究》第 3 卷（北京大学出版社 1998 年版）。

魏娜：《论中唐诗歌自注的纪实性及文献价值》，《文献》2012 年第 2 期。

张健：《蔡正孙考论——以〈唐宋千家联珠诗格〉为中心》，《北京大学学报》2004 年第 2 期。

王利民：《陈子昂的玄感和朱熹的理兴》，《中国韵文学刊》1999 年第 1 期。

王利民：《从〈武夷棹歌〉论朱熹诗歌的双重文本》，《东方丛刊》1999 年第 4 期。

段莉萍：《从敦煌残本考辨李峤〈杂咏诗〉的版本源流》，《敦煌研究》2004 年第 5 期。

周裕锴：《中国古典诗歌的文本类型与阐释策略》，《北京大学学报》2005 年第 4 期。

莫砺锋：《论宋代杜诗注释的特点与成就》，《中华文史论丛》2006 年第 1 辑。

孙慧玲：《宋代理学诗派研究》，《乐山师范学院学报》2006 年第 7 期。

李丹、武秀成：《一部伪中之伪的明代私家书目——董其昌〈玄赏斋书目〉辨伪探》，《中国典籍与文化论丛》第九辑（北京大学出版社 2007 年版）。

卞东波：《南宋李壁〈王荆文公诗注〉宋代文献辑佚与考证》，《中国典籍与文化论丛》第十辑（北京大学出版社 2008 年版）。

史甄陶：《从〈感兴诗通〉论胡炳文对朱学的继承和发展》，《汉学研究》2008 年第 3 期。

［日］浅见洋二：《由"校勘"到"生成论"——有关宋代诗文集的诠释特别是苏黄诗注中真迹及石刻的利用》，《东华汉学》2008 年第 8 期。

卞东波：《稀见汉籍〈唐宋千家联珠诗格〉的文献价值及其疏误》，《清华大学学报》2008 年第 6 期。

严杰：《津阳门诗注探源》，《古典文献研究》第 12 辑（凤凰出版社 2009 年版）。

唐爱名：《古代文学阐释学的以才学为注》，《求索》2009 年第 8 期。

彭东焕：《〈注鹤山先生渠阳诗〉成书与流传中的几个问题》，《蜀学》第五辑（巴蜀书社 2010 年版）。

叶当前：《胡仔生平考订》，《湖州师范学院学报》2006 年第 6 期。

殷海卫：《胡仔〈苕溪渔隐丛话〉成书考论》，《济南大学学报》2009 年第 1 期。

［日］内山精也：《宋代刻书业的发展与宋诗的近世化现象》，《东华汉学》2010 年第 11 期。

徐迈：《杜诗自注与诗歌境界的开拓》，《安徽大学学报》2010 年第 6 期。

查屏球：《近世东亚士人的精神桃源——由退溪及朝鲜文人诗画看武夷文化意象的传布》，《韩国民族文化研究》第 38 辑（［韩］釜山国立大学，2010 年）。

王利民、陶文鹏：《论朱熹山水诗的审美类型》，《中山大学学报》2011 年第 1 期。

王培友：《论两宋"理学诗派"的文学特征及其历史地位》，《中国文化研究》2011 年春之卷。

王培友：《两宋"理学诗"辨析》，《文学评论》2011 年第 5 期。

卞东波：《朱子〈斋居感兴二十首〉在东亚社会的流传与影响》，《域外汉籍研究集刊》第 7 辑（中华书局 2011 年版）。

熊海英：《题、序、诗、注四位一体——论集会背景下宋诗形制的变化》，《江汉大学学报》2008 年第 4 期。

唐爱明：《中国古代文学阐释学的“以才学为注”》，《求索》2009 年第 4 期。

王玉琴：《理学与诗学的契合——朱熹诗法观宗论》，《盐城师范学院学报》2010 年第 3 期。

石庆明：《论魏了翁的诗学思想》，《湖州师范学院学报》2005 年第 6 期。

丁立玮：《论魏了翁通达圆满的诗学理论》，《南方论刊》2011 年第 1 期。

张旭曙：《“功夫在诗外”——朱熹诗学阐释思想发微》，《东方丛刊》2001 年第 1 期。

刘凤霞：《“心所同然”与“各有会心”——宋明以来诗学中以解释者为中心的主观性阐释方法摭谈》，《云南社会科学》2012 年第 4 期。

阮明堂：《理学思想的诗性阐释——张载和他的理学诗》，《古典文学知识》2012 年第 4 期。

曾秀芳：《“以史释诗”的有效性与局限性管窥》，《北京理工大学学报》2011 年第 1 期。

王勋敏：《知识理性与价值理性——中国古代文本阐释的双轨与多维》，《湖北大学学报》1996 年第 2 期。

后　记

本书是教育部人文社会科学研究青年基金项目"宋诗宋注考论"（13YJC751024）的最终成果。

这本书的出版代表了一个阶段的结束。总结回顾之际，最想感谢的自然是博士生导师巩本栋先生。九年前，在我迷茫彷徨的时候，先生给我提供了一个宝贵的读书的机会，为我指明了前进的方向。从学三年，无论是治学的态度和方法，还是为人的坦率与坚持，先生的言传身教，都给我树立了最佳的榜样。刚入门时，巩师要求精读四部先唐经典并提交相关的读书报告，我生性愚钝，每次提交的报告总被先生指出多方面的问题，但正是在这样严格的学术训练中，我才得以端正态度，蹒跚前行。先生的教诲和鼓励，我会一直铭记在心。感谢莫砺锋教授、程章灿教授、徐兴无教授、许结教授、张伯伟教授、武秀成教授、曹虹教授的精彩授课。在南大的课堂上，我真切地感受到了学者的情怀和学术的庄严。感谢南京师范大学的程杰教授和陈书录教授，在论文答辩的过程中提出了很多宝贵的意见和建议。诸位先生在不同的领域给予我多方面的引导，先生们博雅的学识、深厚的修养以及鲜明的个性都给我留下了深刻的印象。感谢同门诸友和室友，她们伴我度过了三年的美好时光，让求学的生活变得充满温情。此外，我也要感谢阜阳师范学院文学院对我工作的大力肯定和支持。我还要特别感谢本书责编郭晓鸿女士，因为她的认真负责，使本书得以避免一些低级的错误。当然，鉴于我个人能力和学术积累的不足，书中疏漏舛误或者材料采择不够严审之处，大约仍是难免，还请学界前辈与各位同仁多多批评和指正。

时间流转的速度似乎比我想象中要快得多。读博的岁月，是纯粹、平静、充实而又新鲜的时光，埋伏了无数的读书讨论、冥思苦想、辗转反侧、欣然会意，所有的苦和乐，最终都沉淀为进步和成长，在记忆里闪闪发光；工作的日子，是被各种教学、科研任务重重包围的重压之下的奋力前行，其中不乏教学相长的喜悦和授业解惑的欣慰，但也暗藏了若干情不自禁的回望。闪亮的回忆总能够在我疲惫的时候，给我提供前进的力量。

回首过往的人生，在长大成人的过程中，我躲过了很多厄运的侵袭，我一直以为自己很幸运。多年以后，我才慢慢意识到，幸运的背后，是家人、朋友对我始终如一的温柔有力的保护和支持，尽管我的年少轻狂曾让她们难过、失望，但她们从未放弃过我。接下来的旅途中，我将怀着感恩的心，不断努力，做更好的自己，以回报所有关爱我的人于万一。

李晓黎

2018 年 1 月 12 日改定